CLÁUDIA LEMES

A SEGUNDA MORTE DE SUELLEN ROCHA

AVEC
EDITORA

Editor: Artur Vecchi
Projeto Gráfico e Diagramação: Vitor Coelho
Design de Capa: Vitor Coelho
Revisão: Gabriela Coiradas

1ª edição, 2020
Impresso no Brasil/ Printed in Brazil

Dados Internacionais de catalogação na Publicação (CIP)
(Câmara Brasileira do Livro, SP, Brasil)

L 552

    Lemes, Cláudia
    A segunda morte de Suellen Rocha / Cláudia Lemes.
    – Porto Alegre : Avec, 2020.

    ISBN 978-65-86099-00-3

    1. Ficção brasileira
      I. Título

CDD 869.93

Índice para catálogo sistemático: 1.Ficção : Literatura brasileira 869.93
Ficha catalográfica elaborada por Ana Lucia Merege – 4667/CRB7

EDITORA

Caixa Postal 7501
CEP 90430-970 – Porto Alegre – RS
  contato@aveceditora.com.br
  www.aveceditora.com.br
 @aveceditora

CLÁUDIA LEMES

A SEGUNDA MORTE DE SUELLEN ROCHA

AVEC
EDITORA

NOTA DA AUTORA

A Segunda Morte de Suellen Rocha é um livro sobre pessoas normais em situações extremas. As vozes dos personagens são deles, não a minha. Isso significa que muitos vão expressar opiniões com as quais eu não concordo. O livro foi entregue ao olhar de uma leitora sensível – negra, militante - para que uma das minhas personagens, Cacau, não passasse por nenhuma injustiça da minha parte, fora as injustiças do mundo, e fiquei muito contente com a bênção dela.

Esta é uma obra de ficção. Aproveite a viagem.

Aviso de gatilho: Este é um livro de ficção policial, contendo violência explícita. Leitores muitos sensíveis aos temas de violência doméstica, estupro, abuso sexual e assassinato devem ter em mente que há conteúdo desses temas nesta obra.

PRÓLOGO

1996

Mariana olhou as mãos à procura de sangue, mas só viu terra manchando as palmas e socada debaixo das unhas.

As árvores dançavam acima dela como mulheres tristes em cabarés sujos, perdendo penas tingidas de suas fantasias enquanto rebolavam. Uma das flores de ipê desprendeu-se e pousou, desajeitada, no monte de terra revirada que agora era uma cova.

Suellen soluçava, mas Mariana já não se importava mais com a dor dela, não depois do que ela acabara de fazer.

A pele das pernas de Dafne parecia a de um frango pronto para o forno, arrepiada pelo vento ou pelo assassinato recente.

Quando havia parado de chover? Enquanto cobriam o corpo?

Cacau afastava-se da cova, o queixo sujo de terra e olhos úmidos.

Mariana percebeu o movimento de fuga, a intenção nos olhos da amiga.

— Não, você não vai ter coragem de fazer isso com a gente, Cacau.

Foi quando as quatro meninas se encararam, o ódio passando entre seus olhos como eletricidade. A floresta prendeu a respiração para ouvir o que diriam, agora que havia acabado, agora que rapaz estava morto.

Foi Dafne, claro, quem falou primeiro, com a confiança que só os ricos conseguem ter. Mas a voz saiu vibrante, rúptil.

— Ninguém aqui vai falar disso. Nunca. É a única maneira de continuarmos vivendo, é a única forma de garantir que ninguém nunca descubra.

Mariana permaneceu sentada no mato, o rosto vermelho do esforço e da raiva. Não conseguiu conter o ódio por Dafne em suas palavras.

— Se alguém souber do que aconteceu aqui hoje, você ainda tem jeito de se safar com os advogados do *papai*. Mas nós três estamos fodidas, pra variar. Então é claro que isso morre aqui. Morre aqui com ele. — Ela jogou o queixo para a frente, apontando para o monte de terra. Imaginava-se aos prantos debaixo da ducha quando chegasse em casa. Ansiava por lavar o corpo e tirar a morte que se agarrara a ela como radiação.

Dafne aceitou o insulto leve, sentindo que o merecera, e moveu os olhos para Cacau, que costumava ser sua amiga antes dos eventos daquele verão.

Cacau fez um gesto contido de aquiescência.

— Isso morre aqui — sussurrou, por fim. E depois desapareceu entre as árvores.

Agora restavam as três.

O corpo de Mariana pesava uma tonelada e ela sabia que era a exaustão que a faria ficar ali com Suellen, não a lealdade. Ela manteve o rosto em direção a terra, com medo de perdoar Dafne se elas compartilhassem um olhar. Sem perdão, Dafne por fim deu as costas às amigas e afastou-se do Santuário com passos molhados, chupados pelo barro.

Mariana ainda ouvia o choro baixo de Suellen.

Sabia que deveria ficar. Sabia que Suellen estava mais morta do que o cadáver que acabaram de enterrar, que seus sonhos com safáris, hotéis em Paris, noites de bebedeira e italianos bronzeados eram ainda mais patéticos à luz pálida daquela tarde cinzenta. Havia esperança para a herdeira, Dafne, e a menina disposta a ser a primeira médica negra da cidade, Cacau, e talvez até para a adolescente que nunca mais se sentiria limpa, Mariana.

Mas não para Suellen.

Mari levantou-se com menos esforço do que previra e olhou em volta. O Santuário era agora um cemitério de um inquilino só. Era apenas árvores que haviam testemunhado os melhores momentos de sua amizade e que continuariam crescendo, indiferentes ao horror daquela tarde, alimentadas pelo sangue do rapaz que jazia na barriga da terra molhada.

— Adeus, Su.

Mas Suellen apenas soluçou.

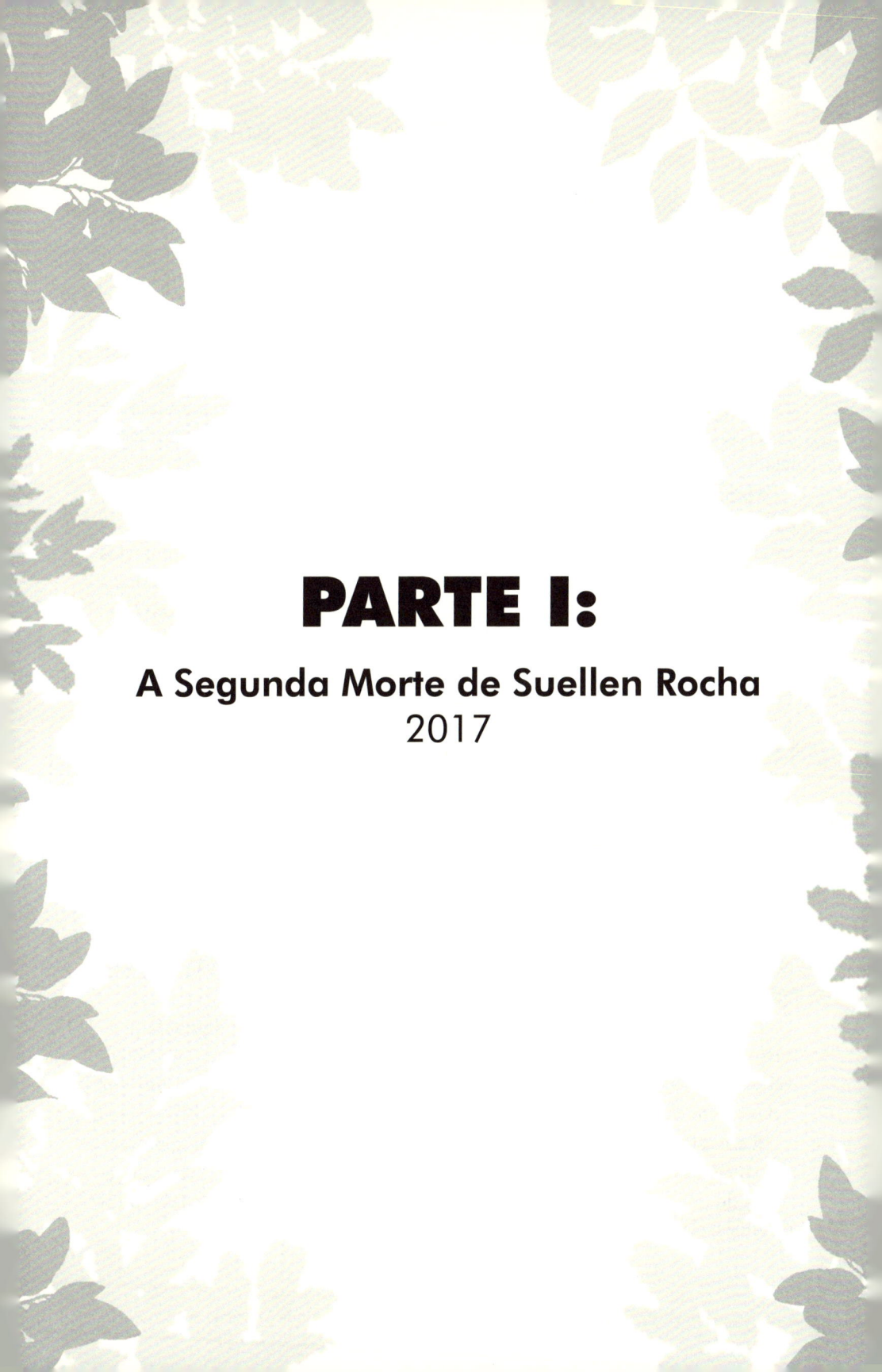

PARTE I:

A Segunda Morte de Suellen Rocha
2017

MARIANA

Mariana ia levar porrada se não conseguisse chegar em casa antes do marido. Tendo passado quase a vida inteira em Jepiri, deveria ter previsto que o povão correria para o supermercado para reabastecer o estoque antes das enchentes. O clima geral era de receio contido; as pessoas na fila se esforçavam para manter expressões de calma e indiferença, mas havia um exagero na quantidade de enlatados nos carrinhos, de água mineral, de arroz, feijão, óleo e cerveja.

Mariana não tinha medo das chuvas de janeiro, mas tinha medo do marido. Não dos punhos de aço na barriga dela, mas da vibração de pânico que dominava a casa quando Gustavo ficava nervoso; o olhar paralisado e incandescente dos filhos ao presenciarem violência real. E ela também tinha medo da culpa que a inundava depois: *se você não tivesse chegado atrasada, eles não teriam visto isso.*

Chegou a vez dela na fila. Um atleta molhado de chuva abriu caminho, enfiando a nota fiscal no bolso de uma calça de tecido sintético e marca cara.

Mariana colocou a caixa de ovos e o pote de sorvete napolitano na esteira. A caixa do mercado Baratão mascava chiclete ao passar códigos de barra no feixe de luz vermelha.

— A senhora vai querer estar recarregando o celular?

— Não, obrigada.

Quando ela olhou para cima, distraída, viu que uma senhora na fila paralela estudava suas compras, parecendo julgá-la pelos pacotes de bolacha recheada, salgadinhos e sucos em caixinhas. Mariana pegou-se revirando algumas sacolas de frutas e organizando os legumes em cima de uma pizza congelada, numa tentativa de mostrar à velhinha que não era como ela estava pensando, que ela se preocupava com a nutrição dos filhos.

Então a senhora sorriu, perdoando-a. Mariana sentiu-se indigna daquele carinho. Ela era, afinal, uma assassina e uma mulher daquelas incompreensíveis, daquelas que incitam o caloroso debate, a aflitiva pergunta: *mas **por que** ela fica com ele?!*

E era estranho constatar que ela sempre tivera mais vergonha de ser o saco de pancadas de um homem que trepava com ela pelo menos uma vez por semana do que uma mulher que havia matado outra pessoa. Como quase todos os vilões, ela também era uma vítima.

Lá fora, um trovão estalou, ameaçador. *"O peido de Deus!"*, diria seu filho Theo, para arrancar gargalhadas da irmã mais nova.

Mariana tirou o celular da calça *jeans*. Digitou: *"Amor, a fila tá demorada. Estou no caixa. Acho que chego em 10 min. Encontrei seu iogurte."* Mordendo o lábio, sentindo os joelhos moles de medo, ela complementou com alguns *emojis* de coração, rostinho apaixonado e sorriso cheio de dentes. Enviou para o Whatsapp de Gustavo.

O marido visualizou imediatamente, mas não respondeu. Quando não respondia, era porque ainda estava na delegacia.

No estacionamento, ela alimentou o porta-malas com as sacolas. Ao repassar a lista na sua cabeça, assegurou-se de que não havia esquecido de comprar nenhum dos itens de Gustavo. *Está tudo aqui. Vai ser uma noite calma.*

Quando Mariana fechou o porta-malas do Gol vermelho, sentiu a pele dos braços se repuxar, os pelos eriçados. Virou o rosto sobre o ombro e fez uma busca rápida pelos carros estacionados.

Ele está me vendo.

Mas quem era ele?

O detetive amigo de Gustavo, que elas às vezes via estacionado por perto quando ela saía de casa, anotando cada passo que ela dava?

É só o seu passado, sua idiota. A culpa, sempre à espreita. Era só isso. E ela sabia que era só isso, e para a culpa, o único remédio era abraçar a verdade. Então, ao entrar no carro, ela afirmou para si mesma o que já não tinha mais vergonha de admitir: *todos temos nossa sujeira. Alguns carregam um caso secreto com o colega de trabalho, tem gente que bate em velhinhos, tem gente que se masturba vendo vídeos de pessoas amputadas na* deep web. *Eu tenho meu cadáver na floresta. Eu tenho o homem que eu matei e enterrei. E a culpa que carrego por ter saído impune.*

RENO

Júnior soube, assim que entrou na chácara Três Lírios, que Reno Santiago estava lutando.

As rinhas aconteciam todas as quintas à noite na propriedade de Valério Garaneta, geralmente com quatro ou cinco lutas fracas antes de duas ou três disputas mais legítimas. *Legítima* talvez não fosse a melhor palavra para descrever alguns caras se socando por alguns trocados, num sítio escuro, mas de fato as lutas de Reno eram sempre as mais aguardadas.

Júnior teve que se esfregar entre homens suados até que pudesse alcançar a cerca de madeira. Abriu um sorriso ao ver o padrinho do outro lado: tênis sujos de terra, os punhos levantados. Nos nós dos dedos, Reno tinha cicatrizes grossas e feridas que nunca realmente saravam. Era o único que não tirava a camiseta para entrar no ringue improvisado.

Aos dezesseis, Júnior já aprendera muito observando Reno lutar. Aprendera também, ao ver mais de sete homens quebrarem os pulsos durante as brigas, que a mão humana é mais frágil do que os filmes mostram. Para amadores, socar uma pessoa pode ser a maior burrada que se pode fazer. Alinhar os dedos e o pulso da forma correta é uma arte que poucos dominam, e um soco forte no ângulo errado ou na parte imprópria do corpo do oponente pode ser uma das experiências mais dolorosas da vida de alguém. O ortopedista do Hospital Municipal de Jepiri sorrira para Júnior uma vez, depois de um encontro com a mãe dele. "Agradece aquele seu padrinho por mim. Todo mês atendo algum idiota que se quebrou numa briga com ele".

Mas Júnior sabia que o comentário não seria recebido com gargalhadas. Reno lutava com relutância todas as quintas e sextas, como um homem que não quer reconhecer a parte mais feia de si: o talento para violência. Júnior a princípio atribuíra as vitórias dele à rapidez, um pouco de técnica e força muscular. Foi só recentemente que compreendeu que a real vantagem de Reno era estar *disposto* a machucar os outros.

O céu negro estava salpicado com estrelas catatônicas e algumas nuvens ralas. Por trás do amontoado de homens aos berros, instigando e xingando os gladiadores, Júnior via a imponente casa do dono da chácara. E a distância, as montanhas em *degradê*.

No chão, o desafiante segurava um braço, olhos apertados, rosto mostrando agonia, nariz sangrando. Reno abria e fechava as mãos avermelhadas, quase alheio à contagem.

"Um, dois, três..."

Júnior sabia que o outro homem não se levantaria.

Ao som de "sete... oito...", Reno passou por cima da cerca de madeira com pouco esforço, recebendo tapinhas nas costas enquanto muitos já berravam em comemoração. Andou direto até Júnior, sobrancelhas desenhando preocupação.

— Tá tudo bem, moleque?

— Tudo bem, padrinho. Mãe mandou avisar que não dorme em casa hoje.

Júnior já havia se acostumado à vida de prostituta de sua mãe, então não entendia bem o motivo pelo qual Reno sempre parecia incomodado com aquilo.

A Segunda Morte de Suellen Rocha

"Nenhum homem é idiota de me machucar", Neide dizia, sorrindo, soprando fumaça de cigarro no ar e às vezes aninhando a cabeça no braço forte do primo com quem dividia a casa. E Reno acolhia aquele carinho dela, mas não acreditava nas palavras. Talvez o incomodasse ser o único motivo pelo qual nenhum homem ousaria bater nela. Júnior ouviu uma conversa entre eles uma vez, enquanto tentava pegar no sono e a mãe e o padrinho bebiam café na cozinha:

"E o que acontece com você se alguma coisa acontecer comigo?", Reno perguntara.

"Aí eu caio fora dessa cidade de merda" foi a resposta dela.

"Uma bela fantasia".

Ele encarou Júnior, o moleque cheio de expectativa no olhar.

— Hoje, por favor? Ela não vai estar em casa...

Reno suspirou e esticou o capacete para o sobrinho. Não conseguiria fugir para sempre, não daquela promessa besta. Tudo o que Júnior mais queria da vida era aprender a bater como ele.

— Eu prometi pra sua mãe...

— Por favor. Só uns socos.

Reno pensou no saco de areia aguardando no quarto, em casa. Como sempre, nas noites com cheiro de chuva, pensou em Mariana. Ainda tinha raiva dentro dele, as trocas de socos no sítio não haviam feito nada para apaziguá-la. Mas queria o sobrinho perto de livros, não de rinhas, por isso respondeu:

— Hoje não, moleque — ligou a moto e o som afogou os lamentos sonoros de Júnior —, mas te levo pra comer um lanche.

No boteco do Sintra, Reno observou o sobrinho devorar batatas fritas gordurosas, mastigando de boca aberta. Gesticulou para o garçom, Anderson, pedindo mais um chope.

— Ligaram para você hoje à tarde quando você estava na redação.

Reno colocou uma batata na boca. Tinha gosto de óleo de milho.

— Quem ligou?

— Uma mulher. Queria porque queria seu número do celular. Mas eu não dei.

Reno não recebia muitas ligações de mulheres. Estranhou, mas deixou pra lá. Sorveu o chope com gratidão quando ele chegou. Júnior lambia o sal dos dedos como se fosse criança.

— Minha mãe falou pra eu dar seu telefone da próxima vez, porque você precisa transar.

Reno balançou a cabeça.

— Sua mãe não sabe tanto da minha vida quanto ela pensa.

— Mentira, padrinho.

— Mentira — ele concordou.

— Arranja uma namorada aí, vai. Podia ser rica também.

— Podia, né?

Júnior contemplou a travessa vazia, melada de óleo e sal. Olhou para Reno com o olhar ensaiado, e o tio permitiu o pedido com um aceno da cabeça. Enquanto Júnior encomendava mais uma travessa de fritas, Reno estudou as feridas nos nós dos dedos. Por quanto tempo ia aguentar lutar? Estava chegando aos quarenta anos.

— A mãe também disse que você não arranja mulher porque ainda é apaixonado pelo seu primeiro amor.

Reno retesou alguns músculos faciais na tentativa de não falar algo que poderia magoar o moleque, mas sentiu um dissipar leve de raiva da prima. Neide falava demais.

— Ah, é?

— É, sim. Disse que essa mina estragou você, que era uma safada e que não merece sua dor.

Reno tentou imaginar qual seria a reação de Mariana ao saber que uma das mais conhecidas prostitutas de Jepiri a tinha chamado de *safada*.

— Concordo com a última parte. Mas se você continuar falando essas merdas, aí é que eu nunca vou te ensinar a lutar.

Júnior não insistiu; as fritas tinham acabado de chegar, fumegantes. Enquanto o garoto queimava as pontas dos dedos tentando comer, Reno deixou seus pensamentos vagarem para Mariana. Para as dores do passado. Ele virou a tulipa de chope e fez um esforço triste para esquecer.

O ASSASSINO

Ele não soube exatamente em qual momento Deus o tocou. Soube apenas, quando estava longe dali e pôde pensar no que fizera, que sentiu-se sendo eletrocutado por medo e horror quando olhou para o corpo. *O que eu fiz, o que eu fiz, o que eu fiz?!*

No momento seguinte, a paz caiu sobre ele como um manto, seus batimentos cardíacos desaceleraram, e embora pudesse sentir o suor misturando-se ao sangue dela nas fibras de suas roupas, sabia que Deus estava ali com ele.

Ele fechou os olhos e deixou que o momento se estabelecesse, se sedimentasse em seu íntimo. *Está feito. Precisava ser feito.*

E ainda estava longe de acabar.

Com o corpo mais leve, os movimentos guiados por uma sabedoria externa e com aceitação completa, ele entregou-se ao transe. Precisava colocar aquilo em palavras. Elas precisavam saber que a justiça começara sua caçada. Elas precisavam viver seus últimos dias com medo e em penitência.

Ele quis cuspir quando os nomes daquelas mulheres se formaram em sua mente: Mariana, Dafne, Cacau. Engoliu quente, com nojo. Nem pensou muito quando cutucou a carne aberta com o dedo enluvado. O sangue era pegajoso na parede, não deslizava como deveria, resistia. Mas, com a paciência de um homem temente a Deus, ele deixou ali sua mensagem para suas próximas vítimas.

MARIANA

Suando, Mariana saiu para o quintal, o robe de algodão levantando com o vento. Não ousaria sair de camisola, mesmo numa rua deserta como a deles, mesmo à noite. Gustavo estava roncando na cama, mas poderia acordar. Seria mais fácil ela inventar uma desculpa para estar lá fora se não estivesse mostrando o corpo numa camisola de verão.

A escapada era rotineira, mas isso só aumentava os riscos. Quantas vezes você consegue fazer a mesma besteira sem ser pego? De chinelos, ela subiu na escadinha e se ergueu contra o muro branco que dava para a casa do vizinho. Não chovia mais, mas as nuvens estavam carregadas e o aroma mineral da tempestade iminente pesava no ar.

Farejando a presença de Mariana, ou talvez por puro hábito, o cachorro se moveu nas correntes e se aproximou do muro, esticando-as ao máximo. Ela nunca soube se ele não latia por cumplicidade ou por medo de apanhar ainda mais do seu dono.

— Aqui, meu querido. — Ela agarrou ração com o punho e atirou os grãos para ele. O coitado, só pele e ossos, enfiou o focinho na terra e comeu. Mariana repetiu o gesto mais quatro vezes. Só dava ração o suficiente para apaziguar o sofrimento do cachorro. Morria de medo que o dono encontrasse indícios de que ela estava, há quase um ano, alimentando o animal em segredo.

Não podia ficar ali para vê-lo comendo, era arriscado demais. As luzes na sala do vizinho ainda estavam acesas. Enfiou o plástico na calcinha, guardou a escadinha ao lado da mangueira e correu de volta para sua cozinha. Ali, ela trancou a porta e largou os chinelos na área de serviço. Encheu o saquinho plástico com mais uma porção de ração, que escondeu atrás dos produtos de limpeza na despensa, e correu para o quarto de casal.

Gustavo percebeu o amor de Mariana pelos animais quando ainda namoravam. Ela não soube exatamente quando ele decidiu que nunca teriam um bichinho de estimação, mas intuía que foi quando ela parou em frente a uma vitrine de *pet shop* e suspirou: "Ai, meus amores! Um dia eu quero ter uma casa cheia de cachorros e gatos".

Um dia ele ainda vai te pegar... ou o vizinho vai ver, pensou agora, tirando o robe e entrando na cama ao lado do marido.

Naquela noite, Mariana sonhou com o som de ossos. Sonhou com os bastões amarelados do corpo de um rapaz raspando uns contra os outros, emitindo estalos abafados e secos que indicavam que estavam ocos. O esqueleto do garoto estremecia debaixo da terra e Mariana, que o colocara ali, acordou engasgada, tossindo até a garganta arder.

O marido resmungou e virou para o outro lado, fazendo ranger as molas do colchão. O cheiro do suor dele pesava no ar estagnado do quarto. Ela passou a mão na própria testa pegajosa e soltou um suspiro.

O corpo ainda está lá. O pensamento deveria trazer conforto, mas com ele veio a dúvida. O sonho tinha um gosto premonitório.

Mariana teve o impulso de visitá-lo, só para ter certeza de que nenhum idiota havia tropeçado num fêmur e decidido remexer um pouco o solo avermelhado da floresta para ver mais.

Isso não vai acontecer. Ele está onde esteve nos últimos vinte anos.

Pensou no pesadelo, agora apenas fumaça de algumas sensações incongruentes, desconfortáveis. Foi puxada com insistência para o buraco negro do passado e lutou para firmar-se onde estava. Mais uma vez ela teria que ignorar o puxo magnético para os dias sombrios, para o terror daquela mata. O presente não oferecia bálsamo, mas era seguro; uma casa bonitinha numa rua calma de uma cidade de merda. A proteção dúbia fornecida por um homem violento, que mantinha outros homens violentos longe dela. O presente era a prisão de amor pelos filhos, aquela armadilha biológica cruel que nunca permitiria que Mariana saísse daquele lugar.

Com a bochecha contra o travesseiro, ela recusou-se a fechar os olhos por um tempo, com medo de escorregar mais uma vez para um sono perturbador, para o som dos ossos e para as lembranças do corpo que enterrara com a força dos braços adolescentes. Temia olhar para a porta aberta e vê-lo ali, o cadáver, à espreita, trazendo aquelas lembranças num buquê para ela. Com sono, ela imaginou que as flores seriam híbridas, misturas genéticas de amarílis, magnólias, lótus e tulipas, com a aparência de papel celofane vermelho. Ao se aproximar para farejar a fragrância de carne em decomposição, Mariana veria seu rosto refletido nas pétalas lustrosas.

Estava exausta, já acostumada com a imposição do marido de que todos na casa deveriam estar na cama antes das dez, que dormir cedo era um hábito cheio de virtude, e ela se deixou arrastar para a escuridão líquida do sono, desapegando-se do passado com a facilidade de décadas de prática.

Ouviu o celular do marido tocar. Gustavo atendeu, desperto, irritado, e levou alguns instantes para falar. Em algum nível de consciência ela o ouviu resmungar:

— *Mataram quem?*

GUSTAVO

Cada pisada na grama era um lembrete amargo de que estivera dormindo e sonhando alguns minutos antes.

A esposa de Gustavo não prestava para muita coisa, mas ela sabia como transformar uma casa num lar, ele precisava admitir. A cama do casal era macia, larga, os lençóis borrifados diariamente com uma fragrância leve e artificial de lavanda. Mariana zelava pela casa quase que obsessivamente, tornando cada ambiente acolhedor, familiar, simples e sofisticado ao mesmo tempo. E bastava o delegado deitar o corpo naquela cama que estava roncando em questão de minutos. Quase não se mexia durante a noite. Acordava sempre na mesma posição, às vezes com a boca gelada, com uma mancha enorme e melada de saliva na fronha.

O humor dele era duramente afetado quando era acordado para trabalhar. Ao estacionar na frente da casinha, antecipou algum mal-entendido, acidente doméstico, talvez até um trote.

Espantou um mosquito com a mão grande e parou a dois passos da porta da frente, que estava escancarada. O PM José Gaspar, um jovem amaldiçoado por acne, exibia um brilho grosso na testa. Algo mudara nas suas feições magricelas. O delegado teve a impressão de que a musculatura da mandíbula do infeliz cedera, criando um papo de sapo murcho.

— Fala aí, qual é a ocorrência?

A hesitação do policial acendeu as primeiras nuances de receio no delegado. Gaspar parecia não saber falar. Mas não decepcionou; quando abriu a boca, conseguiu deixar a voz firme.

— Doutor, boa noite, a vítima é Suellen Rocha. O corpo foi encontrado por uma amiga que ligou para o 190. Só que o corpo, doutor... está todo *destraçalhado*.

— Quê?

— O que foi feito lá dentro não é de Deus, não, doutor.

Gaspar convulsionou para a frente, estendendo o rosto como uma tartaruga. Virou a cabeça rápido e, em dois jatos ralos, vergonhosos, vomitou seu jantar na grama da frente da casa. Gustavo tinha forte aversão a vômito e deu três passos para trás, com medo que o cheiro provocasse reação parecida no corpo dele. Não teve saco para esperar. Outro PM tentava acalmar uma mulher baixa, frágil, que não chorava, mas balançava a cabeça como se não acreditasse no que acabara de ver ali. O delegado passou por eles, movido mais por curiosidade do que dever, e subiu o degrau para entrar na casa. O corredor era estreito e levava a uma sala ampla, mas ele não precisou ir até lá para ver o amontoado de pele e sangue estacionado no chão.

Deu uma puxada de ar para não passar mal e depois cerrou a mandíbula, fechando as pálpebras por alguns segundos para dominar as funções do próprio corpo. Respirou fundo algumas vezes, detectando no ar o aroma de comida sublinhado pelo cheiro do sangue, sentindo-se como se tivesse entrado num açougue.

Algo retalhara a mulher obesa caída ao chão numa camada fina de sangue que parecia vinho na superfície escura do piso tacão. Tinha ares de um ataque de um animal, não fosse o fato de que o assassino levantara o vestido da vítima e abaixara suas calcinhas até seus tornozelos antes de dilacerar sua genitália.

As manchas na parede. Animais não mandam recados. Ele levou um tempo para discernir as letras. Com o sangue da vítima, elas soletravam:

"ASSASSINAS"

Em filmes, os detetives têm lenços para segurar contra o nariz ao entrar numa cena, e o delegado sentiu falta de um pano para proteger seu próprio corpo de algo sinistro que parecia pairar no ar. Aproximou-se da mulher. Quando o corpo se avolumou à sua frente e sua visão conseguiu ultrapassar as montanhas que eram os seios da cidadã, ele pegou-se procurando um rosto onde não havia um. O estômago deu uma revirada, a boca mais uma vez se encheu de saliva e ele arregalou os olhos para o que via. A cabeça dela estava achatada, o rosto côncavo, o crânio partido dos lados como uma fruta pisada. Algo havia arrancado a pele do lábio superior, de forma que dentes envernizados de sangue davam a impressão de que a mulher sorria para ele.

Saiu da casa às pressas. Fez seu melhor para converter o medo em fúria e despejou perguntas aos PMs para que não notassem que ele estava prestes a berrar de aversão.

— Quem ligou para a científica? Vocês mexeram em alguma coisa? A senhora é o que dela mesmo?

A mulher acanhou-se, mas o PM respondeu por ela:

— Elas frequentam a mesma igreja. A senhora Rosângela aqui tinha marcado de ver um filme com a vítima e encontrou a por...

— Sou nome é Rosângela, rapaz? Deixa a mulher falar.

Ela umedeceu os beiços, a voz denunciando sua idade avançada.

— Nós gostávamos de ver filmes depois da novela, às quintas. Eu cheguei aqui... — Ela virou o rosto e olhou para a porta. Levantou uma mão enrugada, de unhas curtas e sem esmalte, à testa, entrando nos cachos cor de chumbo. — Meu Deus, eu não consigo acreditar... Assim que cheguei, eu vi a porta aberta e entrei e vi... a Suellen. E não cheguei perto porquê... ai, Jesus, porquê... eu cheguei e já saí e liguei para a polícia, olha... — Ela estendeu a mão esquerda e a tela engordurada do aparelho celular captou as luzes noturnas: a lua encoberta por nuvens, as luzes amareladas que vinham da casa. O delegado pegou o celular e acendeu a tela, buscando os ícones até encontrar a lista de chamadas feitas. Com seu próprio celular, tirou uma foto do aparelho, a tela indicando as chamadas entre as 10 daquela manhã e a última, feita às 22:03, para o 190.

— A senhora tem algum filho ou marido ou alguém pra te acompanhar à delegacia, pra dar um depoimento?

Ela assentiu.

— Meu filho, Wilson.

Gustavo se afastou alguns passos, puxando ar junto com o cheiro de grama e noite. O cadáver lá dentro emanava uma sujeira que se estendia além da casa, abrindo asas, contaminando o jardim. Ele pensou em Mariana, deitada sozinha na cama enorme, num sono plácido. Invejou a simplicidade da vida das mulheres. Ouviu os passos do PM Gaspar.

— E aí, doutor, alguma coisa para passar para o Centro de Operações?

— Manda alguém acordar o inspetor Peralta. Em ano de eleição pra prefeito, esse corpo vai me ferrar.

CACAU

— Ô, minha mulher deliciosa.

Cacau sorriu, de olhos fechados. Sentiu o aconchego do marido debaixo das cobertas, os braços dele envolvendo seu corpo, o cheiro de sabonete e xampu mentolado no ar. Paulo chegava suado do futebol às quintas-feiras, mas só ia para a cama depois de uma ducha.

— Como foi seu dia? — Ele perguntou no escuro.

No silêncio do quarto do casal, ela falou baixo.

— Cansativo. Uma senhora escorregou na chuva e quebrou a bacia, um marceneiro caiu de uma escada em cima de um bidê e se cortou inteiro, e minha melhor auxiliar de enfermagem passou o dia inteiro chorando por causa do marido bêbado.

Ela o sentiu sorrir atrás dela. Depois de um tempo, ele perguntou:

— Algum bebê?

Cacau parou de sorrir. Mas era sincera com ele. Sempre.

— Sim, um no final da tarde. Menino, quase quatro quilos. Parto normal com episio. Apgar 9, depois 10 e 10. Mãe radiante de felicidade. A família inteira foi visitar.

— E você?

— Não vi a criança, só estava passando quando o neo tava examinando. Só ouvi o choro. As enfermeiras comentaram no cafezinho e acabei ouvindo os detalhes. Não chorei dessa vez.

— E aquela conversa lá, minha nega? É aquilo mesmo ou ainda vamos pensar?

Cacau pensou no que podia dizer para desviar do assunto. Pensou em falar "deixei peixe com arroz no micro-ondas" ou "que horas você precisa sair amanhã?", mas quando Paulo queria falar sobre a infertilidade deles, ele era implacável.

— Aquilo que eu disse é aquilo mesmo — ela falou, apertando a mão dele. — Ninguém consegue tudo o que quer na vida. Quem sou eu para querer mais do que os outros, né? Tá decidido.

Então estava decidido. Eles parariam de tentar. Desistiriam das terapias hormonais, das inseminações em São Paulo, das sessões de *reiki* e do aconselhamento de casais. E também não iriam adotar. *Um casal pode ser feliz sem filhos.* E eles tinham boas carreiras e dinheiro o suficiente para serem felizes. Cacau pensou em viagens para o Cairo, Atenas, Paris. Imaginou uma casa maior, com uma piscina para receber os poucos amigos que tinham. Mas um bebezinho com os olhos do pai e o cérebro da mãe, vestido com roupinhas de bichinhos e com pés gorduchos sempre parecia melhor do que uma vida de liberdade.

— Você tá arrependida daquele papo de castigo? Das coisas que me contou sobre o verão de 96?

Ela balançou a cabeça no escuro.

— Não. Você e eu não temos segredos, não somos como os outros casais. Eu precisava te contar tudo aquilo.

Paulo enfiou o nariz no cangote dela.

— Eu te amo, tá?

Ficaram em silêncio e Cacau pensou, a contragosto, em Suellen Rocha, depois em Mariana e em Dafne. As "flores". As culpadas por tudo.

Ouviu a voz de Paulo no breu:

— E você está errada. Você era jovem e estava numa situação extrema. Sua infertilidade é um fato da vida, não um castigo pelo que aconteceu naquela tarde.

E em silêncio ela respondeu para si: *mas é.*

RENO

Reno já estava deitado quando o telefone celular acendeu na mesa de cabeceira. Sem sono, apesar de cansado do dia de trabalho na redação e das lutas, ele esticou o braço e pegou o aparelho, que apagou bem naquele momento, deixando o quarto em total escuridão.

Na casa pequena, Júnior dormia no sofá da sala. Neide estava trabalhando.

A mensagem era do PM José Gaspar, um dos seus contatos para obter informações sobre os crimes em Jepiri.

Reno sentou na cama. Precisou ler três vezes para compreender o absurdo da mensagem: "Acho que você conhece essa vítima, Santiago. Cola aqui na casa da irmã do teu amigo Davi, e vem rápido."

Sob as nuvens carregadas e em meio à vegetação generosa da cidade, a casa térrea de Suellen Rocha tornara-se um espetáculo para os vizinhos. Dezenas de Jepirienses trajando bermudas, camisetas e chinelos haviam se aglomerado além da fita listrada da polícia. O giroflex de uma viatura da Polícia Militar piscava silenciosamente e uma van do IML, assim como um carro da Polícia Civil – Homicídios, também estava estacionada no meio da rua.

Reno desligou a moto e tirou o capacete, recebendo alguns olhares curiosos. Tirou o celular do bolso do jeans e observou a cena por alguns instantes antes de se aproximar. Por hábito, acessou o gravador de voz do aparelho e recitou os números das placas de todos os carros presentes, assim como seus modelos. O Nissan preto utilitário do delegado Gustavo Caldas estava lá. Murmurou para o gravador antes de desligá-lo:

— Temos um filho da puta no recinto.

A dor de corno que sentia na presença de Gustavo foi subjugada pela confusão. Por todo o trajeto até ali, ele achava que estava indo até a casa de Suellen mais para se certificar de que Gaspar lhe dera a informação errada do que para observar o trabalho da polícia, mas o circo diante dele era coisa de um crime violento, o entretenimento preferido daquele povo que não perdia um único episódio vespertino de Cidade Perigosa, Alerta Geral ou qualquer outro noticiário sensacionalista na TV.

Preciso ligar para o Davi. É meu melhor amigo, não dá mais para fingir que isso não está acontecendo.

Depois. Ele ligaria depois. Era melhor entender aquilo primeiro.

Ao se aproximar, viu Gustavo conversando com o investigador André Peralta. O delegado tinha a estrutura forte, o pescoço curto e cabelos de corte militar. Os olhos denunciaram exaustão. Já o velho investigador à sua frente fumava um Lucky Strike e escutava ordens, calmo, de braços cruzados. Postura típica do Peralta: tranquilão, cínico.

Enchendo o peito com o ar denso e o cheiro de cigarro, Reno abordou os dois.

— Boa noite, cavalheiros.

Os olhos de Gustavo brilhavam ao encontrá-lo. Ele murmurou apenas:

— Já chamaram a imprensa?

— Que isso, doutor, estou aqui como amigo da vítima.

Aquela explicação saiu lambuzada de sarcasmo, de um jeito que surpreendeu até mesmo Reno.

— Boa noite, André. O que vocês sabem?

— Muito pouco ainda — Peralta respondeu com a voz de fumante. — Vamos esperar todos os depoimentos, o trabalho da perícia, aí a gente te passa o que quiser que o público saiba, pode ser assim, Santiago?

Reno sabia que longe do delegado, num bar tomando um cafezinho, André Peralta ofereceria informações.

Reno segurou o celular próximo à boca e pôs o *app* para gravar.

— O corpo?

— Estão embalando e vão levar pro IML de Mamarapá. — Gustavo fitava a casa enquanto respondia. — Vá pra casa, lutador. A gente te chama quando souber de algo.

— Algum depoimento para o jornal o senhor precisa dar, delegado.

Gustavo virou o rosto bolachudo para ele.

— Suellen Rocha, solteira, sem passagem pela polícia, foi atacada na noite de 12 de janeiro. Neste momento, sabemos que foi espancada, esfaqueada e teve o corpo mutilado. Não há sinais de arrombamento e vamos prosseguir com o inquérito.

— Alguma coisa foi roubada da casa?

— Ainda vamos apurar.

— Arma do crime?

— Sem comentários.

Reno hesitou antes de encerrar a gravação.

— Quem encontrou a vítima?

— Uma amiga dela, a senhora...

Peralta ajudou:

— Rosângela Lima Santos.

— É isso aí — Gustavo resmungou.

Reno enfiou o celular no bolso.

— Obrigado, senhores. Bom trabalho aí pra vocês.

Naquele momento houve uma reação murcha dos espectadores. Na porta da frente da casa, o movimento de homens vestidos de branco empurrando a maca que carregava uma forma arredondada por baixo de um lençol branco. Fitas pretas abraçavam o corpo como cintos de segurança. Reno sentiu uma coceira na garganta e não conseguiu olhar por muito tempo. Saiu dali sabendo que a moto escolheria um caminho antigo, que parecia cantar para ele como uma sirena com segundas intenções.

Ao parar a moto, Reno desligou o motor, acendeu um cigarro e fixou o olhar na casa Copler. Com alguns passos na grama, aproximou-se do muro baixo de pedras que a cercava. A casa parecia menor. Ou talvez a escuridão da noite parecesse maior em volta dela. Quando adolescente, ele passava por lá de bicicleta, sentindo que a vida que aquele tipo de casa proporcionava a seus habitantes era inatingível. Não era exatamente o que poderia chamar de inveja, porque não envolvia a sensação de merecimento ou de raiva. Era como se observasse pessoas de outro país e cultura, seguindo rotinas que ele não compreendia, mas que o fascinavam ao mesmo tempo.

Lembrava-se bem do jardim extenso, as redes frouxas entre os pilares de madeira, a movimentação no andar de cima por trás das janelas que refletiam a luz do sol. Recordava-se de passar por lá e ver as quatro juntas, sentadas de biquíni e shorts jeans nas toalhas, rindo, desfrutando de um mundo só delas.

Mariana falava besteiras para ouvir as gargalhadas das amigas, bebia Coca-
-Cola e se atracava com os cachorros enormes dos Copler, rindo, imitando
seus latidos, deixando o rosto ser lambido por eles. Dafne sentia a presença de
Reno e virava o rosto em direção à rua. Só acenava quando ele acenava primeiro. Cacau tagarelava com olhos cheios de expectativa. Dizia besteiras para
chamar atenção. Era a primeira a chorar, sempre. E Suellen dançava o twist de
um jeito cômico e arrotava para as outras rirem.

Suellen estava morta, a caminho da mesa do legista, amarelada, o corpo danificado além de qualquer reparo. Reno sabia que seria um velório de caixão fechado e não conseguia imaginar o impacto que aquilo teria na mãe e no pai dela.

Reno tinha fotos de Suellen, aos seis anos, na festa junina da paróquia São
Cristóvão; com a Suellen de dezesseis, linda e voluptuosa e mandando um beijo
para o fotógrafo; com a Suellen de vinte e seis, já obesa e retraída e tentando sorrir no aniversário do irmão dela e melhor amigo de Reno, Davi. A última foto
que haviam tirado juntos fora no ano anterior, a de Suellen aos trinta e seis, pesada e de cabelos oleosos, a blusa esticada no busto, os braços cheios de estrias.
Conversaram em frases genéricas e curtas sobre a vida, e então ela começara a
dar sinais de que iria fugir da conversa. Reno tirara o celular do bolso:

— Espera, somos amigos desde pequenininhos — sorrira —, vamos regis-
trar esse momento.

Reno olhou a casa com desconfiança, ignorando o calor que produzia gotas grossas de suor na testa dele. Sentiu a presença de coisas secretas e proibi-
das e deliciosas a orbitar seu consciente, mas não as deixou entrar. Os verões
de banhos no lago Ajubá, as noites de bebida escondida na mata robusta da
região, o futuro que parecera tão cheio de aventuras e conquistas.

E Mariana – gosto de bolacha recheada e Keep Cooler – ofegando, domi-
nando-o no mato com uma sabedoria sexual quase inata, entregando a ele sua
virgindade, tornando sua alma escrava dela para sempre.

Como quem engole um antiácido, Reno empurrou as lembranças dela para
outro momento e humor. A consciência se rastejava em algum canto do seu
crânio, e ele sabia que precisava pensar em Davi.

Pensou em mandar um recado frouxo pelo Whatsapp: "Acabei de saber,
estou em choque. Vou te ver mais tarde. Forças, meu amigo."

Sabia que um amigo verdadeiro atropelaria seus receios e encontraria uma
forma de encarar o desconforto de abraçar um homem que acabara de perder
uma irmã daquela maneira. Ele se perguntou se o jeito como Suellen morrera
era o motivo principal daquela aversão. Se tivesse sido câncer ou infarto, Reno
sentiria tanta repulsa pelo ato solidário de oferecer um abraço, de ver chorar, de

insistir numa presença taciturna apenas para provar sua amizade? Ele sabia que não. O que o incomodava era a forma como fora assassinada e a vividez com a qual Reno conseguia imaginar seu cadáver debaixo daquele lençol branco.

13 de janeiro, sexta-feira

MARIANA

As crianças não perguntaram pelo pai. Não era comum que Gustavo não voltasse para casa, mas também não era algo sem precedentes. Assoprando o café preto dentro da xícara, Mariana se perguntou se, como ela, os filhos já não sentiam amor algum por ele.

Filhos devem amar os pais, pensou, ao observá-los. *Você ama os seus, Mari. Apesar de tudo.*

— Mãe, tá tudo bem? Cadê o pai?

Ela olhou para a mesa redonda, escondida por uma toalha branca estampada com pequenas cerejas. Theo havia feito a pergunta distanciada, ligeiramente curiosa. Ela viu nos olhos escuros do adolescente a mesma alegria contida que sentia no peito. Sorriu.

— Sei lá. Recebeu uma ligação ontem à noite, algum crime. Deve ter sido ruim porque ele ainda não ligou.

Ela estudou a troca de olhares e sorrisos entre os dois filhos. Heloísa balançou um pouco o rabo de cavalo castanho e brincou com a comida, afastando cereal com a colher melada de mel.

— Então... ele vai ficar muito ocupado esses dias?

Mariana abriu um sorriso.

— Olha, eu acho que sim. Seria uma pena se a gente aproveitasse esses dias para... — olhou para Theo.

— Acabar o Zombie Army! — Ele abriu os olhos e a boca numa expressão de empolgação que aqueceu o coração dela.

— Tá, calma, mas você vai terminar a lição quando voltar da escola, e só depois a gente vai jogar um pouco. Um pouco!

Era mentira. Quando Mariana e o filho sentavam no sofá e se entregavam aos deleites violentos do videogame, as horas voavam e eles se viam em desespero para desligar tudo quando o carro de Gustavo roncava na garagem.

Heloísa olhou para a mãe.

— E eu? Posso gravar um vídeo?

O canal literário no YouTube, em que Heloísa carregava vídeos de si mesma falando sobre suas impressões dos livros que lia, era sua maior fonte de alegria e dedicação. Mariana receava que o canal fizesse sucesso, porque sabia que o marido encontraria uma desculpa para proibi-lo. "Aí já fica perigoso. Você aparece demais. Nunca se sabe quem tá te vendo, esses marmanjo que corre atrás de menina de doze anos. Essa merda nem dá dinheiro, então pra quê?"

— Claro, filha. Grava seu vídeo em paz.

Heloísa voltou a comer com ânimo renovado. Mariana não se conteve. Ainda abraçando sua caneca com ambas as mãos, beijou a cabeça dela, sentindo o cheiro de cabelo lavado.

Você precisa tirar seus filhos desta casa, desta cidade, desta vida.

Era um pensamento que perdera sua urgência nos últimos anos. Naquela manhã, pareceu rejuvenescido. Mariana não tinha resposta; o diálogo interno entre mãe sábia e mãe resignada não a entretinha mais.

O som preferido de Mariana era o arrastar dos pés da cadeira quando o marido se levantava da mesa para ir trabalhar. Algo renascia dentro dela quando ouvia aquele som, mas ela não sabia qual palavra era certa para descrever a sensação. Esperança, talvez. Quando ele saía, a casa soltava o ar que estivera prendendo, tudo dentro dela respirava de alívio, tudo nela se realinhava. Mariana fechava os olhos e sorria, e permitia-se escutar os ruídos da vida ao seu redor: o zumbido baixo do ventilador de teto, alguns pássaros do lado de fora e os pneus dos carros raspando contra a estrada de terra da rua Tocantins. Sentia-se dona de si mesma por um breve instante, como se a rotina que seguiria fosse escolha dela.

Era quando ela recolhia a xícara dele, o prato cheio de farelos de pão, que ele fazia questão de espalhar pela toalha de mesa e pelo piso de cerâmica, do mesmo jeito que deixava um ou dois pingos de mijo no assento da privada para que ela limpasse. Ela jogava no lixinho da pia as cascas de frutas, guardanapo amassado, e limpava os respingos de geleia da toalha. Lavava a louça cantando baixo, com medo de atraí-lo de volta à casa se permitisse que a voz saísse alta demais. Deixava a mesa convidativa e organizada para as crianças.

Bebia café devagar, olhando o jornal de soslaio. Antecipava o calor que sentiria quando visse as palavras "por Reno Santiago" debaixo das manchetes das notícias sobre crimes, das quais era leitora assídua. Era seu *guilty pleasure*, sua traição, seu momento de sentir-se próxima do único homem que amara.

Esfregando a xícara com uma esponja, ela ouviu os filhos se levantarem da mesa e rasparem os pratos. Eles depositaram a louça na pia e foram escovar os dentes. Ela recebeu seus beijos na bochecha logo depois, junto com o "tchau, mãe, te amo" costumeiro dos dois. Ouviu a porta da frente fechar e se perguntou se deixava a mesa posta para Gustavo ou não.

É melhor deixar, você sabe disso. Faça com que ele pense que você queria que ele voltasse. Isso pode te garantir mais uma semana sem uma surra. Já faz meses que não brigam, mantenha a coisa como está.

Para mulheres que apanham dos maridos, o segredo da sobrevivência é a manutenção do *status quo*. É adiar ao máximo a próxima surra. É manter o equilíbrio no lar para que nada seja o estopim para uma nova briga. Casa limpa e organizada, economia nas compras, corpo depilado e cabelos bonitos. Cardápio do jantar variado, sexo frequente e alguns agrados "espontâneos", assim como elogios constantes à masculinidade e inteligência do marido. Mariana havia ficado boa nisso. Só apanhava algumas vezes por ano. Em 2015, apenas uma vez. E talvez o mais importante: poupava os filhos de suas próprias surras também.

Ela desligou a torneira e começou a ajeitar a mesa. Pensou em adiar um pouco a leitura do jornal. Antecipou os dois momentos de prazer secreto que a ajudavam a atravessar a manhã e a tarde: as palavras de Reno e o banho quente depois da faxina, quando ela apoiava uma mão contra os azulejos brancos e com a outra direcionava o jato do chuveirinho entre as coxas. Gozava rápido, mordendo o lábio para não fazer barulho. Terminava de se lavar com as pernas meio bambas, secava o cabelo e se arrumava para o resto do dia.

Como resposta, ouviu o carro entrar na garagem.

Fechou os olhos.

A porta abriu e ele entrou na cozinha. Não se aproximou com um beijo, não lhe dirigiu palavra alguma, apenas sentou-se. Mariana ficou intrigada ao vê-lo parado, a coluna torta, com o olhar perdido.

— Tá tudo bem?

Ele balançou a cabeça, esfregou as mãos no rosto. Finalmente se dirigiu a ela com a expressão abatida.

— Me serve um café. Passei a noite inteira na porra da delegacia.

Ela derramou café na xícara com o cuidado costumeiro, para que não espirrasse nele ou na toalha. Observou os movimentos dele, procurando algum sinal de que seu humor seria violento nas próximas horas. Não pela primeira vez, desejou botar veneno no café e compartilhá-lo com ele. Não se repreendia mais por aquelas fantasias.

— Quer alguma coisa? Um misto quente? Ovo mexido?

— Não, só o café — ele resmungou. Recostou-se na cadeira e olhou para ela. Aquele olhar que ia do rosto às coxas e depois voltava com mais desconfiança.

— Mataram uma mulher ontem.

— Onde?

— Na casa dela, lá na rua São Jorge, naquele lixo de bairro. Retalharam a pobre baleia.

Não era o tipo de crime que acontecia em Jepiri, mas crimes daquele tipo não surpreendiam mais ninguém. E crimes não chocavam Mariana.

Ela tentou parecer ocupada para que Gustavo não decidisse se aliviar com uma sessão de sexo matinal. Sem pensar muito, tirou carne do congelador, pegou alho e cebola da geladeira e começou a preparar o almoço, embora fosse sete da manhã.

— Você vai conseguir dormir um pouco agora ou vai ter que voltar pra delegacia?

— Ah, foda-se, preciso descansar. Vou tomar um banho e tirar um cochilo. Me acorda às dez.

Ela prendeu o lábio para não sorrir de alívio quando ele saiu da cozinha. Ouviu o chuveiro chiar. Lavou a baba de cebola das mãos e correu para pegar o jornal no quintal, que o marido fingira não ver. Estava ali, na primeira página, logo abaixo da notícia principal.

Mulher é assassinada em residência
A Polícia não tem suspeitos

Por Reno Santiago

Pouco ainda foi divulgado sobre o assassinato de Suellen Martins Rocha no dia 12 de janeiro, ontem, no período da noite. A vítima de 37 anos foi encontrada por volta das 22:00 em sua casa, na Rua São Jorge, por uma amiga, Rosângela Lima Santos, que chamou a polícia. O delegado

> Gustavo Caldas compareceu ao local e informou que a vítima sofreu facadas e golpes. Não havia sinais de arrombamento e a Polícia Civil ainda não tem suspeitos. O inspetor veterano André Peralta está liderando a investigação.

Mariana colocou o jornal sobre a mesa e deu alguns passos para trás.

Um bem-te-vi cantou em algum lugar no quintal, mas, de resto, a cozinha estava submersa num silêncio pálido. Ela teve consciência de que a boca estava repuxada de um jeito estranho, de que o rosto dela tentava desenhar sua confusão. *Li errado. Estou cansada e li errado.* Puxou o volume macio das páginas dobradas do jornal e, daquela vez, ignorou o nome que costumava ler com saudades, fixando seu olhar em outro: Suellen Martins Rocha.

A Suellen dela.

Retalharam aquela pobre baleia.

Mariana balançou a cabeça de forma espasmódica e contida, como se tremesse de frio. Não houve ordenação de palavras, nenhum fluxo delas que pudesse ser reconhecido como pensamento. O corpo ficou mais leve.

— Não, não, não... — sussurrava sem pensar.

O telefone disparou na sala.

Ela correu até ele, sentindo o calor do sol nas tábuas de madeira do piso enquanto disse:

— Alô.

Do outro lado da linha, um momento de hesitação.

Quando Mariana estava prestes a soltar um *alô* mais agressivo, ouviu uma voz feminina.

— *Oi, Mariana. Sou eu.*

O passado de volta, sem qualquer tipo de aviso.

— Oi, Maria Cláudia.

— *Você soube?*

— ... Sim. Acabei de saber.

— *E agora?*

Ela não falava com Cacau há três anos, desde que Theo quebrara o dedão do pé numa partida de futebol e fora atendido por ela no hospital. Mas a morte de Suellen já havia mudado as coisas. Os mortos estavam começando a romper a terra com suas mãos esticadas para cima, unhas sujas, roupas rasgadas.

— Não sei o que achar.

— *Temos que ir ao velório.*

— É, eu sei. — Precisava desligar antes que Gustavo saísse do banho. — Eu aviso a Dafne. Pode deixar.

Mesmo sem ouvir um suspiro que fosse, sentia o alívio de Maria Cláudia na linha.

— *Você acha que é possível que tenha alguma relação...?*

Mariana balançou a cabeça. Aquilo não fazia o menor sentido.

— Não. — A palavra saiu com força o bastante para convencer o mundo inteiro, menos ela mesma. — Nunca acharam aquilo. — Não iria dizer "nunca acharam o corpo". Não pelo telefone fixo da casa de um delegado de polícia.

— *Então quem faria uma coisa assim com ela?*

— Um louco, acho. Toda cidade tem um. Por que Jepiri seria diferente?

Desligou o telefone antes que fosse forçada a pensar demais. Por um instante, os cantos da sala escureceram e ela sentiu a vertigem florescer do ventre e privá-la de equilíbrio. Conseguiu sentar no sofá, sentindo-se abraçada por ele.

Su. O que você fez? No que você se meteu? Contou pra alguém?

— Mariana!

Ela esfregou os olhos, querendo apagar as lágrimas deles.

— Oi!

— Oi o que, vem cá, porra!

Ela foi, e já foi preparada para apanhar. Sabia que não conseguiria esconder dele que estava destruída, que ainda não compreendia o que havia acabado de acontecer com sua amiga de infância. Ele ia pedir uma explicação e ela não poderia dar. Então os socos desabariam sobre ela e ela teria que esconder os hematomas dos filhos. *Mas desta vez eu vou ter que reagir.* Mariana dava passos até o quarto de casal, sentindo os olhos arderem, enquanto completava o pensamento mais definitivo que tivera o dia inteiro: *e se eu reagir vou acabar matando esse filho da puta. E na prisão não posso cuidar das crianças.*

— Oi... — ela disse, uma mão no batente da porta.

Gustavo ainda usava uma toalha branca em volta da cintura, marcando as nádegas musculosas. As costas úmidas ainda brilhavam na luz do sol que penetrava as cortinas claras. Algumas gotas de água escapavam do cabelo curto e pingavam no chão para que ela as secasse depois.

A princípio, ele não olhou para ela enquanto abria as portas do armário e procurava roupas para vestir.

— Se alguém telefonar da delegacia, pergunta o que é. Só me acorda se for o Peralta.

— Tudo bem. — Mariana não gostava do inspetor André Peralta, que já jantara na casa deles algumas vezes. Ele olhava para ela como se soubesse a cor de sua calcinha.

— Tá chorando?

Mariana engoliu em seco.

— Ela...era minha amiga.

E ao dizer aquilo, aquela frase que parecia uma piada amarga, o corpo reagiu sem seu consentimento. O rosto inteiro se enrugou e um pranto angustiado saiu pela garganta, pelos olhos, pelo nariz.

Através das lágrimas, ela pôde ver Gustavo observando-a, surpreso demais para falar.

— Quem, a gorda que morreu?

Mariana balançou a cabeça e deu passos incertos até a cama, onde se sentou. Cobriu o rosto com as mãos. Chegou a ouvir o chiado alto vindo do celular do marido, "Tropa de Elite", e sua voz ao atender, mas tentou se perder na escuridão nas palmas de suas mãos e no desespero do seu choro contido.

— Tá, já tô indo! — Desligou. — A gente conversa quando eu voltar. Esses porras não conseguem fazer nada sem mim.

E saiu batendo a porta da casa.

Quando ouviu o carro roncar na garagem e derrapar ao encontrar o asfalto, ela deitou na cama e fechou os olhos.

Suellen. Morta.

Não era bem como perder um ente querido, era mais como pisar num colar de macarrão feito por um filho aos cinco anos de idade para o dia das mães. *Eu deveria ter dado mais atenção. Eu deveria ter passado mais tempo com ela. Eu deveria ter forçado uma trégua entre nós.* Era tarde demais para amar Suellen como ela amara quando adolescente. Sentiu-se indigna de lágrimas.

Precisa escrever para Dafne.

Aquela puta egoísta não vai se importar com Suellen. Por que se rebaixar e entrar em contato? Por que quebrar o silêncio abençoado entre vocês depois de tanto tempo?

Pensou na pergunta de Cacau, na relação imediatamente estabelecida entre o assassinato de Suellen e o crime que todas elas haviam cometido em 1996.

O corpo nunca foi descoberto. Pelo menos daquilo tinha certeza absoluta. Visitara aquela parte da floresta algumas vezes nos últimos vinte anos, sentara-se no velho tronco de cedro, fumara cigarros e perdera o olhar no exato local onde o havia enterrado naquela fatídica tarde de primavera. As árvores não haviam mudado ali, mas a natureza, cúmplice, cobrira o túmulo improvisado com plantinhas e até algumas flores ao longo dos anos. Se o corpo fosse descoberto, ela saberia. Em Jepiri seria impossível não saber.

Você tem algumas sérias decisões para tomar agora, pensou, esfregando o rosto para secá-lo. *O dia chegou. Seu carma está batendo na porta.*

DAFNE

"Você tem nome de puta" foram as primeiras palavras que Suellen Rocha dirigiu a Dafne quando se conheceram em 1993. Dissera aquilo com um sorriso de escárnio nos lábios cheios, cintilando com algum tipo de *gloss* com cheiro de chiclete. Dafne viu a inveja nos olhos de Suellen. Já se acostumara com aquele olhar. Achava que seu poder de conseguir distingui-lo entre tantas espécies distintas de olhares deveria ser algo digno de se colocar num currículo.

Depois das faíscas iniciais, Suellen tornou-se sua melhor amiga. O olhar emergia vez ou outra, quando as meninas visitavam a Coplerhouse, apelido de Mariana para a mansão dos pais de Dafne, ou quando ela aparecia com um sapato novo, um vestido bonito, ou quando tirava boas notas. Mas o olhar era perdoado porque Dafne sabia que era afortunada, e passara sua adolescência inteira desejando com um desespero morbífico que as outras pessoas esquecessem seus privilégios e a aceitassem como igual.

Dafne fixou o olhar no *site* Notícias de Mamarapá, Jepiri e Ribeira Verde, na manchete obscena que anunciava um homicídio. Ela leu quatro vezes para confirmar que Suellen, a Suellen *dela*, da vida dela, do passado dela, era realmente a vítima. As letras contra o fundo iluminado se embaralharam, duplicando-se em fantasmas delas mesmas, e ela fechou os olhos. Quase sentiu o cheiro denso da Floresta Pirangá. Quase ouviu as risadas das "flores". Sentiu uma azia fritar a garganta. *Merda, Suellen, o que você fez?*

O estalo de pânico durou apenas meio segundo, quando Rogério colocou as mãos nos seus ombros. Ouviu a risada dele:

— Calma, calma...

— Me assustou — ela murmurou, fechando a tela do *notebook* com força para que ele percebesse que cometeu um erro. Ela se virou e viu o marido de calça e camisa branca, pronto para ir trabalhar. Na mão bronzeada, quadrada, de dedos longos e bonitos, segurava sua caneca com café puro, ainda fumegando. A caneca dizia: "Confie em mim. Eu sou médico."

Quando viu a caneca pela primeira vez, ela deu risada. Rogério não entendeu. Ela disse que era engraçado, porque não se pode confiar em médicos. Além de ficar ainda mais confuso, ele demonstrou uma mágoa infantil nos dias subsequentes. Dafne não fez questão de se desculpar.

Ele sorria.

— O que estava lendo que te deixou assustada?

— Notícias de Jepiri. Uma amiga minha foi assassinada.

Rogério ergueu as sobrancelhas simétricas, bonitas e negras.

— Caramba, amor!

— Um homem entrou na casa dela e a matou a facadas.

Ele bebeu café, visivelmente surpreso.

— Que horror. Prenderam o cara? O que ele disse?

— Prenderam o cara? Em Jepiri? Você tem que parar de assistir CSI. Eles não têm a mínima ideia de quem fez isso. Pelo menos é o que diz o artigo no *site. — Escrito pelo Reno.* Ela fez a cara que precisava fazer e escolheu o tom certo de voz. Não podia errar. — Preciso ir pra lá, para o enterro.

Outra demonstração de surpresa. Os olhos dele, castanhos, nos dela. Os lábios hesitaram por alguns segundos, descolando e colando de novo, até que soltou: — Ahm... você odeia Jepiri.

— Não precisa me lembrar disso — na entonação, ela dosou humor com tédio e assertividade para conseguir o efeito desejado —, mas desta vez é diferente. Fui muito amiga dela, as pessoas esperam que eu esteja lá. De alguma forma estranha, me sinto na obrigação, sabe?

Ela esperou enquanto ele sorvia aquelas informações. O sol da manhã penetrava as frestas entre as cortinas, conferindo aos eletrodomésticos metálicos da cozinha a aura de modernidade que ela apreciava.

Então Rogério encolheu os ombros, visivelmente magoado.

— Você que sabe. Não vai à cidade desde... sei lá...

Dafne não teve paciência para esperá-lo calcular.

— 1999. Sempre consegui acompanhar a gráfica por *e-mails*, nunca vi motivos pra voltar.

Rogério não tinha muito interesse na Copler Gráfica, fora o que Dafne ainda faturava como sócia.

— Ainda tem um imóvel lá, né? Não pensa em vender? Vale alguma coisa?

Ela se levantou, fazendo com que Rogério recuasse, e andou até o quarto para que ele a seguisse. Ele deixou a caneca sobre a pedra da ilha da cozinha e foi atrás dela. No *closet* dentro da suíte do casal, Dafne ficou nas pontas dos pés, estendendo os braços acima da cabeça e apenas roçando a alça da mala com as pontas dos dedos. Rogério puxou a mala. Dafne sorriu também, uma forma de agradecê-lo por ser alto, másculo e forte, que fazia parte do teatro para que ele não se sentisse mal com a viagem e não a atrapalhasse.

Ele afundou o colchão ao sentar-se na cama e observou as roupas que ela escolheu para a mala.

— Tem a casa do meu pai — ela retomou a conversa, escolhendo as roupas não apenas pelo calor da cidade e suas estradas de terra, mas também pela impressão que queria causar nas pessoas que teria que reencontrar. Não queria ser esnobe, ostensiva demais. Sabia que Rogério estava de olho, e quando abriu a gaveta de *lingerie*, pegou as calcinhas de corte mais conservador e cores como bege, verde-musgo e branco. — Pago um caseiro, o Chico, para cuidar dela, mas acho que só vou ter certeza se tem me enrolado todos esses anos quando chegar lá. Vou conversar com alguns corretores e estudar a possibilidade de vendê-la ou alugá-la para temporada. E posso visitar a gráfica, pegar aqueles caras de surpresa.

A possibilidade de ganhar dinheiro animou Rogério.

— E volta quando? Hoje é sexta, o congresso é na terça. Dá tempo de você voltar no domingo à noite?

Zero chances de eu ir nesse congresso, ela sorriu.

— Claro, é o que eu estava planejando.

Então ele se levantou e colocou as mãos nos ombros dela.

— Amor, para tudo por um segundo, respira e olha pra mim.

Dafne sabia que aquele era o momento. Encarou o marido com os olhos pesados, as pálpebras relaxadas e um sorriso sutil.

— Fala, lindo.

— Não estou acostumado com você viajando por aí sem mim, só isso. Vou sentir saudades. Mas talvez te faça bem. Pretende... ver seus pais?

A forma delicada de perguntar se ela iria ao cemitério olhar os jazigos da família Copler. Ele esperava aquilo dela, um pouco de tristeza, de fragilidade. Era exaustivo para Dafne fingir aqueles sentimentos.

— Não sei... vamos ver.

Gostou do calor do beijo dele na sua testa. Abriu os lábios na boca dele e sentiu o vai-e-vem da língua por alguns segundos. Rogério reagiu movendo o beijo para o cangote dela, as mãos para dentro do roupão.

— Não tem que estar no consultório daqui a doze minutos? — Ela perguntou, fingindo gostar, convencendo-se a gostar, evocando estímulos mentais para lubrificar-se. Pela primeira vez em anos os pensamentos fugiram dos usuais e se fixaram num homem em especial, num homem que ela esperava ver em Jepiri, num homem que nunca foi realmente dela.

— Elas esperam, hoje não é dia de gestantes e minha única consulta importante é com aquela que está de 39 semanas e falando em parto humanizado — a palavra saiu com desdém —, só à tarde. Quero minha mulher.

Dafne abriu o roupão e fechou os olhos enquanto ele se empenhava na função de marido. Pensou em Reno Santiago. Sentiu o corpo reagir. Estranhou sua reação. O marido parecia querer deixar seu amor carimbado nela, como se quisesse mostrar que ela não precisava procurar satisfação sexual fora de casa. Era a personificação da insegurança dentro daquela casca de elegância e virilidade. E ela não fazia questão de conhecer os motivos.

Porque Dafne compreendia e aceitava que todos têm segredos, e como Rogério tinha os dele, ela tinha os dela. E, naquela manhã, eles pareciam estar gritando de onde ela os enterrara.

Às nove horas ela já estava pronta para a viagem. Telefonou para a diarista para avisá-la de sua ausência e dar instruções do que cozinhar para Rogério, cancelou um almoço com uma amiga e a massagem que havia agendado para segunda-feira no *Day Spa* Leyla Shultz. Trancou o apartamento e, carregando a bolsa e arrastando a mala, entrou no elevador do prédio. Dafne deu uma olhada rápida para o espelho, depois olhou para o celular, não realmente interessada nas mensagens que a aguardavam, até que leu o nome na caixa de entrada de *e-mail*: Mariana Kannenberg Caldas.

Não ousou clicar para abrir a mensagem. Sentiu-se observada e encarou a câmera no canto do elevador por algum motivo que ela nunca seria capaz de explicar. Sentiu o rosto quente e tentou se preparar para as palavras que leria. Algo emotivo, exagerado e apelativo como "nossa amiga morreu". Típico da Mariana. O "Caldas" era novo. *Parece que a Mari superou o coração partido.* Dafne ouviu os saltos batendo contra o cimento enquanto atravessava o estacionamento do edifício Plaza Brittania. As rodinhas da mala acompanhavam os cliques com um raspar profundo e irritante.

Ela levantou a porta de trás e jogou a mala dentro. No silêncio do interior do Volvo XC90 com cheiro de sachê de amarílis, Dafne permitiu-se outra olhada no celular. O *e-mail* insistia em ser lido. Ela tocou a tela e notou que a mensagem era curtíssima. Um pouco decepcionada, leu devagar.

"Oi. Nem sei se deveria estar entrando em contato. Seu *e-mail* foi fácil de pegar no *site* da sua empresa. Não sei se está sabendo da Tulipa. Alguém matou ela, Dafne. Ontem à noite. Não sei se isso importa para você.

Mari."

Dafne largou o celular no banco de passageiros. *Desgraçada*. Virou a chave no contato e decidiu pegar a estrada antes que mudasse de ideia.

PARTE II

As Flores
1996

A sirene agudíssima soou às 12:30, libertando centenas de crianças e adolescentes da última aula de sexta-feira. Suellen encontrou Mariana inclinada no bebedouro, alheia ao moleque que projetava a pélvis em direção à bunda dela para fazer os amigos rirem.

Suellen decidiu não se aproximar ainda.

Quando Mariana percebeu os risinhos, empertigou-se e olhou ao redor. Os rapazes caíram numa gargalhada irritante, e Mari virou-se, empurrando o escroto atrás dela.

— Se foder, Rodrigo!

Com as mãos para cima, na defensiva, ele deu um risinho.

— Ai, que estressada ela, tá de chico?

Suellen segurou a respiração e se preparou. Quando Mari se afastou e Rodrigo Jaas se inclinou para beber, ela foi rápida; deu quatro passos para a frente e empurrou a cabeça dele para baixo. O otário bateu com os dentes na bica de metal e molhou o rosto.

Estava enfurecido quando se virou, e os amigos continuavam rindo. Mariana agarrou Suellen pela camiseta do uniforme e as duas fugiram, gargalhando, enquanto ouviam os xingamentos esperados: – Corre mesmo, Rocha, sua arrombada! Te quebro na próxima!

Só pararam quando saíram da escola. Como de praxe, seguiram para a rua de baixo, onde Suellen podia acender um cigarro longe dos olhos de quem pudesse comentar com seus pais.

— "Te quebro na próxima". — Mariana pegou o cigarro que a amiga oferecia e tragou. — Babaca.

Suellen balançou a cabeça.

— Eles eram legais uns anos atrás. Por que ficaram tão escrotos?

As duas sentaram na calçada.

— Nem vamos perder tempo falando desses merdas. — Suellen sorriu, apertando um pouco os olhos por causa do sol. — É hoje, Mari. Tudo é hoje.

Ela tinha razão. Mariana tragou mais uma vez e entregou o cigarro à amiga.

— Tô morrendo de medo de dar merda, sabe? Tipo, uma das nossas mães decidir não deixar, essas coisas.

Mas precisava dar certo. Suellen colocou a bolsa e os livros no chão. — Vai dar certo. Primeiro, nossas *tattoos*. Depois, a festa. Tá nervosa?

Mariana estudou seus sentimentos. Estava apreensiva em relação à tatuagem, não pela dor, mas pela possibilidade de os pais descobrirem e ela apanhar ou causar uma briga em casa. Sobre a festa, só sentia antecipação.

— Só tenho medo do Reno não ir.

— Ele vai. — Suellen soprou fumaça no ar.

Mariana sorriu para a amiga. Cabelos negros compridos e ondulados, *jeans* rasgados no joelho, maquiagem pesada e unhas pintadas de preto; Suellen era a única do grupo que tinha o que Mari chamava de *estilo*. Infelizmente precisava limpar a maquiagem e disfarçar os cheiros antes de chegar em casa, por ter os pais mais religiosos e caretas da cidade. Mas mesmo quando apanhava e era forçada a orar e fazer os trabalhos de caridade com a mãe, Suellen não se abalava por dentro. No dia seguinte, continuava escutando Mötley Crüe e Pantera, deslizando seu delineador preto nas pálpebras e fumando Marlboro Light.

— Olha elas aí...

Cacau descia a rua rebolando. Era a única que ainda usava mochila. Todas as outras garotas preferiam carregar os cadernos e livros nas mãos e usar bolsas. A pele negra de Cacau reluzia de suor e ela exalava um cheiro adocicado de perfume. Sentou-se com as duas.

— E aí, sua mãe vai deixar? — Mariana sabia que com Cacau havia mais chances de dar merda. A mãe era viúva, desconfiada, não gostava muito das amigas da filha. Mas Maria Cláudia sorriu com os dentes perfeitos de filha de dentista:

— Fica tranquila, eu amansei a fera e tô liberada. Preciso estar em casa lá pelas cinco horas, aí eu tomo um banho, pego minhas coisas e — ela usou um tom sarcástico — vou dormir na casa da Mari.

Suellen pisou no cigarro.

— Quando, na verdade...

Mariana entrou na brincadeira: — Vai dar uns amassos com o namoradinho novo.

Cacau suspirou.

— Bom, eu não sou a única. Os meninos tão falando que os caras da estadual vão estar lá...

Suellen levantou-se, agitada demais para ficar parada.

— É hoje, hein, Mari?

Mariana não conseguiu conter o sorriso.

— Caramba, cadê a Barbie?

— A Dafne sempre se atrasa, puta merda...

Suellen e Dafne eram as que mais se estranhavam. E a sexta-feira prometia tanto que Mariana fez uma prece silenciosa para que as duas não brigassem.

— Sabe o que eu descobri? Existe um apelido dos gringos para o tipo de tatuagem que vamos fazer, perto da bunda.

— Lá vem você com as frases...

— Sério, é *tramp stamp*. Tipo, carimbo de vagabunda.

Cacau franziu a testa.

— É coisa de vagabunda ter uma tatuagem ali?

— Tudo é coisa de vagabunda — Suellen sorriu —, mas ninguém vai dar para trás.

— Pacto é pacto. — Mariana levantou o dedo para elas. Acrescentou num latim inventado, cantarolando como num canto gregoriano: — *Pactum es pactum santificaaaadummm...*

Rindo, as três se distraíam com Dafne, que descia a rua devagar, cabelos loiros reluzentes no sol.

— Boa tarde.

— Quase boa noite, né? Onde você tava? — Suellen empinou o queixo, como fazia quando estava nervosa. — Daqui a pouco perdemos o horário.

Dafne parou de andar, consultou o relógio Guess que o pai trouxera dos Estados Unidos e encarou Suellen.

— Eu garanto que não.

Mariana colocou um braço ao redor de Dafne e sorriu para Suellen:

— Nunca subestime as habilidades da Barbie Controladora.

O zumbido viperino da máquina de tatuagem foi a primeira coisa que as meninas ouviram ao entrar no *Estúdio de Tatoo Black Dragon*, na cidade vizinha, Mamarapá.

Dafne murmurou: "Tatuagem em inglês se escreve com dois tês...". Enquanto subiam as escadas pintadas de preto, as outras levaram a correção em consideração e tentaram ignorar o medo daquilo tudo.

O andar de cima era o estúdio, que ficava sobre uma loja abandonada cheia de cartazes "aluga-se". Todas as paredes haviam sido pintadas de preto e eram adornadas por máscaras de demônios, fotos de pessoas tatuadas, mulheres seminuas em trajes góticos e espadas de samurai. Um balcão ficava num canto, agrupado com uma cadeira de madeira, uma máquina de xerox e um computador velho. Bancos de couro alinhavam as paredes, e sobre duas mesinhas havia pilhas de pastas pretas. De trás de uma cortina de chuveiro vermelha, onde alguém pintara o esqueleto de um dragão, as meninas ouviram, por cima do som da agulha: — Fiquem à vontade, já falo com vocês. — Uma voz masculina.

As meninas circularam pelo lugar, olhando a decoração, folheando as pastas de desenhos. Mariana inclinou-se no parapeito da janela para olhar a rua lá embaixo.

Dafne aproximou-se dela:

— Tem certeza que esse cara vai tatuar a gente sem criar confusão?

— É justamente por isso que viemos aqui, todo mundo sabe que ele tatua menor de idade. Fica tranquila, vai dar certo. Mas mesmo se seu pai descobrir, não pode dedurar esse cara.

— Não é comigo que você tem que se preocupar.

As duas olharam sobre os ombros para Suellen, que acendia um cigarro enquanto conversava com uma estatueta de Anúbis. Mariana fitou a amiga. Dafne tinha uma beleza tão hollywoodiana que era quase escandalosa, com olhos verde-piscina, pele dourada, cabelos sedosos.

— Se os pais dela descobrirem, estamos fodidas, simples assim.

Dafne baixou ainda mais a voz.

— Eles nem perceberiam, aqueles idiotas. Tô mais preocupada com o Davi. Pode ficar sabendo por um dos outros meninos.

Ela se referia à mania do irmão de Suellen de controlar seus passos.

— Vai dar certo. — Mariana insistiu, para convencer a si mesma.

Cacau perguntou alto: — E aí, Dafne, qual flor vai ser mesmo?

Ela olhou para Mariana, que havia passado semanas falando das flores, suas associações, suas características e histórias mitológicas. Decidida, Dafne falou: — Vou fazer a amarílis.

Mariana ofereceu: — Exigente pra caralho, tem que regar sempre. Venenosa.

— Uma flor que transmite admiração.

— Calma, boneca. Sim, é uma flor que se adapta bem em interiores, é meio nariz empinado e muito bonita. E quando você acha que ela morreu, ela renasce superexuberante, do nada. É sua cara, Dafne. *No regrets.*

Suellen sorria.

— Eu vou fazer mesmo a tulipa. Estava meio indecisa, mas pensei muito essa semana e vai ser uma tulipa laranja mesmo. Laranja significa vitalidade e saúde, né, Mari?

— Mas é isso mesmo. — Mari se inclinou para trás, nos cotovelos, a luz que entrava pela janela emoldurando a silhueta dela. — E lótus pra você, né, Cacau?

— É. Tem super a ver comigo, com essa coisa de pureza e elevação espiritual. Eu acho que combina com uma futura médica.

Mariana declarou sua escolha com uma voz masculina, como quem lê uma enciclopédia: — E eu farei a magnólia, ou *Magnolia liliflora*, se preferirem, senhoras e senhores, uma flor da família *magnoliaceae*. Dizem que é a flor mais antiga do nosso planeta, por possuir um sistema de reprodução primitivo.

— Ah, pronto, lá vai ela falando do Reno de novo. — Suellen falou numa voz sexual.

Cacau riu, numa explosão espontânea.

Dafne desviou o olhar para que não notassem os ciúmes.

Mariana só fez uma expressão de malícia e continuou com a voz didática: — Como eu estava a dizer antes desta demonstração absurda de imaturidade por parte de minha colega Suellen Rocha, a flor simboliza nobreza, perseverança, dignidade e doçura. Só coisa boa. E por isso ela ficará eternizada como minha *tramp stamp*, ou *Trampa estampalis*, pra ser admirada pelos homens quando eu estiver de quatro.

Todas gargalharam daquela vez. Mariana jogou beijos ao público.

O zumbido parou e o lugar ficou em silêncio.

Um deslizar metálico cortou o ar. Um homem admirava a tatuagem recém-feita num espelho.

O tatuador sorriu.

— Olá, garotas, sou o Max. Tudo bem?

— Oi, temos horário com você agora, são as quatro tatuagens de flor. — Cacau se inclinou e apertou a mão dele.

Max esfregou as mãos, olhando para cada uma delas.

— Isso mesmo, garotas. Já vamos ver os desenhos direitinho, só me deixa terminar aqui com o Tuca, ok?

Elas esperavam, ansiosas, enquanto Tuca pagava pela tatuagem com um cheque e os dois conversavam sobre os cuidados que ele teria que ter nos dias seguintes.

— Não esquece da pomada, deixa a arte respirar um pouco, e não coça, cara.

A perna de Cacau balançava tanto que Dafne colocou uma mão no joelho dela.

— Pelo amor de Deus, tá me irritando.

Quando Tuca foi embora, Max se aproximou delas. Devia ter uns trinta e cinco anos. Os cabelos tinham entradas, o rosto era bolachudo e tinha uma barriguinha por baixo da camiseta preta, colete de couro e *jeans* pretos.

— Seguinte: se algum pai ou mãe chegar aqui pra me processar, vou falar que vocês me mostraram identidades falsas e que não tirei cópia porque a máquina tava quebrada. Não vou ter problemas com vocês, vou?

Mariana respondeu: — Não precisa se preocupar com a gente.

— Ótimo, então... qual das gatas vai primeiro?

Quando chegaram à Floresta Pirangá, viram velas num círculo, jogando iluminação trêmula e fraca na clareira. O lago era como um abismo negro no mundo, testemunha sombria da farra juvenil regada ao som de Faith No More.

Juntas, elas se aproximaram do círculo, distinguindo entre as sombras grupos pequenos de adolescentes sentados em cadeiras de praia e na grama. Num dos grupos, avistaram um violão; no outro, algumas tigelas cheias de salgadinhos. Muitos fumavam, e o alumínio das latas de cerveja reluzia com a luz das velas. Logo um rapaz caminhou em direção a elas com um cigarro na mão, camiseta do Skid Row no tronco e cabelos compridos ao vento.

— Sejam bem-vindas, gatinhas. Tem cerveja, tem salgadinho, tem amorzinho... — Ele sorriu. — Nós do terceiro estamos pedindo uma contribuição de cinco reais para bancar as despesas desta noite, vocês teriam como ajudar?

Dafne estendeu vinte reais para ele, que sorriu, tragou, soprou fumaça no ar e enfiou as notas no bolso de trás num gesto que lembrou uma pessoa se limpando com papel higiênico.

— Olha só, podem ficar à vontade e podem me chamar se precisarem, eu sou o Fernando, ok?

Foi Suellen que respondeu: — Obrigada, Fernando.

Reno tinha as pernas esticadas na grama e estava apoiado nos cotovelos, apreciando a visão do Lago Ajubá. A água refletia o negro do céu, mas não conseguia replicar as luzes das estrelas, que, naquela noite, como em todas as outras, estavam exuberantes, previsíveis e indiferentes. Além da margem, as montanhas se erguiam com a majestade de coisas antigas e ancestrais. Ele se perguntou o que havia além delas. Não tinha dúvidas de que, fosse o que fosse, seria mais bonito do que Jepiri.

Seus amigos conversavam ao seu lado, dando goles forçados nas cervejas que fingiam apreciar pelo gosto, e não por serem ilegais para menores de dezoito. Ficariam bêbados para parecer guerreiros nórdicos recém-chegados da batalha, quando na verdade eram virgens que passariam metade da noite vomitando nas folhas. Vê-los como realmente eram não diminuía o carinho que Reno sentia por eles. Sabia que deveria ser grato por ser tão jovem, mas também sabia que gratidão não deveria necessitar de tanto esforço.

Reno não via *glamour* algum na bebida. Ele e as garrafas no bar do pai faziam sua dança ocasional; ele olhava para elas e elas abriam os braços, convidavam com seus fluidos multicoloridos, com tampas metálicas e rótulos que sugeriam virilidade e audácia. Reno por vezes se aproximava, destampava algumas delas, inspirava e deixava-se contaminar pelo aroma robusto. Depois pensava no pai, no hálito de uísque quando ele começava a berrar, no tipo de palavras que usava, nas pequenas violências que aterrorizavam sua mãe. Então Reno colocava a garrafa de volta na prateleira de vidro e se afastava.

Ele se levantou para pegar um refrigerante. Ouviu protestos dos amigos e avisou que voltaria logo. Gostando da sensação da grama afundando sob seus tênis, e achando que a clareira adquirira uma estética ritualística por causa das velas, ele se aproximou de onde adolescentes bebiam e conversavam em pequenos grupos. A música estava alta, mas ele duvidava que aquilo fosse atrair as autoridades. A mata ficava longe demais de qualquer pessoa que pudesse se importar com o que jovens faziam perto do lago. As famílias que moravam nos arredores eram as mais pobres da cidade e viviam de pesca e empregos que os deixavam tão cansados que seriam capazes de dormir no meio de um bombardeio. Não se importavam com aquela farra.

Reno parou de andar quando viu as quatro ali, sentadas num círculo na grama, bebendo cerveja e inclinadas para o centro, sussurrando, compartilhando algum tipo de segredo ao qual ele nunca teria acesso. A visão de Mariana traduziu-se como calor no peito dele. Um tipo elétrico e pulsante de excitação, algo que o lembrava o que sentia ao colocar a mão na superfície da máquina de lavar da mãe.

— Oi, Su. Oi, Mari. Oi, meninas.

Os quatro rostos exibiam sorrisos educados, mas o de Mariana era diferente: mostrava dentes, bochechas cheias e olhos enormes, que ele sempre achara lindos.

Suellen foi a primeira a responder.

— Oi, Reno.

Antes que as outras pudessem cumprimentá-lo, Davi estava ao seu lado, ombro tocando o dele, cerveja na mão.

— O que você tá fazendo aqui, tá louca?

Suellen se levantou, fazendo as meninas inclinarem para trás, tentando equilibrar seus copos.

— Você tá aqui também!

— Volta agora pra casa da sua amiga, essa festa é para o terceiro ano!

Reno colocou uma mão no peito de Davi e falou baixo:

— Cara, fica mais tranquilo. Que isso, pô, deixa sua irmã ficar aqui, elas não estão fazendo nada de mais.

— Obrigada, Reno — Suellen apontou um dedo para o irmão —, porque esse babaca acha que pode fazer o que quer e eu não posso. Eu juro que se você contar pro pai, vai se arrepender!

As outras se levantaram, sentindo a situação crescer, alarmadas. Reno estava do lado delas antes mesmo de pensar no assunto. Não havia como concordar com o amigo. Detestava ver que, apesar do bom senso, Davi às vezes deixava os sermões religiosos dos pais afetarem seu julgamento.

— Escuta, volta lá com os caras. Deixa ela curtir um pouco. Dá um tempo.

— Não vamos ficar até muito tarde. — O tom de Dafne conseguia conciliar delicadeza e soberania.

Davi balançou a cabeça e se afastou, disposto a mostrar que estava irritado. Suellen o observava com olhos rancorosos. Reno viu Mariana colocar uma mão no ombro da amiga e Suellen cruzar o braço sobre o peito para tocá-la. Não soube o porquê, mas achou o gesto bonito e, ao mesmo tempo, proibitivo. Exibia um tipo de intimidade que ele só podia sonhar ter com ela.

— Mari — falou, esperando não ser rejeitado.

Elas o encararam. Mariana sorriu.

— Quer dar uma volta?

Ela deu um gole no copo de plástico, e ele esperou, o coração exposto para aquelas meninas como num sórdido artefato cristão. Ela entregou o copo para Cacau e estendeu a mão para ele.

— Vamos.

Reno pegou a mão dela, achando o gesto atrevido demais, bom demais, definitivo demais. Enquanto se afastavam das outras, ele ouviu um zumbido de conversa entre elas e não conseguiu conter um sorriso.

Caminharam em silêncio pela margem do lago, se afastando da festa como se estivessem deixando o mundo para trás, a música cada vez mais fraca. Mariana se sentou, pernas cruzadas, o vestido deslizando e revelando as coxas. Reno se sentou de forma que pudesse olhar para ela.

— Desculpa pelo Davi. — Palavras vazias, uma tentativa de quebrar o gelo.

— Gosto dele, mas... se ele se meter com a Suellen, nunca mais vai ter paz. No fundo, ele sabe.

Reno franziu a testa. Não duvidou das palavras dela. Não encontrou nada para dizer. Mariana facilitou, com aquele sorriso que se manifestava nos lábios, nas faces rosadas, nos olhos.

— Faz tempo que eu queria conversar com você.

— É. — Ele tentou se conter para não a beijar cedo demais. — Mas parece que nunca dá, que sempre tem muita gente por perto.

— Tá falando das minhas amigas ou dos seus amigos?

Ele riu um pouco.

— *Touché*. A culpa é minha também.

Ela brincou com a grama, arrancando pedacinhos e rasgando-os ao meio.

— Quando você voltar lá, eles vão perguntar até onde você chegou comigo, se eu deixei isso ou aquilo... — Ela levantou uma sobrancelha e o encarou. — Não é?

— É, vão. Mas eu acho que algumas coisas só têm graça quando são segredo.

Ela sorriu.

— E você, Mari? O que vai contar pras meninas?

— Tudo. São minhas melhores amigas.

Reno riu.

— Tá bom... aceito isso.

Ela endireitou as costas. Levantou uma mão e tocou no cabelo dele, e Reno sentiu que ela colocara uma folha ali, apoiada na sua orelha. Ele se imaginou como algum ser da floresta, alguma criatura que vira numa ilustração de um livro sobre mitologia. Mariana mordeu o lábio e depois falou, numa voz rouca: — Então me beija logo, porra.

PARTE III

Tulipa Desbotada
2017

GUSTAVO

O legista era de Mamarapá, e Gustavo não gostava de pessoas de fora de Jepiri participando do inquérito. O cara estava usando as instalações da única funerária da cidade, a Serviços Funerários Gomes e Barboza, onde Gustavo acabara de entrar. Benzeu-se antes. Não era muito religioso, mas estar numa funerária numa sexta-feira treze o deixava nervoso.

Ricardo Gomes estendeu a mão suada para o velho amigo.

— E aí, Caldas, como andam as coisas, a família?

— Tá firmeza, velho. Onde é que ele está?

— Tá lá na sala com ela, te esperando.

— Obrigado por ceder o espaço, viu?

— Que isso, doutor, não precisa me agradecer.

Com um aceno indicando que entraria no espaço do outro, Gustavo atravessou a sala decorada com caixões e uma mesa para negociação, e passou pelo corredor estreito até chegar na sala de tanatopraxia. Lá estava Suellen, pela segunda vez. Ele engoliu a vontade de sair de lá e deu um passo para dentro do ambiente claro, iluminado pelas lâmpadas cilíndricas diretamente acima do cadáver. Nunca perdoaria a tal de Suellen por fazê-lo ter que sentir aquele cheiro de novo.

O legista, usando um jaleco que implorava por um pouco de Omo Dupla Ação, fez um gesto de reconhecimento com mãos. Não cumprimentaria Gustavo. As luvas brancas de látex estavam úmidas e espremiam os pelos pretos da mão ossuda do homem.

— Seu delegado?

— Eu mesmo. Gustavo Caldas.

— Francisco Nunes. Já terminei a necropsia, doutor. Quer dar uma olhada?

Gustavo forçou os pés para a frente e os dois se aproximaram da mesa por lados diferentes. Ele quase pediu para que o homem cobrisse o cadáver com um lençol, mas Francisco Nunes não parecia incomodado com a visão da mulher obesa nua e costurada. *Tenha santa piedade*, Gustavo quis berrar, *você tá acostumado com essa merda, eu não!* Engoliu em seco ao observar o caminho costurado com fio preto, a notória incisão em Y, e outra costura torta, enorme, na púbis da mulher, repuxando a pele, desenhando um "S" invertido.

Os cabelos castanhos dela haviam sido penteados para trás, o rosto já pálido numa expressão pacífica, os lábios arroxeados, costurados por dentro, como de praxe.

— O rosto estava bem danificado. Fiz o melhor que pude.

Parecia que uma criança desenhara trilhos de trem na testa dela e no buço, conectando o lábio e o nariz. As feridas de facadas, já secas e lavadas, cobriam o tórax, pescoço, ombros e barriga, e lembravam bocas de algum animal marinho de filme de terror. Dois seios enormes e flácidos, também perfurados, pendiam para lados opostos, uma barriga se avolumava no meio do corpo, bifurcando em coxas enrugadas de celulite. Os pés apontariam para uma e cinquenta se fossem ponteiros de um relógio.

— Foi um ataque bem violento, doutor — Francisco começou, fingindo lamentar. — Tudo indica que foi esfaqueada primeiro. São quarenta e uma facadas no total. Algumas muito profundas, que suspeito terem sido as primeiras, aqui no esterno — ele apontou o dedo enluvado para os cortes —, depois foram ficando mais fracas e erráticas. Parece um frenesi, sabe, o cara começou e não parou mais. O estranho é que não tem nenhum sinal de feridas defensivas. Morreu sem lutar, passiva. O estrago feito no rosto eu dei um jeito de levantar, porque estava afundado. Alguma coisa pesada esmagou os ossos do crânio – o frontal e temporal, esfenoide e parietal esquerdos –, mas isso foi feito *post mortem*. E usaram algum tipo bem afiado de faca, de lâmina grande, para cortar a vulva e a vagina dela, para cima. Ficou bom o jeito que eu costurei, né?

— Esse tipo de coisa... foi alguém com muito ódio. Muita raiva dela. Foi muito pessoal. Mais de quarenta facadas, puta merda.

Francisco deu de ombros.

— Isso é com vocês.

— Então você acha que a faca usada no tórax não foi a mesma usada para mutilar a genitália? O cara levou duas armas, que tipo de pessoa leva duas armas?

— Tenho certeza... isso daqui parece... olha, se eu tivesse que adivinhar baseado no tipo de corte, o ângulo... eu diria uma tesoura de jardinagem ou algo parecido.

— Jesus Cristo.

— Separei as roupas e dei uma olhada por cima, mas não tem nada de mais. Tudo embalado e etiquetado para o pessoal da científica levar. Tem uma coisa, sei lá, não parece combinar com ela.

— Encontrou sêmen ou sinal de atividade ou violência sexual?

— Não, não, nada disso.

Gustavo fixou o olhar no homem, que começou a empurrar o corpo para levantá-lo, o esforço visível nas expressões faciais.

— Vem cá, vem cá...

Ele deu a volta e se aproximou, de olho nas costas da mulher, agora visíveis e amparadas pelas mãos enluvadas do homem. Gustavo sentiu uma onda de euforia. Bem acima da divisão entre as nádegas, no ponto mais baixo da coluna dela, uma tatuagem desbotada e de traços grosseiros de uma tulipa.

Francisco deixou o peso vencê-lo e abaixou o corpo do jeito mais delicado que conseguiu. Seios arroxeados tremelicaram.

— Nada conclusivo na inspeção dos órgãos. Todos devidamente pesados e inspecionados, embalados e colocados dentro do corpo para o funeral. Logo logo entrego o laudo.

Gustavo não conseguiu imaginar o *display* de coração, estômago, fígado e companheiros, alinhados como frutas numa bancada de feira. A tatuagem era familiar demais, mas nas cores erradas, no formato errado.

Era quase igual a tatuagem de sua esposa.

DAFNE

Dafne sempre gostou de dirigir. Assumiu o comando de um carro pela primeira vez aos dezesseis, o Alfa Romeo do pai, e naquele momento decidiu que seria uma mulher que amava carros. Dirigia bem, conseguia estacionar em qualquer vaga e adorava trocar um carro por outro, o que fazia todos os anos. Com o Volvo, achava que ia passar mais um tempinho, pois havia se apaixonado pelo veículo.

A viagem não a cansou, mas a cada placa que passava, ela desacelerava um pouco, remoía sua convicção de estar voltando para o lugar que representava o inferno para ela, e se perdia em lembranças do passado. Depois de uns vinte minutos, ela voltava a apertar o pé contra o pedal e passava para a pista da esquerda.

A placa de fundo verde-escuro à direita dizia *Mamarapá 5 Km*.

Ela baixou o volume do som e tentou se lembrar do caminho agora que estava se aproximando. Mamarapá apareceria, paralela à estrada, e depois de uns quinze minutos, ela veria Jepiri lá embaixo, feia, pobre e cheia de insetos.

Não era só a cidade e tudo o que Dafne vivera nela. Era que ela se conhecia o suficiente para saber que não conseguiria conter sua curiosidade, que ia querer ver a fábrica do pai, visitar o lago e a mata e todos os lugares que reservavam tanto sofrimento para ela. Dafne se considerava uma campeã em autopreservação e não compreendia por que estava naquele carro, deslizando por aquela estrada, naquele dia ensolarado.

É pela Suellen.

Mas não era. Não podia ser só por ela.

É porque você prefere morrer do que admitir, mas quer ver Mari. Quer ver Cacau e abraçá-la e sentir o perfume adocicado dos cabelos dela. E quer que Reno esteja lá, e quer destruir a si mesma e seu casamento por causa dele. Talvez tudo o que precisara, em todos aqueles anos, era de uma desculpa para se enterrar de uma vez na lama daquela cidade. Talvez o momento tivesse chegado, afinal.

Ela reconheceu Jepiri assim que as primeiras construções apareceram à direita. Aquilo era uma agressão à natureza. Postes conectavam a fiação elétrica bagunçada, casas de tijolos semiconstruídas em cima do comércio, abandonadas, apodrecendo. Borracharia Três Irmãos: muros pintados de azul. Igreja Batista. Fábrica de Grades Paraíso. Paisagismo Pereira. Igreja Universal. Camping Tigrão. Borracharia. Locação de Andaimes. Num muro branco: Deus é Fiel. Casa do Parafuso. Caixas d'água em cima das casas pintadas de azul, verde, rosa, nos tons mais agressivos existentes. Serralheria do João. Crianças descalças correndo atrás de uma bola. Supermercado Atacado Ilha do Sol. Pizza e Esfirras Porto Belo. Posto Ipiranga. Pousada Bem-te-vi. Materiais para Construção. Aluguel de Bicicletas. Uma casa roxa. Uma casa azul. Toldos do Marcelo. Paraíso Piscinas. Mato. Bananeiras secas. Ela diminuiu a velocidade para pegar a saída, o estômago contraindo.

Saiu da estrada e dirigiu devagar. Fez a curva, pegando a rua Emílio Barata, e respirou, aliviada, ao entrar na parte mais bonita de Jepiri, em meio às árvores, ao mato, às bananeiras. Precisava continuar naquela rua até chegar ao centro. Ficou surpresa por lembrar-se do caminho e ver que nada havia mudado. Era a mesma cidade, intocada pelo progresso, por investimentos, por melhorias. Era triste, mas ela não conseguia sentir pena.

As cidades pequenas têm suas próprias personalidades, carregam todas uma certa vergonha, uma consciência bem vívida de sua pequenez. Esses aspectos se traduzem como resignação nos mais velhos e revolta nos mais jovens. Só existem duas formas de vencer na vida se você é de uma cidade pequena: fugir dela ou comandá-la.

Dafne chegou à praça da cidade, um pentágono assimétrico que haviam transformado num parquinho infantil em algum momento nos últimos vinte anos. A grama estava bem cuidada, mas, de onde ela podia ver, metade dos brinquedos estavam danificados por uso. As ruas eram asfaltadas agora e ela precisou reconhecer que pelo menos aquilo havia mudado. Estacionou o carro em frente a uma padaria e olhou em volta. Depósito de bebidas, loja de móveis rústicos, um telefone e "Consigás" pintado num muro. Pessoas iam e vinham, e Dafne se pegou odiando as roupas das mulheres e as caras dos homens. Um cachorro começou a latir do lado de fora, pulando para olhar para ela através do vidro. Dafne notou que era um vira-lata enorme, que agora apoiava as patas na porta do motorista. Ela levantou os óculos escuros do rosto.

— Arranha meu carro, coisinha suja — falou, baixo —, eu mereço, por ter vindo até esse fim de mundo.

Ignorou os próximos latidos e colocou a marcha em P. Pegou o celular do banco de passageiro. Acessou o GPS e esperou ser encontrada pelo satélite. Logo um ponto piscou num mapa azul e ela digitou o endereço: Avenida Santa Rita, 500. Uma rota em verde foi traçada. O GPS era indiscreto e logo o nome do destino piscou na tela, sem cerimônia: Copler Indústria Gráfica.

Ela se permitiu uma lembrança do pai. Esfregou as pálpebras e tomou um gole d'água morna e com gosto de plástico. Decidiu acabar logo com aquilo e ver a empresa que destruíra Carlos Copler a ponto de ele cometer suicídio.

A avenida Santa Rita cortava a praça do centro da cidade e percorria metade de Jepiri. Em um determinado ponto, ela se afastava do comércio, depois das residências, e terminava no pátio industrial da quarta maior gráfica do Brasil. Dafne desacelerou e encostou o carro antes de entrar no complexo, permitindo-se uma análise mais honesta da construção que ela só vira em fôlderes e *websites* desde que se mudara de Jepiri.

A lembrança da primeira vez que visitou a gráfica era uma das mais recorrentes entre milhares que compunham sua identidade. Tinha seis anos. A mãe já estava doente. Dafne não queria ficar aos cuidados da babá e pediu ao pai para que a levasse ao trabalho. Carlos pareceu gostar da ideia e Dafne passou o dia correndo pelos galpões, na época com poucas máquinas, sendo perseguida pela secretária e amante do pai, Rose, numa atitude inimaginável para os padrões de segurança na indústria gráfica dos dias atuais.

O prédio fora reformado por completo. Era uma construção de dois andares, de cerca de 36 mil metros quadrados, contando com os galpões da área de produção, anexos ao prédio administrativo. A fachada era pintada de bege, todos os vidros pretos. O que ajudava na estética era a quantidade de árvores e plantas que a emolduravam. Em letras acobreadas, imensas: Copler Gráfica.

Um caminhão com o C e G enlaçados passou por ela.

Ela virou a chave e circulou uma simpática ilha de árvores que formava uma rotatória na entrada do parque. Seguiu a placa que dizia "Estacionamento para funcionários", percorrendo uma fileira de veículos estacionados em vagas marcadas em diagonal. No final, próximo à entrada do prédio e sob a sombra de palmeiras, dez vagas haviam sido reservadas para a diretoria e gerentes. Ela olhou os carros: Um BMW X3, um Ford Edge, dois Audis e uma Land Rover.

Dafne estacionou numa das vagas da diretoria e saiu. Nuvens cor de cinza pendendo sobre as montanhas chamaram sua atenção. Época de tempestades em Jepiri. Época de deslizamentos de terra e desabamentos nas áreas residenciais miseráveis daquele pedaço do Brasil. Ela decidiu acelerar sua visita. Queria estar em casa antes que começasse a chover.

A recepção fora decorada com preguiça, por um amador, na melhor das hipóteses. Não tinha personalidade, originalidade e muito menos harmonia entre os materiais e cores. Dafne atravessou o átrio e tirou os óculos escuros ao se aproximar de um balcão.

— Estou aqui pra ver o Alan Murtinho.

A mulher usava um uniforme azul-marinho todo repuxado nos seios e barriga. Tinha a pele branca, algumas espinhas e sobrancelhas que pareciam berrar por uma pinça. Os cabelos lisos, pretos, tinham sido prensados por uma chapinha alguns dias antes e não se mexiam, grudados com a oleosidade.

— A senhora tem uma reunião marcada?

— Não, mas ele vai querer me ver. Diz que a Dafne está aqui.

— Dafne da onde?

— Dafne Copler.

Ela pareceu confusa, como se pensasse "conheço esse sobrenome de algum lugar". Caiu na real rápido, repuxando os lábios num sorriso. Os dentes, para a surpresa de Dafne, eram limpos e alinhados.

— Pode aguardar um minuto?

Dafne caminhou até um sofá vermelho e se sentou. Começou a planejar mudanças na recepção. Colocaria outro piso, mudaria os tipos de plantas, tiraria aquelas estátuas de ninfas daquele canto e arranjaria uma consultora de beleza para aquela pobre moça. Imaginou uma máquina de café num canto com piso de madeira e um espaço para os prêmios conquistados pela empresa. Teria que colocar sofás e poltronas decentes também. Surpreendeu-se ao ver Alan, usando um terno caro e de medidas erradas, descendo a escadaria.

Ela se levantou, sentindo aflição pela forma que o homem tentava sorrir, analisá-la e esconder seus verdadeiros sentimentos por ela ao mesmo tempo.

— Nossa, que surpresa boa! — Ele falou num volume exagerado. Então algo aconteceu. A falsidade derreteu e cedeu espaço para uma felicidade genuína, estranhamente parecida com alívio. Estaria Alan feliz em vê-la?

— Eu teria ligado, mas não planejava passar por aqui até chegar na cidade. — Ela recolheu a mão, desgostando do toque gelado da dele.

— Bom, a casa é sua, Dafne. Posso te ajudar com alguma coisa?

— Vim conhecer a empresa.

Desconforto.

— Mas você conhece a empresa. — Um risinho.

— Não venho aqui há vinte anos. Por sinal, semana que vem eu mando alguém conversar com você sobre essa recepção. Tá horrível.

Alan engoliu suas próximas palavras. Forçou um sorriso e fez um gesto em direção a escada: — Vamos lá então, conhecer o que seu pai deixou para você.

— Na verdade estou com pressa, vai chover. Prefiro ir direto pra produção.

— ... Então tá. Me acompanhe.

Atravessaram portas de madeira ao lado da escadaria, entrando numa área acarpetada, flanqueada por salas de escritórios. Em uma parede, ela viu amostras de embalagens produzidas pela gráfica; caixas de cereal, de medicamentos, rótulos de produtos de limpeza, embalagens de maquiagem e perfume.

— Quando chegou?

— Há quinze minutos.

— Uau, e veio direto para cá? Eu nem sabia que você visitava Jepiri.

Ele cumprimentou um homem que estava dentro de um escritório, e eles passaram por outra porta de madeira. Tudo mudou. Estavam num galpão imenso, bem iluminado, com piso de concreto e ilhas retangulares delimitadas por faixas brancas no chão. Dentro delas, pilhas de papel.

— Este é o nosso estoque. Mais de duas mil toneladas de matéria-prima.

— O quanto dessa matéria-prima é descartado?

Mais uma vez ela ouviu um curto e raso suspiro antes das palavras. Não eram as perguntas que incomodavam Alan, e sim o conhecimento de Dafne sobre um negócio que ela nunca exercitara ou estudara, até onde ele sabia. Também não era obtuso o suficiente para achar que conhecimento de um determinado assunto é hereditário.

— Trinta por cento por mês.

— E vocês já estudaram todas as possibilidades de reduzir esse desperdício de forma ecologicamente amigável?

Alan parou com a mão na próxima porta. Olhou para ela, rugas ondulando a pele fina ao redor dos olhos pequenos e escuros.

— Não pensei que fosse natureba.

— Não sou. — Ela encolheu os ombros. — Mas ser *eco-friendly* faz bem para a nossa imagem e atrai mais negócios e prêmios.

Alan empurrou duas portas pesadas e eles entraram na produção. Ela viu um mundo cinza de máquinas de plataformas horizontais e homens caminhando por elas. Alan lhe ofereceu uma touca e cobriu os cabelos grisalhos com uma. Dafne empurrou as madeixas curtas e louras para dentro da touca de TNT.

— Essa Heidelberg é nossa mais recente aquisição — ele falou alto, para que ela o ouvisse apesar do som de metralhadora cuspindo folha. — Faz a impressão *offset*.

— E custou sete milhões.

— ... É.

— Bonita.

— É, sim.

Eles caminharam pelo corredor formado pela disposição em grade das máquinas. Alan explicou a função de cada uma, com pinceladas de informações sobre o preço, necessidade da máquina e suas vantagens em relação às que haviam substituído. Dafne apenas ouviu, recebendo com agrado os olhares intrigados dos funcionários. Percorreram o caminho de volta para a recepção e subiram as escadas até o luxuoso, embora cafona, escritório dele. Dafne se sentou na poltrona de couro, arrancando a touca, e Alan tomou seu lugar atrás da mesa de tampão de vidro negro. Ela o esperou pedir dois cafés pelo telefone.

— Então, quanto tempo vai ficar na cidade?

— Não decidi ainda. — Ela olhou através da janela para o mundo que ficava cada vez mais escuro e as palmeiras que balançavam. — Acabei de me lembrar que odeio o mês de chuvas.

— Ah, não se preocupe, vai ser uma pancada só.

Dafne sorriu.

— Não, eu conheço o céu de Jepiri. Vai chover até a madrugada. E vai ficar tudo cinza pelos próximos dias. Vamos ter sorte se menos de vinte pessoas morrerem esse ano. É a cidade me dizendo "bem-vinda de volta".

— Falando nisso, quando é o enterro?

Ela virou o rosto para ele. A porta abriu e uma secretária entrou. Não havia semelhança física entre ela e a antiga amante do pai de Dafne, mas parecia ter saído da mesma fábrica, um modelo mais simples e jovem. Cabelos tingidos de loiro, lisos. Unhas cor-de-rosa. Sorrisão no rosto. Segurava a bandeja na altura do peito e a colocou sobre a mesa de forma delicada. Sem falar uma palavra, saiu, e tudo o que ouviram foi um "click" quando a porta fechou. Alan deu um gole no café dele.

— Que enterro? — Ela perguntou, observando suas expressões faciais.

Ele bebeu um pouco mais do café.

— Ah, desculpa — riu um pouco —, é que morreu uma moça da sua idade. Pensei que soubesse, sei que você se mantém informada sobre o que acontece aqui. Característica que compartilha com seu pai, Dafne. Ele sabia onde estava e isso ajudou nos negócios, sempre.

— E deduziu que estou aqui porque essa moça morreu?

— Bem, ela tinha sua idade, e não é a melhor época para visitar a cidade. Como você mesma apontou, a estação de chuvas aqui é perigosa.

— Arquivos, documentos do RH. Gostaria de vê-los. Dar uma olhada em quem está gerenciando esta empresa com você. Nossa alta diretoria, por assim dizer, e os vendedores.

Por um instante, ele não respondeu. Depois concordou com a cabeça. — Claro. Compreendo. Que tipo de informação está procurando? Não é mais fácil perguntar para mim?

— Os carros no estacionamento. Não faz sentido um cara que ganha quatro mil dirigir um Ford Edge, entende? Quero saber se estão envolvidos com mais alguma coisa. É um direito meu.

Ele apoiou os cotovelos no vidro.

— Dafne… — levantou as sobrancelhas. — Você… pelo amor de Deus, cuidado com o que você fala. Eu conheço esses caras. São meus amigos. São homens de família, honestos e cuidam da sua empresa. Os carros…

Ela aguardou.

— Sim, os salários são modestos, mas oferecemos alguns bônus para quem trabalha bem. O Felipe Desni, por exemplo, nosso vendedor, trouxe um cliente de dois milhões de faturamento ao mês. O carro foi uma forma de agradecer, manter a lealdade, mostrar que vale a pena.

— Nada disso está previsto ou explicitado em nenhum dos relatórios que recebi neste ano. Como um cara que ganha quatro mil sustenta um carro desses? A Copler está pagando gasolina, IPVA, seguro?

— Dafne, de onde está vindo tudo isso? Deveria ter me falado que tinha algumas dúvidas, eu teria marcado uma reunião com a Cris do RH, ela poderia explicar tudo isso melhor do que eu.

— É só me falar o que está acontecendo. Não vou criar problemas. Você toca o *show* por aqui, sempre foi assim. Eu só quero estar por dentro.

— Vamos fazer o seguinte: eu peço um relatório detalhado de todos os tipos de incentivos que damos aos nossos funcionários e uma planilha mostrando tudo o que foi gasto com isso nos últimos cinco anos. Você ficaria mais segura?

Ficaria mais segura com uma auditoria e uma conciliação patrimonial. Ela sorriu.

— Ficaria, sim.

MARIANA

Mariana passou a mão no espelho do banheiro, abrindo caminho na camada que embaçava o vidro. O que fazer para disfarçar os olhos inchados e vermelhos do choro?

Ela terminou de secar o corpo e se vestiu, deixando a toalha enrolada na cabeça, e caminhou até o quarto da filha. Heloísa estava deitada na cama, uma sopa rosa, marrom e bege se formando na tigela de sorvete napolitano dela, lendo um livro.

— Já fez a lição?

Sem levantar os olhos: — Já, mãe.

Mariana abriu a boca para acrescentar "pega leve no sorvete", como sua própria mãe costumava fazer, mas conseguiu impedir-se a tempo. *E daí se ela engordar? Por que eu vou ficar projetando essas neuras nela enquanto ela ainda pode comer sorvete sem se sentir um lixo?* Hesitou antes de fechar a porta.

— Te amo, filhote.

Heloísa respondeu, ainda sem tirar os olhos do livro: — Te amo, mãe.

Na cozinha, ouvindo Theo jogar no Xbox na sala, ela enrolou alguns cubos de gelo num pano de prato, que encostou nas olheiras para ver se o olho desinchava. Se ela chorasse demais por Suellen, Gustavo ia começar a desconfiar. E se ele começasse a investigar o passado delas, Mariana estaria fodida.

Theo apareceu na porta da cozinha. Ela pensou que ele perguntaria o que ela estava fazendo ali com aquela trouxinha no olho, mas então notou o medo no rosto magro do filho.

— Mãe... ele tá fazendo aquilo de novo.

Tão logo as palavras saíram, Mariana ouviu os ganidos agudos vindos da casa ao lado. Então os berros. Com o coração disparado, ela lembrou da última vez que o vizinho decidira espancar o cachorro. Heloísa havia ficado histérica, inconsolável como apenas uma criança consegue. Theo havia chorado também, com um ódio que assustou Mariana.

— Vai lá pro quarto da sua irmã e tenta distrair ela, tá? Coloca música, ou TV, bem alto, antes que ela ouça isso.

Ele correu até o quarto da irmã e Mariana apertou as pálpebras com as pontas dos dedos, sentindo o frio residual na pele. *Eu vou matar esse filho da puta. Eu vou matar esse filho da puta.* Ela saiu da casa, sem alarde, e se aproximou do muro.

– Tá chorando por que, sua bosta? Porra de bicho inútil do caralho! O que foi? Tá chorando de saudades daquela puta, é? Aquela puta te largou aqui comigo, vira-lata do caralho, te largou aqui comigo!

Gustavo tinha uma arma na casa, ela sabia. Sua arma não oficial.

E vai fazer o que, mesmo se encontrar a arma dele? Vai dar um tiro nesse cara? E as crianças?

Mesmo enquanto se convencia que só estava abalada por causa de Suellen, os apitos doloridos do cachorro a movimentaram para dentro da casa, pelo corredor, e até o próprio armário. Ela puxou o pufe do canto e subiu nele, procurando no maleiro por algum tipo de maleta ou caixa onde Gustavo poderia guardar o revólver.

Lá fora, o cãozinho parou de ganir.

Mariana continuou tateando as caixas, reconhecendo recipientes plásticos onde guardava documentos, fantasias das crianças, quinquilharias que toda família acumula por motivos sentimentais. Estranhou o silêncio súbito, embora fosse grata por ele, e quase desejou que o bicho estivesse morto. Os mortos não sofrem.

Pensou em Suellen.

Então a mão tocou uma caixa que ela não via há anos.

Ao retirá-la de debaixo de outras tralhas, Mariana ficou surpresa com sua leveza. Intocada há quase uma década, retangular, feita de um papelão grosso que agora tinha manchas amareladas e mofo, ela continha as fotos e objetos que, mesmo nas noites mais escuras, Mariana não tivera coragem de jogar fora.

Guardara muitos suvenires de sua adolescência, achando natural que alguns artefatos passassem na peneira do tempo, como provas do que fora vi-

vido. Provavelmente ainda teria uma coleção imensa de fotografias, cartas, bilhetes e flores secas se não houvesse arremessado quase tudo numa fogueira aos vinte e cinco anos, num ataque de fúria e revolta do qual se arrependia até hoje.

Desceu do pufe às cegas com pés cuidadosos. Não sabia quando Gustavo poderia voltar, então levou a caixa ao banheiro, trancou a porta e sentando-se na tampa no vaso, deslizou a mão pela superfície já áspera. Da mesma profundidade de uma caixa de sapato e com quase o dobro da largura, ela fora um receptáculo para tudo que Mariana, ainda jovem, considerara importante guardar. A decoração florida já estava desbotada.

Ela levantou a tampa e reconheceu o que restava do seu passado: uma dúzia de cartas dobradas ao meio, uma tampinha enferrujada de Keep Cooler cítrico, algumas fotografias, um anel de plástico verde.

Mariana observou a própria mão mexer sem seus comandos, entrando na caixa e tocando a tampinha da garrafa. *Reno*. A floresta úmida, as respirações entrecortadas e trêmulas, o coração acelerado. Suor e cheiro de sexo. A dor. As ondas leves de prazer para ela e o êxtase dele, tão desprendido e entregue, ao enterrar a boca no cangote dela para abafar um gemido selvagem no final. Ela sorriu de saudades daquela noite, como se a boca fosse despejar mel sobre o queixo e ela tivesse que apertar os lábios para que isso não acontecesse. Era uma lembrança suja, quase, cheia de reações elétricas na pele. Ela segurou a excitação com um retesar dos músculos vaginais e um aperto de coxas, como quem saboreia algo ao permitir que derreta na língua. Puxou as fotos que um dia mandara revelar na Fototica.

Ah, as quatro! Nem em seu mais desvairado estado de cólera Mariana teria conseguido queimar todas as fotos delas. Segurando a fotografia com as duas mãos, ela mergulhou o olhar naquele registro de uma tarde de verão na casa Copler. Atrás das quatro meninas que se abraçavam, ela podia ver as buganvílias roxas da madrasta de Dafne e o brilho do sol na superfície da piscina. No centro, a adolescente que Mariana já fora, os cabelos ondulados soltos e longuíssimos, a camiseta molhada. *Shorts jeans*, pernas bronzeadas, pés descalços. Ela mostrava a língua numa careta divertida, tão típica da pessoa que era então. Ao seu lado esquerdo, Suellen mandava um beijo para a câmera. Tinha porte atlético, peitos invejáveis, cabelos negros até a cintura. O biquíni rosa não servia para cobrir a púbis e os seios, e sim para evidenciar todo o resto: a barriga dura, braços bem torneados, o corpo esbelto. Nas extremidades, Dafne e Cacau sorriam com dentes alinhados e branquinhos. Dafne com os cabelos loiros presos num rabo de cavalo molhado. Tinha a pele bem mais clara do que as amigas, e o nariz e faces já exibiam o brilho avermelhado das leves queimaduras solares. Já Cacau deslumbrava com a pele negra e a saída de banho branca, curta e cheia de babados femininos. Já era mais mulher do que as outras naquela época, já era a mais inteligente, a mais sábia.

Como pareciam felizes. Todas presas aos efêmeros dramas pessoais que as aleijavam as almas, corroídas pela vida em Jepiri, pelas instabilidades inevitáveis da idade, e mesmo assim se agarrando à felicidade do momento, como se tivessem a consciência da rapidez com a qual tudo acabaria. Mariana abaixou a foto e sentiu-se como era naquele momento no banheiro; tornou-se propositalmente consciente do corpo atual, de mulher de trinta e sete, do corpo mais pesado, cansado. Do corpo que gerara duas crianças, as parira, as amamentara. Do corpo que o marido achava atraente, que não oferecia nenhum atrativo especial fora a feminilidade dos seus contornos. Um corpo útil, que parecia carregar o peso de um mundo inteiro consigo, arrastando mágoas, medos e segredos a cada passo, que já fora de alguns homens e que só ansiava por um.

Viu o recorte do jornal. Ainda sentia uma onda de orgulho quando olhava para a manchete:

Sobrado incendiado em Mamarapá.

Moveu os olhos para a frase que já lera mais de cem vezes na sua vida: *"A polícia ainda não tem suspeitos."*

Sorriu um pouco, pensando *pode ter certeza, seus merdas.*

Ela puxou uma das cartas, usando os dedos como pinça. Ao abrir, reconheceu a caligrafia arredondada e profunda de Suellen.

"Mari,

Tenho saudade de nós quatro. Eu sei que tudo isso que aconteceu é culpa minha, e que nunca mais vocês vão querer falar comigo, mas eu não consigo mais viver assim. Vocês são tudo o que eu tenho. Eu não aguento mais chorar. Eu não aguento mais não poder conversar com ninguém. Vou pirar. Eu aperto meu travesseiro no rosto e grito nele por horas. Por favor, fale comigo. Você é a minha melhor amiga."

Por que guardei isso?

Caso tivesse que ir a um tribunal. Caso tivessem descoberto o que vocês fizeram e você precisasse se defender de alguma maneira para não passar o resto da vida numa prisão, apanhando, vivendo na sujeira, comendo pão duro.

Quis rasgar a carta. Chegou a apertá-la até ouvir o papel amassar. Pensou no fantasma de Suellen ali no banheiro com ela, vendo aquilo, implorando para que ela não se desfizesse daquele apelo íntimo. *Me desculpa,* pensou, exausta. *Desculpa por não conseguir encarar você depois daquela tarde. Você se transformou em algo que eu não compreendia.*

Ela recebeu duas lembranças em estilhaços, as mesmas que já havia resgatado e sufocado milhares de vezes durante os anos. A bolota ensanguentada, tão parecida com um pedaço de fígado, deslizando pela coxa molhada e nua de Suellen, caindo nos azulejos e correndo para o ralo. A cova na floresta, para outro cadáver.

Batidas na porta.

Mariana sentiu o calor do pânico subir pelo pescoço.

— Já vai!

A voz suave de Heloísa, abafada do outro lado da porta: — É o pai, mãe. O carro dele acabou de entrar na garagem!

— Já vou, obrigada, querida.

Ela organizou os pensamentos. Pelo jeito, o vizinho havia parado de agredir o bichinho. Pela voz de Heloísa, fora a chegada do pai, tudo estava bem.

Onde guardar a caixa? O que ele estava fazendo em casa tão cedo? Ela olhou ao redor e viu a prateleira de metal com uma pilha de três toalhas brancas, felpudas e perfeitamente dobradas. Embrulhou a caixa com uma delas, que colocou debaixo das outras duas. *Só até ele ir embora. Aí eu encontro outro lugar para você.*

Saiu do banheiro e encontrou Gustavo entrando no quarto do casal.

— Oi. Já voltou? Vai conseguir descansar um pouco?

Ele a estudou. Olhou o quarto arrumado, notou que ela trocara as flores do vaso da cômoda, como fazia todas as sextas.

— Senta.

Com o rosto sereno, ela caminhou até a cama e sentou-se. O marido era muito mais alto do que ela, chegando a quase um metro e noventa.

— Desembucha sobre a vítima. O que você sabe?

Mariana encolheu os ombros e fingiu estar pensando. Havia pelo menos uma constelação de coisas que ele não sabia sobre Suellen que ela poderia contar.

— Bom, nada em relação à morte dela, nem a nós... não sei exatamente o que você quer saber.

— Começa pela tatuagem.

Mariana conseguiu não alterar a expressão.

— Ela tem uma tatuagem de flor nas costas, como eu. Fizemos na mesma época.

— Parece coisa de sapatão.

Ela manteve o tom neutro.

— Mas nem são iguais. A dela é uma tulipa; a minha, uma magnólia.

Gustavo deu alguns passos para frente.

— Se você se lembra de qual flor ela tatuou, fica bem óbvio que é uma coisa importante. O que significam?

— Guto, são flores. Éramos meninas. Nós queríamos fazer alguma coisa fora do padrão, uma aventura, uma coisa meio louca. É só isso. Me desculpa, mas não tenho nada que possa te ajudar.

Ele vai me dar um tapa.

Ele cruzou os braços.

— Aventura, né? Você era cheia das aventuras mesmo...

Ela olhou para a colcha da cama, analisando o tom de voz dele, preparando-se para acalmá-lo caso saísse do controle. Pensou nas crianças no quarto de Heloísa.

Gustavo dava passos pelo quarto. Estava começando: ele estava se irritando com o caso, com a pressão, e iria descontar nela. Mariana já aprendera que quanto mais falasse, mais rápido ele entraria em ebulição. Esperou.

Ele apertou o nariz, bem entre os olhos, como se estivesse com dor de cabeça.

— Tenho o corpo de uma mulher toda arrebentada no necrotério, com uma tatuagem igual à da minha esposa. Ninguém viu nada, ninguém forçou a entrada na casa, nenhuma das armas do crime foi encontrada, a vítima não tem nenhum inimigo, nenhum admirador secreto, nunca se meteu em confusão... puta que pariu...

Ele deu o bote, virando-se para ela e apertando seu rosto.

— Se eu descobrir que você sabe alguma coisa sobre essa vagabunda que não está me contando, eu te arrebento inteira, você tá ouvindo?

Ela achou que sua mandíbula fosse estilhaçar com a força que ele aplicava aos dedos. Mariana não o via mais através da cortina de lágrimas. Não conseguia falar, então assentiu.

— E eu vou descobrir o que essa desgraçada aprontou para ser tão odiada por todo mundo. Os pais não vão nem fazer um velório.

Ela assentiu de novo, pensando que precisava destruir a carta e qualquer outra lembrança de Suellen.

Tropa de Elite, da banda Tihuana, começou a tocar, e ele tirou o celular do bolso, soltando Mariana e virando de costas para ela.

— É o Caldas, fala.

Mariana quase não se moveu. Limpou as lágrimas de dor e massageou a mandíbula. Olhou as costas dele. Imaginou-se cravando uma faca entre as omoplatas.

Gustavo bufou ao telefone:

— Mas esses crentes são uns filhos da puta mesmo. E agora?

Ele enfiou o aparelho no bolso. As bochechas já estavam coradas de raiva.

— Agora os caras querem que a gente já libere o corpo daquela gorda para a porra do enterro... — fazia barulhos de indignação — no meio da minha investigação.

Ela precisava afastar-se dele para não fazer uma loucura.

— Vou fazer alguma coisa para você levar.

Caminhou até a cozinha.

Ela fez um coque com o cabelo e começou a preparar um lanche. Gustavo ligou a televisão e se sentou à mesa.

Num *Tupperware*, Mariana colocou um sanduíche de atum e uma maçã.

O locutor falava das chuvas famosas de Jepiri. Mostrava imagens do ano anterior, dos deslizamentos de terra no lado leste da cidade.

"Os meteorologistas preveem chuvas intensas nos próximos quatro dias. Conversamos com o prefeito de Jepiri, Abraão Anselmo, sobre as providências que estão sendo tomadas" .

Mariana olhou para a tela e viu um microfone apontado para o queixo de Abraão, um homem que ela só conhecera uma vez, na inauguração da praça para crianças no centro. Era um homem feio, de boca feminina, nariz torto e olhos caídos, com uma pele de bronzeamento artificial que Mariana tivera aflição ao tocar quando se cumprimentaram. *"Estamos trabalhando com a prefeitura de Mamarapá e o governo do Estado para evacuar os cidadãos de Jepiri que não querem permanecer na cidade na época de enchentes. É uma operação inédita e o transporte para as cidades vizinhas será gratuito"* .

Ela olhou para Gustavo.

— Ele vai ser reeleito — ele resmungou. — Se alguém morrer este ano por causa dessas merdas dessas chuvas, pelo menos ele vai poder falar que foi escolha dessas pessoas ficar.

Ela pensou num ônibus, em colocar os filhos nele. Em mandar que fossem para São Paulo, para a casa da mãe dela, e esperassem por ela lá.

E aí o quê? Vai pedir um divórcio e morrer nas mãos dele?

Colocou o pote de plástico em cima da mesa.

Gustavo inspecionou o conteúdo.

— Porra, Mari, fruta? Uma maçã vai sustentar um homem do meu tamanho?

— Faço outro sanduíche se quiser.

— Não, já deveria ter saído de casa mesmo. — E murmurou um *burra pra caralho...*

Ele olhou para a televisão por um momento. Pareceu preocupado. Encarou a esposa.

— O que você acha? Das chuvas este ano?

Ela respondeu sem pensar.

— Acho que os últimos dois anos foram leves. Acho que neste ano vai chover mais. As obras que eles fizeram nos morros não vão dar conta.

— Pelo menos vão ter alguma coisa mais importante para se preocupar do que essa mulher morta.

— Já pensou que a pessoa que fez isso pode ter feito de propósito, conhecendo a área e sabendo que as chuvas iam atrapalhar a investigação?

Assim que falou, se arrependeu. Gustavo não gostava que ela fosse inteligente e odiava que ela respondesse depois de uma briga.

— ... não sei que horas eu volto, mas deixa comida pronta.

— Preciso ir ao mercado de novo. Se alagar a rua, podemos ficar presos em casa. É bom fazer uma comprinha.

— Vai e volta rápido.

— Guto?

— O que, meu caralho?

— Ele tava batendo no cachorro de novo...

— Ai, Mariana, puta que pariu, eu não tenho tempo para essas suas babaquices. Liga para uma ONG ou bosta comunista dessas que ficam revoltadas na internet quando alguém chuta um gato. Liga pra eles.

Ela o ouviu bater a porta da casa sem uma despedida aos filhos. Escutou o ronco baixo do motor do carro e a derrapada histérica de pneus no asfalto.

RENO

— Não vou poder imprimir isso — disse Alberto, cada palavra pesando uma tonelada, o homem gordo emanando o cheiro acre de suor. — O pai dela é meu amigo, porra. Não vou poder imprimir assim. Caramba, Reno, vou ter que apagar essa parte inteira da mutilação, entende? O pai dela não merece, não merece.

Estavam do lado de fora do sobrado que funcionava como sede do jornal. Alberto descera para fumar um cigarro, e agora a luz do sol reluzia na testa dele, seu rosto vermelho do calor.

Reno colocou a mão no ombro maciço do chefe.

— Edita. A cidade vai acabar sabendo dos detalhes sórdidos de uma forma ou de outra. Essa edição vai circular mais do que baseado na floresta Pirangá na semana do *Réveillon*. Não precisa apelar. Corta essa parte, chefe.

Alberto Danza suava tanto que Reno achou que enfartaria.

— Quem faria isso com uma moça de bem? Isso é coisa de animal.

Reno não aguentava mais ouvir "moça de bem".

A necessidade de descobrir o que realmente havia acontecido naquela noite na casa de Suellen não o deixava em paz. *Elas* tinham alguma relação, por mais quebradiça e irresoluta que fosse, com esse assassinato. As três que haviam sobrado. Ele chegou a questionar se estava se agarrando àquela ideia apenas para ter uma desculpa para pensar nelas. Mas a ideia já se solidificara. A culpa vinha logo em seguida: ainda estava adiando ligar para Davi.

— O que você conseguiu com o Caldas?

Reno limpou a garganta, olhando em volta, percebendo o movimento na padaria da frente, desejando um café.

— O Caldas não fala comigo.

Alberto apertou o rosto.

— Estou inconformado, Reno.

— Eu sei, chefe.

— Escuta... — ele gesticulou, à procura de palavras. — É melhor não nos envolvermos demais com isso. Pega o que precisar para escrever alguns parágrafos durante a semana; calma, não olha para mim assim, deixa eu terminar de falar. Não quero você fuçando a vida dessa moça.

— Ela era minha amiga.

— Aqui todo mundo é amigo de todo mundo.

— É diferente, nós crescemos juntos.

— Reno, não quero o Caldas me enchendo o saco, não quero o Anselmo me enchendo o saco, não quero confusão. Consiga alguns detalhes e só. Algumas entrevistas com pessoas falando bem dela, talvez algo que ela tenha feito para a cidade ou alguma pessoa ou creche ou sei lá o que ela ajudou. E só.

Alberto jogou o cigarro na rua e pisou em cima.

Reno murmurou um "sim, senhor" e atravessou a rua, antes que mandasse o chefe à merda. Dentro da panificadora, ele se debruçou no balcão e cumprimentou o Russo, filho do dono, com um gesto. O homem de dois metros e dez serviu um suco de laranja para uma idosa e depois se aproximou.

— Santiago, o que manda, irmão?

— Me vê um café espresso, pelo amor de Deus.

Russo riu e foi até a máquina.

— Tá com uma cara péssima. Tem a ver com a mulher que morreu esfaqueada?

Reno se sentou no banco. O granito cinza do balcão estava pegajoso. — É, tem sim. Ouviu alguma coisa sobre isso?

Russo serviu o café e baixou a voz. Reno teve uma visão claríssima das cicatrizes de acne nas bochechas dele, dos seus olhos azuis-claros, o atributo que o tornava, somado à altura, popular com as mulheres de Jepiri.

— Sabe como é por aqui. Cada um conta uma história diferente. A gente encontra o denominador comum para ter uma ideia do que realmente aconteceu.

— Denominador comum? — Reno rasgou um saquinho de açúcar e despejou os cristais na xícara. Só o cheiro da bebida era suficiente para acalmar seus nervos.

— Trabalho numa padaria, mas estudo, Reno.

— Eu sei, cara. — Ele manteve o café na boca por alguns segundos antes de engolir. — E qual é o denominador comum?

Russo cruzou os braços musculosos.

— Que algum tipo de maníaco atacou a mulher como um animal e fugiu antes que a polícia chegasse. Os homens estão falando em linchamento quando o encontrarem.

— Nada como um ato de brutalidade para despertar o monstro em cada um de nós, hãn?

— Tá mais amargo do que o habitual.

Reno assentiu. Bebeu o resto do café num gole só.

— Eu sei.

Ele viu Russo se afastar para atender outro homem. Pensou na postura amedrontada de Alberto, na barreira de concreto entre ele e a polícia, erguida por Caldas, e por fim pensou em Mariana. A loucura daquele ano de namoro, o afastamento estranho dela, a cagada que ele fez, com Dafne. Mas a paixão de Reno e Mariana, sem margem para dúvida, sem ar, sem descanso, esfriara mesmo antes daquela traição. Algo mudou nela, na forma como ela começou a virar o rosto para ser beijada, na maneira como parou de telefonar, no olhar perdido enquanto ele falava. E, no ano seguinte, ela fugiu para o exterior.

Reno achava que superaria. E houve uma cura lenta, mas considerável, nos próximos quatro anos, enquanto ele fazia faculdade na capital, estudando jornalismo pela manhã e trabalhando como segurança em uma fábrica durante a noite. Compartilhava um apartamento minúsculo com dois amigos, mantinha contato com a mãe e os parentes, visitava Jepiri no Natal. Fez planos de morar em São Paulo quando acabasse a faculdade, já flertava com a efetivação na revista *Motores*, onde fazia estágio. Reno era mandado para cobrir exposições de carros antigos, feiras, e acabou ganhando uma viagem para a Itália, com tudo pago, para cobrir um evento. Depois da formatura, conseguiu um emprego na revista. Arranjou uma namorada legal, Flávia Ordonhes. Estava feliz, a vida seguia seu fluxo.

Então a mãe de Reno começou a piorar. Ele a buscou e trouxe para São Paulo, onde conseguiu consultas com médicos bons. O diagnóstico: Alzheimer. O pedido dela: "não quero sair da minha cidade" . Reno a levou de volta para Jepiri, onde se entregou, pela primeira vez na vida, a uma noite de bebedeira. Chorou de soluçar, outro ato sem precedentes para ele. A prima, Neide, o abraçou. Já era prostituta na época, começara aos quinze. No final, era simples: não havia quem cuidasse da mãe. Reno largou a namorada, o apartamento, os amigos, o emprego e os sonhos e foi para Jepiri, cuidar da mulher que cuidara dele e o protegera por dezoito anos, enquanto apanhava do pai dele. Nunca a ressentiu. Sabia que era o mínimo que devia fazer por ela. Tinha vinte e cinco anos.

Aconteceu na festa junina de Jepiri, em 2003. Todos os anos havia expectativa de que o arraiá superaria o anterior em tamanho e qualidade. Anualmente, a prefeitura de Jepiri excedia as expectativas do povo. O centro inteiro da cidade era fechado para acomodar dezenas de barracas de comida e jogos, e, desde 1999, era tradição acender uma fogueira na praça Santa Rita. Naquela noite, Reno caminhava entre aquelas barracas, sentindo o frio de junho no rosto e no pescoço, o cheiro de linguiça, quentão e pastel no ar. Olhou para cima, para as bandeiras coloridas penduradas em barbante esticado, e viu que muitas delas tinham sido confeccionadas pelas crianças das escolas da cidade. Quando virou para a frente mais uma vez, estava olhando para Mariana.

Houve um momento de reconhecimento, então um sorriso se formou no rosto dela, daquele jeito que mostrava os dentes, que enchia as bochechas. Ele teria feito qualquer coisa que ela pedisse naquele instante. Mas antes que pudesse falar, mesmo enquanto pensava que sua vida finalmente faria sentido ali, porque agora eram mais velhos e podiam voltar a se conhecer e retomar a história deles, ele percebeu que Mariana não havia engordado alguns quilos. Mariana estava grávida.

— Oi. — A voz dela, doce e rouca, não havia mudado.

Reno não conseguiu responder.

No momento seguinte, a cintura dela estava sendo enlaçada pelo braço forte de um homem mais alto do que Reno, de pele e olhos bem claros, olhando para ele com animosidade.

— Boa noite — ele falou, sem sorrir.

Reno leu o medo no rosto dela. Mariana não era boa em esconder o que sentia.

— Guto, esse é o Reno, um amigo meu de... infância.

O homem chamado Guto estendeu a mão, que Reno apertou por não saber como agir. Precisou limpar a garganta para falar.

— Prazer.

— Não conheço você, onde trabalha?

Mas ele não conseguia mais administrar a confusão. Prendeu o olhar nela mais uma vez, nos detalhes dela. A blusa azul-marinho esticava com a barriga arredondada e proeminente. Ainda usava brincos de argola. Os cabelos ainda caiam em cachos grandes, castanhos. Ela segurava um churro com a mão direita. Unhas ovais e pintadas de vermelho, sujas de chocolate. Os olhos estavam aflitos. Ele deu um passo para trás, virou as costas para o casal e foi embora da festa.

Não voltou a falar com ela desde então. Encontraram-se algumas vezes no supermercado, em eventos da cidade, num casamento. Não trocavam mais do que olhares curiosos e cheios de acusação. Ele acompanhou de longe o crescimento dos filhos dela. Deduziu que ela contara algo sobre ele para o marido, porque o delegado nunca escondeu seu desdém depois daquele primeiro encontro.

Russo voltou.

— Quer mais alguma coisa?

Alguns meninos gritaram na rua e Reno virou para olhar. Quatro meninos negros, magricelos e descalços, correndo atrás de uma bola imunda com sorrisos nos rostos. Uma lembrança circulou as margens da consciência dele, apenas algumas sinapses fora de alcance. Algo relacionado a crimes na Jepiri da infância dele. Crimes sem explicação.

Russo o puxou do devaneio.

— Mais alguma coisa?

Reno olhou para ele. *Quero saber de tudo*, pensou. *O que aconteceu com ela em 96. O que ela fez depois disso. Por que voltou. Por que se casou com ele. Por que Suellen está morta*. Levantou e falou para o amigo:

— Põe na minha conta.

O Hospital Municipal de Jepiri estava detonado, mas funcionava. Tinha profissionais dedicados, gente que gostava do que fazia e tratava as pessoas com respeito. A temperatura era mais amena ali, e quando Reno entrou, avistou a mulher que queria ver. Bonita ainda, esbelta, Cacau usava calças sociais, camisa e saltos quadrados. O jaleco tinha seu nome bordado no peito, e o crachá anunciava com orgulho sua função de diretora de clínica geral. Ela espalhava álcool gel nas mãos enquanto conversava com outro médico. Reno aguardou.

Sorriu quando ela o encontrou com o olhar.

Cacau não sorriu de volta.

Reno aproveitou para ajudar um casal de idosos que não entendia que para o velho elevador chegar, eles precisavam chamá-lo. Notou uma enfermeira com cara de exausta, sentando num banco de madeira da Era Mesozoica e desembrulhando um sanduíche. Ele pensou com carinho numa profissão que exige tanto altruísmo. Olhou o crachá dela: Julia do Passo. Ela deu um sorriso triste para ele.

Quando se virou novamente para a recepção, deu de cara com Maria Cláudia.

— Oi, Cacau.

— Veio conversar sobre a Suellen?

Ele assentiu.

Seguiu Cacau e seus saltos barulhentos até um corredor além da recepção e os dois entraram numa sala de exames com luz vacilante.

Ela fechou a porta. Quando se sentou, ele notou as unhas bem feitas, curtinhas, e a aliança. No pescoço, uma cruz fininha de ouro.

— Ainda está com o Paulinho?

Ela assentiu.

— Filhos?

— Não. Estou trabalhando, Reno, anda logo.

— Desculpa, tá. Eu... primeiro, eu queria saber como você está. Eu lembro da briga entre vocês, mas eu sei que amou muito a Suellen.

Cacau olhou para a parede. Ele notou que ela usava o cabelo cacheado solto com orgulho e isso o fez sorrir. Mas também notou o olhar cansado, a dureza da linha da mandíbula, o ar de uma mulher que viu mais do que queria.

— Eu não falava com ela há décadas. Mas a morte dela está mexendo comigo, sim. Talvez se fosse uma doença...

— Foi isso que eu pensei também. Mas não desse jeito.

— E é verdade que não sabem de nada? A polícia?

— Eles sabem como ela morreu. Não foi bonito, Cacau. E existem algumas pistas de que possa ter sido algum tipo de vingança. Por isso eu queria, em nome da amizade que já tivemos, que fosse sincera comigo: a Su fez mal para alguém?

O rosto dela mostrava que sim. Reno registrou o momento em que Cacau começou a brincar distraidamente com a cruz no pescoço, os olhos baixos.

— ... Não, ela sempre foi muito doce.

— Maria Cláudia, por favor.

— Não. — Dessa vez ela o encarou com os olhos grandes, escuros. — Nós nunca machucamos ninguém.

— *Nós?*

Ela percebeu seu erro. Para fugir dele, Cacau levantou-se e parou na porta, antes de sair.

— Talvez você devesse conversar mais com sua prima.

ANDRÉ

— Se importa se eu fumar, dona Glória?

O rosto rechonchudo e suado da mãe da vítima dizia que sim, mas ela balançou a cabeça. André Peralta estava acostumado a receber indulgências. As pessoas tinham medo de investigadores porque todas tinham algo a esconder.

Então ele acendeu um cigarro na sala de estar humilde, mas limpa, dos Rocha. O marido daquela mulher estava na delegacia pressionando Caldas para liberar o corpo da filha para o funeral, e era justamente por esse motivo que ele decidira conversar com ela e com Davi naquele momento. Quando não estão em bando, as pessoas são mais vulneráveis.

— Vocês já deram os depoimentos de vocês, fiquem tranquilos, só estou aqui para pegar mais informações, tudo bem?

Dona Glória colocou um copo na mesa de centro. Peralta reconheceu o tipo, daqueles de requeijão. Era um cinzeiro improvisado. Ela murmurou que ia passar um café e rebolou a bunda gigante para longe da vista dele.

Davi o olhava com os olhos marejados e braços cruzados. Era um rapaz de aparência comum, mas com traços pontudos e boca fina.

— Isso não faz bem para minha mãe — ele falou sem medo —, ficar falando sobre a minha irmã.

André bateu as cinzas no copo.

— Não tem como ser diferente, infelizmente, seu Davi. É procedimento a gente conversar o máximo que pode com a família da vítima. A gente precisa entender quem sua irmã era, o que ela fazia, quem ela conhecia. O crime foi muito pessoal. Quem entrou naquela casa entrou para matar a Suellen.

— Você acha isso só porque nada foi roubado?

André estudou a sala; móveis velhos e escuros, laqueados. Bibelôs e toalhinhas de crochê, alguns porta-retratos de gente velha. Nenhum de Davi ou Suellen.

— Não só por isso.

A palavra "ASSASSINAS" em sangue fresco não saía de sua cabeça.

— E se foi algum drogado? Algum bêbado ou maníaco que entrou para judiar de qualquer pessoa e encontrou minha irmã lá?

André pensou na palavra escrita com o sangue da vítima. Caldas dissera que era informação confidencial, que não era para ser divulgada para absolutamente ninguém. E ele tinha razão.

O celular vibrou no seu bolso e ele olhou o recado. Era de Reno Santiago: "Cerveja às nove?". A velha troca de informações que sempre ajudara ambos os homens no cumprimento de seus deveres. Mas agora era pessoal para Reno, e André teria que ter mais cuidado. Ele digitou: "positivo" e guardou o celular no bolso.

Dona Glória voltou e serviu o café. Ele a observava. Ela não exibia sinais de choro, mas com aquela gente ele nunca sabia o que esperar. Estavam a um passo do fanatismo, raciocinavam de forma diferente.

— Sente-se, por favor, senhora. Você deveria descansar um pouco.

Ela enrugou os lábios, mas acomodou-se numa poltrona. O filho olhava tudo, ainda em pé.

— No seu depoimento, a senhora disse que passou a noite inteira aqui com seu marido e seu filho, que vocês assistiram televisão juntos, certo?

Ela assentiu, o olhar morto, perdido na toalhinha de crochê na mesa.

— Você conversou com a Suellen na quinta-feira? Pessoalmente ou por telefone?

— Não, ela não foi no culto. Ela parou de ir um tempo atrás.

— Qual foi a última vez que falou com sua filha?

Ela olhou para Davi. O rapaz só a encarou, sem palavras.

— Não lembro. Ela parou de ir ao culto.

— Por que ela parou de frequentar a igreja?

Dona Glória apertou a mandíbula, mas encolheu os ombros como quem não sabe ou não se importa.

André olhou para Davi.

— Sua irmã estava questionando a própria fé?

Davi moveu-se, finalmente. Com gestos graciosos, ele descruzou os braços e se sentou ao lado da mãe, colocando uma mão gentil no braço dela.— A Suellen sempre relutou quando se tratava da igreja, desde pequena. Mas o senhor pode ficar à vontade e perguntar para quem quiser, ela encontrou a paz lá. Ela amava o culto, tinha amigos e trabalhava para o pastor, como o senhor já deve ter descoberto. Não sabemos o porquê de ela ter parado de frequentar nas últimas semanas, não mesmo.

— E ela não brigou com ninguém? Não teve algum tipo de desentendimento recentemente? Esse seria um bom motivo para deixar de frequentar um lugar, e geralmente é um motivo que leva a assassinato.

— Não — foi Glória que falou —, não tinha por que alguém brigar com a Suellen. Ela nem saía com homem nenhum, se o senhor vai perguntar. Ela não saía com homem.

— Perdoe a pergunta, mas ela era lésbica?

Houve uma alteração no rosto de Davi, mas André não soube decifrá-la. Havia feito a pergunta para conseguir uma reação deles. Dona Glória retorceu os dedos no colo. Balançou a cabeça com os dentes cerrados.

— Nada disso, nunca teve nada disso na minha casa. Nossa casa é de gente de Deus, seu Peralta, nunca teve nada disso aqui não. Ela não saía com homem porque não tinha interesse. Ela não se metia com homem nenhum.

Ele olhou para Davi.

— Minha mãe tá falando a verdade, seu Peralta. Pode parecer estranho, mas a Suellen não tinha namorados mesmo, ela só tinha uma amiga, a dona Rosângela, que encontrou ela lá. Isso não é uma coisa ruim, sabia?

— E você, Davi, tem namorada? Seria legal conversarmos com ela também, muitas vezes a irmã acaba confidenciando algumas coisas para outra mulher de sua idade...

Davi levantou a mão.

— Não, eu não tenho namorada. A última que tive já faz uns anos, uma moça da nossa igreja. Se quiser me investigar, eu te dou o telefone dela.

André sorriu, tragou e deixou o tom mais agressivo de Davi dissipar no ambiente. Decidiu pressionar mais o irmão.

— Você e sua irmã se davam bem?

Davi, surpreendentemente, balançou a cabeça.

— Não sei. Nós brigávamos muito quando mais novos, só paramos quando crescemos e amadurecemos um pouco. Ela almoçava aqui todo domingo, e a gente se amava. Mas eu e a Suellen sempre fomos diferentes demais para sermos muito íntimos, entende?

— De que forma eram diferentes? Só para eu compreender um pouco mais a personalidade dela.

Davi bebeu um gole de café.

— Eu sou calmo, ela sempre foi nervosinha, estourada. A fé sossegou um pouco a Suellen, mas ela não pensava muito antes de falar as coisas, ou fazer alguma coisa... sabe? Ela não refletia.

— Impulsiva, então?

— É, essa é a palavra.

Peralta apagou o cigarro no copo de requeijão.

— Então é possível que ela tenha arranjado encrenca com alguém e você não saiba.

Davi franziu a testa.

— Olha... numa cidade como a nossa, eu duvido muito, viriam me contar.

— As pessoas fazem muito isso? Te contam o que a sua irmã faz?

— As pessoas são fofoqueiras, seu Peralta, e fofoca é um tipo de pecado por si só. Na nossa família, não gostamos de fofoca. Mas é claro que se alguém está passando por algum tipo de problema, nós nos envolvemos. Olha... eu sei o que o senhor está tentando fazer, mas está perdendo seu tempo. Eu sei que não estamos chorando pelos cantos ou fazendo um escândalo, mas é porque temos nosso jeito de passar pela dor, que é entre nós e Deus, não com você. Mas ninguém aqui sabe de nada e com certeza não estamos envolvidos com essa sujeira. Eu faço o que quiser, até aqueles testes de detecção de mentiras.

— Um polígrafo? — Peralta riu. — Em Jepiri?

Davi deu de ombros.

— Queremos orar pela minha irmã em paz. Reservamos nossa dor para a família. Vá caçar o animal que fez aquilo com minha irmã e nos deixe em paz, por favor.

RENO

Thiago Voos tinha um gancho de direita que já era lendário. Quando começou a lutar na Chácara Três Lírios, nocauteou seus dois primeiros oponentes, que o haviam subestimado por causa do tamanho incomum, deduzindo que era lerdo. Voos de fato sentia as limitações do seu corpo parrudo, mas as compensava com a força que empregava em cada golpe. Tinha o *kime*, como diriam os entusiastas pelo karatê, de um guerreiro nato. Felizmente, Reno o observara por oito lutas antes de entrar no ringue com ele e já mapeara suas fraquezas e pontos fortes. Ganhou a luta por nocaute, aos 7 minutos.

Nesta noite, Voos lutava contra um dos novatos, cujo nome Reno não se dera ao trabalho de aprender. Ele lutaria logo após o gigante, e então pretendia dormir um pouco. Desde a morte de Suellen, não conseguira manter os olhos fechados por mais de três horas.

A fazenda estava iluminada para a briga, e cerca de quarenta homens já cercavam o ringue torcendo, finalizando as apostas, bebendo e socializando. De fundo, a música *country* tão louvada por Garaneta. O cheiro de alcatra na churrasqueira comandada por Zezinho Cabello lembrava Reno de que sua única refeição no dia havia sido um sanduíche de atum com cebola. Dissolvendo em direção ao céu estrelado, a fumaça da gordura pingando no carvão parecia fazer homenagem à natureza etérea da vitalidade dos homens que lutavam.

Reno acompanhou de longe, vendo pouco da luta através das costas dos homens que assistiam, sentado na grama de um monte próximo aos carros estacionados em diagonais paralelas. Gostava de contemplar o agito daquele ritual e como ele destoava da quietude do céu acima. Pensou, não pela primeira vez, em como seria bom morar numa chácara daquelas. *Com ela. Panaca. Ela já não é sua há duas décadas. Talvez nunca tenha sido realmente sua.*

— Oi.

Ele olhou para cima antes que pudesse compreender que já ouvira aquela voz antes, talvez tanto tempo atrás que poderia muito bem ser de uma vida passada. Levou um segundo para reconhecer o belo rosto que o mirava, emoldurado por cabelos finos da cor de palha. O rosto delicado em formato de coração, as maçãs salientes, os olhos grandes. Ela sorriu, exibindo o tipo de arcada dentária que só se consegue com milhares de reais investidos em ortodontia. Reno se levantou, ao mesmo tempo em que ela dizia: — Sou eu, Dafne Copler. Não sei se...

— Meu Deus, Dafne. — Ele não sabia se estendia a mão. Ela sorriu e se aproximou, inclinando o rosto para receber um beijo. Foi tão rápido aquele toque de lábios na bochecha dela que ele só percebeu que acontecera quando já estava se afastando. Dafne cheirava a perfume caro. — É claro que me lembro.

Ela pareceu satisfeita. Corava.

— Você não é difícil de achar. — Ela gesticulou em direção ao ringue de madeira. — Disseram que luta aqui.

Ele não sabia se deveria se orgulhar ou se envergonhar de estar associado àquele ritual medieval burro, ao qual se dedicava pela pura necessidade de ganhar dinheiro.

— É, eu... é um passatempo.

Dafne o olhava com um interesse assustador. Ele se lembrava bem daqueles olhos. Precisou cruzar os braços e desviar o olhar. Chutou um pouco de terra.

— Acho que está aqui por causa da Suellen.

— Ela era uma de nós. — A voz dela saiu calma e controlada, mas Reno percebeu que as palavras escondiam sensações pesadas, viscosas.

Teriam feito um pacto de comparecer aos funerais umas das outras? Todos os garotos da cidade, na época, se perguntavam que espécie de segredos e tratados as quatro meninas faziam quando estavam juntas. Na imaginação fantasiosa e injetada com hormônios, o grupo das quatro flores era um *coven* perigoso, com seus próprios códigos e sistema de leis. Mais de uma vez, ele ouvira seus amigos especularem sobre beijos lésbicos e fogueiras em noites de lua cheia. Mariana apenas gargalhara quando ele contou tudo aquilo a ela.

— Eu nem sei o que dizer. Ainda me parece distante, irreal.

Ela assentiu.

— Sei exatamente como é isso. Eu descobri por meio das suas palavras, sabia?

Dafne. Ali, perto dele, em Jepiri. Uma mulher feita, uma versão mais fina e afiada da garota que ele nunca decifrara. Era um momento que dava a impressão de estar acontecendo em outra época, em outro chão. Ele agarrou a realidade ao seu redor antes que sentisse vertigem.

— Como assim?

O sorriso dela saiu suave, cortando o ar com uma expiração feminina.

— De vez em quando eu leio o *site*... das notícias da cidade. É difícil ignorar um nome que conhecemos, Reno. E o seu aparece lá o tempo todo. *Reportagem de Reno Santiago.* Leio enquanto tomo café da manhã.

— E você... está morando em São Paulo, me disseram uma vez.

— É, não sei se amo ou se odeio a cidade, mas amo meu lar, entende? Amo minha rotina lá, minha empresa de *design* de interiores. E consigo viajar com frequência suficiente para que a cidade não me enlouqueça.

— E você casou, né?

Ela hesitou, brincou com a aliança de forma quase imperceptível. Parecia não ter gostado que ele mencionou aquilo. Reno não sabia o que Dafne sentia por ele, nunca soube ao certo, mas sentiu que era importante mostrar a ela que tempo demais havia passado para que qualquer resquício de interesse romântico pudesse ter sobrevivido. Pela primeira vez sentiu-se dono da conversa.

— É, me casei. Quase onze anos já. O Rogério é obstetra, tem um consultório renomado de reprodução humana no Campo Belo.

— Têm filhos?

— Nunca quisemos. A vida é curta demais para vivê-la pelos outros.

Reno notou o tom que tornava Dafne quem ela era. Estava reconhecendo-a aos poucos. Aplausos e berros estouraram à direita e os dois viraram as cabeças para o espetáculo da comemoração de mais um homem no chão, ofegando e chorando de dor, e outro com os braços levantados.

— Eu preciso ir, é minha vez daqui a pouco — ele falou, sem saber por que queria fugir da conversa com ela.

— Por que luta? Você não é como esses bárbaros.

Ele umedeceu o lábio, pensando na resposta. É claro que sabia o motivo. Só não sabia como seria verbalizá-lo para uma mulher rica. Optou pela verdade, olhou nos olhos dela e soltou:

— Pela grana, Dafne.

Os olhos dela pularam para a boca dele, depois desviaram para o nada. — Posso ver a luta ou é um clubinho exclusivo para homens?

Ele sorriu.

— Aqui é Jepiri. Mulheres são sempre bem-vindas.

Virou-se e começou a andar até o cercado tosco de troncos claros. Sentia a presença de Dafne atrás de si, aquecendo suas costas, e encarou os homens que procuravam motivá-lo aos urros e tapinhas nos ombros.

Pensou que, se estivesse num filme, aquela seria a hora em que a presença dela o distrairia e ele seria nocauteado, perdendo em questão de segundos todo o seu respeito, seu dinheiro e seu lugar naquela seita frágil e desesperada de homens infelizes. Mas Reno sabia que ganharia aquela luta e que faturaria seus mil e duzentos reais, valor pré-combinado com Garaneta para lutar duas vezes por semana.

Ele sabia que venceria a luta porque conhecia aquela dança melhor do que os outros. Sua vantagem não era os músculos, nem a técnica, nem o tamanho. Ele venceria porque a maioria dos homens que estavam ali passavam suas vidas inteiras se controlando para não pirar. Eram aqueles que, como a maioria das pessoas, reprimiam sua raiva diariamente para não agredir um atendente mal-humorado ou uma sogra intrometida. Mordiam os lábios e sussurravam mantras hindus para não pisar no acelerador e jogar o carro contra outro numa disputa por vagas no estacionamento de um supermercado. Eram pessoas que haviam trabalhado, sem saber, em coibir tudo o que o *Homo sapiens* havia aprendido para sobreviver nas trevas do Paleolítico. Eram tão condicionados a cercear seus instintos que, quando tinham a oportunidade de entrar em comunhão com eles, não conseguiam atravessar a ponte para o lado animal, o lado grotesco, o lado mais escuro. E Reno conseguia.

Não havia porta de entrada para o ringue, e ele pulou para dentro com a agilidade de quem já fizera aquilo centenas de vezes antes. Flexionou os dedos algumas vezes e esticou o pescoço. Naturalmente, um pouco de conhecimento técnico da coisa sempre ajudava. Ele já vira acontecer: o novato entra lá depois de três latas de energético, achando que os músculos cultivados na academia e horas e mais horas do filme Clube da Luta vão torna-lo Muhammad Ali. Assistiu à toda a franquia Rocky/Creed com a namorada, até se entregou ao ritual da abstinência para ter a desculpa de "precisar" transar com ela após a luta, se não para comemorar a vitória, pelo menos para fins medicinais. Acordou cedo naquela manhã e tomou ovos no café. Esse novato entra no ringue sem camisa e com uma tatuagem recém-feita. Ele mentaliza uma frase ou outra do Tao do Jeet Kune Do. Ele vai direto para o rosto do oponente, sem alinhar os dedos corretamente, sem raciocinar que o pulso humano é frágil e que a cabeça é um alvo pequeno, em constante movimento, a parte mais dura do corpo humano e cheia de dentes. Ele quebra o pulso ou rasga a pele e, com vergonha, deixa de ir ao pronto-socorro e desenvolve uma infecção alguns dias depois. Encerra-se aí a carreira de fodão dele.

O rapaz que entrava no ringue agora pagara cem reais para lutar com Reno. Os novinhos não queriam passar por onze ou doze caras antes de poder enfrentar o campeão. E na chácara não havia regras. Se quisessem pagar para brigar, sem problemas. *Não tem dinheiro? Entre na fila como os outros.*

Cabelos claros, camisa esticada no peito e bíceps, pulando de empolgação. Reno nunca tinha raiva deles.

Não vou te machucar muito, filho, pensou, tranquilo, circulando os ombros para soltá-los. *Só o suficiente para você não se meter em briga de adulto nunca mais. Um dia vai me agradecer.*

Ele arriscou um olhar ao redor. Dafne tinha os braços cruzados e não precisava de muito para chamar a atenção dos homens. Aquilo sempre fora território deles, num acordo tácito com o resto da cidade. Naquele lugar, os homens casados que alegaram às esposas estar em jogos de futebol podiam tomar uma cerveja e se sentirem livres por algumas horas. Lá resolviam-se birras, política, dava-se fim aos boatos, pagava-se dívidas. Às sextas, o churrasco saía por R$ 29,99 e a lata de cerveja por R$ 3,00. No final da noite, as prostitutas chegavam e alguns homens faziam a festa no alojamento. Reno ouvira da boca da prima, a mãe de Júnior, sobre o que acontecia lá dentro. Nunca tivera interesse.

Ele não achava que seria um lugar necessariamente perigoso para Dafne, mas também não parecia uma boa ideia que ela estivesse ali.

— Parece preocupado.

Ele encarou o novato, que pronunciara as palavras. Deu uma risada e balançou a cabeça. Decidiu que ia bater apenas um pouco mais do que planejara antes.

Como sempre, uma reduzida na onda de conversa e murmúrios anunciou o começo da luta. Os homens ficavam quietos no começo, observavam.

De onde estava, Reno via o fortinho no canto, exalando medo camuflado pelo perfume Calvin Klein. As palavras de incentivo vinham de todos os lados. Ele inspirou a fumaça da churrasqueira e se concentrou nos movimentos do rapaz. O corpo denuncia tudo que vai fazer, basta prestar atenção. O pé direito, calçando tênis Nike, avançou na terra e, depois de três passos, o tronco inteiro do rapaz rosqueou para trás. Reno dobrou os joelhos, solidificando sua base, e quando a primeira tentativa de soco se lançou em sua direção – é claro que o menino foi direto para o rosto –, ele só precisou agarrar o pulso dele e arremessá-lo contra a cerca de madeira usando o próprio peso do rapaz contra ele.

Os homens riram e urraram quando o menino cambaleou e tentou se firmar. Quando virou o rosto em direção a Reno, já estava avermelhado. O ódio e a vergonha definiriam o resto da luta, impedindo-o de focar, de analisar, de brigar com inteligência. Foi para cima com o punho no ar, o rosto contorcido numa expressão cômica de fúria, e Reno decidiu acabar logo com aquilo. Fez um *U* com a cabeça para desviar do primeiro gancho patético, depois uma sucessão de socos nos rins: direita-esquerda-direita, fechando as mãos apenas no momento do impacto. O moleque dobrou como uma cadeira de praia e foi ao chão. Gargalhadas dos homens ao redor deles.

Reno se endireitou e tomou fôlego, aproveitando para olhar ao redor. Viu o sorriso delicado de Dafne no rosto banhado pelas luzes amareladas e velhas da chácara. Viu alguns homens em torno dos cinquenta anos, vestidos com camisas polo e *jeans*, caras de ricos. Estavam preocupados. Pais, tios, amigos do jovem desafiador, ali para testemunhar o rito de passagem. Quando os outros começaram a contar em uníssono, Reno levantou as mãos de jeito discreto para que parassem. Seria humilhante demais para o rapaz. Ele estendeu a mão para o menino, que no desespero acabou aceitando, e ajudou-o a se reerguer. Reno deu um tapinha de incentivo no braço dele e se afastou para que a luta recomeçasse.

Os homens falavam, mas Reno conseguia baixar o volume do mundo fora do ringue. Concentrou-se não em como vencer, mas em como acabar com aquilo da forma mais rápida e menos dolorosa possível para o oponente. Já estava cansado daquele circo.

O jovem avançou mais uma vez, já sem o sangue nos olhos, sem vontade de vencer. Reno deu um passo arrastado para o lado, conseguindo ficar ao lado dele, e deu um soco seco, fortíssimo, no rim esquerdo. O rapaz soltou um ganido e tentou segurar a madeira antes da queda. Não conseguiu. As pernas cederam e ele foi ao chão, desta vez para ficar.

Reno saiu do ringue como na noite anterior e em todas as outras, antes da contagem terminar, pois não tinha dúvidas de que o rapaz não levantaria. Pelo menos não tinha desmaiado na frente dos machos da família. E estaria bem o suficiente para a prostituta que o pai pagaria mais tarde.

Os apostadores se abraçavam, riam, começavam a entrar no clima da festa. Foram se deslocando em direção à área da churrasqueira enquanto Reno caminhava no sentido oposto.

— Três minutos — Dafne falou com uma delicadeza quase prepotente, como se tivesse certeza de que sua voz era importante o suficiente para ser ouvida mesmo num lugar tão barulhento.

— Não tem nem barba ainda. — Reno encolheu os ombros, olhando para os nós dos dedos.

— E quanto você ganha por uma briga assim?

Ele parou de andar, olhando para sua moto a distância.

— Ah, Dafne, eu não quero falar sobre isso. Escuta, tá tudo bem com você? Está ficando onde, na sua casa?

— É, estou. E estou bem. Te vejo amanhã no velório?

Ela obviamente não sabia da decisão dos Rocha.

— Eles não vão fazer um velório.

Algo se mexeu por trás dos olhos claros dela, como um espectro atrás de uma cortina numa casa mal-assombrada.

— O quê?

— Eles são reservados, Daf. Só querem um enterro rápido, só entre a família. Eu... eles me convidaram, mas duvido...

— Quem eles pensam que são?

Reno olhou ao redor. Ela baixou a voz, mas ele sentiu o ódio reverberar na caixa torácica dela.

— Eu, a Marina e a Cacau somos a família da Suellen, não eles.

O nome dela foi como um chute no saco.

Dafne percebeu e se endireitou.

— Desculpa... eu só achei que...

— Você veio até Jepiri só para o velório?

— Vim para te ver também. Éramos amigos, lembra?

Ele assentiu. O peso da morte de Suellen começara a se fazer sentido, como uma roupa que fica encharcada e grudenta aos poucos. Ele pensou nos lábios de Dafne na noite de 1996 em que a merda bateu no ventilador, no beijo que selou o destino dele de maneira tão traiçoeira e definitiva. Não tinha raiva dela, só dos próprios hormônios adolescentes.

— Éramos, sim. Foi bom te ver.

— É, foi bom te ver.

Sabendo que ela o observava, ele caminhou até a moto. Quando montou, viu que ela se afastava, os cabelos loiros, de comprimento médio, balançando com o vento. Ela entrou num utilitário enorme de cor creme e saiu da propriedade com o som delicioso da tração entre pneu e terra, levantando um pouco de poeira.

— Quem é a perua?

Ele virou o rosto e viu Neide. Estava pronta para trabalhar: microvestido vermelho, sutiã roxo aparecendo, salto agulha preto, cabelão solto, maquiagem pesada. A prima não era bonita, mas arrumada ela chamava atenção para o que importava na sua profissão. Ele já se acostumara a vê-la daquela forma e quase não doía mais. Neide estava sempre de bem com a vida, então ele não fazia perguntas. Só um completo idiota naquela cidade machucaria a prima de Reno Santiago, mas nenhum lugar está isento de idiotas.

— Dafne Copler. Lembra dela?

Neide acendeu um cigarro e soprou um jato de fumaça.

— É... lembro, sim. Continua bonita, de um jeito meio azedo.

Ele sorriu. Dafne parecia uma obra de arte que se aprende a admirar de longe.

— O pai dela tinha aquela fábrica de caixas, lembra? Quando a gente era mais novo. Aquela casa na colina do Sabiá é da família dela.

— ... Lembro sim. — Neide apertou um pouco os olhos. Aqueles cílios só podiam ser falsos. Ela encarou o primo com interesse no olhar. — Era a amiga da sua flor, Mariana.

Ele colocou o capacete.

— Preciso ir, anjo. Amanhã vai ser um dia do caralho.

— Pra você. Minha noite, essa sim, vai ser do caralho. Se eu der sorte, dos muitos caralhos. Fica de olho no Júnior pra mim?

— Fico sim. Te amo.

— Te amo, Reno. Se cuida. Vá dormir.

Ele pensou nas palavras daquela manhã.

— Neide, você teve algum contato com Suellen Rocha? Alguma vez?

Neide pareceu achar a pergunta curiosa, mas também deu a impressão de sinceridade ao negar com a cabeça: — Não, meu amor, eu só vi aquela perua rica algumas vezes e conversei com sua namoradinha.

Ainda estava lá, a noção de que elas guardavam segredos demais.

— Você me contaria se houvesse algo sobre elas que eu não sei?

Neide mudou a postura. Bamboleou um pouco a aproximar-se, os saltos fincando na terra. Ele sentiu o cheiro do perfume barato dela.

— Do que você tá falando, primo?

— Se soubesse alguma coisa sobre a Mari. Ruim. Por que não me contaria?

Ela tragou e desviou o olhar dele.

Sim, havia algo lá. Reno desligou a moto e tirou o capacete.

Ela mordia o lábio, tensa.

— Eu não tenho certeza absoluta, então não quero você se metendo em briga, principalmente com o delegado. Isso pode ser perigoso para você, para mim e para o Júnior, então eu vou te contar uma coisa, mas eu quero que você se lembre que essa mulher não vale a dor de cabeça.

— Eu já superei a Mari —mentiu. — Só me fala.

— As duas vieram falar comigo na época... aquela época. Pediram remédios.

— ... Anticoncepcionais?

Neide olhou para ele com pena, como se ele fosse um imbecil.

— Para aborto, Reno. Eu só dei porque elas falaram que... não importa. Eu precisava de grana e eu vendi.

Mariana não teria feito aquilo. Pelo menos não sozinha, ela teria contado se tivesse engravidado. Ou faria? Ela sempre foi mais das amigas do que dele.

Enfurecido por não se sentir no direito de odiá-la, ele deslizou a moto para trás e a ligou. Girou o punho e fez um S largo e inclinado para sair da chácara. Tinha um encontro com André Peralta.

PARTE IV

A Primeira Morte de Suellen Rocha
1996

S uellen não aguentava mais invejar suas amigas; não era um sentimento natural na amizade delas, mas desejara aquela tatuagem tanto quanto as outras, e quando finalmente chegara sua vez na cadeira com Max, já era tarde e ele precisara fechar o estúdio. Vendo a decepção no rosto dela, ele sorrira: "fica tranquila, gata, vamos marcar outro dia para você". E as outras flores prometeram que estariam lá com ela.

Só que a mãe de Suellen acabou machucando o pé numa queda de um banco quando limpava as prateleiras de cima do armário da cozinha, e sobrara para a única filha ajudar com a limpeza da casa.

— Por que você não chama o Davi para ajudar? — Perguntou, mesmo já sabendo a resposta. A mãe, exausta, limpou suor da testa com o braço: — Coloque um homem para cuidar da casa e ficar fofocando com mulheres e logo logo ele fica afeminado.

Suellen revirara os olhos para ela, mas não ousara falar o que pensava. O resultado daquilo tudo foi que levou dois meses até que pudesse marcar um horário com Max sem que a mãe suspeitasse. As tatuagens das amigas já estavam cicatrizadas e elas faziam questão de ficar exibindo-as umas às outras quando estavam juntas no santuário.

Então, o segundo golpe naquela manhã. O bilhete que recebeu na aula de biologia na caligrafia enorme de Mariana: *Fodeu, não vai dar para ir na tatuagem com vc hj. Eu e a Daf precisamos estudar para matemática. Já falamos com a Cacau e ela vai com você. Não fique brava*, please. *Faço brigadeiro.*

Cacau também recebeu um bilhetinho, na aula de Literatura.

Olhou para Vivian, que lhe passou o bilhete sem tirar os olhos do exercício sobre *Ana Terra*. Cacau procurou a professora, a baixinha e masculinizada Simone, e notou que a mulher estava no fundo da sala de aula, inclinada sobre a carteira de um menino, e não prestava muita atenção. Ela abriu o bilhete feito de metade de uma folha pautada de caderno. Poucas palavras, letra feia e inclinada.

Depois da escola hoje, no lago. Me encontra lá? Quero te beijar.
P.

Antes que pudesse refletir, ela olhou por cima do ombro esquerdo. Paulinho sorria para ela. Sem graça, sentindo as bochechas quentes, ela voltou o olhar para o bilhete. Ela precisaria decepcioná-lo, tinha que ir com Suellen até Mamarapá para que a amiga pudesse finalmente fazer sua tatuagem. Sentiu uma angústia leve, mas dolorida. Já antecipava estar no lago com ele, em tudo o que poderiam fazer sozinhos ali, sem a interferência de ninguém. Não podia dizer "não". E não queria. Escreveu no bilhete: *Posso, só que tenho um compromisso com minha amiga antes e não posso desmarcar. Te encontro lá às três, tudo bem?*

Dobrou, pensando nos horários. A tatuagem de Suellen estava marcada para as duas e meia. O jeito seria acompanhar a amiga e, depois que a tatuagem começasse, inventar uma desculpa e sair de lá. Suellen teria que perdoá-la, não havia outro jeito. Mari e Dafne também tinham inventado algum compromisso para não ir, então por que ela deveria perder um dos momentos mais importantes de sua vida?

Ao subir as escadas, já conseguiam ouvir o som áspero da máquina. Era familiar. Suellen já suava na testa e pulou os últimos dois degraus, animada. Cacau entrou, reconhecendo o ambiente pintado de preto e cheio de máscaras orientais decorativas. Sentou-se e pegou um dos enormes álbuns pretos para olhar desenhos enquanto esperavam. Um olhar no relógio mostrou que eram uma e quarenta da tarde.

Suellen caminhava pelo lugar e anunciou: — Max, chegamos um pouco mais cedo.

Ouviram a resposta dele por cima do som da máquina: — Já estou acabando aqui e já vou te atender, gata.

Cacau olhava para os desenhos de crânios sorridentes, sereias místicas, tigres, e logo perdia-se nos detalhes deles, sentindo a vibração da ansiedade pelo encontro com ele. Pensou no bilhete, nas palavras "quero te beijar". Já estavam caminhando para um namoro, mas faltava oficializar. Talvez fosse hoje. Chegou a colocar, inconscientemente, a mão na barriga, para tentar conter o nervosismo.

Olhou para cima e viu Suellen encostada na parede, braços cruzados, a observá-la. A amiga era bonita, sempre fora, mas naquela tarde irradiava uma excitação madura e feminina com o rosto avermelhado do calor. Usava calças jeans pretas, bem justas, e uma camiseta de algodão bem fininho, lilás, que caía num ombro e revelava a alça fina de um sutiã preto.

— Mas o que está acontecendo com você, minha Cacaaau? — Perguntou, sorrindo.

— Como assim?

— Tá acontecendo alguma coisa. Tá toda lerda, toda cheia de "devaneios", como diz a Simone de Literatura.

Cacau sorriu de volta.

— Talvez eu esteja namorando. Vamos ver. Quando eu souber, eu conto para vocês.

— Vamos lá?

As duas olharam para Max, que tirava luvas de látex e as jogava no lixo. Um outro homem, jovem e com uma tatuagem de símbolo japonês recém-feita, tirava a carteira do bolso para pagá-lo. As meninas sorriram e olharam para a pele vermelha do rapaz, por baixo de um quadrado de filme plástico grudado a ele com fita crepe.

— E a sua, cicatrizou bem?

Cacau fechou a pasta.

— Perfeita.

Max escreveu algo num caderno, pegou o dinheiro do homem e olhou para elas.

— É isso aí — despediu-se do rapaz, levando-o até a porta no andar de baixo.

Suellen se levantou, demonstrando sua empolgação com um esfregar de mãos. Cacau deu um abraço nela.

— Vai ficar linda, Su.

— Ai, tô nervosa! Tô com medo da dor.

— Não, eu também tava, mas dá pra aguentar. Dói mais no comecinho, depois a gente se acostuma. Caaaalma, mulher.

Ele voltou: camiseta da banda Misfits, *jeans* escuro, coturno, braços todos tatuados à mostra.

— Suellen, pega aí pra mim o desenho direitinho. Vou lá fora tomar um café e fumar um cigarro e já volto para te tatuar, tudo bem, gata?

Ela assentiu.

Cacau pensou em Paulinho. Pensou no tempo que levaria para pegar o ônibus para Jepiri, depois outro do ponto até o Castelinho, e a caminhada até o lago.

Quando Max voltou, deu um sorrisinho para as duas, aumentou um pouco o volume da música e começou a trabalhar. Desenhou com uma caneta em cima do desenho que Suellen levara, fez uma cópia dele na máquina de xérox, preparou a máquina com uma agulha nova e deu duas batidas na cadeira para ela sentar. Suellen deu uma apertada suada na mão de Cacau, que percebeu com surpresa que a mais louca e corajosa das flores realmente estava com medo.

Suellen se sentou, e Max pediu para que levantasse a camiseta e segurasse.

— Vai ter que abrir um pouco esse *jeans* também, e abaixar a calça — ele disse, segurando o desenho com uma mão e um tubo de desodorante em barra com outra.

Cacau cruzou os braços enquanto a amiga descia alguns centímetros da calça e levantava a blusa. Max deu duas pinceladas com o desodorante no meio das costas, bem embaixo, no local exato onde as outras meninas haviam feito suas tatuagens. Ele então pressionou o desenho contra a pele dela e o descolou devagar. Pegou a máquina e apertou um pouco o pedal com o pé.

— Tá pronta? — Perguntou por cima do zumbido da agulha.

— Ai, tudo bem, acho que estou.

Cacau sorriu com o nervosismo na voz dela.

Ele abaixou a máquina e começou a desenhar. Cacau viu Suellen fechar os olhos e fazer uma careta. Alguns segundos depois, ela os abriu e sorriu para a amiga.

— Tá, é ruim pra caramba! — Gargalhou com nervosismo.

— Já vai se acostumar, calma.

A ideia se aproximou, acanhada, enquanto Cacau estava ali em pé, olhando para a amiga. A ideia veio tingida de um estranhamento, de uma sensação ruim. Mas Cacau falou, antes que perdesse a coragem.

— Su, minha mãe pediu para eu ligar. Não vou demorar, tem um orelhão lá perto do ponto de ônibus. Já volto, tudo bem?

Suellen ainda tinha os olhos fechados. Assentiu sem abri-los.

Cacau desceu as escadas e saiu pela porta de madeira e vidro do estabelecimento. Caminhou até o ponto de ônibus, sentindo-se pesada com a mentira. Se não estava fazendo nada de errado, por que não contava para as amigas?

Ela parou perto do orelhão. Pensou no que estava fazendo, mesmo sabendo que não mudaria de ideia. Precisava viver aquilo. Tinha que abraçar o momento, ir até o lago e vê-lo. Decidiu voltar. Passou a confeccionar sua mentira palavra por palavra no caminho.

Entrou no sobrado, subiu as escadas e se aproximou do cômodo onde Suellen estava sendo tatuada. Deu um passo à frente, e a amiga olhou para cima.

— Tá ficando legal?

Cacau contornou a cadeira. Max aproveitou para borrifar água no desenho e passar um pouco de papel higiênico nele, limpando o sangue e um pouco de tinta. O contorno fino, em preto, de uma tulipa. Ela sorriu.

— Tá ótima, Su. Escuta, levei uma superbronca da minha mãe. Ela quer que eu volte para casa agora, vou levar um esporro daqueles. Mas olha, quanto tempo falta aí?

Suellen parecia ter esquecido da dor. Olhava para Cacau com uma decepção transparente, ousada. Max falou: — Ah, vai demorar um pouco. Só consegui contornar um pouco, ainda vou colocar a cor, vou deixar bem bonita. Mas ainda vai uns quarenta minutos aqui.

Cacau falou antes que Suellen pudesse.

— Eu realmente não posso ficar, Su. Ela vai me matar.

Suellen olhou para baixo, enquanto Max continuou tatuando.

— Tudo bem, vai lá. — Mas a voz pingava desapontamento.

Cacau engoliu a culpa. Convenceu-se com uma afirmação interna: ela faria a mesma coisa no seu lugar. Deu um beijo na cabeça da amiga.

— Te amo. — Era verdade. — Me liga à noite.

E Cacau foi embora.

Dafne fechou a pasta e estalou o pescoço.

— Duas horas sem parar, Mari. Precisamos dar uma folga.

Mariana olhou para cima.

— Não tô entendendo nada dessa merda. O livro tá explicando de um jeito, mas o César explicou de outro na lousa.

Dafne saiu de dentro da barraca de *camping* e começou a se alongar do lado de fora. Mariana foi atrás dela, mas se esticou na grama, deitando, abrindo os braços e fechando os olhos para sentir a luz e o calor do sol no rosto.

— Não consigo mais me concentrar.

Dafne não respondeu. Raramente respondia quando o assunto era Reno. E cada vez mais, com Mariana, o assunto era Reno.

Mariana levantou a mão para bloquear a luz e tentou enxergar a amiga. — Você tá chateada porque estou ficando com ele?

— Por que eu ficaria chateada?

— Porque parece que não quer falar sobre isso.

— Só não quero que você se transforme numa daquelas idiotas que param de falar com as amigas para namorar.

— Não é um namoro.

— É sim, Mari.

Mariana sorriu.

— É. Muito.

Ouviram um barulho no mato. O pânico foi imediato, fazendo com que Dafne puxasse Mariana para cima e apertasse o lápis que segurava. Aquela espécie de medo feminino inato, primitivo. Sabiam que não era uma das meninas, elas tinham passos mais leves, um jeito diferente de chegar.

Um rapaz de idade aproximada da delas apareceu na pequena clareira que era o território das meninas. Magricelo, tinha espinhas enormes no rosto e cabelos castanho-claros, bagunçados. Não o conheciam. Ficaram aliviadas que era apenas um, mas aquela intrusão era nova e não era bem-vinda.

— O que foi, se perdeu? — Mariana foi a primeira a falar.

O menino avaliou o que via: uma barraca, duas cadeiras de praia, um monte de potes de barro com flores. Um *cooler* ao lado da barraca, em cima de uma esteira de palha.

— Que isso, tão brincando de casinha?

Dafne não gostou do tom dele, do olhar de escárnio.

— Cai fora.

Mas ele se aproximou.

— Estão estudando? São do São Pedro ou da Estadual?

Mariana olhou para Dafne. O lugar agora parecia contaminado pela presença dele. Nenhuma outra pessoa além delas conhecia aquele refúgio. Nem passara pela cabeça de Mariana contar a Reno. Nem aquele tipo juvenil e irresponsável de amor era forte o suficiente para quebrar o pacto silencioso entre elas de que aquele lugar era sagrado.

Dafne levantou o queixo.

— Cara, vá embora. Esse lugar é nosso, não queremos mais ninguém aqui.

Ele sorriu e abriu os braços de pele branquíssima.

— Ah, e você vai fazer o que, minitetas? A floresta não é de vocês, não. Eu faço o que eu quiser.

Mariana andou até ele. De perto ele era ainda mais feio. Tinha o nariz ossudo e dentes grandes demais para a boca, de forma que os lábios ficavam permanentemente abertos.

— Moleque, sai andando, sério. Somos duas e a gente te enche de porrada.

Ele deu uma risada, mas também se afastou dela. Colocou as mãos para cima, de um jeito defensivo.

— Uuui, calma, não precisa se estressar. Já tô indo, baranga.

Ele lhe deu as costas para ir embora e Mariana virou o rosto para Dafne, que o fitava com a mandíbula tensa e olhos quase arregalados.

Algo estalou. Acertara um dos ferros que sustentava a barraca, que tremia, estranhamente gelatinosa. As duas se viraram para ele, que agora arremessava pequenas pedras contra elas. Uma bateu no *cooler* de plástico, a outra estourou um dos pequenos potes de flores de Mariana. A outra bateu no rosto de Dafne e ela soltou um grito, levando as mãos ao rosto. Mariana ficou sem reação por um momento, enquanto Dafne tirava as mãos da boca para olhá-las. Havia um pouco de sangue nos dedos e muito tingindo seus dentes, gengivas e lábios.

Mariana disparou em direção ao garoto, que gargalhou e saiu correndo. Dafne berrou: — Mari! — Mas ela já desaparecera entre as árvores.

Dafne arrancou algumas folhas do final do caderno e deu batidas leves na boca para tentar limpar o sangue. Seu dente doía, mas a língua a assegurou de que não havia quebrado e não estava mole. Sentiu uma raiva tão intensa por aquele garoto que chegou a dar alguns passos com a intenção de ir atrás dele. Foi justamente quando Mariana voltou, arfando, o rosto vermelho.

— Filho da puta. Eu mato ele. — Colocou uma mão do lado do abdome, como que para segurar uma dor. — Ai, corri demais — gemeu.

Dafne lambia o sangue dos lábios. Então ficou de cócoras, catando cacos de cerâmica da terra.

— Esquece, ele foi embora. Me ajuda a arrumar isso daqui.

Mariana andava de um lado para o outro.

— E se ele voltar com amigos? Esse lugar não vai mais ser nosso.

Dafne se levantou e fechou o punho cheio de pedaços de vaso.

— Ele não vai voltar. E se precisar, a gente encontra outro lugar. Essa floresta é enorme.

— Devia ter alcançado ele. — Mari balançou a cabeça.

— Você tá me irritando. Supera. Já tá ficando supertarde e precisamos ir. Não entendo por que as meninas não vieram.

— Vamos esperar ou ir pra casa? Daqui a meia hora vai começar a escurecer e não vou andar por esse mato no escuro.

Dafne retesou os lábios. Olhou ao redor por um tempo, afastou um mosquito com um safanão no ar.

— Mais dez minutos.

O céu já estava mais cinza do que azul, a mata ficara mais fria, com mais sombras. Dafne começou a colocar os cadernos e livros dentro da mochila.

Mariana levantou um dedo, os olhos para o lado como se escutasse algo.

— Tá ouvindo?

Um farfalhar. Um galho partindo.

As duas viraram os rostos para a trilha, alarmadas, e viram Suellen surgir, algumas folhas balançando ao seu redor.

Dafne endireitou as pernas magras e sorriu para ela.

— Até que enfim!

E Mariana complementou: — Vem mostrar sua *tramp stamp* para Deus e o mundo!

Mas Suellen não falou nada. A luz fantasmagórica da tarde mal tocava as superfícies verdes da vegetação, os troncos das árvores e a silhueta dela, enquanto ela parecia arrastar os pés contra a terra. Mariana esticou o pescoço para conseguir olhar para Suellen, enquanto Dafne permaneceu imóvel, esperando o que era de se esperar dela: uma piada, uma reclamação, uma dança divertida.

— Que foi, cadê a Cacau?

Mariana sentiu a mão de Dafne no seu ombro, um toque que transmitiu insegurança de imediato. A voz de Dafne adquiriu o tom de autoridade que elas conheciam tão bem.

— Suellen! Pelo amor de...

Ela parou de falar quando chegou perto o suficiente para ver o rosto da amiga. Uma bolha de sangue coagulado no lábio inferior, a maquiagem dos olhos borrada, o olhar perdido. Ela tinha as mãos em punhos, próximas ao pescoço, os antebraços esmagando os seios.

Mariana estendeu o braço para tocar os cabelos dela, e Suellen não reagiu.

— O que... Suellen. Fala com a gente.

Então o rosto dela se contraiu. O choro de Suellen saiu com um som chiado e o peito começou a pular. Ela cobriu o rosto com as mãos, encolheu os joelhos e se deixou escorregar para a grama.

Mariana e Dafne foram ao chão, colocando os braços em torno dela, e quando seus olhos se encontraram, elas perceberam que sabiam o que Suellen iria dizer.

— Suellen! — Ela cerrou os dentes. — Fala, fala!

— Aconteceu — ela falou com uma voz fina, que lutava para sair em meio ao pranto. — Ai, Mari, que vergonha, que vergonha...

Dafne fechou os olhos.

Mariana agarrou as mãos dela, enquanto Dafne afastava os cabelos pretos do rosto molhado, mais analisando os olhos de Suellen do que a consolando.

— Ele me bateu, Daf.

Dafne balançou a cabeça com um tipo ingênuo de incredulidade.

— Mas quem, caramba? Quem te bateu?

Suellen começou a chorar de novo.

Os olhos de Mariana brilhavam com lágrimas.

— O que ele fez? Foi aquele tatuador?

Uma nova onda de soluços de Suellen confirmou.

Dafne colocou uma mão no braço dela numa tentativa de refreá-la, mas Mariana não se aguentou. Levantou e começou a dar passos desorientados na grama, os braços cruzados.

Suellen escondia o rosto com as mãos, gemia baixo nelas, lutava por fôlego de vez em quando. Dafne olhava para ela sem chorar. Ouvia os passos de Mari, os sussurros de *meu Deus, não, não...* e soube que cabia a ela acalmá-las, controlar aquela situação. Pensou no estúdio de tatuagem, no tatuador, Max, e imaginou o que acontecera por apenas um instante antes de rejeitar aquela cena. Então percebeu que havia apenas três delas ali.

— Su... cadê a Cacau?

Aquilo bastou para Suellen se levantar e se afastar. Apontou um dedo para Dafne.

— Se você falar o nome daquela filha da puta na minha frente mais uma vez, você tá morta pra mim! Ouviu?

— Su...

— Para! — A palavra saiu como se arranhasse a garganta dela. — Ela me deixou ali, em outra cidade, com aquele... — Ela fechou os dentes, mas não os lábios.

Mariana andou até ela e segurou suas mãos, de um jeito quase violento.

— Suellen, me escuta. Vamos te levar para um hospital. Vamos falar com a polícia e isso tudo, a gente vai dar...

— Você não vai dar um jeito, Mari! — Com o rosto molhado, Suellen olhou para as duas. — Já aconteceu. Vocês não entendem? Ele terminou a merda da tatuagem e tampou ela com esse plástico. Mas disse que... — ela engoliu. Ofegava. — Disse que ainda não tinha acabado. E aí ele me empurrou para a frente e só... colocou a mão na minha boca. E foi nojento, meu Deus, foi muito nojento, eu ainda... ele ainda tá aqui dentro.

Mariana tampou as orelhas com as mãos. Dafne achou o gesto infantil, mas sentiu vontade de fazer a mesma coisa.

Suellen caiu num silêncio angustiado. Olhou para cima, em volta, para todas aquelas árvores e aquele céu da cor de cinzas. O queixo tremeu um pouco quando ela tentou falar. Por um tempo, as palavras não saíram. Ela esfregava as mãos, parecendo lavá-las. Ela estava entendendo todas as ramificações daquilo, vendo todas as maneiras como aquilo a afetaria para sempre. Suellen parecia estar testemunhando a morte de tudo o que ela poderia ser. Estava horrorizada com a própria vida.

— Eu morri — disse, tão baixo que se não fosse a serenidade cúmplice daquela floresta, elas não teriam ouvido.

Dafne levantou as mãos num gesto apaziguador.

— Su. Você está ferida, não morta. E nós estamos aqui, e você precisa de um médico, e vamos cuidar de você. Me deixa, por favor, te levar para...

— Meu pais, Daf... — Ela sorriu, desolada, voltando a chorar. — Isso... eles nunca mais vão olhar para mim sem pensar nisso. Meu pai vai saber e meu irmão vai saber... não dá, não posso...

— Mas ele tá lá! — Mariana berrou. — Ele tá lá agora e podemos mandar a polícia para lá! Você não pode deixar esse cara...

— Não! — Suellen se aproximou dela de um jeito que fez Dafne colocar o braço entre as duas para separá-las. — Você não tem o direito de me falar o que eu tenho que fazer! Você também não foi comigo, e nem você, Dafne. Vocês três me traíram! As três acharam que tinham coisas mais importantes do que ir comigo porque vocês já fizeram as tatuagens de vocês! E para o resto da nossa vida, a gente vai carregar o desenho desse homem na nossa pele, já pensaram nisso? Que ele me infectou para sempre? Que fomos marcadas como gado! Que toda vez... — Ela enrugou o rosto. A voz perdeu o ódio e a força e a única coisa que a sustentou foi dor. — Que toda vez que eu lembrar que tenho essa tatuagem impressa em mim, eu vou lembrar dele? Meu Deus, o que eu fiz?

Mariana abriu a boca para falar, mas Dafne a segurou pelos ombros e a forçou a dar um passo para trás.

— Me escuta. É a vida dela. Se acalma. Me ajuda, Mari. Se você pirar eu vou pirar.

Mariana não conseguia esconder sua revolta no rosto avermelhado. Tirou as mãos de Dafne de cima dela e virou as costas.

Dafne virou-se para Suellen.

— Está ficando escuro. Liga pra sua mãe e fala que vai dormir na minha casa hoje. A Mari dá um jeito de ir também.

Mariana e Suellen assentiram.

Então Mariana soluçou e começou a chorar. Com dois passos, aproximou-se de Suellen e a abraçou com uma ferocidade que fez com que Suellen apertasse os dedos nos ombros dela e chorasse em espasmos.

Dafne ainda sentia a dor no dente, o gosto de sangue na boca. Entendeu o significado da palavra impotência. A floresta parecia maior, o céu ainda mais alto, as folhas empoeiradas ainda mais insignificantes. Não gostou da sensação, não estava acostumada com ela. *Sabe quem ele é, onde trabalha, Dafne. Não é tão impotente assim.* Olhou para as duas amigas abraçadas e pensou que no final aquilo acabava sendo a história de todas as mulheres. Abraçadas, tingindo os tecidos umas das outras com sangue e lágrimas. Sem dizer mais uma palavra, Dafne colocou a mochila nas costas. Mariana se desprendeu de Suellen e limpou o rosto. Esta fez o mesmo com movimentos letárgicos. Antes de começar a trilha que cortava a mata, elas trocaram olhares. Mariana cochichou, de forma que só Dafne ouviu: — Isso vai ter troco.

E Dafne entrelaçou os dedos nos de Mariana e respondeu: — Ah, vai.

PARTE V

Amarílis
2017

GUSTAVO

Garaneta estava esperando por Gustavo no portão da chácara. Sua silhueta robusta foi flagrada pelos faróis do Nissan do delegado ao se aproximar da propriedade e ele acenou com a mão para dar as boas-vindas.

Gustavo encostou o carro perto da cerca de madeira, sentindo-o deslizar na lama ao pisar no freio e virar a chave. Pulou do utilitário e bateu a porta. Só os dois na estrada de terra, debaixo do cilindro empoeirado da luz do poste, que revelava centenas de mosquitos.

A chuva dera trégua. *Mariana estava errada.* Ele nem sabia porque perdia tempo escutando as merdas que saíam da boca da esposa.

— E aí, doutor, queria falar comigo? A festinha lá embaixo tá boa.

— Escuta, eu tô com uns problemas por causa do corpo dessa mulher. Suellen Rocha. Conhecia?

Garaneta sacudiu a cabeça, raspando os nós dos dedos na barba do queixo.

— Conheço o pai dela, de reputação. Já vi o irmão por aqui em algumas lutas, assistindo, sem se envolver.

— Você mora aqui desde que nasceu, Valério. Já viu algum crime desse tipo, alguma história assim acontecer nessa região?

— Caldas, nada parecido aconteceu aqui, nunca. Olha, Jepiri já teve seus dramas. Um cara que enganou outro no jogo e morreu esfaqueado, briga de corno, marido que mata mulher, essas merdas. Teve aquele menino de dez anos que sumiu em 87, acharam o corpo no lago dois meses depois. Alguns outros sumiram e não rolou nem notícia no jornal porque eram moleques de rua. E outro menino, mais velho, desapareceu na mata nos anos 90. Mas só isso. O que você registra no DP, agressão, furto, roubo e estupro?

— É, sempre esses.

— Pois é, aí de vez em quando aparece um homicídio. Sei que esse não é comum, sei que vão te pressionar pra caralho, mas daqui a pouco essa história morre, Caldas. Toda história morre uma hora. E as chuvas vão ajudar.

Ele suspirou, o peso da frustração no peito.

— Alguém retalhou uma mulher. E está andando por aí, na minha cidade.

Garaneta deu um passo à frente.

— Olha só, alguém tinha algum motivo para fazer isso, foi pessoal. Não é uma pessoa que vai fazer isso com mais alguém. Não tem perigo aqui. Você deveria estar mais preocupado com o Anselmo, com as eleições para prefeito, com essas coisas. Esse é o tipo de história que a gente tem que abafar como pode. Não olha assim pra mim, não quero que pare de investigar, só que não deixe essa merda prejudicar a cidade, os negócios, a reputação que levamos décadas para construir. É um município pobre e feio? É, mas as pessoas daqui estão felizes. Estão empregadas, estão comprando.

— O que você sabe sobre a neopentecostal? Da Avenida Cascatas?

— O mesmo de sempre. O cara tá cansado de trabalhar o dia inteiro e só se foder, Caldas. Um pastor vem e diz que ele pode dar dez por cento pra igreja e, se fizer isso, ele vai poder exigir de Deus prosperidade, saúde, sucesso e essas porras. O que o cara faz? Pensa "eu já dou uma parte pro governo, e não recebo nada em troca. Que dê pra Deus então". E ele dá. E começa a pensar positivo, se vestir melhor, ser mais bondoso com a família, larga a bebida, para de comer puta, para de se encher de batata frita... a vida do cara melhora, a saúde melhora, a vida familiar tá em paz... louvado seja o Senhor, né não?

Gustavo não conseguia rir. Via nos olhos de Garaneta as verdades que não estavam sendo ditas. Pensou no pânico naquele olhar na noite em que ele pedira ajuda de Gustavo pela primeira vez.

Ele era delegado havia apenas três meses quando recebeu o telefonema de Valério. Só sabia que era a pessoa mais rica da cidade, então entrara no seu velho Fiat Uno e fora até a chácara. Um rapaz com deboche nos lábios conduzira Gustavo até os fundos da propriedade, onde havia um canil. Ouvia os cães latirem desde o momento em que saíra do carro, e naquele momento ele viu o porquê. O sol estava pálido, o tempo fechado, e na luz leitosa da manhã ele via a terra avermelhada ensopada de sangue. A menina devia ter uns dezesseis anos. Pele morena, magricela, cabelos pretos sujos de terra e folhas. Latidos. Algumas formigas já exploravam os contornos do seu rosto. Quando caíra no chão, a barra do vestido surrado, de algodão, havia levantado. Gustavo teve o impulso de cobrir o pedaço de genitália exposto, um triângulo pequeno de pelos pretos. Cachorros corriam e latiam. Ela ainda usava um chinelo azul--claro, o outro estava a meio metro do corpo. Um homem enrugado, de uns sessenta, olhava para o corpo com indiferença. Garaneta explicou: "é a filha dele. Tava aprontando e ele acabou pegando pesado. Como podemos resolver isso, é meu caseiro...". O homem havia pegado pesado mesmo. Dera um tiro na barriga dela. Ele se lembrava de ter olhado para aquele corpo por uns cinco minutos sem saber o que dizer, enquanto os homens o observavam, esperando ordens. O mais novo dava umas risadas e balançava a cabeça, entretido. Latidos. Gustavo cuidou de tudo, sem saber o motivo. Quando Valério colocou um bolo de dinheiro no seu bolso, disse: "você entendeu como as coisas funcionam por aqui. Obrigado, doutor, te devo um favor".

Ele limpou a garganta.

— Conhece alguém da igreja? Que conversaria comigo sobre a Suellen?

— Não, cara, esse povo não se mistura com pecador como eu. Escuta... vá falar com o Anselmo. Abaixa essa cabeça um pouco, vá na humildade, conversa com ele e vê se ele pode te ajudar. E deixa essa porra morrer. Fala pra imprensa que já tem um suspeito, mas não pode dar detalhes. Espera as enchentes, ou alguma tragédia acontecer na Europa, ou alguma mina ter os dentes arrancados pelo ex-namorado, que a galera esquece. Os tempos mudaram, Caldas. Nada mais tem importância depois de quarenta e oito horas.

ANDRÉ

— Fala, Santiago.

André recostou na cadeira de madeira do boteco e pousou os olhos cansados em Reno.

Às nove, o lugar começava a receber os fregueses leais: desempregados, aposentados e alcoólatras. Lá fora, a chuva caía mais suave, mas quem morava em Jepiri há anos já sabia que era uma armadilha. A tempestade só estava guardando suas forças.

— Eu só quero saber se há algo sobre essa história que o Caldas não está contando para a imprensa.

As luzes brancas evidenciavam algumas rugas no rosto do lutador, alguns pelos prateados na barba que começava a despontar. Reno não era um Rodrigo Hilbert, mas era um homem feito de aço e cheio de testosterona que chamava atenção das mulheres. E segurava o olhar nele, sem vacilo.

Peralta deu mais um gole na cerveja do copo suado.

— Os Rocha estão te pressionando?

— Eles ainda não estão pensando dessa forma. Estão perdidos no luto, tentando entender tudo isso. Eu quero saber porque preciso, cara, saber como uma coisa dessas pode acontecer com uma mulher daquelas, numa cidade dessas.

Peralta precisava mais de Reno do que vice-versa desta vez. Só Reno poderia dar informações sobre a família de Suellen. André levantou um braço magro dentro de uma camisa listrada que já tinha uns vinte anos de uso. Um homem com um *Perfex* rosa na mão se aproximou.

— Mais uma Brahma, chefe?

Ele sorriu.

— Outra garrafa.

O lutador suspirou, resignando-se a uma conversa longa: — Traz uma porção de bolinho de bacalhau pra mim, por favor.

À sós mais uma vez, André decidiu testá-lo: — Você se lembra daquele filme *Piranha*? O pessoal mergulhava no lago e as piranhas mordiam eles, e depois elas aprenderam a voar?

Reno era filho dos anos oitenta, os dias de glória em que os pais estavam cagando para o que as crianças viam na televisão desde que estivessem quietos. O rosto dele dizia que se lembrava bem do filme.

Peralta continuou, preparando o terreno para tocar num assunto que sempre estivera na periferia de suas conversas, sempre esperando sua vez: a esposa do delegado.

— Fizeram uma paródia daquilo, uma pornochanchada chamada Bacalhau.

— ... Não me surpreende.

— Enfim, eu vou dar uma mijada a tempo de você pensar um pouco mais se realmente quer estar aqui numa sexta me fazendo perguntas. Se ainda estiver aqui, comendo seu bacalhau quando eu voltar, nós conversamos, lutador.

DAFNE

Dafne se acomodou na rede entre a terceira e quarta colunas do alpendre. Sim, estava empoeirada, mas era relativamente nova e parecia limpa. Tomou um gole de limonada gelada e se balançou um pouco, tentando tocar sua adolescência, sentir-se como a Dafne de quinze anos mais uma vez. Foi em vão. A paisagem não havia mudado, o quintal ainda era o mesmo, as buganvílias além da cerca também. Mas o mundo mudara. E ela compreendeu que a menina Dafne não habitava algum lugar lúdico e puro de sua alma. Ela não existia mais.

E tudo bem. É mais uma morte para pôr na conta. Ela deu outro gole da bebida, apreciando o som dos cubos de gelo se chocando contra o vidro. No silêncio e na solidão era hora de vasculhar suas preocupações e mágoas, organizá-las, colocá-las em seus devidos compartimentos. Estava em Jepiri de novo, como um inseto atraído pela luz que o extinguiria. Eles ainda estavam ali, todos eles, todos que transformara lentamente em fantasmas e mitos. Tudo ainda estava lá: a empresa, a casa, o corpo enterrado na floresta. *Homecoming.*

Dafne se lembrou-se de como Mariana adorava encaixar expressões e palavras de outros idiomas no meio da conversa, e como fazia aquilo sem pretensão, só como desculpa para forçar um sotaque e ser engraçada. Mariana fazia de tudo para arrancar gargalhadas. Suellen também. *Homecoming*, o regresso ao lar. A volta para o piso sólido do passado. Ela lembrou-se que a mãe reclamava da cicatriz da cesariana de emergência que precisou para dar à luz Dafne. Quando chovia, quando o tempo esfriava ou esquentava demais, Eduarda Copler começava a coçar o ventre. "Que aflição" – reclamava –, "fica coçando lá embaixo e não passa de jeito nenhum". Dafne costumava deitar a cabeça na barriga da mãe. Fazia massagem bem onde Eduarda tinha o corte. "Melhorou?", e a mãe sorria. "Sim, melhorou" – mentia –, e as duas aceitavam aquele pacto.

Às vezes Dafne pedia para que a mãe contasse sobre o dia de seu nascimento, o que ela adorava fazer: "— Era para você nascer em março, mas, bem na época das chuvas, você decidiu que estava pronta para o mundo. Na pior tempestade do ano, minhas contrações começaram a ficar mais fortes, queimavam, ameaçavam me partir ao meio. Então corremos para o hospital, e não tinha ninguém nas ruas e era água para todo o lado. O térreo do hospital estava todo molhado, era uma noite de caos. E quando o Dr. Moacir foi monitorar você, viu que seus batimentos tinham caído muito. Ele disse *sinto muito, mas não podemos mais esperar.* Eu não quis que eles a tirassem de mim enquanto eu me recuperava. Ele deu um jeito e você ficou no meu colo o tempo todo, enquanto eu tentava recobrar o controle das pernas. Você nasceu bem frágil, e eles queriam que ficasse na UTI, mas eu lutei tanto, Dafne, eu falei que você ficaria melhor comigo. E ele foi um anjo, monitorou você e deixou que ficasse no meu peito. E, anos depois, ele me confessou que achava que você fosse morrer e só deixou você ficar comigo porque achava que não havia nada que pudessem fazer. Ele achou que estava sendo misericordioso comigo. Mas meu abraço era tudo o que você precisava. E você ficou bem, uma semana depois já estava em casa. Nunca ficou doente. Cresceu linda e forte, nascida no meio de uma tempestade".

Dafne nunca enjoava de ouvir aquilo, aquela fábula de sobrevivência, aquela insígnia de força. Rogério detonou a história no segundo encontro dos dois: "Ele quebrou o protocolo hospitalar, que idiota". Dafne dormiu com um colega de trabalho na noite seguinte, só de raiva. Nem pensou em sair com Rogério depois daquilo. Mas ele insistiu, foi mais dócil, e as coisas viraram o que viraram. O comentário acerca do nascimento dela foi como um presságio de como o casamento seria: a desromantização de tudo, o estilhaçar do espelho que refletia a vida com um pouco mais de magia. Em algum momento, Dafne percebeu que só havia nascido num parto prematuro e cirúrgico numa noite de chuva e que não havia misticismo naquilo. Não era especial, apenas sortuda.

Ela ouviu passos na pedra e virou o rosto. O caseiro, Chico.

— Dona Dafne, a senhora me assustou. — Ele riu. — Muito bom conhecer a senhora assim em pessoa.

Ela ia se levantar, mas ouviu a voz da mãe: *uma dama nunca se levanta para um homem*. E se balançou um pouco mais na rede.

— Oi, Chico. Eu ia avisar que estava vindo, mas foi uma decisão de última hora. Tá tarde, você está fazendo o que aqui?

— Eu tarra passano na frente e vi o portão escancarado. Pensei que alguém tinha entrado na casa pra roubar alguma coisa. Essa cidade não é mais a mesma, não. A senhora soube da mulher que foi comida viva por um maluco?

Dafne olhou para o copo de limonada.

— Chico, vou ficar aqui por mais alguns dias, tenho uns assuntos para resolver. Quero que o senhor chame alguém para limpar a casa, colocar roupa de cama, essas coisas. Dá para fazer isso?

— Sim, senhora, é pra já, vou chamar minha esposa e a menina para dar uma força aqui amanhã de manhãzinha. A senhora dormiu aqui?

— Dormi no sofá. Estava com preguiça de arrumar a cama.

— Mas eu faço isso agora pra senhora, podexá.

Ela se levantou, passou por baixo da rede e entrou na casa, adorando estar descalça. Sabia que o homem estava confuso e queria mais informações, por exemplo, quanto ela pagaria pelo serviço de faxina, mas ao entrar na cozinha e depositar o copo na pia, algo chamou sua atenção. Na ilha de mármore branco, um buquê. Amarílis.

Na casa sem eletrônicos, com poucos móveis e com uma camada fina de poeira em cada superfície, aquilo parecia quase sobrenatural. *Não, apenas estranho, Dafne.*

Ela estudou o embrulho de papel celofane, a seleção de quatro amarílis brancas, riscadas de vermelho. Sem bilhete, sem nada.

— O que são essas flores aqui?

Ele deu uma corridinha até a cozinha.

— Senhora?

E ela abriu as mãos num gesto. Mariana teria dito *voilá!*

Chico pareceu confuso.

— Sei não, senhora. Cheguei agora, já tarra aí.

Rogério não teria feito aquilo.

Alguém estivera na casa dela na última meia hora enquanto ela estava no quintal. Saber disso era como veneno nos seus sentidos, que agora invocavam imagens, sons e cheiros de um assassino à espreita. Olhos que a observavam em meio às árvores além da cerca.

Ela caminhou até a bolsa e tirou o celular lá de dentro. Com alguns toques, encontrou a página do jornal local. Com sorte, encontrou o número que queria.

Discou, ouvindo a voz de Mariana na cabeça: *tá, já te ligo, minha donzela em perigo.*

Não gostava de bancar a donzela em perigo. Mas não era burra. E não seria encontrada no chão de casa, com o corpo mutilado.

E não é só de proteção que você precisa, Dafne.

Ela precisava acabar algumas coisas que começara aos quinze anos.

Unfinished business, ma chére, diria Mariana. E, como sempre, ela estaria certa.

RENO

Reno acompanhou a jornada do investigador até o banheiro no fundo do bar. Olhou em volta, fazendo uma avaliação da situação em que se encontrava. Cerca de trinta homens, a maioria sentada nas mesinhas de alumínio na calçada, falando alto, petiscando frango a passarinho com dedos engordurados, gargalhando. Estavam de bom humor com a chegada do fim de semana. Ele viu dois homens perto do balcão, em pé, conversando. Dava para ouvir:

— Uma dessas crentes da Igreja lá do Cristo de foda-se o quê. Acharam a mulher toda cortada, coisa de Jack, o *Estrupador*.

Reno sentiu alívio quando o garçom apareceu, equilibrando um prato de bolinhos de bacalhau no antebraço, carregando uma garrafa de Brahma e um copo facetado para ele. Agradeceu depois de servido e virou um pouco da cerveja gelada na garganta. Sentiu o corpo pedir cama, mas não iria embora sem pelo menos algum tipo de informação nova. Pensava em Mariana, numa possível gravidez, no trauma de um aborto. Apertava a mandíbula com raiva. Pensava que podiam ter tido um filho juntos.

O rombo no peito pediu algo mais forte, mas ele resistiu e secou o copo de cerveja, deixando uma camada aerada de espuma.

O telefone celular tocou, baixo, vibrando no bolso de trás do *jeans*. Ele não reconheceu o número.

— Oi.

— *É a Dafne.*

Ele não soube o que sentir.

— Tudo bem?

— *Não. Eu recebi um buquê agora à noite, acho que alguém entrou na minha casa.*

— Desculpa, Dafne, não entendi.

— *Tenho certeza que é o cara que matou a Suellen.*

Ele olhou para os lados para se certificar que ninguém mais ouvira aquilo. Então se sentiu um idiota.

— Como pode saber disso?

— *São as minhas flores, Reno, amarílis. As únicas pessoas que sabem disso são meu marido, em São Paulo, uma mulher morta e duas vivas. Tem alguém me observando.*

— O que quer fazer?

— *Quero te oferecer um emprego temporário.*

— Como assim?

— *Dez mil. Para ficar aqui comigo nos próximos dias. Estou com medo de ficar sozinha.*

Dez mil.

Dava para pagar todas as contas pendentes, um plano de saúde para a Neide e o Júnior e consertar a moto. Sobrava grana para os meses mais complicados, para emergências. Lembrou das palavras da prima: *"eu precisava da grana, então eu vendi".* Quanta coisa ruim não nasce da falta de dinheiro?

Tinha jeito de armadilha, mas ele abriu os braços para ela.

— Tá. Me dá uma hora. — E desligou, a sensação de arrependimento quase como azia.

Peralta se sentou de frente para ele e fez uma cara que dizia *então vamos lá, machão.*

— E aí? Tem que haver alguma pista, alguma dica, alguma coisa.

— Talvez haja. — O homem esfregou o olho. Inclinou o copo e se serviu de mais Brahma. — Eu acho que temos uma forma, eu e você, de descobrir alguma coisa sobre o que aconteceu lá naquela noite. Só que preciso de uma resposta melhor para a minha pergunta, lutador. Quero saber seu interesse nisso, e não me venha com essa babaquice de curiosidade ou jornalismo. Qual é a sua com a Suellen Rocha? Comia ela?

Reno levantou os olhos para ele.

Peralta enrugou a testa.

— Ei, não precisa olhar para mim desse jeito. Não quero brigar com você, não sou idiota. Já vi você lutar. Eu só quero saber qual é a sua antes de te contar algumas coisas. E sei que você come muita mulher.

Era aquela a sua reputação na cidade? As frustradas tentativas de romance de Reno haviam terminado em questão de semanas. Não transava há quase um ano, não tinha estômago para a sedução, as conversas, o fingimento, o sofrimento que causava às mulheres quando não conseguia corresponder aos sentimentos delas. Era um preço alto demais para algumas trepadas. A última tinha sido a Marluce, no aniversário dele, e só porque ele estava bêbado demais para levantar da cama e ela fizera todo o trabalho.

— De onde você tira essas coisas?

— Já vi você por aí com puta, Reno.

Precisava de Peralta. Não podia arrancar a mandíbula dele do crânio. A vontade passou. Ele contou até cinco, mordendo um pedaço de bolinho de bacalhau, se acalmando para continuar a conversa.

— Eu não ando com puta, você está falando da Neide, minha prima. Não faça isso de novo.

Peralta levantou as mãos num gesto apaziguador. Parecia genuinamente surpreso.

— Perdão, eu não sabia. — Depois sorriu um pouco. — Pô, cara, eu não sabia, tá?

— Foda-se, você não tem nada para me contar. — Ele se levantou, sabendo que a raiva estava vencendo dentro dele. Enfiou a mão no bolso para encontrar dinheiro, mas Peralta ficou sério de novo.

— Senta, Reno.

Ele olhou o homem por um instante.

O investigador parecia completamente livre de qualquer traço de jovialidade naquele momento, o rosto de pele fina e enrugada confessando preocupação.

— Senta aí.

Reno dobrou os joelhos e cedeu o peso na cadeira de madeira, que pareceu se acomodar a ele com um gemido nas dobradiças. Pensou em Dafne esperando na casa dos Copler. O único sentimento que conseguiu identificar foi o mesmo que o forçara a cursar jornalismo, aceitar socar os outros numa fazenda e que o levaria a se oferecer para ajudar a limpar a casa de Suellen: curiosidade.

— Já ouviu falar sobre neurociência forense?

— Me parece um termo meio amplo. Do que está falando?

— Sobre a parte, mais especificamente, que investiga funções biológicas como meios de "decifrar" crimes, como comportamentos que caracterizam se uma pessoa está mentindo, por exemplo.

— Sei.

— Isso é lindo na teoria, mas não é verdade na prática. Teve um estudo uma vez, lá nas gringas, que pegou três grupos de pessoas. O primeiro grupo era de leigos, civis, pessoas como você. O segundo também, mas esse grupo teve aulas de detecção de mentiras: grupos de músculos faciais etc.

— E o terceiro?

— Detetives experientes, mas sem treinamento específico relacionado à detecção de mentiras. Qual você acha que foi o resultado da pesquisa, quando colocaram membros dos três grupos para entrevistarem pessoas que estavam mentindo propositalmente em diversas respostas?

Reno apenas aguardou a *punchline* da história.

Algo cintilou na retina de Peralta quando ele abriu a boca.

— As pessoas que foram treinadas com base científica para detectar mentiras tiveram exatamente a mesma pontuação das pessoas sem nenhum tipo de treinamento.

Reno enxergou o propósito da conversa. Peralta concluiu: — Já os detetives, sem treinamento especializado, mas com anos de experiência em lidar com gente culpada, pontuaram mais alto.

— A moral da história é que a ciência é papo furado?

— Não. A ciência é a melhor coisa do mundo, mas não é o único lugar onde podemos encontrar a verdade. Ninguém gosta de acreditar no instinto policial, mas ele existe. Não pode ser chamado de ciência, mas ele existe. — Peralta deu um sorriso amargo e um tubo de cinzas despencou do cigarro. — O que eu sei é que todo mundo mente. O que varia são os motivos. Então vamos lá: meu chefe não parece muito empenhado em encontrar o assassino de Suellen Rocha. Mas você, sim. Por... lealdade?

— Que tal justiça?

— Nunca é só justiça. Se fosse, você estaria correndo atrás dos outros criminosos da cidade, feito um Batman interiorano.

— Tá, então não é só justiça, mas puta que pariu, ela era minha amiga. Eu frequento a casa da família dela desde que era criança.

— Você insiste nesse ponto, então vamos conversar sobre isso. Quem matou Suellen não conheceu ela semana passada. Era alguém próximo. Me fala sobre o relacionamento dela com os Rocha.

Reno suspirou.

— Não é porque a família dela é complicada que eles têm algo a ver com o assassinato dela. Esse é o problema. Todas as famílias são complicadas. É claro que eles são fanáticos, não vou mentir em relação a isso. São mesmo. Os pais são ignorantes, fanáticos e cheios de ódio, mas eles nunca seriam violentos, há uma diferença. E não é só isso. O Davi e a Suellen realmente se estranhavam quando eram adolescentes, mas não mais do que a maioria dos irmãos. É claro que ele não tinha maturidade para lidar com a natureza da Su.

— Qual era a natureza da *Su*?

— Na época, eu teria dito que ela era um pouco extrovertida, *sexy* e desbocada demais para a família dela. Hoje eu entendo que ela era só uma adolescente tentando descobrir quem era.

— E o irmão não gostava disso?

— Nenhum irmão gosta. Mas me ouça um pouco: alguns anos atrás, o Davi e a Su se reaproximaram. Eu vi isso acontecer, foi real. Eu vi que ele começou a enxergar a Su como quem ela era atualmente, não como a garota que ela foi no passado. No começo foi sutil; ele elogiava o trabalho dela na igreja, toda a caridade que ela fazia. Parece que o celibato da Su era uma fonte de alívio para ele.

— Está tentando livrar seu amigo da forca, mas está conseguindo me deixar cada vez mais encucado, Santiago.

Reno fez um gesto impaciente.

— Eu sei, eu sei. Mas se coloca na cabeça de um cara religioso como ele. Ele tinha motivos para ter ódio da Suellen adolescente, claro. A que bebia e ficava com os garotos e falava palavrão. Mas a Suellen mudou radicalmente logo depois dessa fase. E a pessoa que ela virou era justamente a pessoa que a família sempre quis que ela fosse. Por décadas. Os conflitos acabaram muito tempo atrás e ela e o irmão conseguiram estabelecer uma boa amizade. Por isso eu digo, eu sei que ele é um suspeito óbvio, mas não foi ele. Não faz sentido. E ele... o Davi é uma pessoa do bem.

— E ele tem um bom álibi... — Peralta deu um gole na cerveja. — E quando falei com ele e ele disse que não matou a irmã, ele estava falando a verdade. Ele não é nosso cara. Vamos conversar sobre o Caldas, por um momento...

— O que tem ele?

— Você e o doutor não conseguem ficar no mesmo ambiente sem que o pino que eu tenho no quadril comece a vibrar. E isso só pode ter a ver com a Mariana.

Reno não havia precisado deduzir que estava sendo interrogado, Peralta deixou isso bem claro com o discurso de ser um polígrafo humano. Mas ele não estava pronto para falar sobre Mariana.

— O que isso tem a ver com a Suellen?

— A Mariana não era amiga da Suellen?

— Claro que era.

— E você era amigão das duas. E nosso assassino parece ser... conhecedor de algumas coisas sobre elas.

O alarme disparou na cabeça dele.

— Peraí, peraí. Você acha que a Mari...

— Não, a pessoa queria a Suellen, não a Mariana. Mas meu trabalho é explorar as conexões. Então desembucha sobre seu relacionamento com ela. Eu vou te fazer rir, Reno, não se preocupa. Só me ajuda um pouco primeiro.

— Você tem certeza que a Mari não está em perigo?

— Eu não tenho certeza de nada, mas duvido muito. Fala, Santiago.

Ele virou o resto do chope, desejando algo mais forte. Estava ficando perigoso.

— Eu era apaixonado por ela. Mas ela terminou tudo. Estava preocupada com a Suellen, sei lá...

Eu acabei de dar um motivo para ele, Reno sorriu, odiando-se por estar perdendo o controle. Para remediar aquilo, restou ser honesto.

— Mas eu fiz merda antes disso, quebrei o código sagrado das flores e acabei pegando a amiga dela. Não existe nada de interessante nessa história e não tem nada a ver com esse crime. Eu sei que você e o Caldas estão escondendo alguma coisa. Sempre têm uma carta na manga.

— E se eu te contar o que é, você vai ser sincero comigo? Vai me responder com honestidade quando te perguntar sobre a Suellen?

— Tá, trato feito, vou ser seu consultor sobre elas.

Peralta ofereceu a mão num gesto cheio de malícia. Reno apertou.

— A pessoa que matou a Suellen escreveu uma coisa na parede, com o sangue dela.

— Puta que pariu.

— Respira, lutador.

Reno obedeceu, sentindo a garganta fisgar. Encheu o copo de cerveja. Peralta continuou, em voz baixa: — "Assassinas". Isso, no plural. Pode ter a ver com a Mariana? Pode. Pode ser sobre um ódio mais genérico, contra mulheres num geral e não necessariamente Suellen? Pode sim. Mas quando eu penso nessas possibilidades, eu fico com aquela sensação de peça faltando, e essa é a sensação que me irrita.

Reno lutou para não pensar na história do aborto. Assassinas?

— Por onde você sugere começar?

O outro se aproximou.

— Esse caso não vai ser resolvido com o que a polícia tem. Isso não é televisão, é Jepiri. Não temos arma do crime, nenhum tipo de impressão de sapato, de carro, de nada. Não temos nenhuma testemunha e nenhum suspeito. A mulher era bem quista por todo mundo. Não se metia em bar, não dava pra ninguém até onde sabemos, não brigou com nenhum comerciante ou vizinho. Os pais e o irmão, seu amiguinho, parecem inocentes. A mulher que encontrou o corpo não teria forças para fazer aquilo nem cheirada com toda a cocaína do mundo.

Reno olhou em volta para se certificar de que ninguém estava prestando atenção. Depois voltou os olhos para Peralta.

— Mas...

— Mas a igreja dela, lá o bicho pega de verdade. Toda essa merda Neopentecostal, Reno, isso é tudo uma empresa. Os caras que financiam, treinam e botam esses pastores para trabalhar, para convencer o povo de que é só investir dez por cento que eles têm direito de exigir de Deus uma vida boa, esses caras não brincam em serviço e nenhum deles acredita no que está vendendo.

Tenho um cara que pode me passar informação sobre o que pegava lá dentro com sua amiga gorducha. Mas Reno...— ele olhou pela janela suja por um tempo, e a voz saiu mais baixa —, não dá para entrar nessa com dúvida, entende? Igreja é coisa de gente rica aqui, gente com segredo sujo e escrúpulo zero. Tem certeza que quer saber?

Reno pensou nos olhos de Mari, aquela versão adolescente dela, escovando os cabelos dele com as unhas pintadas de vermelho-cereja, falando *tu é teimoso, né, moleque?"*

Ele assentiu.

— Quero. Onde encontramos esse cara?

— Já entrei em contato. Amanhã à tarde, eu e você temos uma visita a fazer.

Quando Dafne abriu a porta, Reno se lembrou de uma frase cujo autor ele desconhecia, algo como "o destino de todo vidro é quebrar". Sentia que estar ali com ela naquela casa era seu destino, algo que ele soubera a vida inteira que aconteceria, mesmo que não ansiasse por aquilo.

Nunca entrara na casa dos Copler. Como os outros rapazes, passara a juventude do lado de fora, espiando e especulando sobre as riquezas detestáveis que aquele lugar guardava. Tivera algumas fantasias que alimentaram os estereótipos que cercavam Dafne como moscas naquela época, boatos abastecidos por inveja e pobreza, tão comuns em Jepiri.

— Oi, não precisa ter etiqueta comigo. Só entre. Fui eu que te chamei aqui.

A voz não era de uma mulher amedrontada, e sim pragmática. Reno esfregou os pés no capacho antes de atravessar o limiar e não conseguiu evitar olhar em volta. Mesmo desocupada por anos e quase vazia, a casa era tudo o que prometera ser. Dos vidros finamente trabalhados até a qualidade das madeiras, cada detalhe berrava grana. A imensidão do lugar, os espaços entre móveis, as larguras dos corredores, tudo que ele conseguia enxergar de onde estava parecia debochar dele.

— Bonita casa — foi tudo o que conseguiu dizer, sabendo que não pertencia àquele lugar e não tinha desejo algum de pertencer.

— Nunca sei se você está sendo sincero comigo. Nunca soube.

Ele não soube como responder. Não entendia por que as mulheres ficavam confusas com o comportamento dele.

— Estou sendo sincero. Me desculpa se estou agindo de forma estranha, Dafne, é que eu não esperava sua ligação e o momento é turbulento.

Ela cruzou os braços. O tecido mole e enrugado do blusão cor creme que usava tinha um jeito estranho de colar e desgrudar do corpo dela. Era largo e macio e cheio de promessas traiçoeiras. Ela vestia *shorts jeans* que mostrava pernas belíssimas, finas, bronzeadas e firmes. Reno mais uma vez pensou em como sempre fora a mais bonita das quatro meninas.

— Vou ser bem direta com você. — Ela o encarou sem timidez. — Estou com medo. Sei que não demonstro, mas não sou burra e não quero ninguém entrando nessa casa, não depois do que fizeram com a Suellen. Não tenho dúvidas de que essas flores foram uma ameaça.

Ele seguiu o olhar dela e viu um buquê grande em cima da ilha quadrada da cozinha. Caminhou até aquele objeto, que parecia deslocado ali, e notou a ausência de um bilhete ou cartão.

— São...

— Como eu disse, amarílis.

— Cada uma de vocês tinha uma flor.

Ela sorriu um pouco ao assentir. O olhar se perdeu no nada e alguma coisa pareceu passar por sua mente, uma lembrança boa.

— É. Começou como uma brincadeira, depois virou... acabou mudando tudo. A Suellen era a tulipa, a Cacau era lótus, a minha flor era amarílis e a da Mari era...

— Magnólia.

Dafne olhou para o chão.

— É.

Reno lembrou-se de ter beijado a tatuagem de Mariana mais de uma vez. Como se ouvisse o pensamento, Dafne virou-se e levantou a blusa apenas o suficiente para revelar uma tatuagem no mesmo lugar, aquele tipo de desenho que parece que vai escorregar entre as nádegas. A de Mariana costumava mexer com ele na época em que se perdia e se encontrava nos segredos úmidos do corpo dela.

Precisava ser uma âncora para a imaginação de Dafne, se não para apaziguar seus medos, pelo menos para fazê-la se sentir mais segura. Então percebeu que era ele quem queria se sentir mais seguro. Se Dafne estava em perigo, Mariana também estava. O corno dentro dele resmungou *"ela tem o delegado para protegê-la"* e ele se odiou por ser tão infantil.

— Por que tem tanta certeza que é uma ameaça e não um presente de boas-vindas de algum cara que te admira há anos?

— Acredita no que está falando, Reno?

Não, ele não acreditava.

— E você quer que eu fique aqui.

Dafne se aproximou, três passos descalços no piso de madeira.

— Vi você lutar. Confio em você. Não me sentiria mais segura com qualquer outro homem no mundo.

Nem seu marido? Ele não ousaria perguntar.

— Posso ficar com você agora à noite, mas não posso passar o dia inteiro aqui amanhã. Estou investigando o caso da Su.

Dafne caminhou até a cozinha e ele não teve escolha senão segui-la. Ela se sentou num banco alto. Ele preferiu permanecer em pé.

— Se for algo urgente e você precisar sair, dou um jeito de estar num lugar público, fico num restaurante ou uma loja. Mas estou te pagando porque não quero que sinta que está me fazendo um favor. Estou te pagando pelo seu tempo. E agradeço que tenha aceitado.

— Amanhã eu converso com as floriculturas da cidade. Não deve ser difícil descobrir quem comprou um buquê de amarílis. Vou resolver isso. Ela era minha amiga também.

Dafne sorriu.

— Já tem uma cama pronta para você no quarto principal lá em cima. Vou tomar um banho. Abasteci a geladeira, sinta-se em casa.

— Acho melhor dar uma volta pelo quintal, onde estão as chaves?

— No gancho ao lado da porta. — Ela levantou, aparentemente desistindo de uma conversa longa, ou de um lanche, ou seja lá o que tinha em mente quando se sentou.

Meia hora depois, Reno havia telefonado para Neide e explicado que não dormiria em casa, que era uma longa história, mas que ela podia ficar tranquila e que, quando desse, levaria uma grana para ela. Neide não perguntou, nunca perguntava.

E fez a ronda pela casa. A piscina estava vazia, um pouco suja, mas de resto tudo ainda era como antes. Ele sentiu falta dos cachorros correndo pelo gramado, das risadas das outras meninas, da Jepiri de sua infância. Lembrou-se de que havia uma possibilidade real de que aquele buquê realmente tivesse algo a ver com aquele crime. Remota, mas uma possibilidade que validava uma investigação. Com esse pensamento, ele checou as portas e janelas pelo lado de fora, sem encontrar qualquer tipo de ranhura ou outro sinal de arrombamento ou tentativa de entrada na casa. Checou que tudo estava trancado e só depois entrou. Trancou a porta principal por dentro e pendurou as chaves de volta no gancho. Bebeu água e apagou todas as luzes. Subiu as escadas, consciente de que fazia pela primeira vez um trajeto que Mariana, Suellen e Cacau tinham feito dezenas de vezes antes. Seguiu a iluminação artificial amarelada e densa até um quarto no final do corredor.

Ao entrar devagar, fazendo a transição do piso frio para carpete, viu que a luz emanava de um abajur enorme e cilíndrico no chão, ao lado de uma cama *king size*. Nela, Dafne massageava creme numa das pernas, uma mala aberta em cima de uma escrivaninha de mogno.

— Se quiser tomar um banho, o quarto que preparei para você é uma suíte. Fique à vontade. — Ela não parou de esfregar a panturrilha enquanto falava. Olhou para ele.

Reno imaginou se Neide se sentia daquela forma. Sexo e grana, as linhas tênues. Dafne tinha o poder naquela casa, por mais que posasse de amedrontada. A forma como ela olhava para ele o fazia sentir-se mais consciente do próprio corpo, dos ombros e peito e genitália. Com os cabelos molhados e cheirando a creme de framboesa, de camisola, Dafne era naquele momento tão tentadora quanto as bebidas no bar do pai quando ele estava crescendo.

— Tudo bem. Tá tudo trancado. Se precisar de alguma coisa, é só chamar. Boa noite.

Ouviu assim que saiu do quarto:

— Reno.

Virou-se.

— Oi.

Dafne esticou as pernas lambuzadas no lençol e recostou-se numa almofada enorme. Colocou os braços atrás da cabeça e pensou por alguns segundos antes de falar.

— Vou deixar minha porta aberta. É um convite. Não vou morrer se você não aceitar. Mas é um convite.

A declaração era um contrato e uma absolvição ao mesmo tempo. Dizia *"ninguém vai te culpar se você me comer hoje"*. Tornava tudo fácil demais. E a raiva da Mari? A raiva que ele sabia ser um desgraçado por sentir. A raiva alimentava a vontade de machucá-la.

Ele tomou um banho. Deixou a água mais fria do que quente, tentou encontrar desculpas para não ir para a cama dela. Saber que Dafne era casada não mudava nada. Saber que ela nunca seria Mariana também não. Reno só fez as pazes com sua decisão quando já estava descendo o corredor até o quarto dela, sem se dar ao trabalho de vestir-se depois da ducha.

Ela estava esperando, deitada com as mãos atrás da cabeça, de camisola e pernas hidratadas, como se não tivesse se mexido. Não pareceu surpresa, não sorriu, não falou palavra alguma. Moveu os olhos avaliadores para a ereção dele, depois para o rosto. Esperou com a respiração mais profunda.

Reno se aproximou e ela puxou a camisola num gesto lento e decidido, bagunçando o cabelo. E num segundo ela era cheirosa, macia e cheia de suspiros, e no outro era uma mulher que gemia alto, que rebolava, que pedia. Foi uma trepada rápida, um rebuliço de pele e saliva, cheiro de boceta e um pouco de violência. Ela teve um orgasmo cheio de espasmos, berrando, sentada no rosto dele. No esvair do próprio gozo, dentro dela, Reno abriu os olhos. Dafne, descabelada e com a cara toda vermelha, o observava, sorrindo, os dedos entrando na boca dele.

O celular tocou e ela trocou algumas palavras carinhosas com o marido, com Reno fingindo dormir ao lado dela.

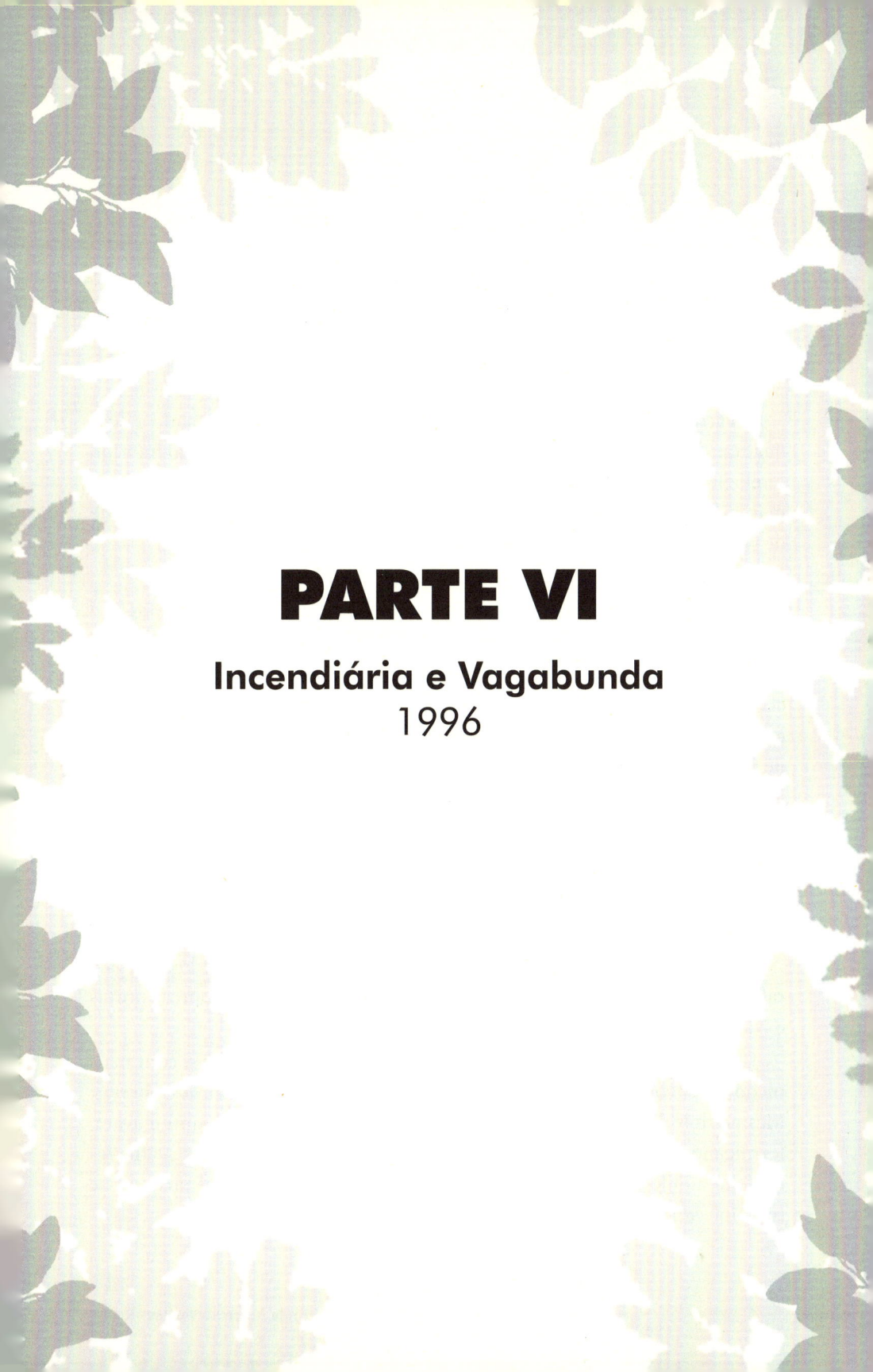

PARTE VI

Incendiária e Vagabunda
1996

— Você sabe que isso vai mudar tudo, Mari.

Mariana tinha o olhar perdido, além do vidro do para-brisas, no asfalto molhado.

— Eu não me importo mais.

O carro do pai de Dafne, um Alfa Romeo prata, estava estacionado a duas quadras da rua Aquiles, na sombra de uma árvore. Na escuridão do interior, o relógio no painel mostrava o horário: 01:19 da madrugada. As ruas de Mamarapá já estavam desertas. A chuva fina da tarde coibira as saídas da noite de sexta-feira.

Dafne olhava para a amiga, as mãos no volante.

— Sabe que talvez ninguém nunca descubra, mas que também é possível que sejamos presas por isso.

— Por que está tentando me convencer? — Mariana finalmente olhou para ela. Falava baixo. — Já fizemos o pior. Já mentimos para o seu pai, já saímos com o carro dele sem permissão, já pegamos a estrada, o que você foi proibida de fazer, e já estamos com o álcool.

Dafne suspirou.

— Eu não ligo se formos parar na Febem, se estragarmos nossas vidas inteiras por causa disso, eu não ligo. Mas acho que...

— Eu não vou culpar você.

— ... então vamos.

As duas saíram do carro ao mesmo tempo, cada uma enfiando uma garrafa de refrigerante cheia de álcool debaixo dos suéteres. Fecharam as portas devagar e atravessaram a rua.

Caminharam sem fazer barulho, abraçando as próprias blusas, com mais medo de encontrarem um grupo de homens do que de serem descobertas. Mesmo dois dias depois, sentiam a raiva na garganta enquanto caminhavam, formigando nas pontas dos dedos, irradiando calor em seus peitos. Dafne teria feito aquilo mesmo sem o apoio de Mariana. Mas Mariana mostrara-se resoluta: *eu vou com você. Nem pense em me negar isso.*

O frio na barriga, o nó na garganta, aquilo só começou mesmo quando dobraram a esquina da rua Caiapós. Era uma noite nublada, sem estrelas ou lua, sem sinal de vida além do latido de um cachorro em algum lugar e as vozes de algum televisor. Caminharam quase encostando os cotovelos, as respirações aceleradas.

Avistaram o ponto de ônibus que indicava que o estúdio estava próximo. Apertaram o passo, sabendo que a qualquer momento alguém poderia surgir na rua e avistá-las. Dafne havia cogitado a possibilidade de usarem máscaras feitas de meias-calças nos rostos, mas achou mais seguro parecerem duas adolescentes inocentes caso fossem vistas. Quando Mariana não fez objeção alguma ao plano, Dafne percebeu que ela realmente não tinha medo de ser pega. E aquilo a assustou. Mariana não tinha o perfil da pessoa que não tinha nada a perder. Estava apaixonada, tinha uma família quase normal, era boa aluna, tinha amigos e tinha planos de ir morar no exterior. Nada daquilo parecia importar agora.

— Vamos lá, como combinamos — ela sussurrou.

Mariana não respondeu, mas tirou a garrafa do blusão. Pararam de caminhar, na calçada, olhando para cima, para o sobrado pintado de preto e para as palavras: *Black Dragon Tatoo Studio*. Mariana agiu tão rápido que Dafne deixou escapar um som assustado. Ouviu o vidro estilhaçar em mil pedaços quase ao mesmo tempo em que viu Mariana arremessar a garrafa contra ele. Com o peito vibrando com o choque de adrenalina, ela desrosqueou a tampa de plástico da própria garrafa, deu alguns passos até a casa e a arremessou também. Ouviu o álcool respingando no chão. Com dedos trêmulos, tirou o isqueiro do pai do bolso.

— Anda, Daf, anda! — A voz de Mariana era baixa, mas apavorada.

Dafne acendeu o Zippo e o jogou perto da garrafa, num gesto calculado. O calor subiu com um som de *wush!*, e elas deram alguns passos para trás. Pegou rápido, numa combustão estúpida que jorrou labaredas até o teto. A outra garrafa estava próxima, e elas não sabiam o que aconteceria quando explodisse. Correram.

Estavam dentro do carro, ofegantes, em minutos, quase sem memória da corrida até ele. Os corações bombeavam sangue aos galões, as gargantas ardiam da respiração intensa, as batatas das pernas parecendo feitas de gelatina. Dafne girou a chave no contato e cantou pneu ao sair, pisando no acelerador e trocando da primeira para a segunda e da segunda para a terceira rápido, sem hesitar. Virou à direita para pegar a estrada e só ficou consciente do que acabara de fazer quando viu a placa que indicava o retorno.

Reduziu a marcha, girou o volante.

Diminuiu a velocidade.

Encarou Mariana, pensando em palavras para acalmá-la, para assegurá-la de que não foram vistas, sem estar certa daquilo. Mas quando os olhos encontraram os de Mari, percebeu que a outra tinha um sorriso no rosto suado, avermelhado.

Nervosa, Dafne sorriu.

— Meu Deus, Mari.

— Acha que o fogo vai pegar? Acha que vai destruir o estúdio dele? Eu queria poder ver queimar.

Dafne mordeu o lábio. Parecia uma criança atrás do volante.

— Não sei, mas acho que sim. Era muito álcool, quase quatro litros. Ninguém vai sair de casa no centro de Mamarapá por causa de um vidro quebrado. Vai demorar para os bombeiros aparecerem.

— Mas eles tinham que aparecer antes do fogo espalhar para as outras casas.

— Calma, eles vão. — Ela não tinha certeza. Não se importava, mas sabia que para Mari era importante. Estavam se aproximando de Jepiri.

— Eu não acredito que...

Dafne olhou para ela.

— Ele mereceu.

— Ele merecia morrer.

Ficaram em silêncio. Aqueles minutos entre a saída do carro e o sobrado em chamas começaram a crescer dentro delas, adequar-se às proporções reais. Não era uma brincadeira. Elas haviam cometido um crime grave.

Ao saírem da estrada para entrar em Jepiri, Mariana falou baixo: — Me sinto diferente, Daf. Como se fosse outra pessoa.

Dafne assentiu, olhos no asfalto.

— Somos outras pessoas, Mari. Mas não é de hoje. Aconteceu na sexta-feira.

Ela reduziu a velocidade para passar por cima de uma lombada. Os faróis iluminavam o caminho em dois vês espectrais. Dafne antecipava as lágrimas de Mariana, olhava para a amiga de soslaio a cada trinta segundos, mas Mariana parecia resignada ao que se tornara, deliberadamente.

— Me deixa na esquina da Tamoios.

— Quê?

Mariana suspirou.

— Me deixa na esquina na Tamoios, *s'il te plaît*?

— Você não vai dormir na minha casa?

— Não agora, Daf.

Dafne parou o carro no meio-fio e desligou o motor. As duas se entreolharam. Não falaram. Todo o peso da noite parecia ser sustentado naquele olhar. Enfim Mariana umedeceu os lábios grossos e falou com a voz mais rouca do que o usual: — Eu não vou fingir que estou arrependida. Ele mereceu aquilo; na verdade, ele merecia pior. E se alguém pegar a gente, não vai ser justo, Daf. Tem tanta gente ruim por aí. E nós não somos como elas.

— Eu sei. — Dafne ficou surpresa com seu próprio movimento quando pegou as mãos de Mariana. — Mas o que a gente fez foi um crime, Mari. Então, nem para o Reno. Não pode contar nem para ele.

— Não vou, nem para elas. Nós mudamos. Não somos mais as quatro. Não como éramos.

— Eu sei.

Mariana viu as lágrimas nos olhos de Dafne. Eram raras. Pareciam exigir que ela chorasse também, mas não naquela noite. Mariana não entendia como podia estar tão serena, tão em paz com o que acabara de fazer.

— Te vejo pela manhã.

— Aonde você vai? Não quero dormir sozinha, você disse para seus pais que ia dormir lá em casa!

— Vou dormir na sua casa. Eu pulo o muro. Deixa a janela da sala aberta que eu entro por lá, você nem precisa acordar.

E sem se despedir, Mariana saltou do carro e correu em direção à rua Tamoios, para a casa de Reno Santiago.

Olhavam para o céu escuro, desejando que houvesse estrelas naquela madrugada. Todo o resto era perfeito. O solo duro debaixo do cobertor, o cheiro de terra molhada, as mãos suadas entrelaçadas.

Mariana permitiu-se um sorriso que se estendia da boca para o corpo inteiro. Não conseguia se preocupar com o que fizera, não com Reno ao seu lado, não depois de finalmente ser dele, não quando ainda sentia o dolorido residual da primeira vez, a queimação onde o hímen fora lacerado.

Incendiária e vagabunda, pensou, e o pensamento tinha a voz do pai. Não conseguia parar de sorrir. Havia uma dor latejante entre suas pernas, como se tivesse levado um soco na genitália. Sentia-se diferente, mais como ela mesma.

— Mari?

Ela girou a cabeça para o lado, encontrando o olhar dele, quase impossível de enxergar no escuro da mata. Gostava dos sons do lago Ajubá. Reno estava sorrindo como ela.

— Você é louca.

Ela mordeu o lábio.

— E daí?

— Doeu?

— Doeu.

Ele pareceu preocupado. Ela apertou sua mão.

— Mas depois ficou bom.

Reno olhou para o céu de novo.

— Seus pais sabem que você não está em casa?

— Eles acham que estou na casa da Daf.

— Você é louca, Mari.

— Queria dormir aqui com você.

— Eu tenho que buscar minha prima. Já são quase quatro. Ela precisa de carona para voltar pra casa dela.

— Onde ela tá?

Reno hesitou, mas só por um segundo.

— Ela trabalha no centro, na casa da Dona Sirley.

Mariana entendeu, mas precisou de um instante para compreender.

— Nem fala nada. — Ele respondeu ao silêncio dela. — Mas eu preciso ir. É nosso combinado. Todo fim de semana. Ela não gosta de voltar sozinha.

— Posso ir com você?

Ele assentiu.

— Depois você me deixa na Coplerhouse. A Daf tá me esperando.

Reno ergueu o tronco, sinalizando o fim daquele paraíso frágil. Vestiu a camiseta enquanto Mariana olhava. Então ele virou o rosto de um jeito brusco.

— Eu não sei se você quer a mesma coisa que eu. A gente não fala sobre isso... sobre nós dois. Mas pra mim é sério. E eu faço o que você achar que eu devo fazer. Eu conto pra todo mundo, eu falo com seus pais. Falo com os meus.

Ao sentar-se, ela sentiu a cabeça girar. Bebera duas garrafas de Keep Cooler que os dois roubaram da geladeira da casa de Reno. Os biscoitos recheados que também devorou não ajudaram a impedir a tontura.

— Sei lá... — Ela não sentiu como se a declaração dele fosse um elogio. Parecia que Reno estava disposto a entregar aquela coisa que era só deles para o mundo inteiro. — Eu não preciso disso. Para mim, o que os outros sabem sobre a gente não importa.

— Eu sei. Mas... eu não quero esconder nosso namoro. Tipo, eu não quero agir como se isso fosse errado.

— Mas não é. Quer dizer, se você quiser contar, eu não ligo. Mas se não quiser ainda... Reno, para mim não faz diferença.

Reno levantou a mão dela e deu um beijo. Mas não se declarou além daquilo. Tinha medo de falar e não ser correspondido. Mariana se levantou e vestiu a camiseta por cima do sutiã branco.

Ele quis dizer *eu te amo*. Mas não disse. Calçou os tênis. Ela enfiou as pernas grossas e duras nas calças jeans. Então ela colocou as mãos nos quadris.

— Tô com cara de quem acabou de fazer sacanagem ou não?

Ele sorriu.

— Tá linda. Sempre está.

Ela exibiu os dentes branquinhos, fez uma dancinha. Então abaixou e pegou a tampa de uma das garrafas vazias de Keep Cooler. Enfiou no bolso. Não parecia achar que devia uma explicação para aquilo, porque não falou nada além de: — Vamos buscar sua prima no puteiro. Vai ser um final apropriado para minha noite.

Maria Cláudia avistou Suellen no fundo da sala de aula. Elas tinham geografia juntas, e Cacau esperara por uma oportunidade de conversar com a amiga desde que descobrira o que aconteceu na tarde da sexta.

Dafne e Mariana não conversavam mais com ela. Ela ainda se lembrava de cada detalhe daquela tarde, quando não encontrou as meninas no santuário e pegou o ônibus para a Coplerhouse. Tocou a campainha e foi recebida pela madrasta de Dafne, que olhou para ela como se ela fosse suja. Tentando sobreviver àquele olhar, à humilhação de saber que aquela mulher rica e linda a desprezava por ser negra, Cacau falou, sem olhar em seus olhos, e se odiando por isso: — Boa noite, Liliana, posso falar com a Dafne?

Um suspiro.

Cacau ousou levantar a cabeça.

Liliana deixou a porta aberta e lhe virou as costas. Cacau espiou pela abertura e viu uma sala iluminada, onde o pai de Dafne, aquele homem tão bonito e elegante, tomava vinho, usando uma camisa de linho cru, dobrada nas mangas. Esperou um tempo, e então viu Liliana juntar-se a ele, e a visão dos dois foi bloqueada por Dafne, aparecendo no corredor e caminhando em sua direção.

Do lado de fora, Cacau sorriu.

— Desculpa, mas eu tive a melhor tarde da minha vida com o Paulinho. Como tá a Su? A *tattoo* ficou bonita?

Levou um tempo para ela perceber que Dafne tinha lágrimas nos olhos.

— A Suellen está dormindo. Tive que roubar remédio para dormir da Liliana para ela conseguir apagar, Maria Cláudia, porque estava histérica.

— Mas...

— Ele terminou a tatuagem, tampou a boca dela e a estuprou.

Cacau estava procurando palavras, lendo o desprezo no rosto de Dafne, tão parecido com o que vira alguns segundos antes em Liliana. Então viu o brilho nos olhos dela e fez a distinção. Dafne não a odiava por ignorância, e sim por decepção. Ela se aproximou e sussurrou com a voz tão áspera que Cacau recuou: — Vá embora daqui porque ela não quer te ver. Nem a Mari. Nem eu. Volta para o seu namoradinho, já que ele é mais importante do que suas amigas.

Cacau cobriu a boca.

O maxilar de Dafne estava duro, e uma das lágrimas contornou a maçã do rosto e pingou do queixo.

— Eu sei que todas nós temos um dedo no que aconteceu. Eu também sou culpada. A Mari também sabe. Mas pelo menos estávamos lá quando ela desmoronou. Pelo menos isso, Maria Cláudia.

Cacau balançava a cabeça. Só conseguiu agir quando Dafne virou o corpo para a casa. Agarrou o braço fino da amiga, forçando-a a encará-la.

— Pelo amor de Deus, Daf. Deixa eu falar com ela, deixa eu ver ela. Ela tá machucada? O que ele fez? Vocês chamaram a polícia?

— Cai fora. Você vai acabar estragando a única coisa que ela tem agora, que é a paz de estar inconsciente. Se meu pai desconfiar de alguma coisa, eu te mato.

Depois de três minutos eternos olhando para a porta fechada, Cacau voltou para casa, caminhando devagar, sentindo o peso da vergonha e do arrependimento a cada passo.

Tentou por dois dias. Suellen não atendia. A mãe dava desculpas: — Ela falou que te liga depois, bem. Está fazendo a lição.

Suellen não foi para a escola nos três dias que seguiram. No fim de semana, nenhuma das suas amigas telefonou. Na escola, as duas nem olhavam em sua direção. Ficavam juntas no intervalo, comendo seus lanches, em silêncio, trocando palavras ocasionais.

Depois de sete dias, que pareceram os piores de sua vida, Cacau finalmente olhava para Suellen. Teve a impressão de que a pele dela era um saco que segurava pedaços do que ela uma vez fora. Parecia apagada, sem a maquiagem pesada nos olhos que havia se tornado sua assinatura, os cabelos engordurados na raiz e mortos nas pontas. O esmalte da semana anterior descascando das unhas curtas. Encurvada, catatônica.

Na sala, seus colegas conversavam, todos usando os uniformes brancos e azul-escuros, as meninas sentadas nas carteiras, a poluição sonora incomodando Cacau pela primeira vez. Apertando os livros contra o peito, ela caminhou até o fundo. Parou a meio metro da amiga.

— Su... vamos conversar?

Suellen olhou para cima. Tinha bolsas embaixo dos olhos.

Cacau dobrou os joelhos, ficando de cócoras para que pudesse falar sem ser ouvida pelos outros alunos.

— Eu sei que está triste comigo. Mas eu te amo. Precisamos conversar.

Ela ouviu a porta fechar e a comoção enquanto os outros estudantes terminavam suas conversas e a professora anunciava que estava na hora de começar. Segurou o olhar em Suellen, esperando pelo menos uma promessa de que poderiam trocar palavras no final da aula. Então murmurou: — Me desculpa por tudo...

E não conseguiu terminar, porque o joelho ardeu e ela sentiu perder o equilíbrio e tombar para trás. Suellen estava em pé, e então em cima de Cacau. Antes que pudesse reagir, parcialmente consciente de que ao redor delas outros alunos já se levantavam, Cacau sentiu o couro cabeludo pegar fogo. Um puxo ergueu sua cabeça e ela percebeu que Suellen perdera o controle. Precisou fechar os olhos, porque os golpes despencaram sobre ela; o rosto, o peito, os ombros. Ouvia os alunos berrando para que parassem, a professora dando instruções para que alguém chamasse Fábio, o professor de educação física, que estava na quadra próxima à sala de aula. Então ouviu os berros de Suellen:

— Eu te odeio, sua filha da puta! Quero que você morra!

Ela sabia que chorava. Levantou os braços para se proteger, e os socos cessaram, mas ainda ouvia as palavras de Suellen. Todos berravam. A professora gemia um "Meu Deus, meu Deus!" cheio de aflição.

Cacau abraçou os joelhos e rolou contra o piso gelado, sem abrir os olhos, soluçando de dor.

Mariana jogou a mochila no chão assim que entrou em casa. A televisão estava ligada na sala, num comercial, e ela sentiu o cheiro de lasanha. Arrastou os passos até a cozinha, mas parou na porta. À mesa sentava a mãe dela, o pai e Reno.

— Estávamos te esperando. — Elis se levantou, toda sorridente.

Reno olhava para ela com um sorriso bobo, apaixonado.

O pai falou: — Sua mãe fez sua lasanha preferida, flor. Senta.

Incomodada, Mariana largou o peso na cadeira que Reno estendera para ela. Ele lhe deu um beijo casto na bochecha, e ela se esquivou rápido demais. Ele notou, mas não se pronunciou. Elis colocava a forma de vidro sobre a mesa com luvas térmicas. O estômago de Mariana reagiu como uma bola de papel sendo amassada quando o cheiro invadiu seu corpo e os olhos viram o queijo gratinado borbulhando.

Amava Reno. Não tinha dúvidas de que aquilo era amor. Mas os dias longe de Cacau e Suellen faziam com que ela só antecipasse por sua cama depois do almoço. Não gostava mais de conversar, driblava as perguntas da mãe sobre o motivo pelo qual Suellen fora tirada da escola e colocada para estudar ao lado do irmão na estadual. Ansiava pelas cortinas fechadas, a fita cassete da Roxette no aparelho de som e ficar deitada na cama por horas abraçando seus travesseiros.

A mãe cortou uma fatia quadrada e generosa para ela. Os fios de muçarela se esticaram no trajeto do pedaço até seu prato, e a mãe os separou pacientemente com a espátula. Mariana olhou o pai despejando azeite na massa, depois polvilhando queijo ralado. Ela viu que Reno fazia a mesma coisa.

Seriam daquele jeito, ela e Reno? Em vinte anos, estariam sentados à mesa, servindo lasanha para o namorado da filha deles? Ela cortou as camadas de massa, com fome, mas sem interesse, e assoprou antes de colocar na boca.

— Reno, você está indo bem nas provas? — Foi a pergunta do pai, que enchia um copo com guaraná.

— Estou me mantendo na média, seu Gilmar. O terceiro ano tá sendo mais fácil do que o segundo.

— Vai prestar vestibular?

Mariana tomou um gole de refrigerante, sentindo o arder delicioso e químico na garganta. Arriscou um olhar para Reno, querendo sentir carinho por ele, por estar ali, por ter conseguido que os pais gostassem dele um mês atrás, quando foram apresentados. Mas não conseguia se desvencilhar da melancolia desde que Suellen confessou o que aconteceu. Quando olhou para Reno, sentiu-se distante dele.

Você deveria contar a ele. Dividir o fardo. Compartilhar a raiva e a culpa e tudo o que você está sentindo.

E depois os avisos: *ele é melhor amigo do irmão dela. Não falhe com a Su mais uma vez.*

Mariana levantou-se e foi até o quarto. Fechou a porta e ficou em pé, uma mão no batente, ouvindo a conversa que chegava em ondas abafadas.

"... Nunca mais foi a mesma..."

"Ela não fala."

"Você precisa descobrir, Reno."

"... preocupada com ela..."

Balançou a cabeça. Por que não entendiam que ela só precisava de silêncio e solidão?

O telefone soltou um toque estridente, e ela correu para atender antes mesmo de entender o porquê.

— Alô?

Quando ouviu a voz de Suellen, os olhos encheram de lágrimas.

— *Preciso falar com vocês duas. Só você e a Daf. Me encontra no santuário às três horas?*

Tinha tanta coisa para falar. Queria dizer que não tinha notícias dela há dois meses, que estava preocupada, que sentia saudades, que sentia culpa. Mas a única coisa que saiu foi um "Sim, eu prometo".

PARTE VII

Um Velório na Mata
2017

RENO

— Aceita um café?

Normalmente Reno recusaria. Parecia errado pedir algo a alguém na situação de Davi, mas não se lembrava da última vez em que conseguira dormir por mais de quatro horas.

— Aceito, sim.

Davi levou pouco mais de cinco minutos para voltar da cozinha com café recém-passado, já servido em duas xícaras, soltando um aroma rico e doce no ar.

— Com açúcar. — Sorriu, apesar da dor que parecia ter repuxado alguns dos músculos em seu rosto.

Reno admitiu para si, ao sentar-se no sofá da casa onde Davi ainda morava com os pais, na casa onde costumavam estudar juntos e onde Reno tivera dezenas de conversas com Suellen, que o amigo envelhecera dez anos nos últimos dois dias.

— Escuta — falou, deixando a xícara na mesa de centro e apoiando os cotovelos nos joelhos —, eu sei que deveria ter te ligado assim que soube. Mas não sabia o que dizer. E espero que me perdoe por isso.

Davi estava sentado numa poltrona gasta, também inclinado para a frente.

— Reno, eu não sei como devemos agir em situações assim. Acho que são essas coisas que nos testam, sabe? Quando acabamos perdendo o chão. Eu não chorei até agora, por exemplo. Meus pais choraram, mas eu não. E você me evitou por não saber o que dizer. É normal. Está perdoado. "Um amigo ama em todos os momentos; é um irmão na adversidade", Provérbios, 17:17.

Reno forçou um sorriso, como sempre fazia quando Davi usava a Bíblia na conversa. Nunca soube por que o incomodava tanto. Havia sabedoria ali, não era possível que não houvesse, num documento que sobrevivera por séculos, um compêndio de conhecimento humano. Ele só tinha a impressão de que no primeiro momento em que um homem matou outro usando os argumentos bíblicos como fundamento, o livro deveria ter passado a ser objeto de estudo e não um guia de comportamento. "Curioso, idealista e ingênuo", dissera Mariana uma vez.

— Eu não tenho muita informação sobre o caso. O Caldas tá mais fechado do que nunca, parece que nem ele tem muita coisa.

Davi suspirou.

— As amigas da minha irmã devem ter ficado chateadas com o velório privado.

Ele desaprovara as amizades de Suellen no passado. Reno nunca o culpou. A irmã conseguira driblar a cultura familiar dos Rocha, mas Davi não.

— Eu suponho que sim.

Sentiu o olhar do amigo, mas não ia começar a falar de Mariana para distraí-lo de sua dor. Sentira-se um lixo por ter tido direito de estar no velório fechado da família Rocha e poder se despedir de Suellen enquanto as pessoas que mais a haviam amado em vida ficaram de fora. Se Dafne o chamasse de *traidor*, ela teria motivos.

— E agora? O que vai fazer?

Davi bebeu um gole do café.

— Alguém precisa ir limpar a casa dela, tirar tudo de lá... acho que vou doar tudo para o bazar da igreja.

— Quer ajuda?

— Reno, você não precisa...

— Eu te ajudo. Deve ser difícil pra caralho mexer nas coisas tão pessoais dela, as roupas e tal. Algumas coisas... posso te poupar de algumas coisas. Somos amigos há mais de trinta anos, cara. Escuta... você faz ideia? De alguém que queria mal a Suellen?

Davi fitava o chão com olhos bem abertos.

— Eu não... não dá para imaginar isso. Que a pessoa que entrou naquela casa soubesse quem ia encontrar. Eu acho que vou enlouquecer se pensar assim. Tem que ter sido aleatório. Um louco, maníaco, qualquer coisa. Moças direitas não merecem coisas assim.

Ele falou a frase com tanta convicção que embrulhou o estômago de Reno. Mesmo sabendo que era inútil e não deveria, e por algum motivo pensando na prima e depois em Mariana, falou:

— *Nenhuma* mulher merece algo assim, Davi.

O outro assentiu lentamente, como se Reno o tivesse lembrado de algo. Era como se falasse: "ah, verdade..."

— Escuta... não vou sossegar até descobrir o que aconteceu, como pôde acontecer. Nunca vou parar de procurar quem fez isso. Vou te dar uma resposta.

— E você acha que isso vai ajudar? Meus pais não querem respostas, querem esquecer. Estão tomados por desespero.

— Desculpe se estou sendo insensível. Eu nunca perdi alguém desse jeito e você sabe. Foram doenças e bebedeira que levaram meus parentes, meu pai, nada desse tipo.

— Eu sei. Investigue o que quiser. Se encontrar quem fez isso... olha, a verdade é que vou ficar feliz, sim. Quero que o encontre. — Davi não estava chorando, mas Reno conseguiu sentir a debilidade em sua voz, misturada a uma sinceridade feroz. — Quero que o encontre. Mas não faça isso pelos meus pais, nem pela Suellen. Não faça isso por mim. Não vai mudar o que aconteceu. Minha família já está destruída.

AS FLORES

Depois do vigésimo passo para dentro da floresta, quando ao olhar para trás só se via árvores e mato, Mariana fechou os olhos e inclinou a cabeça para cima. Sentiu o calor fraco do sol da tarde e inspirou os cheiros que traziam de imediato a sensação de ser uma garota. A chuva viria. A umidade deixava o ar mais denso, as folhas se esmagavam sob seus pés, e o zumbido de insetos pretos e pesados lhe dava as boas-vindas.

Estivera ali, no antigo santuário das flores, dois anos antes. Nos primeiros anos de casada, sempre solitária e cheia de raiva, ela costumava visitar a sepultura improvisada uma vez por mês. Levava algumas latas de cerveja, como uma alcoólatra, um maço de cigarros, e ficava ali, sentada de frente para o local onde o haviam enterrado em 1996.

Um dia, Gustavo chegou em casa antes da hora e sentiu o cheiro de cigarro nela. Foi a primeira grande surra que Mariana levou. Theo tinha dois anos e se esgoelou de chorar, como se entendesse aquilo, como se pudesse sentir a violência reverberar no ar e atingi-lo. Ela foi arrastada pelos cabelos, os passos vacilantes, pés mal tocando o chão, até o chuveiro. Gustavo fez questão de ligar a água quente, sabendo que no verão tórrido de Jepiri uma ducha fria não seria um bom instrumento de tortura. Mariana nunca soube se os vizinhos a ouviram berrar, mas notou que olhavam para ela de uma forma diferente depois daquele dia.

Grávida de Heloísa, ela parou de visitar a cova. Não podia correr o risco.

No aniversário de dois anos da menina, Mariana começou a ter os primeiros pensamentos suicidas. Passou a visitar a mata com frequência, às vezes duas vezes na mesma semana, para conversar com os ossos. Mais esperta, aprendeu a levar uma blusa na bolsa, a prender o cabelo com uma bandana e a levar enxaguante bucal e perfume. Sentava numa toalha e fumava, falava com o morto e deixava o suicídio para o dia seguinte. O ritual funcionou. Ela se curou sozinha, deixando que o amor pelos filhos a intoxicasse nos momentos de desespero, e os anos passaram rápido depois daquilo. O rapaz debaixo da terra virou seu terapeuta.

Theo costumava assistir a um seriado antigo de terror chamado Contos da Cripta. Numa tarde de chuva pesada, Mariana secava a louça enquanto o garoto fazia a lição de casa de frente para o computador. Ela se perdeu na abertura do programa, uma câmera em primeira pessoa que entrava numa mansão mal-assombrada e descia uma escadaria em espiral até um porão. De dentro de um caixão pulava um esqueleto descabelado, a gargalhadas histéricas.

— Mas que droga é essa, Theo?

— É o Guardião da Cripta, mãe.

Naquele momento, Mariana pensou na floresta, no solo onde a grama cobria seu segredo e onde os ipês amarelos marcavam o local. *É isso o que sou,* ela pensara. *Elas fugiram daquela tarde; Dafne se escondeu em São Paulo, Cacau tenta salvar vidas para reparar seus pecados, e Suellen encontrou a Igreja. Eu virei a guardiã da cripta.*

Caminhou pela trilha que conhecia tão bem.

As chances de encontrar alguém eram mínimas, mas, no passado, havia se deparado com alguns pescadores que, vindos do Lago Castelinho, tinham decidido cortar caminho pelo mato. Costumava ter medo de ser encontrada ali por algum estranho. Procurou agora por aquele medo e não o encontrou. Puxou do bolso o maço de Benson & Hedges que acabara de comprar e o abriu. O primeiro cigarro em dois anos, graças a Suellen.

A floresta Pirangá era ora seca e cheia de folhas no chão, ora mais molhada e fértil. Mariana se sentira em casa desde o primeiro passeio com o pai, olhando os jequitibás. Ele lhe falara do que sabia da flora da região e então a levara para pescar no lago Ajubá. Aos quatorze anos, quando as meninas haviam expressado o desejo intenso de ter um lugar isolado para seus encontros e conversas, Mariana não pensara duas vezes.

Dafne providenciara uma tenda de *camping* que o pai não usava há anos, Cacau conseguiu uma caixa grande de isopor, e a contribuição de Suellen foi a decoração do lugar. Montaram tudo numa pequena clareira. Marcaram o caminho a partir da placa JEPIRI, na Fernão Dias, com tiras de tecido amarradas nas árvores. Usaram bússolas, contaram passos, observaram a posição do sol, tudo para que decorassem o caminho. Dentro de duas semanas, todas já conseguiam se encontrar na barraca, e os indicadores nas árvores foram tirados. Foi quando inauguraram o lugar delas com vinho roubado da adega da Coplerhouse. Foi a primeira vez que colocaram pequenas flores nos cabelos e dividiram cigarros.

Mariana sorriu quando chegou ao local.

Os ipês amarelos ainda estavam lá. Onde antes havia a barraca azul-marinho agora era apenas mato. Ela olhou para o local de descanso do rapaz. Fumou. Pensou no pesadelo do som de ossos. Deixou a dor do arrependimento e da nostalgia inundá-la, preencher seus pulmões junto com o monóxido de carbono.

Alguém assassinara Suellen. Não havia como fugir daquilo, não havia refúgio no passado. Todas as explicações que distanciavam Mariana daquele crime já haviam passado por sua cabeça dezenas de vezes durante os últimos dois dias e, mesmo assim, ela sempre chegava à mesma dúvida: e se esse assassinato for relacionado àquela tarde?

Não é possível, ela insistiu em silêncio, os olhos presos ao solo marrom, às folhas soltas, às pequenas flores que cresciam no túmulo do desgraçado. *Ninguém sabe que o matamos. Ninguém se manifestou nos últimos vinte anos. Simplesmente não pode haver ligação entre a morte dele e a morte dela.*

Mas então quem mataria Suellen?

Isso é o seu marido que tem que descobrir.

Ela jogou o cigarro no solo. Então a paranoia bateu, ao mesmo tempo em que a nicotina se ligava ao seu sistema nervoso, liberando a abençoada dopamina e todas as outras substâncias deliciosas que a deixavam mais leve. *E se ele vier até aqui? Dá para pegar DNA da saliva hoje em dia. Dá para saber que você fumou esse cigarro e que esteve aqui. Como vai se explicar para ele?*

Já sabia o suficiente sobre a polícia para entender que nunca conseguiriam pessoal, tempo ou verba para examinar o cigarro encontrado no meio da mata a quilômetros da cena do crime numa cidade minúscula. Pensou em pegar a bituca do chão, mas não o fez. Não queria ser medrosa àquele ponto. Odiava saber que nunca se considerara medrosa até casar com Gustavo, que ele mudou algo nela que ela sempre amara: sua coragem.

E você passou tanto tempo esperando aquelas sirenes, aquela batida na porta... e nada aconteceu, Mariana. Então encontrou sua prisão nos braços daquele homem para se punir pelo que fez.

Ela sabia que deveria estar apavorada. Ele ia saber que ela não fora a uma consulta se ligasse para o consultório. Ele ia descobrir que ela comprou velas no mercadinho. Ele ia arrebentar a cara dela com socos. E depois pediria desculpas e falaria que a ama. E ela iria ceder só para tudo ficar bem, para as crianças ficarem bem. Teria que fingir gostar quando ele começasse a beijá-la.

Na mata, no entanto, Gustavo parecia nada além da sensação de desconforto após um pesadelo. Na mata, mais precisamente no Santuário, perto da ossada da sua vítima, Mariana era poderosa e não temia homem algum.

Ela apagou o fósforo com três gestos rápidos de mão e admirou a improvisada homenagem. A carta de Suellen, a foto, quatro velas. Uma delas Mariana não acendeu.

Não iria fazer algum tipo de prece, não saberia como. Mas, ajoelhada nas folhas, ela falou.

— Eu te amei como só as meninas amam suas amigas, Suellen. E eu nunca deveria ter me afastado por medo. Talvez até ter ido parar na prisão por sua causa teria valido a pena. E não sei quem te machucou dessa vez.

Mas vai ter troco.

Não. A Mariana de 1996 teria se vingado, mas a Mariana mulher era mais medrosa porque era mãe, porque agora tinha muito a perder. Mesmo assim, a semente havia sido plantada em seu coração. Ela queria se vingar.

Ela só percebeu a presença quando sua visão periférica captou o movimento ao seu lado. Mariana levantou-se numa descarga de adrenalina e suspirou quando viu quem era.

— Filha da...

Cacau ergueu as mãos.

— Desculpa. Eu só... não queria interromper.

— Você estava ouvindo?

Cacau lambeu os beiços e confirmou com a cabeça.

No silêncio da mata, Mariana sentiu vontade de abraçá-la, mas Cacau ainda era uma traidora. Ela conteve-se, consciente da distância entre as duas.

Não ficou com raiva quando Maria Cláudia ajoelhou-se diante das velas e fechou os olhos. E quando ouviu um choro leve, Mariana deu um passo para a frente e tocou o ombro de Cacau para oferecer apoio. Surpreendida pela falta de lágrimas nos próprios olhos, ela percebeu que já chorara o suficiente por Suellen.

Cacau falou baixo: — Sinto sua falta, Su. É como se você estivesse morta há décadas, desde que aquilo aconteceu.

Mariana engoliu e pressionou os lábios. Cacau limpou lágrimas envergonhadas com os dedos. Um vento balançou as folhas nas copas altas das árvores, o cheiro esverdeado daquele lugar ficou mais ácido. Mariana não conseguiu mais se segurar.

— Você ainda se sente culpada?

— Vá a merda, Mari. — Foi o sussurro ríspido de Cacau como resposta, enquanto ela se levantava e limpava os joelhos das calças *jeans*.

— Preciso saber se esse seu trabalho no hospital... — Mari gesticulou. — Dedicar sua vida inteira para cuidar dessas pessoas... ver tanta gente morrer, se despedir dos filhos, dos pais... é por culpa, Maria Cláudia? Não só pelo que aconteceu naquela tarde, mas por ter se casado com o motivo pelo qual aconteceu?

Cacau cruzou os braços para se defender das palavras. Entendeu o que Mariana dizia. Sempre soube que seria médica, mas tinha cacife para trabalhar num dos maiores hospitais da capital, não ficar por ali.

— Não sei. Não estudei muito psicologia depois da faculdade. E se for? O que você tem a ver com isso?

— Quero pensar que não é tarde demais e que ainda posso consertar isso de alguma maneira. Se eu tivesse estado com ela naquela tarde, a vida inteira dela teria sido boa.

— Ah, Mari, para com isso. Você e a Dafne nunca tiveram problemas em jogar na minha cara que eu sou a culpada por tudo o que aconteceu com ela.

— Cansei de ficar puta com você e me punir pelo que aconteceu com ela quando deveríamos ter nos unido e ido atrás da única pessoa que realmente é culpada. Não consigo pensar em mais nada. *Alguém* fez isso com ela. Uma pessoa de carne e osso que provavelmente ainda está aqui, livre, solta, impune!

O sorriso de Maria Cláudia foi amargo.

— Isso é tão típico seu. Sabe que quando você apareceu no hospital com o Theo para consertar aquela perna, eu te vi e senti pena? Eu vi aquela garota engraçada, cheia de vida, cheia de sonhos, transformada numa dona de casa inútil que acha que está fazendo um grande bem para o mundo porque está criando seus filhos. E dá para ver que você se apega a essa desculpa patética para continuar vivendo essa rotina de merda até aquelas crianças crescerem, para serem só mais dois jovens ingratos que acham que te telefonar uma vez por ano é um grande favor.

Mariana deu um passo para trás. Estreitou as pálpebras e sorriu um pouco.

— Sabe, uma mulher que está em paz com sua decisão de não procriar não sente tanta raiva assim. Então qual é o problema? É estéril?

Maria Cláudia virou as costas. Mariana sentiu o peito pegar fogo. Levantou a voz.

— O Paulinho sabe? Levou numa boa? O amor supera tudo, né?

Ela não se deu conta do que estava acontecendo até que Cacau estivesse em cima dela, empurrando-a, os dentes cerrados, os olhos vítreos de revolta.

— Cala a porra da sua boca!

Mariana fechou as mãos nas mangas da blusa dela.

— É isso — sussurrou, o rosto tão próximo que Cacau enxergava cada poro na pele dela, cada partícula de mica no pó esverdeado que ela passara nas pálpebras. — Pega essa sua raiva! Faz alguma coisa em vez de ficar rezando e correndo para os braços do moleque por quem você traiu sua melhor amiga, caralho!

Cacau balançou a cabeça.

— Você sempre foi louca, Mari. Você e a Dafne. Seu marido vai te colocar numa cadeira de rodas.

— Eu sei. — Mariana se soltou dela. — Mas é a Suellen. E só tem uma pessoa nesse mundo com motivo para ter feito aquilo.

— Meu Deus, do que você tá falando?

— *Ela está falando do Max.*

As duas estremeceram juntas, o susto dissipando-se pelas suas veias. Mariana precisou desviar o olhar quando Dafne se aproximou. Cerrou os punhos para se controlar. Era como se fosse ontem. Dafne parou o olhar nela, depois em Cacau, e finalmente nas velas acesas para a foto de Suellen. Continuou falando na voz firme e gélida que as duas amigas conheciam tão bem: — Do Max, Maria Cláudia. Daquele merda que estuprou a menina de quinze anos que entrou naquele estúdio por minha causa.

Cacau encarou Dafne, depois Mariana, já sem a raiva que sentira apenas segundos antes. Estava lá, rondando o ar como um inseto, a tarde da tatuagem. Aquele dia transgredira de dezenas de maneiras diferentes na mente de Cacau durante décadas. Ela se imaginava telefonando para Paulo de um orelhão e avisando que não poderia encontrar-se com ele, que a amiga vinha em primeiro lugar. Imaginava-se nem se dando ao trabalho de ligar e ficando ali no estúdio com Suellen, segurando a mão dela enquanto Max terminava o desenho. Chegou a invocar imagens de si mesma convencendo Suellen a nem ir para Mamarapá e fazer a tatuagem outro dia, em outro lugar.

Por anos, ela quase conseguiu fingir que suas ações não haviam diretamente afetado os eventos daquele dia. Então, na noite seguinte, ela precisara ajudar na reconstrução perineal de uma menina de treze anos, vítima de abuso em casa. Precisara notificar os pais de uma adolescente de que ela fora trazida ao hospital drogada e com sinais de violência sexual. E em cada uma delas ela via Suellen, via a si mesma e percebia que não é possível se esconder dos seus erros.

Dafne e Mariana se encaravam. Cacau prendeu a respiração.

— Eles não podiam ter nos impedido de dizer adeus. — Dafne suspirou.

— Nunca gostaram da gente.

Dafne moveu os olhos para Cacau.

— Unhas curtinhas, cheirinho de hospital. Ela virou médica mesmo.

— Sua madrasta teria ficado surpresa em ver uma negra se formar em medicina, sem dúvidas. Pelo jeito você aprendeu muito com ela.

Mariana sentiu o golpe contra sua vontade. Não quis sentir pena de Dafne, que odiava ser comparada à Liliana.

Cacau continuou: — Sou diretora clínica geral do Hospital Municipal. E se você sentiu cheiro de hospital em mim é porque tem frequentado um.

— Não agradeça seu Deus ainda, Cacau, estou muito bem de saúde.

— Então é como essa daqui que apanha em casa?

Mariana cerrou os dentes. O olhar de espanto de Dafne, mesmo que velado pela arrogância, encontrou o rosto dela. Mas Mariana levantou o queixo.

— Não... — A voz de Dafne abrandou. — Eu me casei com um médico.

Cacau bateu palmas silenciosas.

— Uau, vocês são mesmo como Barbies; um marido médico, um marido delegado.

Foi quando Dafne arregalou os olhos para Mariana.

— Bom... — Marina suspirou. — Eu acho que nosso velório chegou ao fim.

— Vai fugir, Mari?

Ela apertou a mandíbula.

— Não fala comigo.

Mas Dafne se aproximou. Mais magra do que havia sido, ainda linda, ainda ornando ouro e minúsculos diamantes pelo corpo, ainda cheirando a perfume caro. — Foi há tanto tem...

— Olha, eu não tenho saco para você. Estamos aqui, fizemos nossa homenagem e agora acabou, volta para São Paulo. Ninguém quer você aqui.

— O Reno me quer aqui. Ele está lá em casa.

Cacau chegou a dar um passo até elas, com medo da reação de Mariana. Instinto puro: *separar as duas*. Observou o olhar trocado entre elas e sentiu o corpo tenso. Mariana deu um sorriso estranho, mas não conseguiu disfarçar. Os músculos do rosto bonito, embora cansado, se retesaram num espasmo. *Ela ainda o ama*, Cacau percebeu, com pena. O rosto de Dafne também mostrava arrependimento, mas era tarde.

Mariana percebeu que pressionava o abdome com a mão esquerda. — Você é... baixa. — Precisava machucar Dafne. As palavras saíram antes que ela pudesse segurá-las: — A Cacau tem razão. Ficou igualzinha à Liliana.

A voz de Maria Cláudia vacilou.

— Parem. Alguém *matou* a Suellen. Viemos nos despedir dela porque nem tivemos direito a vê-la. Já fizemos isso. Ficou bem óbvio que nós três não temos a mínima condição de conversar. Então vamos embora. Mari, leva essa carta, alguém pode encontrar. Deixa as velas e a foto, se quiser, eu não ligo.

Mariana não esboçou intenção de ir. Assim como ela, Dafne permaneceu imóvel, a postura mais relaxada: — Não terminamos aqui.

— Então tá. — Mariana se aproximou delas. — O Max. Vamos falar sobre o Max.

Cacau balançou a cabeça.

— Aquele crime prescreveu. Não existe nenhum tipo de prova contra aquele cara. Não havia como ela provar absolutamente nada daquilo, e mesmo assim, você sabe como as coisas são. Mesmo se ela tivesse denunciado naquele mesmo dia, quem teria acreditado nela? Teriam dito que ela estava ali sozinha para fazer uma tatuagem e que só isso já é um indicativo do tipo de garota que era. O Max nunca, por um segundo, se sentiu ameaçado. Ele sabia que ela não ia contar. Ele sabia que nunca seria punido. Não teria motivos para vir atrás de Suellen depois de vinte anos.

— Quem mais? — Dafne não tirava os olhos de Mariana.

— Ninguém mais. Eu não consigo imaginar nenhuma outra pessoa fazendo aquilo com a Su — ela respondeu.

— Mas... por quê?

Dafne encolheu os ombros.

— Desde quando um homem precisa de motivo bom para matar uma mulher, Cacau? Um dia ele acordou, lembrou dela, lembrou da gente, juntou dois mais dois e descobriu...

— O que vocês duas aprontaram com aquele incêndio.

Mariana não conteve um sorriso carregado.

— Talvez.

— Como achamos ele?

— Dafne...

— Ela tem razão, precisamos encontrar aquele merda.

Cacau levou as mãos à cabeça num gesto aflitivo.

— Pra quê?

— Eu recebi flores.

As duas mulheres voltaram os rostos para Dafne.

— Amarílis. Fora vocês e a Su, só ele saberia, foi ele que tatuou a gente.

— Desculpa... — Cacau sussurrou — mas se vocês estão certas, além de ser um estuprador de menores, esse homem matou uma mulher e cortou o corpo dela só de raiva. Eu não quero isso para mim. Eu não vou me meter com alguém assim.

Ela esperou as acusações, as bravatas. Em vez disso, sentiu o ar mais leve. A mata estava mais fria.

— Vocês vão acabar igual a ela. — E Cacau virou as costas às duas mulheres, mesmo que seu corpo implorasse pelo toque elas, pelo abraço, pelo perdão. Afastou-se com a certeza de que estava fazendo a coisa certa. E foi pensando nos braços de Paulo, sentindo os olhares de Dafne e Mariana nas costas, que ela compreendeu. Cacau poderia refugiar-se no amor. Ela seria acolhida e sofreria um luto saudável por Suellen. Elas não. Elas não tinham um amor de verdade esperando por elas. Apenas péssimos substitutos de Reno Santiago.

Quando Cacau sumiu na mata e seus passos deixaram de ser audíveis, Dafne falou: — É isso mesmo? Você casou com o delegado da cidade?

— Isso não vai me atrapalhar. Eu dou um jeito, eu...

Falo com André Peralta? Não, não posso confiar nele.

— Não, se você abrir o jogo para seu marido, ele vai investigar mais. Ele vai descobrir o que fizemos.

— Eu me viro, Dafne.

— Você vai acabar estragando tudo. É melhor ficar fora disso, eu tenho mais chances de encontrá-lo.

— Por que você é rica, mais inteligente ou por que tem o Reno?

Dafne balançou a cabeça.

— Você não mudou nada, apesar de ter envelhecido pra caralho. Continua emocional, explosiva, irracional.

— Ah, eu com certeza me orgulho de não ser como você.

— A Cacau falou que seu marido te mach...

— Quer saber, Dafne? Vai lá. Vá bancar a detetive com seu namorado novo, foda-se. Morre também e livra o mundo de mais uma filha da puta.

Dafne só voltou a se mexer quando Mariana também havia sumido.

Os contornos das plantas estavam mais embaçados e os braços delas pinicavam com a queda de temperatura. Estava tarde demais para estar ali. Mas não conseguiu ir embora. Fechou os olhos e ouviu os sons da mata; sons fantasmas, daqueles que a gente nunca sabe se são manifestações do nosso cérebro ou das criaturas que se escondem nos troncos, nas folhas, sob o solo. Ela olhou para o lugar que parecia um ímã para sua alma, para as coisas podres dentro dela. Lá, perto do ipê, onde os ossos dele ainda estavam enterrados. Onde ela imaginava pedaços dos tecidos de suas roupas, a borracha dos tênis que ele usava quando ela tirou sua vida.

Caminhou até a fotografia que Mariana havia deixado ali. As saudades que sentiu delas, naquela idade, pesou contra seus pulmões, como se suas costelas estivessem dobrando-se para dentro. Ela abriu os lábios para respirar melhor. Cacau ainda tinha o Paulo. E agora Mariana era mãe. Precisava ser ela, ela sabia. Não era para isso que ela tinha ido até lá? Para terminar o que começou em 1996?

Com Reno, com Max.

MARIANA

Gustavo surpreendeu Mariana com um beijo no cangote. Ela tentou não reagir, mas se esquivou um pouco, fingindo um sorriso.

— Me assustou. — E sentiu os braços dele se fecharem na sua barriga.

A chuva caía num ritmo constante e determinado, sacudindo as plantas do quintal. Os dois fitaram aquela dança da natureza por um tempo na cozinha.

— Como foi sua consulta?

Ouviram os sons da televisão na sala, alguém elogiando uma receita.

Ela dobrou uma toalhinha ao meio, jogou um pouco de álcool nela e continuou limpando a pia.

— Foi tudo bem, só os exames preventivos.

— Você está péssima. Pega a Helô e vai passear um pouco no *shoppinzinho* do centro. Almoça lá com ela. Compra uma roupa bonita, se distrai.

Mariana não se virou para olhá-lo, sabendo que mentia melhor longe do olhar dele. Tudo naquilo era incomum.

— Você vai ter que trabalhar?

Ouviu o suspiro dele, um pouco exagerado.

— Na verdade, vou precisar trabalhar um pouco, sim. Eu almoço na rua, não se preocupa.

— É sábado... — Ela continuou esfregando álcool na cozinha, migrando da pia para a geladeira, amando o cheiro daquela substância desde os dezesseis anos. — Pensei em fazer uma macarronada. Mas você tem razão, acho que vou passear um pouco com as crianças.

— Não me espera hoje, não sei que horas vai aliviar por lá.

Ela esperou a cozinha voltar a respirar. Quando teve certeza de que estava sozinha, virou-se. Não gostou daquilo. Gustavo não pedia para ela passear sem ele. Vivia na constante ilusão de que todos os homens do mundo cobiçavam Mariana e que ela era uma bomba-relógio no que dizia respeito à fidelidade. Não percebia que a última coisa que ela queria era mais um homem em sua vida.

Ouviu uma trovoada estourar à distância e reverberar pelo céu. Apertou o botão que ligava a televisão pequena da cozinha, a única daquela casa que ainda era de tubo. Mudou para dois canais acima e viu o noticiário local. Aumentou apenas o suficiente para ouvir a locutora. Nas imagens, Mamarapá debaixo da chuva. *Closes* em pessoas na rodoviária de Jepiri. "*... Já estão chegando para pegar os primeiros ônibus do dia, sentido capital. Temos aqui um comunicado da rodoviária com os horários. O último ônibus sai às 16h00, destino São Paulo, para o terminal Barra Funda*". A imagem cortou para o estúdio, onde um homem de roupa casual complementou: "*só lembrando, Milena, que a prefeitura de Jepiri garantiu isenção nas passagens. Essa mobilização está sendo feita pelo prefeito da cidade, Adão Anselmo, que aconselhou os moradores a se afastarem durante as chuvas, por precaução*".

"*Agora vamos falar de coisa boa*", ela sorriu, um cartão nas mãos. "*Você sabe fazer pastel de Belém? Fomos conversar com o Seu Mário Almeida, dono do mais famoso restaurante português de...*". Mariana desligou.

"*O Reno me quer aqui*". Era só uma provocação? Dafne falou aquilo com uma segurança assustadora. Mariana mordeu a carne macia da bochecha, furiosa por estar sentindo ciúmes depois de tanto tempo.

Ela pensou nele. Na alma triste e resignada que ele carregava e nutria naquele corpo cheiroso, no corpo que se encaixava no dela de um jeito que o mundo inteiro parecia fazer sentido, pelo menos durante aquelas curtas eternidades. Que adolescente vive o que ela viveu com ele? Que garota de dezesseis tem orgasmos múltiplos que deixam manchas molhadas nas calças *jeans*? Mariana invocou, dolorosamente, a voz, o hálito, as brincadeiras de Reno.

Dafne o arrancou dela antes que a vida terminasse o estrago. E o pior é que, depois daquele encontro na floresta, Mariana sentia saudades dela.

GUSTAVO

Um escrivão, dois policiais, e Andressa, a secretária. O primeiro e único DP de Jepiri estava vazio. Até o fim do dia, receberia algum bêbado, alguém querendo fazer um boletim de ocorrência porque a vizinha o ameaçou, talvez uma desinteligência entre casais no começo da noite. Eles o cumprimentaram com curiosidade e respeito, e Gustavo se fechou na sua sala, um quadrado forrado por paredes brancas e piso de cerâmica branca imitando mármore. Numa parede, um *banner* escrito *Polícia Civil* um bilhão de vezes.

Ele se sentou à mesa de fórmica bege e deu uma olhada nos papéis que haviam deixado ali. Deixou-os de lado após alguns minutos. Ligou o computador e ficou olhando para a tela. Precisava esperar Mariana sair da casa para fazer a rapa por lá.

Já fizera uma investigação superficial da família de Suellen, e fora alguns processos judiciais contra Matias Rocha, não encontrou muita coisa. Cada membro já havia prestado depoimento sobre a noite do crime. Davi estivera com os pais, em casa, vendo televisão até as dez e quarenta, quando todos foram dormir. Não faziam ideia de quem poderia ter desejado mal a Suellen àquele ponto.

A tatuagem não saía da cabeça dele. Lembrou-se de ter ouvido Mariana perguntar, quando as crianças eram pequenas, se era caro remover uma tatuagem. Ele deveria estar ocupado, provavelmente vendo televisão com uma cerveja na mão, que era sempre o momento em que a esposa insistia em conversar e pedir alguma coisa. Mas lembrava-se de ter dito que a tatuagem era bonitinha e que gastar dinheiro com aquilo seria besteira. Provavelmente dissera também que ela deveria ter pensado naquilo antes de fazer uma coisa permanente com o corpo.

Lembrava-se da primeira vez que vira a tatuagem. Mariana se destacara das outras mulheres na feira de sábado, toda cabelos ondulados, brinco de argola e barriga de fora. Agia como se não houvesse mais ninguém naquele lugar fora a avó, com quem papeava e gesticulava. A velha conversava com ela, sorrindo, apertando abacates e tomates. Gustavo tirou os óculos

Ray Ban do rosto para ver Mariana em tecnicolor. Ela deu uma mordida no pastel de pizza e sorriu. Como não se apaixonar? Ainda mais quando ela começou a conversar com ele e falar que estava visitando da Califórnia, onde dividia um apartamento com duas colombianas e trabalhava num restaurante. Na primeira noite juntos, ele perguntou qual foi a frase mais útil que ela aprendera em inglês. Mariana já tinha bebido quatro cervejas e olhou para ele com olhos sonolentos. *"Fuck me harder"*, ela sorriu. Naquele momento, ele soube que faria o que tivesse que fazer para que ela ficasse com ele.

Gustavo pegou o telefone da mesa e ligou para Peralta.

— *Fala chefe.* — O outro brincou do outro lado da linha. Parecia estar ao ar livre, em algum lugar cheio de gente. O jeito de Peralta sempre incomodara Gustavo. A forma como ele parecia subserviente, mas tratava todas as suas ordens com um ar de deboche. E havia ouvido histórias também, boatos sussurrados entre os coroas de Jepiri, que Peralta era uma pessoa perigosa.

— Alguma coisa sobre a Rocha?

— *Ainda não, e olha que já conversei com bastante gente aqui no bairro, gente do Correio, do mercado aqui, e algumas da igreja. Quando tiver alguma coisa, te aviso.*

— Olha, eu sei que é sábado, mas tenho um favor para pedir. Você está muito longe da minha casa?

— *Uns dez minutos. Por quê?*

— Almoça o que quiser, dentro do carro, que eu pago. Fica de olho na Mariana para mim. Quando ela sair, me avisa na hora.

— *É sábado, doutor. Tenho um compromisso mais tarde.*

— É importante, André. Depois você tá liberado e eu fico te devendo uma.

— *Câmbio, desligo.* — Ali estava, o tom de quem está rindo dele.

Trabalhavam juntos há cinco anos, e o investigador ainda era uma incógnita para Gustavo. Fazia o que lhe era solicitado, sem parecer insultado, sem oferecer resistência. Resolvia casos. Nem todos. Mas era aquele cara que nunca parecia ter algo melhor para fazer. Não tinha namorada, não se interessava por esportes, música, televisão. Não havia conversa que dava liga com ele. Levou um tempo para Gustavo perceber que a única coisa que Peralta gostava de fazer era decifrar pessoas, situações, incógnitas, mistérios. Seu *habitat* natural era dentro de um carro, mastigando um sanduíche, espiando alguém e fazendo anotações num caderno. Era interessante que Peralta havia descoberto aquilo sobre si mesmo, sua vocação, e que conseguira um emprego que servia para ele como uma luva.

Gustavo abriu a gaveta e olhou a foto da mulher com os filhos, já meio amassada. A intuição lhe dizia que era em seu próprio lar que encontraria a verdade.

RENO

A cada nome riscado, Reno ia perdendo as esperanças de conseguir uma resposta ainda naquele dia. Conseguira fazer a lista com mais facilidade do que imaginara, com mais ajuda do diretório de Jepiri do que do Google, pois apenas uma floricultura da cidade tinha um *website*. O próximo passo foi conseguir os telefones residenciais dos proprietários. Das oito lojas de flores, ele conseguiu sete nomes. Nenhum parecia se lembrar de ter vendido amarílis naquela semana, e tulipas eram comuns demais para terem notado. Dois encerraram a conversa com "passa aqui na segunda-feira que eu vejo para você", mas Reno queria respostas já.

Discou o último número. Sabia que as chances eram poucas, mas não concebia desistir. A voz que atendeu conjurou um retrato de uma mulher idosa numa casa com pouca iluminação, acomodada numa poltrona velha, vendo televisão.

– *Meu filho, eu mesma trabalhei na loja essa semana porque meu genro tava no bar, agora ele tá sempre no bar, e quando eu falo para minha filha, ela pede para eu não me intrometer e me chama de velha enxerida. Ingratos, filhos sempre são ingratos.*

Reno deu uma boa conversa para ela, concordando sobre os filhos, falando mal de homens casados que deixam de trabalhar para frequentar bares. No final, ela ofereceu: – *olha, acho que saiu um buquê de amarílis, sim. Um rapaz. Mas não lembro o nome, na minha idade não damos tanto valor aos nomes.*

Uma descrição, ele implorou, qualquer coisa que se lembre.

— Feche os olhos e imagine a blusa que ele estava usando e então suba para a cabeça, tente se lembrar das feições, do cabelo.

A resposta foi vaga, mas já era um ponto de partida.

– *Acho que era um homem de pele branca, mas não tão branca, cabelos escuros, mas não tão escuros.*

Opa, praticamente um retrato falado. Reno tentou tornar seu suspiro inaudível.

— Ele entrou alguma outra vez na loja para comprar outras flores? Tem como a senhora pegar os recibos para mim?

Enquanto ela explicava que a loja estava fechada e o genro, que tinha as chaves, não estava na cidade, Reno pensou em Mariana. Se realmente a pessoa que tivesse assassinado Suellen tivesse mandado flores para Dafne, teria mandado para Cacau ou Mari?

Ela é casada com o delegado, está protegida, insistiu para si mesmo. *E Cacau não é burra, iria à polícia. Não precisam de você e é tarde para bancar o herói. Você já se tornou um cara que bate nos outros por dinheiro.*

– Só vi esse rapaz daquela vez, mas não confie em mim, sou idosa já, muito cansada, moço. E nem sempre eu fico na loja.

Ele combinou de visitar a floricultura na segunda-feira para descobrir se o rapaz havia pagado com cartão de crédito, ou qualquer outra informação que ela pudesse conseguir para ele.

Coçou o rosto e olhou a tela do celular. Onze e dezoito da manhã.

Dafne entrou na cozinha com roupas de quem saíra de casa e algumas bijuterias, arrumada.

— Alguma sorte? — Abriu a geladeira e analisou seu conteúdo.

Ele ficou surpreso com a forma relaxada que ela falou. Sem constrangimentos da manhã pós-coito, sem nenhum tipo de inibição. Dafne ainda era imprevisível para ele. Uma amiga antiga e uma completa estranha.

— Talvez, uma mulher acha que um rapaz de pele clara ou parda e cabelos de algum tom de castanho comprou um buquê de amarílis na floricultura... — Ele consultou seu caderninho amassado. — Florisbela Flores, puta merda, que nome horrível. Fica na rua Lagoa Rasa, no centro. Mas ela praticamente descreveu dois terços dos homens da cidade.

Ela tirou uma garrafa transparente com algum tipo de chá claro até a metade. Fechou a geladeira, bebeu um gole e falou: — Estou procurando notícias sobre crimes parecidos com o da Su no Google. Até agora a única coisa que descobri é que...

— Não há crimes parecidos.

— Não, não há. Mulheres estão sendo dizimadas, claro, pelos maridos, namorados e ex-namorados, mas Suellen era sozinha, tenho certeza.

— Como pode ter certeza? Quer dizer, a gente não sabe, provavelmente ela teria vergonha de admitir se fosse algo...

— Está sugerindo um homem casado?

— Não seria a primeira vez que um homem mata a amante. Principalmente quando ela ameaça contar tudo à esposa. Você é a especialista em adultério aqui, não eu.

Dafne não se mexeu.

Ele sentiu a vergonha de imediato.

— Desculpa. Estou descontando minha frustração em você. Não quis te ofender.

— Imagina se quisesse.

Ele desviou o olhar. Dafne se aproximou e sentou do outro lado do balcão, no banco alto.

— Acho que você está com raiva de mim por outro motivo. Pensa um pouco e me fala, se tiver vontade. Eu também não estou como pensei que ficaria depois de ontem. Acho que esperava uma sensação de vitória, porque sempre quis você. Em vez disso, eu só me sinto decepcionada. Não com você, nem com o sexo. E não é relacionado ao meu marido, é relacionado a Mari.

— Fez essa análise inteira agora?

— Mulheres têm menos medo dos sentimentos do que vocês. E não tenho problema em me analisar. — Ela bebeu mais chá. — Amei a trepada, Reno, não se engane. Amei de um jeito que não amava há muito tempo. Mas aquela paixonite besta que eu tinha aos quinze anos passou. Fica tranquilo, não vou te pedir em casamento.

— Você é brutal.

Na luz da manhã, ela estava bonita. A pele sem rugas, os lábios molhados de chá gelado.

— Posso ser sincera?

— Quer dizer que ainda não começou?

Ela sorriu.

— Você, grande partidor de ossos, punho de ferro, o fodão das rinhas, intimidado por uma mulher que não chega a pesar setenta quilos?

— O problema de ser namorado da Mariana era sentir que vocês três sabiam demais sobre mim, que nada do que fazíamos era só nosso. Eu sempre me senti sem roupa na sua frente.

— Está errado. Ela não contava tudo. Ela te amava e falava de você, mas nunca foi como você está insinuando. E aqui está ela, dando um jeito de entrar na nossa conversa, porque no fundo só estamos pensando nela. Que por mais absurdo que seja, nós dois a traímos ontem à noite.

Era aquilo. Ele não sabia como ela sabia, mas Dafne acabara de verbalizar exatamente o que Reno sentia naquela manhã. O tempo todo com Dafne parecera traição. O sorriso dele foi de nervosismo, com uma pitada de tristeza.

— Como posso sentir que estou traindo uma mulher que se casou com outro cara?

— Como posso sentir que estou traindo uma mulher que me odeia?

Ele fechou o caderno, querendo encerrar a conversa. Enfiou-o no bolso da calça.

— Quer ir tomar café numa padaria?

— Na verdade, eu queria continuar a minha pesquisa. Dar uma olhada nos documentos da gráfica, tentar encontrar as inconsistências. Pede comida, alguma padaria entrega?

— Não estamos em São Paulo. Vou dar um pulo rápido, não vai levar mais do que dez minutos.

— Vou ficar bem. A esposa do Chico e a filha deles estão limpando lá em cima. Não estou sozinha. Mas volta logo, quero você por perto.

Ela saiu da cozinha e ele ouviu o som dos pés descalços na escada. Depois das confissões, depois de frases como "amei a trepada", ela simplesmente voltou à pesquisa.

Reno pegou as chaves do carro dela. Tomou uma decisão impulsiva.

Até a casa dela o irritava. Uma casa térrea, ampla, bem cuidada, emoldurada por flores diversas, como era de se esperar de Mariana. *Nós deveríamos morar juntos numa casa florida*, pensou, amargo. O carro de Gustavo não estava na garagem, o Corsa dela, sim. E se ele tocasse a campainha como uma pessoa normal? Seria dolorido demais ver os filhos dela, como sempre foi quando os caminhos deles cruzavam. *Foda-se.* Reno saiu do Volvo, deixando de se importar com as consequências. E foi justamente quando viu um menino abrir o portão da casa.

Ele voltou ao carro, sem saber o porquê, o coração batendo mais rápido, como se tivesse sido pego fazendo algo errado. O adolescente, cujo nome Reno descobrira ser Theo, escancarou os portões e observou o Corsa dar ré devagar até a rua. Theo fechou o portão e deu tchau para a mãe.

Reno segurou a respiração. Mal podia vê-la, uma sombra dentro do carro, acenando para o filho. Havia alguém com ela no banco de passageiro, pequeno demais para ser o marido. Heloísa.

Ele abaixou a cabeça quando ela virou o carro na direção contrária. Esperou. Quando ergueu a cabeça, ela já havia passado. Viu a traseira do Corsa no retrovisor. Não perdeu tempo. Ligou o carro, aproveitou a rua vazia para manobrar em três pontos e fez uma coisa que jamais imaginou ser capaz de fazer. Seguiu Mariana.

ANDRÉ

Peralta acendeu outro cigarro. O Volvo se afastava, indo atrás do Corsa. O que Reno estava fazendo? Em todos os seus anos espiando Mariana, nunca tinha visto o jornalista por perto. Alguma coisa mudara, alguma informação que ele ainda não tinha. Ele pegou o celular e saiu do carro. A garoa fina o fez correr até o outro lado da rua e abrigar-se sob uma das frondosas árvores que davam boas-vindas à casa do delegado.

— *Oi?*

— Chefe, tua esposa acabou de sair.

— *Te devo uma, André. Ela foi sozinha?*

— Não, tua filha tava junto. Seu moleque ficou em casa.

— *Ele tem natação daqui a pouco, logo vai sair.*

Peralta esforçou-se para conseguir ouvir a última frase, que saiu como se fosse um pensamento em voz alta. Forçou para que a voz saísse amigável, complacente.

— O senhor ainda precisa de mim?

— *Talvez mais tarde. Deixa o celular ligado.*

— Tô às ordens. — E desligou, saboreando o desdém pelo chefe.

MARIANA

Heloísa estava hipnotizada pela tela do celular. Mariana não queria ser o tipo de mãe que Elis fora para ela. Não queria ser egoísta. Portanto, permaneceu sentada à mesa do restaurante preferido da menina, observando a filha com receio, quase desejando que fosse feia, para que não atraísse os homens. Um pensamento ridículo, ela soube na hora. Homens não fazem distinção de beleza quando odeiam mulheres.

— Anjo.

Heloísa não olhou para cima.

— Oi, mãe.

— Não quer conversar um pouco?

Heloísa balançou a cabeça.

— Não, fica tranquila, combinamos que eu ia te contar quando arranjasse um namorado. Isso não vai rolar tão cedo, os meninos da minha turma são uns porcos.

Você tem doze anos só. Ela mordeu o lábio. Aos doze, ela só pensava em homens como Tom Cruise e Bruce Willis. Aos doze, ela teria feito sexo se a oportunidade tivesse surgido. Aos doze, ela e Dafne se esfregavam uma na outra para brincar de "marido e mulher" quando ela dormia na Coplerhouse. *Mas com ela é diferente*, Mariana tentou se convencer. Pensou na frequência com a qual se masturbava aos doze anos e quase falou para a filha o que Elis havia falado para ela: *isso é pecado.* E é claro que não era. E é claro que queria que Heloísa tivesse uma sexualidade saudável. Mas tudo é diferente quando é com nossos filhos.

Ela achou curioso como as mães dispensavam as preocupações e aflições de suas filhas na adolescência como futilidade, mas quando essas mesmas filhas crescem, precisam esconder seus dramas de suas mães, com medo de partir seus corações. Nunca falaria para Elis que não só não era feliz no casamento, mas que já levara surras que haviam partido ossos. Nunca poderia ter uma conversa sincera sobre como fingia interesse sexual uma ou duas vezes por mês, para evitar que ele forçasse aquilo, porque sabia que não conseguiria conviver com estupro marital. Nunca diria que preferia oferecer sexo anal a Gustavo, por achar menos íntimo. Há coisas que mulheres são treinadas a não falar para suas mães. Há coisas que mães fingem não saber sobre as filhas. E, mesmo assim, em algumas trocas de olhares, em abraços silenciosos e toques de mãos, os segredos entre elas são compartilhados, aceitos e absolvidos.

Heloísa olhou para ela: — Vou fazer xixi, já volto.

— Já sabe, cuidado.

A menina balançou a cabeça enquanto andava, como se a mãe fosse louca. Mariana ficou de olho para ter certeza de que nenhum homem ia atrás dela. O centro comercial era uma galeria ampla e labiríntica, com banheiros periféricos. Mas sabia que seguir Heloísa seria exagero.

Alguém se sentou à sua frente, e ela estava prestes a reclamar, quando percebeu estar olhando para Reno.

— Não vai embora, por favor.

O coração dela disparou, mas ela não se moveu. Não ficara tão perto dele desde que eram praticamente crianças aprendendo a se amar. Como ela, Reno envelhecera. Ela precisou se controlar para não o tocar.

— Eu sei que sua filha vai voltar, então vou falar rápido. Eu sinto muito pela Su, Mari. Eu nem imagino o que você deve estar sentindo.

Mariana olhou para baixo para que ele não a visse lacrimejar. A luz de fora, que penetrava a galeria, reluzia contra a madeira do restaurantezinho com suas mesas nos corredores. Ela viu que alguém escrevera com uma caneta esferográfica PG + DM. Perguntou-se se aquelas duas pessoas ainda estavam juntas.

Ele continuou quando percebeu que ela estava muda.

— Naquela época, quando a gente tava junto... você fez alguma coisa, Mari?

Ela engoliu em seco. É claro que ele estava investigando, era o trabalho dele. *Os dois homens que mais me conhecem neste mundo me investigando.* Ela sentiu ódio.

— Do que você tá falando? Seja homem e me pergunta logo o que você quer.

Reno recuou como se atingido. Também estava com raiva dela, era fácil de ler seu rosto, sempre fora.

— Você tirou um filho meu?

Os lábios de Mariana abriram, seu queixo pesado de surpresa.

— Da onde você tirou essa babaquice?

— A Neide falou...

— A sua prima vagabunda não sabe de nada.

Ela viu que as palavras machucaram. Não se importou. Ainda o amava a ponto de se atirar contra o peito dele e fincar as unhas nas suas costas para que ele não pudesse ir embora. Mas também era mais esperta agora; ele era um homem atrás de uma resposta, não estava ali para se declarar. Ela não se conteve: — Um filho *seu*? Que propriedade é essa que você ainda acha que tem...

— Mari! — Ele falou entre dentes.

Ela olhou em volta. Ninguém se importava o suficiente para olhar por mais de um segundo. Ele aproximou o rosto.

— Eu não vim brigar. Eu só queria saber se eu te magoei tanto assim que você achou que tinha que passar por uma violência dessas sozinha.

— Eu falei com a Dafne.

— Eu sei.

— Não, eu falei com a Dafne hoje de manhã, que estava com cara de bem comida.

Ela o observou. O rosto dele confirmou. Reno inclinou o corpo de volta para trás, encostando as costas na cadeira.

— Você tá casada — foi a desculpa dele.

— Ela também.

— Mas ela me quis.

Mariana sentiu o músculo puxar os lábios dela num sorriso amargo.

— Se eu tivesse coragem de tirar um filho, eu teria feito isso quando engravidei do Theo. Pensa, seu idiota.

Reno se levantou e foi embora. Ela o observou com lágrimas nos olhos, agarrando a cadeira de madeira bamba para não ir atrás dele. Percebeu que Heloísa estivera afastada, vendo tudo. A menina sentou-se devagar, assustada.

— Por favor, não conta para seu pai.

A filha fez um carinho com as pontas dos dedos na mão de Mariana.

— É claro que não, mãe.

DAFNE

Reno mexia nas gavetas da cozinha lá embaixo, com raiva de alguma coisa. Dafne sabia que deveria descer e comer com ele, mas estava ancorada àquela cama, àquele quarto e à pesquisa que nem sabia por que havia começado. O cursor piscando na caixa de pesquisa do Google lhe parecera obscenamente tentador naquela manhã. Falou sozinha, numa voz baixa:

— Uma mãozinha, Suellen, não iria mal.

O silêncio debochou dela. *Ela está morta, Dafne.*

Então sentiu o choro entalado na garganta, implorando para sair. Respirou fundo, alongou os braços acima da cabeça, esticou o pescoço e se concentrou. A vontade passou. Ela digitou "polícia + crime + Jepiri + SP" e analisou os resultados. Foi passando para as próximas páginas e, ao chegar à quarta, um *link* chamou sua atenção.

Daniel Zulianeli: um crime não solucionado

Ela clicou no *link* de um *site* chamado *Crimes Brasileiros*. Demorou para abrir, ela estava usando o *Wi-Fi* do celular para se conectar. Levara o *notebook* consigo para acompanhar os *e-mails* da Copler Design, sua empresa de decoração, mas não sentia interesse algum no trabalho naquele sábado. Quando abriu, ela leu a matéria.

"Daniel Zulianeli era um menino de rua em Jepiri, município de menos de quarenta mil habitantes no interior de São Paulo, que foi visto com vida pela última vez em 4 de agosto de 1987, quando tinha apenas dez anos. Os amigos deram falta dele na noite do dia 4, quando ele não voltou para a praça Santa Rita, onde eles dormiam juntos. Eles esperaram dois dias e comunicaram o desaparecimento a uma moradora da região que lhes dava pão e ela chamou as autoridades. Os policiais conversaram com algumas pessoas, mas as buscas foram infrutíferas. Dois meses depois do seu desaparecimento, o corpo do menino foi encontrado por dois pescadores no lago Castelinho, o menor dos dois lagos das margens da cidade. O corpo foi identificado pelas roupas e pelas estimativas do tamanho da criança, que não conhecia os pais. Devido às condições do cadáver, a perícia não conseguiu determinar se houve abuso sexual e determinou a causa da morte como afogamento. A morte foi considerada acidental, mas a polícia não descarta a possibilidade de homicídio."

Ela jogou o nome Daniel Zulianeli no Google e obteve alguns resultados, nenhum com informações novas. Então ela clicou em "Imagens" e obteve duas imagens iguais, em preto e branco e em tamanhos diferentes, de um caixão. As outras eram de conferências e apresentações, vídeos no YouTube e uma menina tocando violão. Clicou na primeira imagem. Havia sido tirada de um jornal. Na avenida Cascatas, que Dafne reconheceu da sua infância, um caixão era carregado na parte traseira de um rabecão. Algumas pessoas olhavam. Ninguém chorava por Daniel. Atrás da imagem, a igreja Terra de Cristo.

A mesma de Suellen? Não era Terra de Cristo a igreja que os Rocha haviam frequentado? Em 1987, ninguém teria tirado uma foto de um menino sem teto. Mas se pudesse ler os jornais da época, conseguiria mais informações e talvez fotos do enterro. *Onde ficam enterrados indigentes em Jepiri, Dafne?*

Desceu as escadas e encontrou Reno fazendo o melhor que podia com o pouco que tinha naquela casa. Ele havia colocado pratos e talheres na ilha, assim como uma caixa de leite, dois cafés em copos plásticos, um saco de pão, um bolo de cenoura numa embalagem retangular de plástico e envelopes de frios.

— Como já está quase na hora do almoço, podemos chamar isso de *brunch*.

— Eu não vou morrer se as refeições não estiverem de acordo com o plano, Reno. Não sei o que a Mari falou sobre mim, mas não sou tão controladora assim.

Ele tomou seu lugar de frente a ela e despejou o conteúdo de um saquinho de açúcar no café.

— Posso te perguntar uma coisa?

— Permissão dada.

— A Mariana fez um aborto?

Dafne parou de se mexer. Ele estava chegando perto demais de um segredo que não o levaria a lugar algum naquela investigação. Suellen estava morta demais para se importar.

— Não. Foi a Su.

— Puta merda, e você não achou que deveria me contar?

— Isso não tem nada a ver com a morte dela.

— Mas tem.

— Reno...

— A pessoa que matou Suellen escreveu "assassinas" na parede. Usando o sangue dela, Dafne. Como não tem?

Dafne olhou para a aliança para conseguir se concentrar. Alguém sabia, então. Não daquela besteira do aborto: alguém sabia que elas haviam matado uma pessoa de verdade. Como ela poderia chegar à verdade sem se trair, sem contar tudo para Reno?

Ele parecia exausto.

— Esse tango que estamos dançando, Daf... isso não vai dar certo. Queremos a mesma coisa. E eu sei que você está mentindo para mim...

— Assim como você está me escondendo coisas? Você já sabia sobre o "assassinas" e não me contou. Você está me usando e eu estou te usando, Reno, e daí?

— Por que você simplesmente não me conta?

Porque eu não vou para a prisão. — Eu não te devo nada só porque transamos. Se estou guardando os segredos da Suellen, é porque minha lealdade ainda é com ela.

Ele começou a caminhar pela cozinha, o corpo emanando frustração. Dafne comeu, sem se importar. Do lado de fora, as mulheres limpavam o quintal.

— Na verdade, eu queria te perguntar uma coisa — ela falou. — Aquelas máquinas que possibilitam a leitura de artigos bem antigos de jornal... tem aquilo na redação onde você trabalha?

— Você está falando de microfichas. Não temos isso aqui. Mas temos um acervo de periódicos antigos. O que você quer?

— Notícias sobre um crime que aconteceu por aqui em 87.

— Aquele moleque que desapareceu no meio do mato? Isso não foi quando éramos adolescentes?

Ela deu uma mordida num pedaço de pão para ganhar tempo. Balançou a cabeça.

— Não, bem antes disso. Um menino que desapareceu.

— Ah, eu lembro dessa história. Minha mãe ficou apavorada, eu não pude brincar na rua por um bom tempo. Você era mais nova, acho, talvez seus pais não te contaram porque na época falavam muito que era um crime sexual.

— Por quê? Ele só desapareceu.

Reno tentou se lembrar. Mastigava pão, franzia a testa, então o rosto mostrou surpresa.

— Era isso, lembrei disso esses dias, estava na padaria e o cheiro de café agora... esquece. O que me lembro é que na época minha mãe dizia que todo mundo sabia que na igreja que acolhia os meninos de rua tinha um pastor que gostava demais de crianças, entende? Mas eu cresci achando que ela só falava aquilo porque é católica e não gosta da quantidade de igrejas evangélicas que temos na cidade. O que eu sei é que, durante anos, essa igreja tinha um esquema de receber crianças de rua aos domingos, dar banho neles, dar sopa, essas coisas.

O que ele falava não parecia novo. Ela tinha certeza de que já ouvira algo do tipo antes. Talvez algo que os pais tivessem debatido em casa, quando achavam que ela não prestava atenção.

— Sabe que é a mesma igreja que a Suellen frequentava?

— Mas isso não significa nada.

— Eu sei que não, mas é uma coincidência e algo me diz que é seguindo as coincidências que chegamos aos fatos.

— Mas você não está aqui para chegar aos fatos. Veio para se despedir e agora tem que voltar para casa.

Ela bebeu um pouco de café.

— Mas eu não quero. Então não vou.

Reno parou de comer e apoiou os cotovelos no mármore.

— Por que está se metendo nessa história?

— Porque Suellen foi mais para mim do que você é capaz de imaginar. Porque eu seriamente duvido que os idiotas dessa cidade têm capacidade para resolver um crime desses e, na verdade, duvido que tenham interesse. Por que minha presença te incomoda tanto?

—Você recebeu aquelas flores. A coisa tá ficando perigosa. Não pertence mais a essa cidade. Eu no seu lugar já estaria longe.

— E por que não está? Por que desperdiçar sua vida nesse fim de mundo? Um homem como você?

— Porque minha mãe... — Ele coçou o olho. Sentia dores nos ombros. — Por favor, pare de pesquisar crimes antigos. Faça suas malas e vá para sua casa. Você tem razão, essa cidade é um lixo. Você é boa demais para estar aqui. Deixa a Suellen descansar em paz. É tarde demais para lutar por ela.

— Então por que está investigando, Reno? Lealdade ao irmão dela, à família que tratava Suellen como um erro?

— Não confio no Caldas, só isso.

— Porque queria estar no lugar dele?

Reno flexionou os dedos. Dafne já notara que era um reflexo de quando algo violento se manifestava dentro dele, de quando parecia aturdido ou com raiva. A reação confirmou o que ela já intuía. Reno ficava por perto porque era melhor apenas estar na mesma cidade que Mariana do que ficar longe dela.

— Dafne. Eu gosto de você, do mesmo jeito que eu gostava de Suellen e gosto da Cacau. Vocês fizeram parte da melhor época da minha vida e eu sei que você vai odiar a próxima frase porque ontem a noite foi... enfim, eu me sinto quase como um irmão. É por isso que estou indo atrás do filho da puta que matou a Su. E eu não faço a mínima ideia de como reagiria se algo desse tipo acontecesse com qualquer uma de vocês. A espécie de morte que ela teve, o que ela deve ter sentido nos últimos minutos, é o tipo de coisa que eu não consigo imaginar. É o tipo de coisa que me faz querer socar paredes.

Ela suavizou o rosto, séria. Bebeu mais um gole do café e voltou a comer, sem responder. Então tomou sua decisão.

— O Google me disse que hoje à noite tem culto na Terra de Cristo. Você vem comigo?

CACAU

Quando Maria Cláudia entrou em casa, foi direto para o chuveiro. Debaixo da água quente, envolta pelo vapor do banho, ela trabalhou num exercício mental simples que aprendeu com sua analista. Visualizou os sentimentos que haviam começado a borbulhar dentro de si. Deu a eles nomes, texturas e cores. Imaginou-os subindo à superfície, brotando de sua pele como suor. E, com concentração, mentalizou que a água os lavava, carregando-os para o ralo, sumindo com eles para sempre.

Esfregou a pele com uma bucha e sabonete de manga. Lavou os cabelos, massageando o couro, inalando os aromas de limpeza e desejando estar em paz. Quando desligou a água, secou-se devagar, pensando no que Mariana havia pedido dela.

Quanto de suas escolhas haviam sido moldadas pelo que aconteceu com Suellen? Cresceu ouvindo as histórias da mãe sobre o pai, o primeiro membro da família dele a fazer faculdade, vencer a pobreza e todas as adversidades e tornar-se médico. A mãe falava daquilo com um orgulho que fazia com que Cacau se imaginasse vestindo um jaleco desde os cinco anos. Mas a adolescência trouxera dúvidas. Considerou trabalhar em algo relacionado à saúde, mas algo que exigisse menos horas e menos envolvimento, algo que permitisse que tivesse tempo para si e para um lar, uma família. Pensou em ser dentista, psiquiatra e até em abrir uma clínica de estética. Mudou de ideia no verão de 1996. Seria uma cirurgiã, salvaria vidas, melhoraria as condições de trabalho dos médicos, enfermeiras e auxiliares em Jepiri. Nunca soube se era por Suellen, por culpa, ou por odiar os olhares condescendentes e cheios de pena da professora de história ao falar de escravidão. Um olhar que obviamente só dirigira a Cacau, a única negra da classe. Queria sua fatia de poder no mundo, sabia em algum lugar íntimo que tinha direito a ela.

Leu em um livro, ou talvez viu na televisão, o caso de um assassino em série que atirava nas pessoas, no estômago, e ia embora. A vítima era encontrada e ia parar no pronto-socorro, onde um cirurgião a operava e salvava sua vida. Depois descobriram que o assassino e o cirurgião eram a mesma pessoa. Ele atirava em pessoas próximas ao hospital e corria para lá, sabendo que seria chamado para a cirurgia. Não era viciado em atirar nas pessoas e não era sádico. Seu verdadeiro tesão era o poder de vida e morte sobre o outro, os agradecimentos da família e poder se sentir um herói. Cacau sabia que ela não era como ele, embora reconhecesse a patologia em alguns colegas de trabalho e faculdade.

Queria poder salvar alguém. Queria ter o poder de assumir o controle de uma situação extrema e transformar um momento dolorido e apavorante em algo bonito. Queria consertar aos outros e ao sistema, e era aquilo que tinha em mente quando encarava a surpresa nos olhos de familiares quando dizia: "Olá, meu nome é Maria Cláudia e sou a diretora clínica geral deste hospital".

No hospital, ela não era uma vítima. Era aquela que os médicos olhavam com apreensão quando pegava um prontuário e fazia perguntas sobre o caso, sobre o paciente. Era quem não tolerava médicos sendo indelicados com pessoas mais ignorantes. Era aquela que tinha respeito pelas enfermeiras, fato que garantia inimigos entre residentes, internos, cirurgiões e até chefes de setor.

Quando adolescente, o santuário de Cacau era a clareira na floresta Pirangá, com Mariana, Dafne e Suellen. Agora, que era mulher, seu santuário era o Hospital Municipal de Jepiri e seus corredores com cheiro de álcool, suas salas de consulta, centro cirúrgico e depósitos de medicamentos, seringas, gaze e plásticos.

Vira Suellen pela última vez há sete anos, no hospital, quando ela foi atendida no PS por falta de ar. Optou por não interferir e só horas mais tarde procurou pelo clínico geral que a atendera.

— Ivaldo, Suellen Rocha, você a atendeu às onze e vinte. O que ela tem?

O médico lembrou do caso sem esforço: — Chegou reclamando de falta de ar. O raio-X acusou pneumonia e prescrevi Clavulin. Mandei ficar em repouso e pensar em perder peso.

Ele complementou como se tivesse medo de ser repreendido, já que Cacau não tolerava gordofobia.

— Claro que fui gentil ao dizer isso. Me parece que o excesso de peso dela não é do biótipo, e sim dependência emocional na comida. Pelo menos é o que nossa conversa indicou.

Ivaldo era um médico atencioso e Cacau sabia que ouvia seus pacientes e se importava com o histórico deles.

— Realmente não é do biótipo. Ela já foi bem saudável — ela falara, assentindo. — Ela tem mais alguma coisa? Diabetes, pressão alta?

— Não, não, o hemograma não acusou nada de mais. LDL um pouco alto, mas nada alarmante.

— É casada? Filhos?

Ele checou o prontuário.

— Declarou-se solteira e sem gravidez. Algum problema, Dra.?

— Não. Obrigada.

Cacau lembrou-se de que Suellen não foi a única amiga de adolescência a mentir para um médico em Jepiri. Mariana deu entrada no PS em 2005 com duas costelas quebradas e o rosto cheio de hematomas. Na época, era Maria Cláudia quem estava no turno da noite e, por uma cagada do destino, foi exatamente a médica que teve contato com a paciente na triagem. A conversa durou pouco, mas Cacau se lembrava bem de ter dito: "Você pariu sua filha neste hospital há dois meses e já está jogando rúgbi?" Em resposta, Mariana fechou os olhos roxos e gemeu: "só me dá uma merda de um Tramal".

Usando *shorts jeans* e uma camiseta confortável, encheu uma bacia com água quente e despejou suas bolinhas de gude nela. Carregou-a com cuidado até a sala, onde a pousou no piso de porcelanato. Ao sentar-se no sofá, deixando escapar um gemido de exaustão, enfiou os pés na bacia. Ouviu o som das bolas de gude, pegou o telefone na mesinha e discou os números do marido. Corretor de imóveis, Paulo sempre trabalhava aos sábados.

— *Oi, linda.*

Ela sorriu.

— Oi, gato. Estou em casa.

— *Eu chego daqui a umas duas horas, pode ser?*

— Pode sim. Quer pedir comida e ver um filme?

— *Claro. Como foi seu turno?*

Mentiu, algo que raramente fazia para ele.

— Normal.

— *Tá melhor com a história da Suellen? Já descobriram alguma coisa?*

— Não... — Foi quando Cacau notou as flores. Lótus. Artificiais, claro. A flor verdadeira era impossível de encontrar em Jepiri. Estavam paradas numa bonita cumbuca de madeira escura, em cima da mesinha redonda ao lado da porta, onde eles deixavam chaves, correspondência e alguns enfeites.

O sangue dela correu gélido.

— *Tá tudo bem mesmo?*

Era como se uma outra Cacau respondesse por ela: — Tá, sim. Te vejo daqui a pouco. Tchau.

Desligou e ficou sentada ali, olhando aquelas flores.

Dafne recebera flores.

Será que Suellen chegara em casa e vira um buquê de tulipas na noite de quinta-feira?

Cacau precisava sair de casa. Tinha que procurar as meninas ou a polícia. *E já não está na hora de fazer as pazes com elas? De sentar e conversar e voltar a amar suas amigas?* Talvez sim.

Algo na televisão chamou a atenção dela, fazendo com que desviasse o olhar das flores. Teve a impressão de que algo se contorcera na tela plana, no reflexo quadrado da luz que entrava pelas cortinas. Ela sentiu uma fisgada de apreensão e pensou em se levantar. Então ela viu, desta vez com certeza, a silhueta atrás do sofá. Masculina.

A respiração foi cortada e ela sentiu a pressão na garganta. Reagiu com as mãos, arranhando o pescoço, tentando afastar o que quer que fosse que a apertava. Só pensou em respirar, respirar, respirar. Os pés molhados escorregavam contra a superfície lisa do piso. Não havia som na sala.

Ar! Cacau não conseguia pensar em nada além de ar. Ia perder a consciência. Ar! *Esse é o assassino de Suellen! Meu Deus, preciso respirar. Meu Deus, socorro. Não! Não! Ar, preciso respirar!*

As pernas dançavam, os pés chutavam o espaço. Nenhum som saía de sua boca, aberta, tentando puxar o oxigênio ao seu redor. Ele, atrás dela, respirava devagar, como se tivesse treinado para não ficar ofegante. Ele era forte porque continuava apertando aquela corda. E em seus momentos finais, Cacau olhou para as flores. Ouviu um sussurro angustiado, saindo trêmulo, enquanto ele apertava a corda:

— Não vou falhar desta vez, não vou falhar com você.

MARIANA

Mariana chegou em casa e ficou atenta para sons que podiam indicar a presença de Gustavo. O carro não estava na garagem, mas ela não podia ter certeza. Ele já a enganara antes.

Ela tirou os sapatos e caminhou até o quarto do casal para guardá-los. Quando entrou, o coração deu um salto.

Papéis, bijuterias, recibos, fotos; suas gavetas e caixas haviam sido brutalmente reviradas. Ela se aproximou da cama e viu sua caixa de recordações. Nem sinal do recorte de jornal sobre o incêndio.

Levou as mãos à cabeça, imaginando Gustavo mexendo em tudo aquilo.

Foge daqui, Mari. Ele não vai parar até descobrir tudo agora. E ele não vai te prender, ele vai te matar se descobrir. E ele vai descobrir.

O dia chegou.

Quanto tempo tem até que ele volte para casa?

Ela correu até o quarto de Heloísa. A filha estava deitada na cama, ainda mexendo no celular. Mariana abriu o guarda-roupas branco.

— Quero que faça uma mochila com o básico — explicou, mexendo nas gavetas da filha, jogando *jeans*, camisetas, calcinhas e meias na cama. — Você e seu irmão vão passar alguns dias com a vovó Elis.

Heloísa sentou na cama.

— Mas por quê? Aconteceu alguma coisa? É você e o papai?

— Não aconteceu nada, mas não quero vocês aqui nessa tempestade. — Mariana jogou uma sacola de academia, toda amassada e empoeirada, na cama. — Vou avisar seu irmão. Esteja pronta em dez minutos.

No carro, os filhos estavam em silêncio. Mariana aproveitou que o trânsito a forçara a parar e olhou para o céu. Não via nuvens tão escuras há possivelmente seis ou sete anos. As árvores já dançavam com a ventania, e pelo congestionamento, os cidadãos estavam levando a sério a questão da evacuação.

— Mãe...

Ela devia uma explicação a eles. Girou o tronco e encarou os dois, Theo no banco ao lado dela e Heloísa atrás. Precisava mentir.

— A chuva vai ser forte este ano. Quero que passem uns dias com a avó de vocês.

Theo fez uma careta.

— Mas mãe, é só a gente ficar em casa. Nosso bairro alaga, mas nada de sério...

— Preciso resolver algumas coisas. Seu pai está nervoso por causa do caso e eu preciso...

— Mãe, anda!

Ela olhou para a frente no exato momento em que começaram a buzinar. Pisou no acelerador e continuou dirigindo.

— Escutem, estou com um pressentimento ruim. Quero vocês fora daqui por uns dias. Não discutam.

Estava na hora. Antes mesmo que pudesse reunir coragem, já estava fazendo aquilo. Estava tirando os filhos de Gustavo para sempre. Agora só precisava sobreviver para voltar a vê-los. E ela só sobreviveria se ele morresse.

Precisava falar para não se afogar nas suas próprias preocupações.

— Pegaram tudo? Pijamas, roupas, celular, identidade, um lanche para a viagem?

Responderam um "sim" em uníssono, num tom entediado.

— Por favor, comportem-se lá. A avó de vocês não está acostumada com dois adolescentes, então lavem a louça, tirem o lixo, ajudem no que puderem. E ela vai perguntar de mim. Vai perguntar se eu estou bem e quero que digam que sim.

Ficaram em silêncio. Mariana bateu a mão na buzina para apressar um Palio que reduzira a velocidade sem motivo algum. O homem optou por virar à direita, e ela acelerou para seguir em frente.

— Você tá bem mesmo, mãe? — Foi Theo quem perguntou, pegando na mão dela. Sem tirar os olhos do trânsito, Mariana levou a mão do filho aos lábios e a beijou.

— Estou ótima, filho.

A rodoviária estava cheia. Gente com mochila nas costas, mulheres carregando bebês vestidos de rosa da cabeça aos pés, ambulantes oferecendo água, ônibus parados.

— Parece filme de zumbi. — Havia um certo fascínio no tom de Theo.

— Passagens gratuitas. — Mariana apertou a fivela e liberou o cinto de segurança. — Ano de eleições, o prefeito quer anunciar diante das câmeras que reduziu em cem por cento as mortes durante a época de enchentes. Escuta, o ônibus de vocês é aquele ali.

Heloísa enfiou a cabeça entre os assentos para enxergar.

Mariana viu um Fiesta sair de uma vaga. Deu seta e deu ré, estacionando numa baliza desleixada, "de mulherzinha", como diria Gustavo. Saiu do carro e abriu a porta para a filha. Heloísa a abraçou e Mariana precisou respirar fundo para manter a calma. Chorar na frente deles os deixaria inseguros.

— Escuta — ergueu o queixo da filha com a mão —, não converse com ninguém no ônibus. Fiquem sempre juntos, sempre de olho um no outro e nas suas coisas. Seu avô prometeu que estaria na rodoviária para buscar vocês. Se ele não aparecer, o que vão fazer?

Theo respondeu, passando a alça da mochila pelo braço.

— Ligar para ele e para a vovó.

— E se por algum motivo isso não der certo?

— Pegar um táxi para a casa deles, pagar com o dinheiro que você deu e entrar usando sua chave.

Ela assentiu. Teve a impressão de que estava fazendo algo terrível, irresponsável, completamente antinatural. E, no próximo instante, uma certeza: *Não, eu deveria ter feito isso quando ainda eram pequenos. Crianças preferem vir de um lar desfeito do que viver em um.*

— Então vão. Amo vocês. Mais do que tudo.

Os dois a beijaram, e ela inspirou o cheiro do cabelo deles, lutando contra si mesma e a vontade de interromper aquela loucura. *Será que é a última vez que toco neles?* Caminhou até o ônibus e subiu. Quase cheio. Os passageiros olhavam para eles com curiosidade por alguns segundos, depois voltavam a atenção para suas bagagens de mão e aparelhos de celular.

— Este já encheu.

Ela olhou para o motorista, um homem barrigudo de uns sessenta anos. Aproximou-se. Mostrou a identidade.

— Tá vendo meu sobrenome? Sou esposa do delegado Gustavo Caldas, estes são os filhos dele. Precisam chegar em São Paulo daqui a três horas.

Ele pensou, fitando a fotografia dela e o nome, olhando para as crianças e finalmente suspirando de resignação.

— Tudo bem então, dona. Coloca eles na penúltima fileira.

Eles caminharam até o final do veículo, Mariana percebendo que suava por baixo do vestido de algodão. Os dois sentaram juntos e imediatamente tiraram os celulares dos bolsos. Theo olhou para cima e deu um aceno de adeus. Mariana devolveu o gesto e desceu do ônibus, sentindo a adrenalina enviar os primeiros choques.

No carro, agarrou o volante. *O que acabei de fazer?* Ouviu sua respiração dentro do automóvel. Olhou para os dedos, que não tremiam, mas pareciam mais brancos do que o normal.

Acessou o Whatsapp e mandou um recado para Elis: "Mãe, as crianças estão no ônibus 482 para o Tietê. Por favor, esteja lá às sete."

Então a chuva desabou, grossa, intensa, implacável. Batia na cobertura metálica da rodoviária e contra os vidros dos carros que tentavam entrar e sair dali.

A crença de Mariana em Deus havia enfraquecido com os anos. Não conseguia escapar dos horrores que as pessoas faziam com as outras, mesmo evitando o noticiário, mesmo não tendo acesso às redes sociais por causa dos ciúmes de Gustavo. Aquelas fendas negras no exercício da sobrevivência no cotidiano chegavam a ela quando uma manicure comentava, sem nenhum tipo de pudor, "vocês viram aquela babá que pegaram dando bicho pro neném comer? Tem o vídeo lá no Facebook, tá todo mundo vendo", e quando Mariana, escandalizada, balançava a cabeça, a mulher parava de lixar suas unhas e sorria: "tem no meu celular, quer ver? Horrível, mulher". Todos os dias.

Às vezes, enquanto fazia o jantar, ouvindo a voz de algum âncora na televisão na sala: "Encontraram os corpos das duas meninas que desapareceram no interior de Minas Gerais. Graciane e Lílian tinham quatro anos e estavam brincando na rua quando foram vistas pela última vez. Os corpos estavam numa vala, parcialmente nus". Naqueles momentos, ela fechava os olhos, respirava fundo e sentia um nojo tão profundo por tudo que achava que iria enlouquecer. Então pensava: *e quem é você, depois de tudo o que fez, para dar uma de boazinha?* Com lágrimas pesadas, ela continuava mexendo a carne, picando a cebola e se arrependendo de ter criado pessoas que corriam o risco de serem vítimas daquele tipo de crime.

Sabia que haviam sido aquelas notícias que tinham afinado sua fé em algo bom responsável pela criação de tudo aquilo. Sabia que a falta de recompensa pelas coisas boas que fizera ajudava a alimentar aquele afastamento. A ausência de uma punição para as pessoas que abusavam de crianças, que roubavam bilhões dos cofres públicos, que riam de vídeos de cachorros sendo incendiados vivos, a mantinha acordada à noite, com a sensação de que uma pessoa sã não podia acreditar numa divindade que permitia que aquilo acontecesse.

Mas naquele momento na rodoviária, pediu que seus filhos fossem protegidos. Estava disposta a trocar qualquer coisa pela segurança deles. Ela virou a chave e o carro tremeu. Sentiu-se sendo observada, uma sensação que era tão real quanto seu olfato, tato e paladar, tão forte quanto sua capacidade de sentir odores, de enxergar, e ao mesmo tempo tão sutil quanto uma oscilação na temperatura. Olhou em volta, procurando alguém que se destacasse no mar de infelizes que estavam deixando seus lares sabendo que poderiam não estar lá quando voltassem.

Mas não há ninguém, Mari. O que está te rondando é a memória de Suellen. Ela virou o volante e pisou no acelerador, em direção à casa onde criara sua família, para matar ou morrer.

PARTE VIII

Pecado
1996

O santuário na clareira surgiu diante de Dafne. Mariana já estava lá, sentada na grama, fumando. Dafne notara que, a cada dia, Mari fumava mais.

— Quase morri quando ela ligou — falou, se aproximando.

— Eu também. Tive que brigar com meus pais para me deixarem sair e fazer mil tarefas domésticas.

Dafne se sentou ao lado dela e pegou sua mão.

— Estava com tanta saudade dela.

— Eu também.

— Que foi? Você tá mal, Mari.

— Briguei com ele pela primeira vez. Ele queria vir comigo. Fica perguntando o que aconteceu com a Su, por que ela saiu da escola, por que se atracou de porrada com a Cacau. É como se ter a mim não fosse o suficiente, como se ele tivesse que estar presente em tudo o que eu faço, inclusive *isto*.

Dafne ficou surpresa ao não sentir alívio. Não entendia como podia ser tão apaixonada por Reno e, ao mesmo tempo, não ficar feliz com a possibilidade do namoro terminar.

— Sabe, um dia você vai poder explicar o que está acontecendo. Ele só precisa ter paciência — ofereceu, sentindo as palavras vazias.

— Eu amo o Reno, Daf.

— Eu sei. — Dafne suspirou. *Eu também.*

Mariana estava prestes a falar, quando ouviram o estalo de um galho. Suellen apareceu de trás dos ipês, caminhando devagar, braços pendurados ao lado das coxas como se desprovidos de vida. Havia engordado alguns quilos, visíveis no rosto, nos braços e num busto mais cheio. O cabelo estava preso num rabo de cavalo sem graça, e usava *jeans* compridos e uma blusa que parecia ter saído do guarda-roupas da mãe, num corte quadrado, feita de um tecido que imitava *chiffon,* rosa claro.

Ela parou a um metro e cruzou os braços.

Dafne foi a primeira a falar.

— Sentimos saudades. Como você está?

— Eles... — Suellen não olhava nos olhos delas. — Meus pais já sabem. Eu contei.

Mariana deixou escapar um som de surpresa, de ar sendo puxado.

— Então as coisas mudaram para mim. — Suellen continuou, a voz mais tímida, os olhos nas plantas. — E estou proibida de ver vocês.

Dafne partiu os lábios.

— Não! Eles não podem fazer isso com a gente, não foi sua culpa, não foi culpa nossa, foi aquele desgraçado...

Suellen finalmente olhou para cima, as sobrancelhas grossas desenhando infelicidade.

— Por favor, Dafne. Para. Eu tô grávida. Descobri ontem com um teste de farmácia roubado.

Mariana estendeu a mão e tocou a de Suellen.

— O que você vai fazer?

As palavras de Suellen saíram rápidas e firmes.

— Eu vou mudar de vida. Não me levem a mal, eu amo vocês. Eu amo vocês. Eu amo ficar aqui. Mas eu não consigo esquecer como me senti naquele lugar imundo. Eu me *sinto* imunda, Dafne.

Dafne sentiu uma inquietação pairando ar.

— Eles me levaram à igreja. E eu sei que você não acredita nisso, mas está sendo bom para mim. Sinto a presença de Deus lá, como se fosse um abraço. Se eu ficar lá, vou melhorar. Mas vocês conhecem meus pais. Não posso ter esse bebê. Eu sei que estou blasfemando, sei que tudo o que estou sentindo é errado, mas eu não posso, não posso. É uma parte dele e daquele dia dentro de mim. Não quero olhar para a cara dele, não quero sentir ele aqui por mais nenhum segundo. Eu passo mal só de imaginar segurar esse bebê. Acho que vou me arrepender, mas antes uma vida estragada do que duas.

Mariana assentiu, surpresa por concordar com ela.

Dafne tocou os ombros de Suellen.

— Não é errado e não é blasfêmia. Ninguém merece viver o tipo de vida que você e essa criança teriam, Suellen, porque sabemos que seus pais vão colocar você na rua.

Suellen olhou para Mariana, depois para o rosto de Dafne.

— Preciso de ajuda para tirar essa coisa de mim, não quero que ele cresça aqui dentro, que vire um bebê.

Dafne olhou para trás. Mariana a fitava com os olhos vermelhos. E antes que Dafne pudesse formar um plano, Mari falou: — Eu sei como.

Foi Dafne quem bateu na porta da casa da Dona Sirley.

Mariana olhou ao redor, as pernas bambas de medo de ser vista ali, e receosa do que veria lá dentro. Imaginou o horror de encontrar um amigo da família, ou o próprio pai. Mas tinha uma dívida para com Suellen.

A mulher que abriu não era o que esperavam. Jovem, de aparência comum, usava *shorts* de *lycra*, chinelos e um *top* lilás. Nas mãos molhadas, uma esponja de lavar louça.

— Pois não?

Dafne travou, e Mariana tomou as rédeas: — Queremos conversar com a Neide, por favor.

A mulher bufou e cruzou os braços magros.

— Isso daqui não é salão de beleza, não.

— Vamos pagar — disse Dafne.

A expressão no rosto da mulher mudou. Mariana, com medo de perder a oportunidade, improvisou: — Queremos algumas aulas. Sobre como fazer algumas coisas.

Ela sentiu Dafne prender a respiração ao lado dela.

— Ah, eu vou ter que falar com a Sirley, nunca vi isso. Entra aí.

Elas entraram e fecharam a porta.

Era uma casa comum, com luz natural, piso de tacão, cortinas claras. Estavam numa sala de estar espaçosa, onde duas mulheres faziam as unhas assistindo Vale a Pena Ver de Novo numa televisão antiga. Espiando o corredor, viram uma porta aberta para um quintal a distância, onde roupas coloridas e curtíssimas secavam numa linha de varal. Uma criança morena brincava com uma boneca suja, usando apenas uma fralda. Mariana ficou desconsertada. Sempre imaginou iluminação vermelha, um bar, música melosa e sofás de veludo. *Nem os puteiros em Jepiri seguem o roteiro*, pensou.

Dona Sirley apareceu, e não houve um segundo de dúvida de que era ela. Pele parda, bem bronzeada, cabelos cacheados com *babyliss*, unhas enormes. Peitos gigantes, barriga flácida. Usava um vestido de verão, largo, gasto, cheio de flores. Mariana achou irônico que ela usasse flores.

— Quem são vocês?

— Queremos uma hora com a Neide. Quanto custa?

A mulher as observou por um tempo. Uma das que lixavam as unhas olhou para cima com curiosidade. A outra tinha o pé sobre a mesa de centro e estava inclinada até ele, pintando a unha do dedão. Agia como se nada ao redor dela existisse.

— O programa para uma hora é sessenta reais — ela respondeu. — Mas se vão as duas juntas é oitenta.

Dafne trouxera duzentos e vinte. Mariana olhou para ela e ela assentiu.

— Tudo bem. Pago agora?

— Paga agora — a mulher falou. — Não vou ter problema com os pais de vocês vindo até aqui?

— De jeito nenhum — Mariana respondeu.

Dona Sirley berrou para o teto: — Neide!

Enquanto Dafne se atrapalhava na contagem do dinheiro, elas ouviram os baques de um tamanco descendo as escadas. Neide era poucos anos mais velha do que elas, sabiam, mas era uma mulher, enquanto elas não conseguiam se sentir mulheres. Magra, cheia de curvas, o cabelo enrolado, perfumada, brincos enormes em forma de gota.

Ela olhou para Mariana com o rosto assustado.

— Aconteceu alguma coisa com o Reno?

Dona Sirley beliscou as notas e as enfiou no sutiã. Mariana achou icônico, mas estava nervosa na presença de Neide. Só tinham conversado na noite em que perdeu a virgindade, quando Reno viera buscá-la.

— Essas daqui tão precisando liberar uns hormônios. Uma hora, sobe lá rápido.

Neide moveu os olhos arregalados de Sirley para as duas garotas. Fez um gesto com a mão, as unhas vermelhas como uma onda marítima, e virou-se. Rebolou a bunda dentro do vestido como se fosse natural dela. Era difícil não olhar ao subir os degraus atrás dela. Dafne imaginou homens e mais homens fazendo aquele trajeto, olhando aquela bunda naquele ângulo. Seguiram Neide pelo corredor, atentas. Ouviram uns gemidos altos, falsos, gemidos de filme pornográfico, de quem está fingindo.

Ela segurou uma porta aberta para as meninas com um pé fino dentro de um tamanco enorme. Mariana entrou primeiro e enrugou o nariz ao sentir um cheiro forte no quarto. Não sabia o que era. Não sabia se queria saber. Um *pout-pourri* de vagina, esgoto e suor, talvez.

Como se sentisse a mesma coisa, Neide rebolou até a cômoda, pegou uma lata enorme de Glade e deu três borrifadas no ar. Dafne fechou a porta.

— O que vocês estão fazendo aqui? Vão me encrencar.

Dafne umedeceu os lábios.

— Precisamos de Citotec. Vamos te pagar se conseguir para a gente.

Neide olhou para Mariana.

— Você não vai tirar filho nenhum do meu primo antes de eu falar com ele. Que merda é essa?

— Não, não é para mim. — Mariana se aproximou dela. — Juro que não é para mim. É para uma amiga nossa. Um cara...

Dafne também se aproximou.

— Nossa amiga foi estuprada. A família dela vai matá-la se descobrirem que ela está grávida. Pior ainda: vão forçá-la a ter esse bebê, com dezesseis anos, parar de estudar, e ter que passar a vida inteira olhando para a criança e se lembrando do que aconteceu com ela. Eu quero esse remédio.

Neide ainda encarava Mariana.

— História triste e tal, mas nada que eu não tenha ouvido antes de metade das meninas que trabalham aqui. Como é que eu vou saber que você não vai tirar meu sobrinho?

— Estou menstruando neste exato momento. Juro. Vou ter que mostrar?

Neide apertou os lábios cheios de *gloss*. Apalpou Mariana entre as pernas, fazendo a menina quase dar um pulo. Sentiu o volume de um absorvente e voltou a colocar a mão na cintura.

— Consigo pra vocês, sim, mas vai custar caro. Precisam de vários comprimidos para garantir. Cento e vinte reais. E tem que ser antecipado.

— Quando você consegue entregar para a gente?

Ela encarou Dafne.

— Sexta-feira.

Foi Dafne quem selou o negócio.

— Tudo bem. Mas foi difícil conseguir esse dinheiro. Então, por favor, não falhe com a gente.

Neide só entortou um pouco a boca. Dafne ofereceu as notas, praticamente tudo que lhe restava. Neide enfiou no vestido, como vira outras mulheres fazerem antes dela.

— Sentem aí. Se vocês descerem agora, ela vai saber que estão aprontando.

As duas hesitaram, mas sentaram bem na ponta da cama.

Neide olhava para elas com uma dose de desprezo que era aflitiva vinda de uma prostituta. Dafne não gostou.

— O que foi, você é contra?

— Sei lá, garota.

Mariana apenas observava a conversa, odiando a necessidade de estar naquele lugar.

— Você não pode contar para o Reno que isso aconteceu. Ele é amigo do irmão da nossa amiga e vai acabar contando para ele e a vida dela vai acabar.

— Menina, você acha que eu conto pro Reno o que acontece aqui dentro? Meu primo não merece essa sujeira. E também não merece uma namorada que mente para ele.

Mariana não respondeu.

Dafne falou: — Não é um segredo da Mari. Nem se quisesse ela teria o direito de contar. Você tá misturando tudo.

— Garota, cala a tua boca. Como conseguiu essa grana? Qual o esforço que fez? Teve que puxar o saco do seu pai por cinco segundos antes dele abrir a carteira? Você não sabe o que eu tenho que fazer para conseguir dinheiro assim.

Ficaram quietas. Mariana sentia a respiração de Dafne um pouco mais profunda. Sabia que estava irritada e sabia que odiava quando a tratavam daquela forma porque era filha de um cara rico. Mariana tentara explicar para Dafne que era um efeito colateral bem aceitável para as condições de vida que tinham, mas a amiga nunca entendera aquilo. Parecia quase ingênua quando falava que gostaria que não vissem grana ao olhar para ela.

Neide esfregava as mãos no vestido.

— Você é encrenca para meu primo — falou, baixo. — Ele tá muito apaixonado. E você tá com cara de quem vai fazer merda com ele.

— Eu amo o Reno — Mariana falou. — Eu não aprontaria com ele.

Neide só deixou escapar um ar pelo nariz como resposta.

— Não podemos correr o risco de voltar aqui — falou Dafne. — Como pode entregar os comprimidos para a gente na sexta?

— Vou dar um jeito, vou pensar. Tua amiga vai ter que ficar escondida por um tempo. Pode levar até um dia para o comprimido funcionar, dependendo de como ela tomar.

— Como assim?

— Se ela enfiar na periquita e der algum problema e tiver que ir no médico, eles vão ver o comprimido lá, ele não dissolve. Melhor enfiar na boca. Mas aí demora mais para fazer efeito.

Dafne e Mariana se olharam. Não precisaram trocar palavras. Suellen teria que dar um jeito de convencer os pais a dormir fora de casa.

Suellen empurrou o carrinho pelo corredor do minimercado Pato Branco. Já fazia um mês que, toda quarta-feira, dia em que tinha que fazer as compras para a mãe, imaginava que empurrava um carrinho de bebê no lugar do de compras. Imaginava os olhares que receberia. Os sussurros. Era praticamente como ter a palavra "puta" tatuada na testa.

Sabia que Deus entenderia. Tinha certeza. Passou a vida inteira ouvindo que Deus tudo sabia, que Ele enxergava os corações e almas das pessoas, e que Ele era misericordioso e que perdoava. Como poderia um Deus justo e bondoso não compreender que ela não podia criar o filho daquele homem? Como poderia, depois de tudo o que ela passou, não a perdoar por se negar a gestar e criar a personificação daqueles minutos de dor, da escuridão dos olhos fechados, do som da respiração entrecortada e ofegante dele no ouvido dela? Os gemidos de Max, guturais e longos, a risada baixa que ele deu quando disse "virgem, quem diria?", eram a trilha sonora dos pesadelos de Suellen. Ela ficava deitada na cama, olhos arregalados e cheios de lágrimas, olhando para o teto do quarto. Recusava-se a voltar a dormir, com medo de estar naquele estúdio de novo, com medo de ter que se encontrar mais uma vez com ele.

Às vezes, ela sentia a mão dele no ombro direito dela. Foi o que ele fez durante o estupro. Forçou o pênis para dentro dela com a mão esquerda. Segurou-a no lugar com a mão no ombro direito. Não tirou a mão dali por um segundo sequer. Apertava o ombro, às vezes massageando-o, às vezes enfiando as pontas dos dedos na clavícula dela. Ela se lembrava de ter chorado sem emitir som.

Ainda achava que as pessoas que olhavam para ela nas ruas, na escola, no supermercado e na igreja sabiam. Elas olhavam demais, só podiam saber. Era tomada de paranoia de vez em quando, perguntando-se se as meninas tinham contado para alguém. *Elas não fariam isso*, assegurava-se, apenas para voltar a duvidar.

Em casa, ela só chorava. Depois que confessou tudo aos pais, aos soluços, realmente chegou a ter esperanças de que seria abraçada. De que eles colocariam os braços ao redor dela, chorariam com ela e prometeriam que ela seria acolhida, que eles a amavam não importava o que tivesse acontecido. Ela chegou a fantasiar até que os pais conversavam com a polícia para descobrir se ainda era possível conseguir prender o Max.

Suellen havia ficado parada ali, buscando os olhos deles por uma reação. Chegou a inclinar o corpo para a mãe para receber seu abraço. Glória tinha desviado o olhar, todos os músculos do rosto retesados, uma expressão de nojo se moldando no nariz masculino e bochechas moles. Então o mundo virou o inferno. Ela só conseguia lembrar de ver o pai levantando da poltrona, e a chuva de socos que sucedeu. Ela gritava, estendia as mãos para tentar se proteger, ouvindo os passos da mãe enquanto ela se afastava e depois a porta do quarto fechando com um clique suave. Os berros do pai, saindo com gotículas de saliva: "Você é um lixo! Um lixo! Usada como uma cadela!"

Ela engoliu em seco para não chorar de novo naquele supermercado e na frente daquele povo. Os pais passavam por ela como se ela não existisse. Ela ansiava por um abraço. Mas a mãe nem lhe dirigia a palavra. Davi também não falava, mas não era necessário. Ele usava quatro pratos, nove talheres e três copos em cada refeição e largava tudo em cima da pia para que ela lavasse. Quando ela terminava de passar pano no chão, ela derrubava suco ou achocolatado. Quando Suellen olhava para ele com lágrimas nos olhos, ele respondia com um olhar de nojo. Dois dias atrás, ao cruzar com ela no corredor, Davi havia cuspido no chão.

De vez em quando, ela pensava na tatuagem e a sentia formigar. Por meses, só pensara naquele desenho em seu corpo, naquela prova dos dias maravilhosos que vivera com suas amigas, naquela declaração de liberdade e feminilidade estampada em si. Agora, sentia que Max carimbara seu ódio na pele dela.

Aproximou o carrinho das prateleiras e pegou os temperos que a mãe pedira. Ouviu uma voz conhecida atrás de si: — Su.

Era Cacau. Suellen virou a cabeça e a encarou. Não ia atacá-la de novo. A raiva por Maria Cláudia cedera nas últimas semanas, embora ainda latejasse em algum lugar como fogo branco. Os olhos de Cacau naquele corredor do mercado eram cheios de gentileza e perdão.

— Por favor, conversa comigo — ela disse, o queixo tremendo. — Pode me odiar, eu também me odeio, mas só conversa comigo um pouco. Só me diz que você tá bem.

Suellen gostaria de poder abraçá-la. Ainda sentia por ela o mesmo amor. Mas não conseguia deixar de imaginar como tudo teria sido se Cacau tivesse ficado com ela naquela tarde. Então não falou, esperando que a outra falasse pelas duas.

— Me fala o que fazer. — Cacau baixou a voz. — Eu faço o que você quiser para você me perdoar. Eu saí naquela tarde porque tinha um pressentimento bom sobre meu dia e deu tudo certo, Su. Ele me pediu em namoro de um jeito tão lindo. E eu fiquei tão feliz. Mas eu juro que, se soubesse, eu trocaria aquele momento por uma tarde inteira ao seu lado para que aquilo... por favor, só me fala o que eu preciso fazer para pedir desculpas.

Eu quero você do meu lado, Suellen pensou, olhando para o chão. *Eu quero te contar desse bebê porque você talvez consiga me convencer de que tudo vai dar certo e que talvez dá-lo à adoção seja mais humano. Eu quero que você me abrace agora porque vou poder te abraçar e podemos fazer as pazes sem que eu tenha que dizer uma palavra.*

Suellen não abriu a boca. Então ouviram um carrinho bater contra o dela, e as duas tomaram um susto. Um rapaz de pele bem clara, um ou dois anos mais velho do que elas, acabara de jogar um carrinho vazio contra o de Suellen. Ele riu.

— Uma elefanta e uma macaquinha.

Suellen levou um segundo para entender que ele estava realmente falando aquilo, ali, em voz alta, para elas. Ele largou o carrinho e desceu o corredor. Quando estava a cinco metros de distância, virou e agarrou a virilha, num gesto obsceno. Riu alto e dobrou o corredor.

O sangue de Suellen subiu e ela considerou ir atrás dele. Olhou para Cacau, viu que as narinas dela inflaram com outra ameaça de choro e não teve tempo para falar o que queria: *calma, esse cara é um idiota.* Antes que aquele ataque pudesse selar a paz entre as duas, Cacau saiu do mercado em passos rápidos, deixando a cesta de compras dela para trás.

Mariana entrou no quarto e fechou a porta. Falou baixo: — Conversei com minha mãe, chorei, falei de um jeito meio por cima que um rapaz magoou a Su e ela tá em crise e os pais não podem saber, essas coisas. Ela não gostou, mas vai deixar vocês dormirem aqui e não vai perturbar a gente.

Dafne soltou um suspiro ruidoso. Haviam planejado fazer aquilo na casa dela, mas Liliana inventara um jantar para amigos e proibira Dafne de levar amigas. "Aquela moreninha e aquela lá que faz piada com tudo", dissera, "hoje não, Dafne. Isso não é um zoológico".

A opção fora a casa de Mariana. Os Kannenberg não eram do tipo que permitiam festas do pijama, mas Elis tinha um coração bom e raramente negava algo a Mariana quando a filha pressionava. Dafne sabia que era exatamente daquela forma que Mari convenceria os pais a deixá-la morar nos Estados Unidos quando a escola acabasse. Gilmar Kannenberg estava economizando há anos para comprar um imóvel em São Paulo para levar a floricultura para lá, era seu grande sonho. Ele só não sabia que Mariana não tinha intenção alguma de fazer parte dele.

Ela pegou as mãos de Suellen.

— Vai dar tudo certo. Só que pode demorar. A gente precisa começar agora.

— Escuta. — Suellen estava amedrontada, dava para ver em seus olhos. Sem maquiagem, com aquelas roupas que pareciam ter sido roubadas de outra pessoa e com os cabelos opacos, presos, ela nem era mais Suellen. — Se algo der errado com meu corpo e eu começar a passar mal, não liguem para meus pais, não me levem para um hospital. Me deixem morrer, tá? Eu não quero viver com as pessoas sabendo o que eu fiz.

— Cala a boca, Su. — A voz de Mariana vibrava com medo.

Dafne se ajoelhou no chão, olhando para Suellen de baixo, apertando as mãos dela.

— O remédio vai dilatar seu colo do útero, e o que tiver lá dentro vai sair; não está formado, não vai sentir dor. Pelo que li, você vai sentir contrações. Mas eu e a Mari estamos aqui. São algumas horas, e serão horas difíceis, mas você vai atravessá-las e estará livre. E depois vai sentir alívio. Vai dar tudo certo.

Mariana sabia que não haveria um "depois" entre elas. Suellen caíra na teia da família em seu momento de fragilidade. *Seu único momento de fragilidade*, pensou. Suellen carregaria aquela noite como seu momento de pecado supremo e a usaria como combustível para sua penitência até morrer. Suellen perderia o bebê e Dafne e Mariana perderiam a amiga. Todas sentiriam as contrações, de uma maneira ou outra.

Foi Dafne quem tirou a cartela da caixa. Não perguntou à Neide onde conseguiu o remédio, mas imaginou que alguém no setor de obstetrícia no Hospital Municipal de Jepiri tivera algo a ver com aquilo. Encontrou Neide na praça Santa Rita na sexta-feira à tarde. Sentou-se ao lado dela num banco. Neide falou apenas "não me procurem de novo" e foi embora. Onde ela estivera sentada, Dafne viu um embrulho de papel. Dentro encontrou a caixa.

Ofereceu quatro comprimidos para Suellen.

— Os quatro na gengiva até dissolverem — falou, com suavidade. — Vai incomodar, mas você não pode vomitar de jeito nenhum.

Suellen assentiu, mas olhou para os comprimidos por alguns instantes antes de pegá-los. Colocou-os contra as gengivas, fez uma cara de aflição e travou a mandíbula. Dafne olhou o relógio e depois se sentou ao lado dela. Mariana passeava pelo quarto, mordendo a unha do polegar.

Ouviram batidas na porta.

Mariana encheu o peito de ar e abriu a porta apenas uma fresta, vendo a mãe ali.

— O Reno tá aqui. Veio te ver.

— Já vou. — Ela fechou a porta e encarou as duas. Suellen estava apavorada, daquele jeito estranho, com a boca fechada. Mariana saiu do quarto e foi até a sala, a cabeça quente de nervosismo.

Quando viu Reno, conversando com o pai dela, assistindo a um jogo de futebol com metade do rosto banhado pelo reflexo verde da televisão, percebeu sua presença como um bálsamo. O corpo queria Reno ali. O corpo queria o gosto dele, o calor dele e todas as palavras que ele poderia dizer e todo o conforto que seus braços e tronco conseguiam oferecer. Mas ouviu os alarmes dispararem também. Sabia que os homens eram fiéis uns aos outros, por motivos diferentes das mulheres. Quando encontram almas irmãs, mulheres são leais por amor. Sabia que os homens tinham um código de camaradagem que era mais ligado à autoproteção do que qualquer outra coisa. *Eles são um clã*, falara Dafne uma vez.

Queria chorar no peito dele e dizer que estava apavorada. Que não sabia se o que estavam fazendo era certo ou uma afronta horrível contra a natureza e contra Deus. Mas se Reno contasse para Davi, ela estaria, pela segunda vez, destruindo Suellen.

— Oi — disse.

Reno se levantou. Sorria com os olhos. Deu um beijo leve na bochecha dela, em respeito a Gilmar. Mais uma vez, Mariana pensou no código de camaradagem entre os machos de sua espécie.

— Oi, tá tudo bem? Liguei à tarde, você não estava.

— Estou com as meninas aqui. Elas vão dormir.

— Ah... pensei que fôssemos sair. Cinema, lembra?

Ela não lembrava.

— Eu sei, mas...

Elis apareceu na sala, enxugando as mãos num avental florido.

— Tem bolo de cenoura que acabei de fazer, e café fresquinho, Reno.

Houve um momento de silêncio entre eles. Ouviam os ruídos da partida entre o Palmeiras e o São Paulo, a narração do Galvão Bueno, os chiados da torcida. O cheiro do bolo de cenoura. Reno olhou para o projeto de sogra: — Desculpa, dona Elis, a Mariana tá com as amigas dela e não quero atrapalhar. Fica para outro dia.

E ele saiu da casa sem se despedir de Gilmar, o que fez o pai olhar para Mariana com questionamento. Ela sentiu as bochechas quentes.

— Se ele não consegue entender que nem sempre vem em primeiro lugar, o problema é dele.

Às dez horas da noite, Elis bateu mais uma vez na porta da filha.

Suellen já podia falar e ainda não sentia nenhum efeito dos comprimidos, então ela abriu.

— Oi, mãe.

Elis entrou no quarto, o que levantou uma onda de pânico invisível nas três meninas. Dafne e Suellen estavam sentadas na cama, escutando música, e fingiram que uma conversa estava sendo interrompida.

— Eu gosto dele, Mariana — a mãe falou. — Muito. Não vejo muitas chances de você encontrar um namorado tão legal nesta cidade. Eu entendo que vocês são amigas — ela olhou para todas —, mas se colocar suas amigas sempre como prioridade você nunca vai namorar. Seu pai gosta do Reno, tem noção o quanto isso é difícil?

— Meu Deus, cala a boca!

Dafne moveu os olhos para Suellen, que estava imóvel.

Mariana baixou a voz: — Desculpa, mãe. Mas o namoro é meu. Eu não me meto no seu casamento, então me respeita e não se mete entre a gente. Me respeita não como sua filha, mas como mulher.

Elis pareceu ter crescido um metro. O rosto traçou algumas rugas quando ela falou.

— Você não faz a mínima ideia do que é ser mulher, Mariana. Eu e seu pai vamos dormir. Boa noite.

Quando ela saiu, as três ficaram em silêncio. Ouviam Ace of Base.

— Você brigou com o Reno? — Foi a pergunta de Dafne.

— Não briga com ele por minha causa — disse Suellen.

— Não briguei com ele por sua causa. Não quero falar sobre isso.

Ela se sentou na cama com elas e abraçou uma almofada. Dafne checou o relógio.

— Não vai funcionar — Suellen falou baixo.

— Às vezes demora.

Mariana olhou para Suellen, que suava um pouco na testa. Seus olhos se perdiam de vez em quando. Perguntou-se, olhando a barriga da amiga, o que o comprimido estava fazendo lá dentro. *A culpa que está sentindo agora é o que deveria ter sentido quando colocou fogo naquela casa*, pensou. *Não agora. Isso é o certo. Isso é a correção de uma injustiça. A anulação de um crime.* Mas sabia que sua cabeça estava bagunçada demais. Invejou a objetividade e serenidade que via no rosto de Dafne. "Você não faz a mínima ideia o que é ser mulher". A mãe não poderia estar mais errada.

Então Dafne encostou a palma da mão no pescoço de Suellen. Depois na testa.

— Você tá com um pouco de febre.

— Acho que tá começando. Tô sentindo um pouco de cólica.

— Tipo cólica menstrual?

Ela olhou para as duas.

— Não sei, parece cólica de banheiro também. Mari, seu banheiro já tá pronto?

— Tá, a reforma já acabou, pode usar.

Suellen caminhou até o banheiro e fechou a porta.

Dafne suspirou e esfregou o rosto.

— Daf, eu tô me sentindo meio suja.

— Sujo é o que ele fez com ela.

Mariana apertou os lábios.

— Eu sei. Mas dá a impressão de que estamos mesmo matando alguma coisa aqui.

Dafne balançou a cabeça.

— Não é um bebê.

— ... Se fosse com você...

— Se fosse comigo, eu estaria no seu banheiro agora. Simples assim.

— Mas Daf...

— Mariana, me escuta. Não é um bebê. A vida dela não pode acabar porque ela foi vítima de um bosta daqueles — Dafne sussurrou. — Você acha justo um bebê nascer assim? Para uma mãe que nunca vai amá-lo direito? Que vai sentir nojo toda vez que se lembrar de como ele foi concebido? Como você acha que os pais da Suellen vão tratar essa criança? Vão colocar ela pra fora de casa, Mari. Acabou. Mais uma mulher e um bebê morando na rua. A Suellen vivendo das marmitas e roupas que nós duas vamos levar para ela. Dormindo em abrigo. Fazendo sexo oral em qualquer um em troca de um banho, um par de sapatos... e a criança? Que tipo de vida ela vai ter nas ruas, tadinha? Puta merda, não é possível que você ache que isso é vida!

— Eu não acho! — Mariana balançou a cabeça. Abraçou o corpo e começou a chorar.

Dafne se arrependeu da forma como falou.

— Eu só não quero estar aqui — Mariana falou baixo. — Eu só queria que *ele* pagasse pelo que fez, não ela. Por que é *ela* que tem que pagar?

Dafne foi até a porta do banheiro.

— Su, tá tudo bem aí?

— Não entra, tô com dor de barriga!

Mariana se levantou também.

— Deveríamos entrar.

Antes que pudessem, Suellen abriu a porta. O rosto já estava manchado de lágrimas: dois caminhos molhados, simétricos e longos até o queixo.

— Eu acho que está acontecendo.

— Deita um pouco. — Dafne a puxou pelo braço. — O que está sentindo?

— Eu tive um pouco de diarreia e estou com muita cólica.

— Vou trazer uma bolsa de água quente — falou Mariana.

— Não, espera. — Dafne levantou uma mão. — Eu não sei. Eu não sei se a bolsa pode facilitar o sangramento e se isso seria bom ou ruim. Porque ela pode ter uma hemorragia. Eu não sou médica. A única pessoa que talvez saberia seria a... — parou antes de falar "Cacau".

Suellen deitou em posição fetal e abraçou um travesseiro. Apertou o rosto contra ele.

Dafne mordeu o lábio.

— Eu acho melhor não. Mas dá um chá para ela. Acho que chá é mais seguro.

Mariana correu para a cozinha.

Suellen começou a gemer. Apertava o travesseiro e encolhia as pernas.

— Tá doendo muito!

— Eu sei. Aguenta. — Dafne apertou a mão dela.

Suellen começou a chorar mais livremente. Dafne não viu propósito em tentar impedi-la ou apaziguar aquele sofrimento. Esperava apenas que estar ali já fosse alguma forma de ajudá-la, e ao mesmo tempo sentiu sua impotência em cada músculo.

Mariana voltou e trancou a porta com uma das mãos. Na outra segurava uma xícara fumegante. Dafne sentiu o cheiro leve do chá de erva cidreira.

— Vamos, toma. — Mariana sentou com metade da bunda na cama.

Suellen soluçava.

— Ai, ai, ai, aaaii... meu Deus...

Dafne apertou os dedos nos de Suellen. Quando olhou para Mariana, ofereceu uma mão para ela também.

Por um tempo, enquanto o chá esfriava, as três ficaram naquela posição. Então Suellen sentou. Mariana ofereceu o chá, mas ela balançou a cabeça e disparou para o banheiro. As duas seguiram.

Então viram, enquanto Suellen deslizava a cortina do chuveiro para o lado e girava as torneiras, uma mancha enorme de sangue vivo na calça jeans dela.

A mancha lembrou Mariana do relógio da obra de Salvador Dalí, uma obra cujo nome ela não recordava, mostrada na aula de artes da professora Maristela. O cheiro de água quente foi carregado com o vapor, e ela se aproximou de Suellen. Ajudou-a a livrar-se das roupas, puxando a blusa acetinada pela cabeça, tirando o *jeans* pelos pés, arrancando as meias brancas. De calcinha e sutiã, Suellen entrou debaixo do jato forte da ducha e passou a soluçar enquanto o rosto era lavado pela água. Dafne levou a calça até a pia e começou a lavá-la, vendo a água adquirir um tom cor de tijolo.

Suellen apoiou as mãos contra os azulejos.

— Tá doendo demais. Eu não vou aguentar.

— Su, já está acabando — Mariana ofereceu, sem saber se era verdade. Olhou para baixo e viu o sangue diluído descer pelas pernas gorduchas de Suellen. Percebeu a camada fofa de gordura que agora aderia à barriga da amiga, os seios tão inchados. Lembrou-se de que Suellen era a única entre elas que ocasionalmente recusava doces e massas e compreendeu que qualquer traço de vaidade a abandonara há meses. Não parecia libertador. Parecia uma tentativa de autofagia.

Durou quarenta minutos. Mariana se perguntou se a mãe ouvia o chuveiro ligado e decidira apenas ignorá-lo, se estava deitada ao lado do pai enquanto ele roncava, pensando *"não me importa mais o que essa menina está fazendo"*. Não queria que Elis a odiasse. Principalmente por causa de Reno.

Suellen ficava ali, debaixo da água, gemendo e se encolhendo e depois respirando de alívio. A dor a agarrava em ondas e só cedia quando ela estava enlouquecendo. O sangue também saía em ondas, geralmente quando a dor de Suellen começava a ceder. O ciclo se repetiu algumas vezes. Mas quando Dafne olhou para o relógio pela terceira vez, seus olhos claros estavam tingidos de exasperação.

Então algo mudou. Suellen esticou o braço, os olhos fechados, procurando a mão de Mariana. Ela não pensou antes de entrar ali e segurar Suellen pelos braços. Suellen soltou um deles e abaixou a calcinha como se em desespero para livrar-se dela. Voltou a soluçar, e Mariana viu, deslizando pela parte interna da coxa da amiga, um pedaço gelatinoso de alguma coisa, uma uva melequenta escorrendo até seu tornozelo, e depois seguindo o fluxo d'água até o ralo, onde parou.

Mariana moveu o pé para que não o tocasse. Outro jato de sangue escorreu de Suellen. Então ela choramingou: — Quero deitar.

Dafne agiu rápido. Correu até o quarto e voltou com roupas. Ajoelhou-se e mexeu no armário debaixo da pia. Desembrulhou e colou um absorvente na calcinha seca e limpa que Suellen trouxera na mochila. Mariana desligou a água e direcionou a amiga até o vaso sanitário, onde ela sentou com as mãos no rosto. Enquanto Mariana esfregava a toalha nela, Dafne passava os pés de Suellen pelos buracos da calcinha. Conseguiram secar e vesti-la, sem resistência nem ajuda por parte dela. Era como vestir uma boneca. Mariana deitou Suellen na sua cama e a cobriu com um lençol. Livrou-se de suas próprias roupas encharcadas e vestiu um pijama que pareceu abençoadamente quente contra sua pele gelada. Quando se agachou para secar o piso, Dafne a impediu.

— Sei que quer ficar com ela. Vá lá, Mari. Você é boa na coisa maternal, eu sou boa em consertar as coisas. Eu limpo tudo aqui.

Mariana assentiu, sentindo o cansaço se rastejar por dentro do seu corpo.

— Te amo.

— Eu também.

PARTE IX

Domani in sepoltura
2017

RENO

A casa de Suellen existia como uma lata de cerveja esquecida no meio do mato. Ficava no final da rua São Jorge, uma rua de asfalto sujo de terra, flanqueada por casebres depredados. Ela começava perto do centro da cidade, onde as casas eram maiores e tinham jardins que eram uma cópia desleixada de casas de subúrbio americanas. Tudo ia se deteriorando à medida que se aproximava da estrada; o mato mais selvagem, mais lixo na rua, casas menores. Um esqueleto enferrujado de algo que um dia fora um carro, um cachorro sarnento que rosnava para os moleques que jogavam bola por ali, cheiro de lixo queimado.

Reno tentou se fazer invisível. Era a melhor forma de ajudar. Precisou mentir para Dafne e dizer que ia até a redação. Não podia falar a ela que estaria na casa de Suellen, porque ela certamente iria querer estar lá, algo que Davi jamais aceitaria. Combinaram que ela não ficaria em casa, e sim na galeria Rémi, um complexo pequeno de lojas e restaurantes no centro da cidade, que mesmo naquela chuva estaria com bastante gente e ela se sentiria mais segura.

Davi ficou parado na porta, caixas de papelão dobradas debaixo do braço, olhando para ela por um tempo, respirando ruidosamente, a chave virando e revirando na palma da mão. Reno segurava o guarda-chuva, precisando ficar bem próximo de Davi para proteger os dois corpos.

— Quer que eu abra?

— Não, vamos lá. — Davi enfiou a chave na fechadura e abriu a porta. — Quando o delegado liberou, eu paguei uma moça para limpar tudo... entende?

Reno assentiu. Imaginou uma mulher desesperada por dinheiro entrando ali, espantando algumas moscas com a mão, ajoelhando-se para esfregar o chão. O sangue se misturando com a espuma do sabão, tornando-a rosa alaranjada.

— Oi.

Uma senhora se aproximava, debaixo de um guarda-chuva grande, marrom. Havia se embrulhado num casaco comprido e de aspecto áspero, mas curiosamente usava chinelos e os pés estavam molhados, dando a ela a impressão de que havia saído de sua casa com pressa.

— Conheço você? — Reno perguntou, tentando resgatar o contexto no qual a vira antes.

— Fui eu quem encontrou a Suellen. Olá, seu Davi.

Reno olhou para o amigo, que não parecia disposto a receber mais condolências pela morte da irmã.

— Boa tarde, dona Rosângela.

Ela os estudava com o olhar de quem sabe mais do que diz. Não pareceu a Reno uma mulher fofoqueira, como muitas aposentadas na cidade, e ele sentiu-se tentado a conversar com ela.

— Vão limpar as coisas dela? — Havia tristeza ali. — Precisam de alguma ajuda? Conheço a casa, nós víamos novela juntas e posso ajudar vocês a fazer uma boa faxina.

Davi suspirou.

— Não precisamos, mas agradeço a intenção. Com licença.

Para tentar suavizar a resposta, Reno sorriu para ela. Rosângela tinha os músculos endurecidos, apesar das rugas. Percebeu que para ela, ele era um inimigo, e não entendeu o porquê.

Entraram, e Davi fechou a porta. Reno se desprendeu da conversa com a senhora na chuva e sorveu aquele novo ambiente. Procurou pelos vestígios da execução de Suellen, mas não havia nada ali. Sabia que ela fora encontrada por Caldas bem naquele corredor estreito que conduzia da porta à pequena sala de estar, e quando olhou, aquele espaço vazio parecia maior, inchado. Davi passou rápido pelo corredor onde o corpo da irmã havia estado, mas Reno correu o olho pela parede. Estava mesmo lá a mancha que a faxineira não havia conseguido tirar. Quase imperceptível. "ASSASSINAS".

Ele seguiu o amigo, evitando encará-lo, até a saleta. Um sofá velho, flores apodrecidas num vaso, uma televisão de tubo grande e um tapete enrolado num canto.

— Bem... — Davi umedeceu os lábios. — O mais urgente agora é só separar as coisas pessoais dela.

— Eu vou para o quarto, então, você pode ficar com algo menos íntimo, acho melhor. As coisas no banheiro, o que acha?

Davi não respondeu, mas caminhou até o único banheiro da casa.

Reno atravessou a sala e foi até o quarto. Precisou acender a luz, já que Suellen fechara as janelas na noite em que foi assassinada. Ele as abriu, inspirou o ar que entrou e apagou as luzes. No ambiente esbranquiçado pelo dia cinza de Jepiri, ele reconheceu naquele quarto o mesmo tipo de ambiente que caracterizara a casa de sua avó: mobília de madeira escura, cheiro de talco e naftalina, tecidos em tons pastéis, cheios de flores e babados. Ele reparou no vaso avermelhado do lado da cama: tulipas. Quase novinhas, ao contrário das flores da sala. Ele não estremeceu de medo, mas foi invadido por uma tristeza profunda. Lembrou-se de Mariana, tomando um refrigerante pelo canudo, debaixo de um sol intenso: *"Oggi in figura, domani in sepoltura"*, ela dizia, soltando no ar mais uma expressão de sua lista. Ela mergulhara num silêncio sereno e, depois de muitos minutos, acrescentara: "a morte é triste, não acha?"

Acho, Mari.

Essas tulipas aí...

Ignorou as tulipas. A polícia não encontraria digitais mesmo se tivesse recursos para tentar, e ele teria que explicar para Caldas como sabia das flores.

Ele abriu as portas do armário. Roupas sóbrias, claras, penduradas em cabides numa exibição fantasmagórica. As gavetas tinham sido reviradas. Pela perícia? Pelo assassino? Mais tarde ele perguntaria. Castas calcinhas, sutiãs enormes, meias em bolinhos. Ele precisaria jogar tudo dentro das caixas de papelão, só isso. *Pode ser rápido, Reno, é só começar.* E por que estava com pressa? Antecipava ver Dafne, talvez, mas não queria conversar com ela. Seria como abrir a porra da caixa de Pandora.

Havia caixas no maleiro. Reno era alto o suficiente para alcançá-las. Colocou uma por uma sobre a cama, e decidiu abrir primeiro a que tinha a estampa de flores.

Tranqueiras. Uma das palavras preferidas de Mariana. Cadernos, uma Bíblia de bolso, cartões postais, cartões de aniversário e Natal. Dois álbuns de fotos. Cansado demais para lutar contra o saudosismo, Reno os abriu. Passou depressa por um álbum inteiro de fotos de família e de eventos da igreja. Em todas, Suellen tinha a mesma expressão: sorriso tímido com a boca fechada, olhos vazios. Uma Suellen que era apenas uma lembrança da garota que ele conheceu na infância.

O que aconteceu com você? Ele perguntou para uma foto dela numa barraca de bolos numa festa junina de muitos anos atrás. *Eu perguntei para Mari só uma vez, e ela não respondeu. O que matou você, Su, antes do seu assassino? Foi um estupro? Geralmente é. Foi pior do que isso? O que pode ser pior do que isso? Um estupro levou você a um aborto?*

Ele deixou o álbum de lado e pegou outro. Nenhuma foto das meninas. Então Reno explorou o resto da caixa. Optou por jogar fora a papelada; cartas, recibos, certificados de garantia estendida, manuais, holerites. Separaria para Davi apenas os documentos. Foi até a sala, pegou um saco de lixo preto e duas caixas de papelão e espiou o amigo no banheiro. Davi movia-se devagar, jogando numa sacola de plástico embalagens meio vazias de xampu e condicionador.

Reno sentou-se na cama e começou a separar as cartas. Parou quando encontrou uma com uma letra familiar. Era dela.

Suellen,

Me esqueça. Nos esqueça. As Flores não existem mais. Fizemos um pacto e vou honrá-lo: nós morremos naquela tarde e nunca mais vamos nos falar. E nunca mais vamos falar sobre aquilo. Eu vou sumir dessa cidade assim que puder, desistindo de nós, de você, de todos que conheço aqui e do único amor que acho que vou ter. Sugiro que faça o mesmo.

Mari.

Cartas e as palavras que não podem ser trocadas em vozes, com olhares, com toques. Cartas falando covardemente, sem chance para interrupções, argumentos, perguntas. Impossível discutir com uma carta, fora na própria cabeça, aos berros, enquanto lágrimas espatifam no papel, numa última tentativa inútil de apagar o que foi escrito.

Ele precisava de ar.

Caminhou para fora da casa, murmurando para Davi que encontrou um inseto e ia jogá-lo nas plantas. Davi respondeu com um "aham" ausente, que Reno só ouviu segundos antes de fechar a porta atrás de si.

No exterior, puxou uma respiração carregada com o cheio de chuva, abrigou-se debaixo dos centímetros de telhado que avançavam a linha da fachada da casa e desejou um cigarro. Enfiou as mãos no bolso das calças e pensou em Mariana. Que pacto haviam feito? O que poderia ser tão macabro que acontecera numa tarde, capaz de afugentar Mari do amor que sentia pelas amigas e por ele? Não tinha dúvidas de que aquilo, mesmo na adolescência, fora amor.

E quando a mente ficou cansada de especular e os olhos percorreram o mundo ao seu redor, ele avistou a mesma senhora de antes. Rosângela. Ainda sob o guarda-chuva, ainda observando a casa.

Mas, daquela vez, detentora do poder do mistério, ela esperou que ele fosse até ela, o que Reno, humildemente, fez. Ela abriu um sorriso quando ele se enfiou debaixo do guarda-chuva, já um pouco molhado, ficando próximo demais dela.

— Tenho circundado muito essa casa, como o senhor pode imaginar, para conseguir encontrá-lo.

— O que quer com ele, dona Rosângela?

— Não com *ele*, rapaz, com você.

Reno esperou, no fundo sabendo que talvez ela só fosse uma senhora solitária aproveitando-se daquela tragédia para fofocar um pouco. Mas jornalistas adoram fofocas, porque muitas vezes elas são como caminhos ladeados por mentiras que conduzem às únicas verdades que importam: aquelas sobre o que as pessoas fazem entre quatro paredes.

— Ela conhecia o irmão bem demais. — A senhora suspirou, um olhar triste direcionado para a casa. — Sabia que não poderia recorrer a ele, o que é triste. Imagino irmãos mais velhos como protetores fiéis, não inquisidores. Mas ela o conhecia e sabia que ele chamaria você num momento delicado, porque você o apoiaria. Suellen uma vez me disse que talvez a vida inteira dela tivesse sido diferente se você fosse seu irmão.

A pontada de carinho por Suellen foi tão intensa que surpreendeu Reno. A mulher enfiou a mão no bolso do casaco velho, cheio de bolinhas, e tirou de dentro um envelope. Ele realmente a avaliara mal. Ela não estava ali mal vestida e de chinelos na chuva porque saíra de casa com pressa, e sim porque não se importava com o que os outros pensavam dela. Não sentia frio nos dedões calejados. Era uma mulher acostumada com longas caminhadas, com privações de conforto, com faxinas. Provavelmente mais durona do que o lutador com quem trocava palavras no luto.

Ele viu que o envelope era azul e dizia *Reno* na caligrafia arredondada de Suellen. Ah, as cartas que falam o que bocas nunca conseguiram.

Um aceleramento das batidas cardíacas. O corpo inteiro com a sensação de estar mais leve, quase como se a pele tivesse ficado mais sensível ao toque. *Caralho*. Ele olhou para a porta. Sentiu que Davi não deveria ver aquilo. Rasgou o envelope e tirou de dentro uma folha de caderno com a borda esquerda picotada.

A mulher deu um passo para trás, e a chuva começou a bater nas costas e nuca de Reno.

— Nunca li, nem tive curiosidade. Conhecendo Suellen e sabendo quantos segredos ela carregava, não quero saber o que há nesta carta, meu rapaz. Meu trabalho está feito.

Ela se foi, em passos tranquilos, e ele foi obrigado a voltar para debaixo do telhado. Leu rápido, e depois mais uma vez, devagar.

"Oi Reno. Acho que essa carta vai ser uma daquelas que vou jogar fora daqui a uns anos, envergonhada dela. Mas minha intuição não me deixa respirar em paz até ter escrito. Confio em você, não sei por quê. Fomos bons amigos. Minha melhor amiga te amou. Você fez parte da minha vida quando ela ainda era boa. Aqui vai tudo:

Estou trabalhando com a contabilidade lá da Terra de Cristo já faz alguns anos. Tem coisa lá que me confunde. No começo, achei que as pessoas eram desleixadas e não guardavam muito bem as notas fiscais, nem tinham um registro da movimentação de dinheiro. Mas, depois de alguns meses, eu percebi que os números não fazem sentido. Eu fiz algumas perguntas e fui tratada como uma criança burra. Falei com o Pastor Emanuel e ele só falou para eu fazer o melhor que posso, ignorando as grandes doações e focando no dízimo. Eu fiz isso, mas nada faz sentido. Tem muita coisa estranha, as doações de empresas são astronômicas. Reno, são valores que me deixam sem dormir. O Valério vem muito aqui e o prefeito também. Sei lá, já vi eles olhando de um jeito estranho pra mim. Às vezes, tenho a impressão de que outras coisas já aconteceram aqui, coisas que algumas pessoas sabem, mas ninguém diz. Não me sinto segura. E tem uma coisa que confessei, anos e anos atrás, para o Emanuel, uma coisa do meu passado. Uma coisa horrível que eu fiz. Tenho muito medo de que ele use isso contra mim. Se eu for presa, fala com a Mariana. Eu sei que ela vai tentar me ajudar. Mas se você estiver lendo isso, é porque as coisas aconteceram como no meu pior pesadelo e o Davi pediu para você arrumar minhas coisas. Ele faria isso. Ele morre de nojo de mim desde que contei para ele do dia da tatuagem. Ele deve ter medo de mexer nas minhas coisas. E amigo ele só tem você, no fundo. Ele te ama. Se você puder, me ajude.

Fique com Deus.

Suellen.

12/11/2016

Reno dobrou a carta, sentindo a garganta seca. Enfiou-a no bolso de trás do *jeans* e evocou os fragmentos que a memória permitiu. Não havia enigma, não havia um *serial killer* em Jepiri. Suellen tinha sido bem clara.

GUSTAVO

"Inferninho" era como costumavam chamar aquele tipo de lugar.

Gustavo já entrara em lugares como aquele muitas vezes durante sua carreira na polícia. Geralmente a mesma coisa: caça-níqueis, prostituição, drogas ou algum tipo de fraude. Ou todos os quatro. Mais provavelmente os quatro. Nem sempre entravam para prender alguém. Na maioria das vezes, era para conversar, pegar contribuições para suas aposentadorias, coisa assim. O lugar era discreto: uma porta pintada de preto na cidade vizinha a Mamarapá, Ribeira Verde. O cu do mundo, em outras palavras.

Club Man's Nighty, assim mesmo, com o "y" no final. *Pobre adora um "y"*, ele pensou, enquanto subia as escadas estreitas cujo cheiro era uma tentativa de mascarar vômito e urina com Veja Multiuso. O resultado era Veja em que Merda me Meti.

Lá em cima, uma mulher completamente nua, de olhos drogados, rebolando sem energia num palco. Dois clientes. Uma puta debruçada sobre o balcão, conversando com um *barman* obeso, cheio de manchas de suor na camisa que um dia foi branca. Num sofá de couro preto num canto, outra puta dormia. Os olhares em sua direção foram desinteressados. Ele caminhou até o *barman*. A prostituta tinha cheiro de Veja meu Herpes no Lábio Inferior e o Ignore.

— Preciso falar com Hugo Carlos Oliveira Cavalcante, vulgo "Max Dragon" — usou o tom suave, confiante. Gustavo nunca chegava chutando a porta. Precisava ser levado àquilo, porque quando acontecia, ele podia justificar suas ações. Era a mesma coisa com a Mariana. Era um bom marido, sabia disso. Dava liberdade. Quem cuidava das finanças era ela. A educação dos filhos, a limpeza da casa, tudo isso ele colocava nas mãos dela, porque confiava nela. Mas Mariana às vezes passava dos limites. E quando passava, ele sabia que ela já esperava uns tapas, uma cintada nas coxas e até um soco de vez em quando. Mas aquilo era raro. Só acontecia quando ela pedia.

Naquele momento, ela estava pedindo, cheia de segredos e envolvimento com coisas podres.

O *barman* apenas fez um gesto com o queixo para os fundos. Surpreendeu Gustavo, que estava esperando ter que pressionar alguma mulher, ou o próprio *barman*, atrás de um endereço domiciliar, onde poderia ficar a sós com o homem. Mas fazia sentido que ele trabalhasse num sábado. Um lugar daqueles funcionava bem aos fins de semana.

Gustavo trocou um olhar com a puta. Ela sorriu. A bolha estourada de herpes acompanhou o sorriso, se aproximando da orelha. Ele caminhou até uma cortina de colares e entrou no que um dia havia sido um quarto. A luz solar iluminava o ambiente de paredes pretas. Max era o cara grisalho com braços cobertos por tatuagens desbotadas sob uma camada de pelos. Ele estava sozinho, deitado numa cadeira acolchoada, lendo uma revista de tatuagens. Ao seu lado, um carrinho com tinta, máquina, um rolo de papel higiênico e outros apetrechos.

— Max?

— Eu mesmo. — Ele se sentou ereto. Pele feia, cabelos penteados com gel até o meio da nuca. Gustavo pensou naquele homem tocando Mariana.

— Me disseram para procurar você. Quero fazer uma tatuagem, mas, para ser sincero, não entendo nada dessas coisas.

— Opa, chefe, então bora encontrar uma *tattoo* pra você. — Max falava como se fosse um discurso ensaiado, esquecendo-se de colocar a tonalidade certa nas palavras. Ele se levantou e estendeu a mão. Gustavo apertou, mas não ofereceu seu nome.

— O que te atrai, em termos de desenho?

— Acho que as pessoas fazem mais animais, né? Como é que é?

— Ah, bicho tem muito mesmo, tigre, tubarão, dragão, carpas, lobos.

— Legal, legal. Eu penso num tigre mesmo.

— Bonito, eu tenho um tigre nas costas. Qual é seu nome mesmo?

— Gustavo.

— Gustavo, seguinte: você tem que pensar na simbologia da fera. Se não se importa, você trabalha com o quê?

— Segurança particular.

— Então você deve dar valor pra coragem, essas coisas. Um tigre dá uma *tattoo* linda, cara. Queria fazer onde?

— Tava pensando em fazer no braço. Minha ex-namorada tinha uma aqui. — Ele virou um pouco, apontando o dedo para a lombar.

Max sorriu.

— As mulheres com tatuagens aí cara... é ex-namorada? Posso ser sincero?

Gustavo sorriu.

— Porra, claro, manda a real aí.

— Olha... — Max falou mais baixo. — Mulher com *tattoo* na lombar gosta da parada, entende? Gostam de meter. Com todo respeito.

— É ex-namorada, parceiro, não encano não. É verdade.

Max riu. Tinha uma casca de feijão no dente.

— Rapaaaz... tem umas novinha que pelo amor de Deus. As mina já chegam aqui prontinhas. Faço o trabalho completo. Faço a *tattoo*, dou um desconto, pá-pum, quando a mina percebe já tá rolando. Nunca reclamaram.

Gustavo forçou a risada, imediatamente e contra sua vontade, associando a palavra "novinha" à filha, Heloísa. Sabia que quando ficava nervoso o rosto ficava vermelho e uma veia saltava no pescoço.

— Calor aqui né?

— É, o ventilador quebrou e já pedi para o dono da casa, mas sabe como é, vai acabar saindo do meu próprio bolso essa merda. Tô esperando que com as chuvas refresque um pouco. Mas olha, prometo que se você fechar a *tattoo* comigo, eu providencio um ventilador para você não passar por qualquer tipo de desconforto.

— Entendi. Bom... consegue me dar um orçamento?

— Faz assim, tô com pouco trabalho esse mês. Te faço a *tattoo* em duas ou três sessões, dependendo da sua tolerância para dor, tudo fechadinho por mil reais, o que acha?

Gustavo cruzou os braços e coçou o queixo, fingindo estar preocupado com o valor.

— Consegue parcelar pra mim?

— Em três, campeão.

Gustavo sorriu.

— Fechado. Vamos marcar um horário?

— Se quiser, a gente começa agora. — Max suava. Estava desesperado por dinheiro. Gustavo olhou a vermelhidão das narinas, procurou marcas de picada nos braços, mas as tatuagens cobriam bem, e àquela distância ele não conseguia ter confirmação. Talvez não fossem drogas, apenas o aluguel, as contas, a vida.

— Eu até queria, tô meio ansioso, mas tenho compromisso. Pode ser na sexta que vem?

— Tranquilo, qual horário?

— Três da tarde?

Max esticou o braço e pegou um caderno esfolado, já aberto no meio. Com uma caneta Bic sem tampa, ele anotou "Gustavo tigre" na linha das quinze horas. Gustavo percebeu que não tinha mais nenhuma tatuagem marcada.

— Você só atende aqui? Nunca pensou em ter um estúdio só seu?

Max enrolou um pouco para responder, olhando para fora da janela. Umedeceu os lábios, anotou "1,000 em 3x" no caderno, depois respondeu sem encarar Gustavo.

— Já tive um estúdio foda, campeão. Show de bola mesmo, lá em Mamarapá, anos atrás. Um puta estúdio legal, sabe?

Gustavo só levantou as sobrancelhas, mas não pressionou. Queria que Max oferecesse a informação. Depois de um segundo de silêncio, ele falou.

— Queimou, acredita? Eu tava dormindo no sofá, morava lá. Acordei com o som de vidro espatifando. Voltei a dormir. Acordei uns minutos depois com o calor. O lugar inteiro pegando fogo. Você não faz ideia do que é desespero.

— Não acredito, cara.

— Acredite… — Max caminhou até a janela, as correntes nas calças tilintaram. Ele puxou um maço de cigarros, todo amassado, do bolso de trás. Acendeu com um isqueiro Bic laranja. Soprou fumaça para fora da janela.

— Consegui sair de lá, mas olha o presente que elas me deram. — Puxou a perna da calça, revelando a pele enrugada e sem pelos de uma queimadura severa e do tamanho de um abacaxi.

Não era hora de mostrar que ouvira o "elas". Gustavo balançou a cabeça.

— Caralho, cara. Você teve sorte, hein? Mas foi culpa sua?

— Não, meu, foi incêndio criminoso. A polícia e os bombeiros disseram isso. Jogaram álcool na casa. Tentaram me matar, bicho.

— Mas quem...? Tem certeza disso?

Max fumou. Tinha o olhar perdido. A mandíbula flexionou. Gustavo viu o ódio nos olhos dele.

— Eu sei quem foi, mas sabe como é, eu não podia contar. Ia me encrencar mais ainda.

Então ele cuspiu pela janela.

Era hora de dar à confissão espaço para respirar. Gustavo puxou a carteira do bolso. Max olhou, interessado, alerta.

— Porra, não sabia que você era vítima de um crime, amigo. Deixa eu te pagar uma breja.

Max deu de ombros, mas já sorria.

— Eu agradeço, cara. Valeu mesmo. Você fuma? Quer um cigarro?

Gustavo fez um gesto com a mão, agradecendo e negando. Saiu da sala, foi até o bar. Pediu duas cervejas. Só tinham Itaipava. Gustavo suava por baixo da camisa. Tinha que manter a calma. Memorizara as informações do artigo; fonte de ignição: isqueiro tipo Zippo sem identificação. Combustível: álcool etílico 96° GL, encontrado como produto de limpeza em qualquer casa antes da resolução RDC 46. Não tinham testemunhas, digitais, imagens de câmeras, nada. Considerando que o crime foi cometido durante a madrugada numa cidade pacata em 1996, não surpreendia Gustavo que o culpado nunca fora encontrado. Agora ele já tinha o principal suspeito: a própria esposa. Precisava ter certeza da motivação antes de decidir seu próximo passo.

Max aceitou a cerveja, abriu e tomou um gole sedento. Sentou-se com as pernas abertas e gesticulou que Gustavo fizesse o mesmo.

— Então... — ele começou, no segundo cigarro, disposto a deixar as palavras fluírem. — Uma gostosa colou no meu estúdio para fazer uma tatuagem de flor, bem na bunda, já sacou o tipo de mulher que era.

Gustavo concordou com a cabeça. *Mariana.*

Max coçou o lábio superior com a unha do polegar, aproximando o cigarro do rosto. Gesticulação perto da boca, coisa de quem está mentindo.

— Ela queria trepar. A gente sabe, porra. Elas andam de um jeito, usam maquiagem, se vestem de um certo jeito, que é para a gente saber. Por que elas não podem pedir, saca? Essa coisa é de criação. Mulher não pode pedir, então elas inventaram tipo umas mil maneiras de mostrar, de mandar essa mensagem do que elas querem. Aí eu tô lá com a mina, ela combinou com uma amiga para fingir ir embora para dar privacidade para a gente, saca? O que eu fiz? Terminei a *tattoo*. Depois, comi a mina. Só que ela percebeu que doía, porra, era virgem e eu... cá entre nós, sou bem-dotado. Acho que ela mudou de ideia, ou se sentiu culpada, ou sei lá o quê. Sei que começou a chorar, foi uma merda. Quer dizer... eu terminei, né? Se ela mudou de ideia, o problema é dela. Ajoelhou, tem que rezar.

Gustavo assentiu mais uma vez. Sabia que estava num ponto crítico, sabia que poderia perder o controle a qualquer momento. Conhecia mulheres. Sabia que boa parte do que Max estava falando era verdade, sobre como agem, como são. Mas estupro jamais. Tinha nojo de estupradores. Sabia a diferença, conhecia bem os truques. Uma mulher que ficou bêbada, deu para o porteiro e depois acusou o cara de estupro? Vagabunda e criminosa, porque sabia o que estava fazendo e depois se arrependeu. Guria de quatorze que deu para vinte amigos e depois veio com papo de "fui manipulada, sou menor de idade"? Vagabunda. Nem tudo é estupro, e a lei era até boazinha demais com as mulheres, uma vez que estupro passou a ser qualquer coisa idiota, como forçar uma mulher a te beijar ou se esfregar nela no ônibus. Gustavo e os outros policiais conheciam bem o estupro verdadeiro: o cara que amarrava a enteada na cama, o grupo de homens que segurava uma mulher nas quebradas, o taxista que levava uma adolescente para um matagal. Aquilo era estupro, não um marido querendo sexo num dia em que a esposa está com dor de cabeça. Ele já ouvira o papo de Max dezenas de vezes. As palavras pingavam a admissão de culpa. Quanto mais ele tentava justificar o crime, pior ficava para ele. Mas aquilo não era um interrogatório formal e o crime já havia prescrito. Gustavo estava na clandestinidade.

— Cara, nem sei o que te dizer... a vagabunda se vingou?

— Deve ter pedido para um cara fazer, né? Duvido aquela mina ter tido coragem para fazer aquilo. Deve ter chupado algum marmanjo para fazer o trabalho por ela. Mas cara... meu estúdio, *broder*. Décadas de trabalho e suor para ter dinheiro para montar aquele lugar. E tava dando certo, sabe? Eu estava tatuando umas três vezes por dia, tava dando lucro mesmo. Se fosse hoje em dia, que todo mundo faz tatuagem, eu já tava rico. Aquela puta me tirou tudo o que eu tinha.

— Mas por que você não contou pra polícia? Pelo menos eles teriam investigado a mina.

Ele tragou, olhando bem nos olhos de Gustavo.

— Ela era bem novinha. Ia dar merda pra mim. O mundo é delas, cara. Elas mandam em tudo fingindo que são vítimas.

— Que sacanagem. Sinto muito, de verdade.

— Espero que a vadia esteja no inferno.

A lanchonete era imunda, mas a coxinha era a melhor que Gustavo já tinha comido. Não conseguira telefonar para Mariana. Enquanto estava ali sentado, sentindo o cheiro de fritura e café, deixando-se envolver pelo som de talheres, conversa e pratos, ele ficou olhando para a foto da esposa no celular. Olhou de verdade, com os olhos treinados de delegado. Ela sorria com a boca, mas não com os olhos.

O celular vibrou, agora na madeira da mesa. Peralta.

Ele se preparou para ouvir o que precisava.

— Fala.

— *Fiz o que o senhor mandou, doutor. Consegui o endereço de uma das professoras da tua esposa no colegial, uma tal de Simone Sabião. Conheceu a Mariana e a Suellen. Falou que andavam sempre juntas, mas que tinha mais duas na época, que formavam uma espécie de clubinho. Essas coisas de mulher, de fazer a unha uma da outra e tal. A Simone falou que as meninas eram muito unidas, e que todos os professores chegaram a comentar quando elas pararam de falar umas com as outras. Disse que, na época, a defunta entrou numa briga, porrada mesmo, com uma tal de Maria Cláudia Ribeiro, que era do clubinho. Depois disso, ela foi transferida para o colégio estadual. A Simone disse que chegou a conversar com a Mariana na época, e a outra do grupo, Dafne Copler. Perguntou se as meninas precisavam de ajuda, se alguma coisa tinha acontecido. Elas disseram que não. E como você disse, isso foi em 96.*

Gustavo sentiu o coração vibrar. A boca ficou seca.

— Conseguiu mais alguma coisa?

— *Vou falar com um cara que costumava frequentar a neopentecostal. Ouvi falar que ele sabe de alguns podres, só quero ter certeza que isso não tem ligação com a igreja.*

— A igreja dela é importante nessas áreas. Tem vereador que frequenta, essas merdas. Toma cuidado.

— *Tranquilo. Tá tudo bem?*

— Tá tudo bem.

Desligou. Olhou para a comida: o X-bacon, que já tinha soltado tanto óleo no pão que parecia um mingau. Bebeu o resto da cerveja. Tomou sua decisão.

RENO

O telhado da casa de Franco Pascoal oferecia um abrigo contra a chuva. Chegara a um nível em que o guarda-chuva se torna trivial, aquele tipo de tempestade que ensopa uma pessoa em segundos. Não conversavam e sentiram alívio quando o carro de Peralta virou a rua, reduziu a velocidade e, de ré, estacionou na frente do Volvo. Ele saiu e correu até eles, sem trancar a porta.

Ele olhou para Dafne com curiosidade e aquilo incomodou Reno.

— Uma amiga, Dafne Copler, depois eu explico — Reno disse, alto o suficiente para que o som estático da chuva não engolisse as palavras.

Peralta esticou a mão molhada, que Dafne apertou com confiança, sem parecer intimidada.

— Copler... como a gráfica?

— Sim, metade da gráfica é minha.

— Uau. — Peralta sorriu, meio torto. — Quisera eu ter tido um pai...

— Suicida? Ausente? Desonesto?

Silêncio, fora o temporal. Dafne deu um sorriso para ele.

— Relaxa, estou brincando com você, investigador. O Reno tá com vergonha de explicar minha presença e sei que ela te incomoda. Eu sei que quem matou a Suellen está atrás de mim também. Paguei meu amigo de adolescência aqui para fazer o papel de guarda-costas, então não foi escolha dele me trazer. E nem adianta argumentar, vou entrar com vocês.

Peralta moveu os olhos para Reno. Um raio iluminou o céu. O trovão ecoou a saudação à chuva.

— Tanto faz, moça. Você já é grandinha e parece saber onde está se metendo, então vamos. Esse cara não gosta de esperar.

O homem que atendeu à campainha era magro, mas barrigudo. Tinha manchas de velhice na pele. *Lentigo senilis*, Mariana as teria nomeado. Barba bem feita, bolsas debaixo dos olhos amarelados.

— Ora, uma excursão do jardim de infância — resmungou numa voz tipicamente idosa. — Entrem.

O lugar parecia vazio por causa da mobília escassa, mas estava limpo. As paredes intercalavam manchas de tinta verde-clara com cimento puro e limo. O encanamento se mostrava em alguns lugares. Na cozinha, aberta para a sala, um fogão ancião, um botijão de gás cor de chumbo e uma geladeira grande, quadrada, num profundo tom de bege-vômito.

— Sentem. Tem café. Alguém quer?

Todos recusaram e se acomodaram nos assentos. Reno percebeu que Dafne estava se esforçando para parecer à vontade.

— Eu li sobre a moça que morreu — O idoso começou, se ajeitando contra o sofá. — E você me procurou porque ela frequentava a Terra de Cristo, né?

Peralta falou num tom que mostrava respeito.

— É, Franco. Você tá na cidade há o quê? Cinquenta anos? Foi vereador quando eu era adolescente. Frequentou a primeira pentecostal da cidade, lembro disso porque meu pai frequentava também.

— É. Bento Peralta. Lembro dele. Bom homem. Morreu de...

— Enfisema pulmonar. — Peralta deu tapinhas no maço de cigarro que deixava no bolso da camisa. — 2002.

— Então você quer que eu fale sobre os podres da Igreja. Não tem medo que me matem também, André?

Reno arriscou um olhar para Peralta. Ele parecia seguro. Dafne era um bloco de gelo.

— Acho que se você ainda está vivo, é porque sabe se cuidar.

Pascoal riu um pouco. Parecia uma tosse.

— É, eu parei de criar ondas décadas atrás. Eles não se incomodam comigo. Talvez até passem a se incomodar depois dessa reuniãozinha dos escoteiros mirins aqui. — Ele apontou um dedo enrugado para Dafne e Reno. — Zezinho, Luizinho e Loirinha.

Dafne deu um sorriso educado de Grace Kelly.

— Bom... — Franco rangeu como um colchão velho. — A neopentecostal veio para Jepiri em 94. Elas estavam surgindo por toda parte. Plano Real, a coisa toda entrando nos eixos, oportunidade para negócios, o brasileiro querendo ficar rico gastando dinheiro. Não vou mentir, segui a carreira de político porque aqui, na pátria amada, é uma das poucas garantias de um salário bom. Meus amigos achavam que era estudando direito e medicina que iriam acumular uma fortuna, mas eu só cursei direito mesmo para trabalhar na política. Estudei com o pai da Maria Cláudia Ribeiro, sabe quem ela é?

Dafne não respirou.

Reno disse: — Sim, ela era amiga da moça que morreu.

Franco levantou as sobrancelhas, que lembravam aranhas na neve.

— Hm. Bem, o pai dela era preto, que nem ela. Ninguém levava o Jorge a sério. Era um cara trabalhador, honesto, foi um dos que achou que ia melhorar de vida estudando, e no caso dele até que funcionou. Virou médico, cardiologista. Cuidou de metade dos velhos dessa cidade. Morreu...

— De acidente de carro quando a Maria Cláudia era criança. — Dafne suspirou. — Sabemos.

Ele continuou.

— E ela virou médica também. Me atendeu alguns anos atrás no hospital. Ficou igual ao pai, só que bonita. Enfim, os outros seguiram carreiras de macho, como meu velho dizia. Médicos e advogados, alguns contadores aqui e ali, mas nunca engenheiros. Jepiri nunca pariu um engenheiro, sabe-se lá o porquê. E eu fazia amizades, favores. Conversava com qualquer pessoa com título de eleitor. Deu certo. Aí quando você entra num lugar desses, parece que as paredes se fecham ao seu redor. Tudo começa a acontecer nas sombras, em segredo. De repente, você tá tendo um monte de conversa que não pode contar para ninguém, começa a ficar sabendo de uns podres sobre gente que você jurava ser honesta. No começo, são só seus pés enfiados na lama; aí um dia você acorda e ela tá no seu pescoço. Uma das coisas que acontecia era lavagem de dinheiro. Corrupção era o nível mais básico, praticamente um modelo de negócios. E chegou um dia em que eu percebi que não tinha "nós" de um lado e "os bandidos" do outro. *Nós* éramos os bandidos da cidade, só que usávamos terno e gravata. O Garaneta era o mais jovem, mas já tinha a grana do pai, ele que teve a ideia dos bordéis.

— Que ideia? — Reno se inclinou sobre os joelhos.

— Não deu certo na época, ninguém topou. Mas hoje tá implementado. Tem umas oito, nove clínicas médicas aqui na cidade. Coisa leve, tipo dermatologia, odontologia, quiropraxia. E tem uns médicos de verdade tocando essas clínicas, examinando pacientes mesmo e tal. Mas todas as clínicas têm um andar de cima. Lá tem umas três, às vezes até seis salas para as meninas fazerem programas. Os homens entram lá e apresentam a carteirinha do convênio médico. Todo mundo sabe do esquema. Pro convênio, aparece que o cara foi no médico mesmo. A clínica ganha dinheiro, as putas ganham dinheiro, os homens ganham sexo profissional e as esposas nunca ficam sabendo.

Win-win situation, Mariana teria dito. Reno sentiu uma pontada de saudades dela, fora de hora.

Dafne suspirou.

— Peraí. Os convênios médicos estão pagando por esses programas sem saber? Você está falando de fraude.

— Querida, alguém sempre sabe. Vocês sabiam que, na cidade inteira, 90% dos cidadãos têm um de dois convênios médicos? BlueSaúde e Uniclin? Os vendedores sabem, claro que sabem. As empresas daqui compram esses planos para todos os funcionários já sabendo dos negócios. Enfim, começou assim. Prostituição. Agora essas clínicas movem drogas. Mas isso é só, como se diz, a ponta do *iceberg*. Como você se chama mesmo, querida?

Reno abriu a boca para falar. Não queria envolver Dafne ainda mais naquilo, mas, talvez até para irritá-lo, ela falou antes dele: — Copler. Dafne.

Franco coçou a sobrancelha com a unha do polegar.

— Eles usaram seu velho como bode expiatório, guria. A Copler financiava as campanhas do Partido Democrata Cristão. Rolava uma troca de grana generalizada lá, que passava por São Paulo e chegava até Brasília. Fraude de licitação, um monte de merda assim. Uma grana sumiu, na época isso envolvia a Terra de Cristo. Seu pai tava envolvido com tudo para ganhar um dinheiro extra. Muita gente da cidade estava envolvida. Aí o sócio dele...

— Oswaldo Menezes.

— Esse mesmo. Olha, eu não sei o que ele fez, mas conseguiu incriminar seu pai por um monte de coisa. E bem... o resto você sabe mais do que eu.

Dafne olhou para as mãos. Reno se perguntou o que ela estava pensando. Ela não deu chance para especulação.

— Meu pai se matou. Eu herdei a parte dele da empresa. A Liliana ficou com a grana que ele conseguiu por meios legítimos. Muita coisa foi confiscada e leiloada. Ele se matou para garantir que eu ficasse com alguma coisa, que continuasse rica. É isso?

Reno encarou Franco.

— Não sei sobre nada disso, mas o raciocínio faz sentido. Seu pai não sobreviveria numa prisão, meu bem. Faz sentido que ele se foi nos próprios termos.

Dafne fez um movimento leve com o corpo sentado, desinflando.

Reno ficou com medo de perder o interesse de Franco.

— A moça que morreu, Suellen, fazia a contabilidade da Terra de Cristo. Ela encontrou alguma coisa e o assassinato foi queima de arquivo.

Peralta não se mexeu, mas Reno sabia que teria que responder a ele assim que saíssem dali. Ele ia pressionar até descobrir de onde Reno tirara a informação, não iria acreditar que ele estivesse apenas jogando verde.

— Quem na igreja você acha que seria capaz de assassinar uma mulher?

Franco descansava as mãos nos joelhos. Fitava a mesa de centro, perdido nas engrenagens de sua própria mente.

— Acho que pediriam para alguém que tem capatazes. Não sujariam as mãos. Meu chute seria Garaneta.

Peralta encarou Reno. Havia animosidade em seus olhos.

— Você é um capataz do Garaneta, não, Reno?

— Não. Eu só luto por lá. Mas conheço uns caras que acho que fariam outras coisas, se fossem pagos — confessou, a boca seca, tentando esconder a culpa pelas associações que mantivera.

— Eu não sei de muita coisa — Franco falou, resignado. — Na época, eu percebi o que estava acontecendo e tentei ficar longe da podridão toda. Aprontei um pouco, não vou fingir que sou limpo, mas nada como eles. E tudo mudou. Não conheço os caras que estão fazendo política nessa cidade agora, mas sei que quem os coloca em seus cargos são pessoas relacionadas a Copler, Garaneta e à neopentecostal. É tudo o que posso falar para vocês, escoteiros mirins.

Dafne se inclinou para a frente.

— Pelo que você está falando, é prática comum a igreja corromper autoridades para continuar suas operações na cidade, certo? Isso envolveria a polícia civil, diríamos, numa investigação criminal?

— Hoje em dia não posso dizer, mas não é impossível. Não conheço o delegado atual.

Reno observou Dafne.

— Mas nos anos oitenta?

Franco assentiu.

— Sem sombra de dúvidas. Onde quer chegar, loirinha?

— Alguns meninos sem-teto que participavam de programas da Terra de Cristo desapareceram em 84, 86 e 87. Sabe alguma coisa sobre isso?

O rosto de Franco suavizou, um pouco assustado.

Os três se entreolharam.

— Aqueles pobres meninos.

— O que aconteceu com eles?

Franco suspirou. Reno percebeu que ele olhava para algo além de Dafne e virou o rosto para ver o que era. Uma cruz na parede, pequena, de madeira. Dafne também olhava para aquele adorno com curiosidade. Franco continuou: — Eles tiveram o azar de nascerem pobres, de perderem suas inocências ainda bebês, de dependerem da boa vontade dos outros para sobreviverem. O nome do pastor naquela época era Sérgio Koyf, mas ele não era o problema. O problema era um dono de padaria, ele era da igreja e fazia doações bem... substanciais. Enfim... — Franco suspirava de um jeito pesado, como se estivesse sendo forçado a continuar. — Ele tinha uma fraqueza por crianças. Nunca vou saber, mas acho que sim, que de alguma forma ele estava envolvido com esses desaparecimentos, e que a igreja encobriu tudo. Ele foi assassinado em 94, sabia? Suicídio, na teoria. Na prática, três falanges proximais da mão direita tinham sido quebradas.

Um trovão rolou ao longe, como um ponto final na narrativa fatigada de Franco. Reno olhou para Peralta, que parecia pensar em tudo aquilo. Então Dafne quebrou o silêncio: — Mas o senhor continua acreditando em Deus.

Franco sorriu, apesar da tristeza em seus olhos.

— Você acha que sou intelectualmente inferior a você por acreditar em Deus, loirinha?

Dafne não respondeu.

— Sim, eu vi o podre das igrejas de perto — ele disse. — Eu vi o pentecostalismo crescer, cheio de proibições, e vi o neopentecostalismo nascer justamente por causa disso, liberando as pessoas da culpa por gostarem de sexo e dinheiro, permitindo-as socializar e se vestirem como queriam. Um sistema de fé baseado em resultados, idêntico a uma empresa. Por que você acha que, nos últimos vinte anos, o número de evangélicos triplicou? Por que acha que é uma religião tão popular dentro das prisões? É muito mais fácil falar para um criminoso que o que ele fez não é culpa dele, e sim do Satanás, do que exigir que ele se arrependa do que fez. Eu sei muito mais sobre a podridão de tudo isso do que você, garota. E mesmo assim eu amo a Deus. Mesmo assim eu falo com Ele. Não consigo olhar para tudo isso e achar que somos apenas um acidente biológico. Não consigo ler sobre um bebê natimorto colocado no peito da mãe e voltar a viver como algo espontâneo ou uma coincidência.

Dafne deixou escapar um suspiro, como se aquele argumento tivesse um impacto nela. E mesmo assim ela lutava contra ele.

— Nunca disse que não acredito em amor.

— E de onde viria o amor senão de Deus? Biologicamente, o amor não faz sentido. A ocitocina sim, o amor, não.

Ela desviou o olhar.

— Para mim basta olhar em volta para ter certeza de que Deus é uma ilusão. Sinto muito.

Ele sorriu.

— Ora, não sinta. Já pensei como você. Depois de tudo o que testemunhei, passei quase dezessete anos da minha vida como ateu. Hoje, cheguei num meio termo. Fiz as pazes com meu criador. — Ele olhou para Reno e Peralta. — Sinto não ter mais respostas. Sei que só estão saindo daqui com algumas dicas de onde procurar. Mas é tudo que tenho a oferecer.

GUSTAVO

Contra o céu azul-lilás e as luzes alaranjadas dos postes da rua, as sombras de homens começavam a entrar no *Club Man's Nighty*. O painel do Nissan mostrava 17:32 quando Max saiu, parou na calçada e acendeu outro cigarro. Atravessou a rua, mas Gustavo não se preocupou em ser visto dentro do carro. Acompanhou Max com os olhos, enquanto este ia até um boteco, trocava algumas palavras amigáveis com o cara atrás do balcão, que lhe entregou um maço de Derby em troca de algumas notas dobradas. Max subiu a rua com as mãos nos bolsos.

Gustavo colocou a marcha em *drive* e dirigiu devagar. O nervosismo já congelara em seu peito, a cabeça estava calma, vazia, e ele pensou nos olhos negros de um tubarão antes de um ataque, a ausência de alma naquele olhar. Parou num sinal vermelho. Observou Max caminhando. Estava se distanciando do centro da cidade, dirigindo-se à periferia, em direção às montanhas. Havia alguns conjuntos habitacionais depredados ali, cheios de famílias pobres e maloqueiros, putas e viciados. Poderia ser onde Max se drogava ou onde morava. Talvez os dois. Era um risco. Muita gente. O carro de Gustavo atrairia atenção demais. Quando o sinal ficou verde contra o céu crepuscular, ele se aproximou do meio fio e deu uma buzinada.

Max parou de andar e olhou. Gustavo teve o cuidado de baixar o vidro só um pouco.

— Opa! — Deu um sorriso. Max se aproximou, quase encostando no carro.

— E aí, carrão hein? Bonito!

— Acabei de comprar, cara, essa porra é linda.

Max olhou para o carro, deu um assobio.

— Vai pra onde?

Gustavo se lembrou de um documentário que assistira no Discovery Channel. Era sobre um assassino em série de mais de dois metros de altura que havia decepado a cabeça da mãe e feito sexo com a garganta dela. Antes disso, ele tinha matado e praticado necrofilia com diversas colegiais. Quando perguntaram como elas confiavam num homem daquele tamanho, que não conheciam, e entravam de bom grado no carro dele, ele explicara que fingia não ter interesse na carona, olhando para o relógio e fazendo cara de quem não queria se atrasar. Dava certo. O nome do cara era Edmund Kemper.

— Tô indo pra casa, lá para Mamarapá.

— Cara, não quer me dar uma carona? Vou na mesma direção, para o conjunto habitacional do Morro da Boa Fé. Com essa chuva tá foda.

Gustavo pensou em Kemper. Olhou para o relógio de pulso. Deu de ombros.

— Sobe aí, meu, mas, por favor, não fuma. Minha namorada fica puta com cheiro de fumaça.

Andaram sob a chuva por um tempo sem conversar. Gustavo percebia Max olhando em volta do carro, avaliando o preço, procurando formas de se aproveitar daquilo, como todo predador.

— Legal o lugar, né? Tem muita mulher bonita lá.

— Não foi o que eu vi.

Max riu.

— Ah, você pegou a leva da tarde. Dá uma passada lá semana que vem que eu te apresento umas amigas. Elas fazem tudo que as namoradas não fazem. Só loucura — e gargalhou um pouco.

Gustavo percorreu o terreno mentalmente, pensando nas áreas de matagal da cidade. Não eram poucas. A mais próxima era bem na divisa entre municípios. Ele pegou uma curva em cima da hora, o movimento do carro jogando Max contra a porta.

— Caramba, que isso...

— Foi mal, Max.

Ele olhou ao redor.

— Aonde você tá indo?

— Vou parar para abastecer.

Max parecia estar vasculhando seu mapa mental também, atrás de um posto. Gustavo continuou dirigindo, o rosto relaxado.

— Pode ser, sim, vou colar lá em breve para conferir a mulherada.

Max esfregou as mãos.

— É isso aí.

Gustavo estava na estrada, os faróis vermelhos dos outros veículos com pontas assimétricas distorcidos pela chuva no vidro. Já via o matagal do lado da estrada.

— Cara, não tem posto por aqui não.

— Estou com um pouco de pó no porta-malas, roubado de uma das casas para as quais minha empresa presta serviço. Dá para ganhar uma graninha com ela. Cinquenta papelotes, nada de mais, mas eu não posso repassar, senão vai ficar suspeito. Tá dentro? Cinquenta-cinquenta?

Max não demorou para sorrir.

— Tô dentro, cara. Tem uma rua ali à direita, cola lá que é tranquilo, vamos testar essa parada aí.

Max reduziu a marcha e fez a curva. Era uma rua estreita, perpendicular à estrada. Continuou nela até que virasse uma estrada de terra e subisse. Tirou o cinto de segurança da forma mais discreta que conseguiu. Quando só havia mato em ambos os lados, Gustavo parou o carro e desligou o motor. A chuva caía sobre o carro em gotas pesadas. Calculou o próximo passo. A arma reserva estava no porta luvas. Queria tirar Max do carro para que pudesse pegá-la.

Então Max abriu o compartimento entre assentos, típico do desgraçado aproveitador que era. Incomodou Gustavo, mas ele só percebeu o que estava acontecendo quando Max segurou diante si uma fotografia. Um entendimento óbvio foi trocado no silêncio do carro. Max olhava a foto de Gustavo com Mariana e as crianças, percebendo que havia sido enganado. Gustavo compreendeu que não haveria hesitação, nem tática, nem erros. Não precisou de um impulso. Os dedos do tatuador na foto, tão próximos dos rostos de Mariana e Heloísa, fizeram seu autocontrole arrebentar.

Agarrou a cabeça oleosa de Max e a arremessou contra o vidro, criando uma teia de rachaduras, espirrada com sangue. O bosta ficou mole, com o olhar perdido. Forçando os pés contra o chão para erguer o corpo, Gustavo prensou a cabeça dele com as mãos e, num movimento feroz, girou-a para a direita. Ouviu as primeiras vértebras estalarem. O pensamento não chegou aos lábios; *você estuprou minha esposa!* Max tombou, molenga, em direção à porta. Ouvindo a respiração ofegante dentro do carro, Gustavo se inclinou por cima do corpo, puxou a alavanca prateada e o deixou cair nas folhas do acostamento. Ligou o carro e saiu devagar, o coração em espasmos dentro do peito.

RENO

Dezenas corriam da chuva, cobrindo cabelos e rostos com bolsas, jornais, casacos. Paravam na entrada ampla da construção de dois andares que era a Igreja Neopentecostal Terra de Cristo. Cumprimentavam-se, riam, se abraçavam. Outros entravam com pressa para conseguir um lugar bem na frente.

Dafne saiu do carro quase antes que parasse e correu para dentro também. Reno murmurou um "putz" que servia para repreendê-la, e que ela nunca escutou. Peralta fizera questão de vir junto, e Reno procurou um lugar para estacionar enquanto ele falava: — Devia ter me mostrado a carta antes de falarmos com Franco.

— Não tivemos tempo. E agora, qual é o próximo passo?

— Você falou da floricultura, é o mais perto que chegamos. Vamos ter uma descrição melhor do sujeito com algumas perguntas direcionadas, e se dermos sorte, um nome. O problema dessa investigação não é mais saber quem matou Suellen. É conseguir provar, é conseguir uma condenação e descobrir quem mais está envolvido. Vai ser como arrancar uma árvore inteira para pegar uma maçã. E sua namorada precisa sair da cidade.

— Ela não… deixa pra lá. — Ele encontrou uma vaga de onde um carro estava saindo e deu seta. — Não sei o que ela acha que vamos conseguir aqui hoje.

Precisaram correr por uma quadra e quando entraram, o culto já havia começado. Todos estavam em pé, um mar de gente sob luzes branquíssimas, aplaudindo em uníssono o pastor em cima de um palco. Da entrada, Reno não conseguiu enxergá-lo muito bem. Viu Dafne em pé num canto, acenando para eles. As pessoas sentavam enquanto ele caminhava até ela.

— Boa noite, fiéis. — A voz grave amplificada por um microfone potente. O pastor gesticulava para que alguns se sentassem. — É com muita alegria em meu coração que vejo que a chuva não deteve a fé de vocês, que essa congregação não sucumbiu à preguiça, usando as chuvas como desculpa para não louvar a Deus. Um amém, irmãos e irmãs.

Um coro vibrante, desinibido, pronunciou "amém"!

O pastor Emanuel caminhava pelo palco, uma mão segurando o fio do microfone, o terno de tecido mole dançando com seus movimentos.

— Hoje nós vamos orar por aqueles que perderam seus lares nas tempestades dos outros anos. Hoje nós vamos orar por aqueles que tiveram que sair de Jepiri por medo de soterramentos, por medo da morte. Hoje eu quero pedir, humildemente, que orem também pelo nosso prefeito, Adão Anselmo...

O resto da frase foi engolido por aplausos indiscretos, alguns assovios de palavras alegres de celebração.

Peralta arriscou um olhar para Reno, que olhava aquilo de braços cruzados.

— Um homem que conseguiu reduzir as mortes na nossa cidade, um homem que está mais uma vez precisando do nosso apoio para continuar ajudando as famílias de Jepiri. Um homem temente a Deus, em quem Deus quer que votemos este ano, em novembro.

Mais aplausos.

— Mas, antes de tudo, eu quero conversar com vocês sobre uma coisa que tem martelado a minha cabeça pelos últimos dias: resiliência.

Ele parou, olhou para a imensidão de cadeiras e as pessoas ali sentadas. Repetiu, com uma voz mais baixa, mais aerada.

— Resiliência. Estou vendo a cara de vocês agora, muita gente pensando "Mas o que é isso, eu venho pro culto no meio da chuva e o Emanuel tá falando palavrão". — Ele riu, todos riram. — Palavrinha complicada essa, né?

Risadas contidas, baixas.

— O que significa resiliência, eu conto para vocês. Eu também não sabia. Juro pra vocês que eu não sabia. — Uma mão no peito. — Precisei procurar no dicionário, sabe aqueles que ninguém usa mais porque agora tem in-ter--ne-te? Hahaha.

Risos.

— Pois é, então eu fui até lá, peguei meu dicionário e procurei. E eu descobri que resiliência significa a capacidade de se recuperar, de se curar, de se recobrar ou se adaptar à má sorte e às cobranças! — Ele falou num crescendo, pontuando cada palavra, investindo emoção em cada sílaba. — E eu meditei, e peguei minha Bíblia, e pensei muito nisso. O que há por trás dessa palavra? — Olhou para todos. — Sacrifício. Força. Fé. Jesus Cristo! Aquele que João Batista viu, Jesus Cristo, aquele que ele reconheceu e disse: Eis o Cordeiro de Deus que tira o pecado do mundo!

Berros, aplausos, palavras de concordância.

Reno procurou os Rocha na multidão, mas era gente demais.

— Já ouviu falar em *duping delight*?

Ele olhou para Dafne, que estudava aquele espetáculo com fascínio.

Ela ofereceu a resposta, aproximando o rosto do dele.

— É o tesão em enganar as pessoas. É a expressão facial única que todos os enganadores, psicopatas e mentirosos têm quando sentem o prazer de se safar com algo. Dizem que é apenas um sorriso fora de hora, uma inabilidade de manter os músculos da boca sem sorrir quando esse prazer bate. Olha para esse homem, Reno.

Reno fixou o olhar em Emanuel. É, era um sorriso de prazer e não vinha de Deus.

— Ele sabe de tudo — ela sussurrou. — Ele sabe quem a matou.

— Não pode ter certeza disso.

— Mas eu tenho.

Peralta sorria quando Reno olhou para ele, atrás de sua opinião.

— Ela tem razão. Todo investigador conhece esse olhar.

Emanuel estava citando a Bíblia. Dafne o observava como uma predadora. Reno virou-se para Peralta.

— Acha que o delegado pode estar envolvido nisso?

Peralta fez uma expressão difícil de decifrar. Baixou a voz, aproximando o rosto ao de Reno.

— O Caldas não presta, mas trabalhamos bem juntos. Se ele é capaz de receber grana para olhar para o outro lado enquanto a putaria rola solta na cidade? Claro. Ele é capaz de arrebentar o corpo de uma mulher com uma tesoura? Acho que não. Eu estava lá na noite do crime. Ele ficou apavorado. Pelo jeito que anda conversando comigo sobre essa investigação, ele está muito mais perdido que a gente. Minha aposta é que ele não tem nada a ver com isso. O que não significa que seja limpo, veja bem. Então tira ele da sua lista.

— Me responde uma coisa. Por que virou investigador?

Reno não planejara perguntar, mas Peralta ainda era uma incógnita para ele. O tipo de cara que define o lado em que está baseado em quem paga mais, talvez.

Dafne não prestava atenção neles, ele confirmou com um olhar. Estudava o culto como se fosse uma antropóloga descobrindo uma civilização no meio da savana africana.

— Talvez pelo mesmo motivo que te fez virar jornalista.

— Curiosidade?

Peralta deu de ombros. Tirou um chiclete do bolso, daqueles retangulares achatados e compridos, que você tem que dobrar para enfiar na boca.

— Não, acho que não. Sabe, quando eu tava crescendo, minha mãe me acordou uma noite, meio sem pensar no que fazia, com o olhar perdido, preocupada. Colocou uma roupa em mim, por cima do pijama mesmo, e disse que tínhamos que sair. Eu tava com tanto sono que me lembro pouco da jornada no ônibus, mas estava desperto quando chegamos ao destino. Estávamos na cidade vizinha, e ela estava indo até o asilo onde a mãe dela, minha avó, vivia. Um casebre de dar medo. Totalmente informal. Uma casa grande onde pessoas comuns cuidavam de velhos que não tinham grana para viver em asilos luxuosos com enfermeiras. Minha avó tinha oitenta e três anos.

Ele mascou chiclete, o olhar seco, a postura ligeiramente curvada. Aplausos e berros de "amém" pipocaram na multidão, mas Reno quase não percebeu. Peralta continuou.

— A primeira coisa que percebi é que já estavam esperando minha mãe. Só olhavam para ela com indiferença enquanto ela atravessava os corredores atrás da minha avó. Ficava cada vez mais escuro lá dentro e era úmido, cheirando à madeira molhada. Quando entramos no quarto que minha avó compartilhava com mais duas idosas, senti o cheiro de mijo. Minha avó estava toda mijada, a camisola puída grudando na pele mole, toda amarelada. E depois eu percebi que estava machucada. Um dos caras que ganhava uns oitenta reais por mês para cuidar dos velhos tinha descido a porrada nela porque ela reclamou da televisão que não funcionava bem. Minha mãe segurou o choro, isso eu percebi, mesmo criança. Levantou a mãe dela, pegou a mala com a outra mão, e saiu dali sem uma palavra. Colocamos minha avó num táxi. Foi a primeira vez que eu andei de táxi na vida. Acho que, depois daquela, só voltei a andar uns quinze anos depois. Minha avó morou com a gente mais seis anos, depois morreu. Uma vez vi meu pai abrir a boca para reclamar. Minha mãe jogou um olhar que fez ele ficar quietinho no mesmo minuto. Foi a única batalha que vi minha mãe vencer contra meu pai.

— O que aconteceu com o cara que bateu na sua avó?

— Não sei.

— Então entrou para a polícia para prender gente como ele?

Peralta olhou para Reno, bem nos olhos.

— Não, Santiago. Entrei para a polícia para matar gente como ele e sair impune. Equilibrar o jogo.

Reno entendeu que não era brincadeira. Todo Jepirense é fofoqueiro e ele já ouvira boatos sobre Peralta. Ali, em meio ao coro de "Amém", ele acreditou com cada célula do seu corpo que Peralta seria capaz de matar alguém. Voltou os olhos para o pastor. Não precisava perguntar mais nada.

Ele percebeu um rosto conhecido na multidão, virado por cima do ombro, olhando para eles. Reno assentiu para dona Rosângela, uma forma de agradecê-la pela carta sem dar bandeira. Ela se desculpou com alguns fiéis e saiu de sua fileira, atravessando o salão e saindo pelas portas da frente para a chuva lá fora.

— Foi ela que me deu a carta da Suellen — ele comentou com Peralta. O investigador seguiu a mulher com o olhar. Então disse: – Nos falamos depois, lutador. Se cuida e cuida da loirinha aí.

Reno o observou sair.

Ainda não sabia se deveria confiar nele.

MARIANA

A *pizza* estava gelada, o refrigerante, quente. Cuca Pizzas, dizia a caixa octogonal de papelão, com um cupom para ser cortado. Mariana sabia que se juntasse mais dois, ganharia uma *pizza* de muçarela, calabresa ou portuguesa desde que fizesse o pedido numa terça, quarta ou quinta-feira. Pediam *pizza* no Cuca desde que casaram. Era quase poético que comessem a *pizza* de lá no último dia de seu casamento.

E ela não estava em paz, não estava tranquila. Mas não iria fugir. Não seria inteligente fugir. Já deixara uma faca de cozinha debaixo do travesseiro na suíte. Não sabia se teria coragem de matá-lo, mas queria uma chance de se defender, se chegasse a isso.

A ausência de Gustavo na casa, a cada segundo, crescia. A ansiedade dela era alimentada pela saudade dos filhos, mesmo sabendo que já estavam com seus pais em São Paulo e estavam seguros.

Ela limpou a casa inteira. Já estivera limpa antes de começar, mas Mariana varreu o chão e passou álcool em toda sua superfície, limpou os banheiros, borrifou aromatizador de lima da pérsia em todos os cômodos. Tirou o pó. Fez uma *mousse* de limão com cobertura de ganache de chocolate meio amargo. Chamou a *pizza*, com uma garrafa de um litro e meio de guaraná. Era como decorar a própria sepultura, ou escolher o vestido com o qual seria enterrada. E, mesmo assim, nada de Gustavo.

Mariana percebeu que era a primeira vez que queria que ele voltasse para casa, nem que fosse para matá-la. Pelo menos a ansiedade acabaria.

Ligou o rádio para não ficar no silêncio absoluto.

Tocava *Take it Back*, do Pink Floyd. Mariana pensou em como costumava gostar dessa música, do quanto ela e as meninas costumavam pular e dançar juntas.

Você vai morrer mesmo.

Ela fechou os olhos e sentiu a música correr como eletricidade pelas suas veias. Sorriu, apesar de tudo. Levantar os braços foi um gesto de libertação para quem tinha tanto medo de mexer-se de uma forma que pudesse desencadear uma surra. De olhos fechados, num mundo que era só dela e onde mulheres não morriam nas mãos de homens, Mariana jogou a cabeça para os lados e permitiu que as pernas dobrassem o suficiente para que rebolasse um pouco. Abriu a boca e cantou, alto, o coração aos pulos com medo de que Gustavo ouvisse, mas talvez impulsionada por esse pensamento, deixou a voz crescer. Foda-se, que todos ouvissem. A guitarra rolou como ondas, ela abriu os olhos molhados e falou para o ar:

— Para você, Su. Um minuto de liberdade total.

A campainha tocou.

Por um momento, ela ficou paralisada, como se tivesse esquecido como agir quando alguém toca a campainha. Levantou-se então e puxou a porta da frente para si, devagar. Um rapaz de uns dezessete anos, em cima do capacho que dizia *"Bem-vindo!"*, segurava um buquê de magnólias.

— Boa noite, entrega para Mariana Cãh... desculpa... — Ele consultou um papel grudado a uma prancheta. — Kannenberg. — O rapaz estendeu a prancheta. — Eles pediram que assinasse.

— Quem?

— O chefe, senhora. Às vezes têm entregas assim, em horários fora do expediente, e a pessoa que mandou quer ter certeza que foi entregue, sabe?

Enquanto assinava, ela sentiu os olhos dele no corpo dela.

— Deve ser um cara bem apaixonado mesmo.

Ela pegou as flores e fechou a porta. Girou a chave por via das dúvidas. Examinou o buquê. Quantos buquês vira durante seus trinta e sete anos? Quantos arrumara com mãos gorduchas aos três, quatro anos, enquanto os pais trabalhavam?

Quatro delas. Brancas. Tão lindas que pareciam artificiais, mas tinham o cheiro certo. Mariana acariciou uma pétala como se fosse derreter ao seu toque. O tipo de maciez robusta que só a natureza sabe fazer. Ela se lembrou da voz de Elis, quando ela ainda era uma criancinha brincando na floricultura: "o melhor elogio para uma flor natural é acharem que é artificial. O melhor elogio para a artificial é acharem que é natural".

Como peitos, pensou Mariana.

Ela preparou um vaso translúcido, dos muitos que tinha num canto da bancada da cozinha. Encheu um medidor grande com um litro de água e o colocou no micro-ondas por quarenta segundos. Checou a temperatura por hábito e viu que a água estava morna. Acrescentou três colheres de açúcar e duas de vinagre branco, mexeu e entornou a mistura no vaso. Desembrulhou o buquê e cortou, diagonalmente, os caules. Com as flores na água, admirou a delicadeza do arranjo, lembrando dos truques que a mãe ensinou ao longo dos anos, talvez porque perto do final da vida, pensamos no começo. Para as flores durarem mais tempo nos vasos, Elis ensinara a colocar moedas na água, junto com açúcar. Dava certo com aspirina e até vodca, mas a fórmula preferida de Mariana sempre foi com vinagre. As flores duravam muito mais.

Escolheu colocá-lo sobre a mesa de jantar. Pelo menos, quando encontrassem o corpo dela, assassinado pelo marido ou por um *serial killer* – quem chegaria primeiro? –, alguém comentaria "Aquela casa estava linda!"

Então é assim que você será lembrada, Mari. Pelas suas habilidades como uma perfeita dona de casa domesticada.

"As flores daquela casa…", suspirariam mulheres mais velhas durante o velório. "Impecáveis!"

Mais uma vez, Mariana caminhou pelos cômodos vazios só para mexer as pernas e liberar energia. A cabeça voltou para os filhos, para o peso das saudades que sentia sempre que não estavam perto dela. Sabia que podia tentar fugir. Pegar o carro, ir até São Paulo, buscar as crianças e encontrar uma forma de desaparecer. *O Brasil é imenso*, pensou, olhando pelas janelas da casa para um quintal imerso em escuridão, *eu posso ir para algum lugar no meio do mato onde ele nunca vai me encontrar.* Aqueles pensamentos sempre terminavam com os mesmos avisos: ele é um delegado. Tem meios de te encontrar. Tem como mandar homens para matar seus pais só de raiva e você sabe que ele seria capaz. Ele te encontraria, te mataria, e pegaria as crianças. E sem você, eles não vão sobreviver ao Gustavo. Ela teria que ficar. Soube mesmo antes de começar a fantasiar. Ele já sabia que ela estava envolvida naquele incêndio, já sabia que havia mantido segredos dele e quando os socos começassem, ele não seria capaz de parar. Mariana sabia o que a mataria, e mesmo assim soube que teria que ficar.

Não o ter em casa era como perder uma barata de vista.

Latidos.

Ah, era quase hora de alimentar o cachorro. O que seria dele amanhã, quando ela não aparecesse?

Mariana soltou uma risada nervosa, exausta. Lembrou-se de arremessar a garrafa de álcool no estúdio do Max.

Mais latidos. O cão estava alarmado.

Ela destrancou a porta e saiu na chuva, sentindo um desprendimento estranho, que beirava uma ânsia pelo fim de tudo. E sorriu ao reconhecer a coragem que perdera quando se casou com Gustavo. Voltara a ser a Mariana incendiária e vagabunda da qual sentira tanta falta.

Não ia mais subir a escada e espiar pelo outro lado do muro. Saiu de casa e foi até o portão do vizinho. A chuva a ensopou em segundos, fazendo a roupa colar no corpo. Ouvia o cachorro latindo no quintal. *Vou soltar você, meu anjo. Se seu dono tiver alguma objeção, vai ser interessante.*

Um olhar rápido garantiu que a rua estava deserta, como esperado numa tempestade. Ela encaixou o chinelo entre duas barras de ferro e se impulsionou para cima. O portão tinha pontas, mas elas não assustavam mais Mariana. Ser empalada na casa do vizinho pelo menos tornaria o enterro interessante. Suellen diria: "tá querendo competir, cabeção?"

Conseguiu inverter o lado e saltou para dentro da propriedade alheia. O joelho reclamou um pouco, mas ela ficou orgulhosa da manobra.

Havia uma luz acesa dentro da casa. *Vou ter que te encher de porrada, vizinho*, ela sorriu. Caminhou até os fundos da propriedade por um espaço estreito entre a casa e o muro. No quintal malcuidado, que ela estava acostumada a ver pelo outro lado, lá estava o bichinho acorrentado, tão patético quanto ela. O cão parou de latir e avançou em Mariana, farejando-a, lambendo a chuva do seu rosto. No escuro, ela mal conseguia vê-lo. Sussurrou: — Vou te soltar, e você trate de seguir alguém pela rua e se fazer de bonzinho até ser adotado. Vá para a Colina do Sabiá, onde tem uma piranha rica que talvez te dê um rango.

Tateou a corrente próxima à coleira e encontrou um fecho. O dedo molhado escorregou algumas vezes, mas na quarta abriu. O cachorro correu de imediato, passando por entre as tábuas carcomidas que serviam como portão dos fundos. Mariana passou a mão no rosto para livrar-se da água que entrava nos seus olhos e boca. *Pelo menos isso*, ela pensou, erguendo-se. *Pelo menos ele ficou livre.*

Ela não conseguiria pular o muro ali nos fundos, teria que sair da mesma forma como entrou. Então veio a apreensão, de um jeito que ela parou de se mexer. Havia alguém ali. Alguma coisa ruim. O cachorro nunca latia daquela maneira, ele só chorava. Fora a chuva, tudo estava calmo demais. Mariana teve certeza. Caminhou com mais pressa até o portão e pulou sem a cautela de antes, correndo pela calçada, deixando seu próprio portão aberto e finalmente trancando-se em casa, o peito dolorido da corrida.

Olhando para a porta, ela cruzou os braços para se aquecer e deu alguns passos para trás. Então o cheiro, queimando suas narinas enquanto ela percebia os braços se fechando ao seu redor e o tecido contra seu rosto. Sentiu um gosto químico na boca antes de cair no chão.

GUSTAVO

Ele via apenas um pedaço alaranjado da estrada de terra. A noite comia todo o resto. Os faróis iluminavam alguns metros à frente, e ele sabia que não podia vacilar – as chuvas tinham transformado tudo em barro. Avistou o poste com luz que dava boas-vindas à chácara de Garaneta. Desta vez ele entrou na propriedade através dos portões abertos, deixou o carro deslizar pelo declive e estacionou ao lado de uma das camionetes do dono do lugar.

O casarão estava iluminado. Gustavo viu um zelador a distância, próximo à piscina, falando algo num rádio. Vasculhou o porta-luvas e encontrou a caixinha de Tic-Tac que estava procurando. Enfiou alguns na boca e olhou a arma. Não precisaria dela, mas era reconfortante saber que estava perto. Saiu do carro e fechou a porta.

Aos trinta e dois, na noite em que Garaneta telefonara para Gustavo no meio da noite pedindo ajuda, Gustavo soube que um dia cobraria aquele favor. Não tremia mais, não sofria mais de sessões agudas e rápidas de taquicardia, mas a adrenalina o deixara alerta, afiado. Teria que sair de Jepiri. Só um homem com o poder de Valério Garaneta e seus contatos políticos conseguiria uma transferência rápida para a delegacia de alguma outra cidade pequena. Tinha dinheiro guardado, ia recomeçar com Mariana e as crianças. Mas precisava ir com calma. Primeiro, resolver aquele caso, para ser bem visto por algum superior que pudesse facilitar a recolocação dele. Ou, se a igreja realmente estivesse envolvida, mostrar para Valério que tinha algo contra eles e pressioná-lo para ajudar na transição.

Ao se aproximar da porta da frente, ouviu um samba tocando lá dentro. Um pouco de barro no capacho. Ele bateu.

Uma mulher que ele conhecia abriu a porta. Dona de um corpo cheio de curvas, o rosto feio, mas sorridente, os cabelos enormes e os apetrechos femininos pendurados nas orelhas, pintados nas unhas, tilintando nos pulsos. Usava tão pouca roupa que chegou a distraí-lo.

— O Valério, por favor.

Falando "por favor" para uma puta, você, o delegado. Que piada.

Neide abriu espaço com um movimento do corpo, convidando-o a entrar. Gustavo tinha aversão a prostitutas.

Valério estava na sala. Decoração esperada para um cara como ele: móveis laqueados, cheios de espelhos e acabamentos metálicos. Um bar enorme ostentando bebidas de marcas caríssimas, algumas ainda envolvidas com fitas e laços, presentes de algum puxa-saco ou outro. Plantas artificiais, grandes, nos cantos. Lustres com flores de metal onde encaixavam-se lâmpadas pontudas. Um aparelho de som Bose. Garaneta levantou, sem camisa e descalço, usando calças *jeans*. Pelos no peito e barriga, uma caipirinha na mão. Abriu um sorriso falso, preocupado.

— Seu delegado, que honra.

Gustavo recebeu os tapinhas nas costas.

— Podemos conversar?

— Claro. Tá com uma cara meio abalada, Caldas, tá tudo bem?

— Manda a mulher dar uma volta.

Valério olhou para ela.

— Neidinha, vai fumar um cigarro lá fora?

— Claro, meu amor.

Esperaram ela sair. Valério enfiou os pés num par de chinelos e se arrastou até o aparelho de som. Baixou o volume, voltou e se sentou, gesticulando para que Gustavo fizesse o mesmo.

— Fala.

— Preciso saber o que fazer com o que encontrei. Você me pediu para esquecer Suellen Rocha, deixar a chuva fazer o trabalho dela e esperar a cidade parar de falar no assunto. Sei o que está em jogo, sei que deveria ter conversado com o Anselmo, mas não tive tempo. E acabei de descobrir que a Rocha deixou uma carta para aquele seu lutador, falando que encontrou irregularidades na contabilidade da igreja. Achava que alguém ia atrás dela. Só essa carta já fode com tudo, sem que eu tenha que ir mais a fundo, porque sei que vou encontrar muita coisa.

— Cadê a carta? Quem viu?

— Peralta e o lutador.

Valério coçou a barba.

— Você não vai querer mexer com a igreja. Significa mexer com a prefeitura, com a gráfica, com mais algumas empresas menores e um bando de coisa que você nem imagina. Não faça isso.

— Tem um assassino solto. Preciso prender alguém. Simples assim. O povo precisa de um rosto para responsabilizar pela morte da mulher, para terem a impressão de justiça feita. Não preciso entregar a igreja, mas alguém tem que rodar.

— É mais complicado do que isso, Caldas. Tem gente que já viu a carta... a coisa tá ficando perigosa para o seu lado.

Gustavo se recostou contra a poltrona. O cérebro reorganizava suas prioridades. Agora era questão de sair daquela casa vivo para dar o próximo passo. Manteve o rosto passivo.

— É só me falar o que fazer. Não quero atrito. Na verdade, estou pensando em sair da cidade.

— Liga para seu homem e manda ele trazer a carta aqui.

— É um investigador experiente, Valério. Não vai correr o risco.

Garaneta assentiu.

— Tô afim de resolver isso sem estresse hoje. Onde ele está agora?

— Não sei.

Valério se levantou, Gustavo prendeu a respiração e esperou. As mãos formigaram, a mente estava limpa, esperando. Ele observou Valério pegar o iPhone da mesa de vidro e colocá-lo à orelha. Falou, sem tirar os olhos dele.

— Nico, o Emanuel.

Gustavo esperou. Calculou a trajetória até o carro, o tempo que levaria para abrir a porta, abrir o porta-luvas e pegar a arma.

— Oi. Problemas. É, ela deixou uma carta, menciona a contabilidade.

Valério escutou o que o pastor falava do outro lado da linha.

— Tô com o Caldas aqui, ele não quer problemas. Entendi, por garantia. A esposa.

Gustavo pensou em Mariana. Nos filhos. A próxima frase de Valério confirmou seus receios.

— Entendi, sim, vamos garantir que tudo fique certinho. A mulher e as crianças. Só pra garantir cooperação. Só coloca uma coleira no seu justiceiro aí porque ele tá fodendo com tudo.

Gustavo se mexeu.

Um movimento até a porta, ouvindo Valério soltar um palavrão enquanto ele tentava abri-la.

O ar puro da noite penetrando suas narinas.

O jato de adrenalina soltando a musculatura das coxas enquanto corria.

O carro estava aberto.

Ouviu Valério berrando o nome de alguém no exato momento em que apertou a alavanca que liberava o porta-luvas. A mão fechou no coldre de couro e ele mediu a distância e a localização do zelador, que nunca foi um zelador, e Garaneta. Estavam se aproximando. Ele deixava a arma carregada. Puxou a pistola do coldre e liberou a trava de segurança. Quando se virou, o homem de regata, chinelos e bermuda de *tactel* já apontava uma pistola para ele.

— Solta, solta, solta!

O coração se debatia no peito. Ele soltou a arma e levantou as mãos.

Valério caminhava até ele, ofegante, o celular na mão.

— Porra, pra que isso, Caldas? Caralho, não vamos machucar tua mulher. Só que temos que fazer tudo direitinho. Vai cooperar ou vai levar um tiro aqui e agora? Porra, cara, tu tem que aprender a confiar um pouco.

— Eu tô cooperando — sabia que precisava acalmar Valério —, mas você colocou minha família no meio disso.

— Eu não dei ordens para ninguém machucar sua mulher. Não sou assim. Só vão ficar lá com ela para ter certeza de que você não vai aprontar nada. Você vai ligar...

— Valério, caralho, é a minha família!

— Você vai ligar para o teu homem, o Peralta, e vai mandar ele vir até aqui com aquela carta. Tá ouvindo?

— Eu ligo. Ele vem, não se preocupa.

Garaneta colocou o celular de novo à orelha.

— Tá controlado aqui. Beleza. — E desligou. Olhou em volta, uma ruga na testa. Encarou o capanga.

— Cadê a Neide?

RENO

Dafne estava no quarto, lendo relatórios com o logo CG impresso neles. Ele deu uma batida leve na porta, por educação, mas ela não pareceu ouvir.

— A coisa tá ficando séria. Eu ficaria bem mais tranquilo se você fosse para São Paulo, agora. Amanhã eu falo com o pastor, eu e o Peralta vamos atrás de uma descrição do cara que comprou as flores.

— Você ouviu o Franco dizer que a Copler tá envolvida. Você viu a loucura que é aquele lugar, aquelas pessoas gritando e oferecendo dinheiro como se tivessem sido hipnotizadas. Acha mesmo que eu vou embora, depois do que descobri sobre o suicídio do meu pai? É *minha vida*, Reno. Eles mexeram com a minha vida inteira. Estão usando minha empresa e meu nome para financiar campanhas, prostituição, tráfico!

— Aqui você é vulnerável demais.

— Tinha… você se lembra de uma história de uma quadrilha que vendia bebida e remédios falsificados na América Latina inteira? Pegaram só um caminhão, prenderam não sei quantos caras envolvidos, mas não encontraram todo mundo.

— Dafne...

— Todos os rótulos, Reno. Todas as caixas. Todos eram clientes nossos. Eu achei que fosse coincidência, mas e se a Copler estiver vendendo as embalagens para esse tipo de mercado? Fazendo milhões de embalagens a mais, descartando-as como se fossem rejeitadas pelo departamento de qualidade, e, na verdade, repassando-as para esses caras?

Reno sabia que precisaria de mais para convencê-la a ir embora. Depois da carta, depois que segurara em suas mãos a prova de que a igreja estava envolvida na morte de Suellen, ele sabia que chutara um vespeiro. Ele entendeu que precisaria afastá-la num nível mais pessoal. Era o único jeito de garantir que fosse embora.

— Se você não for, vou ter que ligar para seu marido. Vou ter que contar o que está acontecendo aqui, o risco que está correndo.

— Meu marido? — Ela riu. — Pode parar por aí. Me ajuda com esses documentos. Vai ser mais rápido se você me ajudar. Preciso pensar em quem posso confiar na gráfica, preciso de alguém lá dentro para me passar informação.

Ela não está ouvindo.

Dafne deixou os documentos de lado e fez um gesto que o deixou confuso, chamando-o com a mão. Com a cautela de quem se aproxima de um animal exótico, ele sentou no colchão dela.

Ela parecia procurar as palavras certas antes de falar, com um tom mais sóbrio, analítico.

— Eu sempre pensei que odiasse esta cidade. Mas quando eu soube da Su, alguma coisa dentro de mim ficou feliz, porque eu finalmente tinha uma desculpa para voltar. Eu pensei que fosse por sua causa, mas não é. E não é pela Mari e pela Cacau também. Eu entendo o que está acontecendo aqui. Esses caras são como...

— Como aqueles extraterrestres dos filmes antigos.

Dafne sorriu.

— Isso. Eles dominaram a cidade. De um jeito predatório, quase escravagista. Eles têm se alimentado do povo daqui. Eles *usam* o povo daqui.

Algo nas entranhas de Reno mexeu-se, como se despertado.

— E o que você acha que duas pessoas podem fazer a respeito?

— Não quaisquer duas pessoas. Você é um jornalista. E eu tenho acesso à empresa que tem servido quase como sede dessa merda toda. Você também tem os punhos e eu tenho a grana.

— Então vamos fazer isso?

— Eu não vejo como dar as costas ao que a gente descobriu. Se conseguirmos, aos poucos, juntar documentos, depoimentos, provas... a gente consegue foder com todos eles, Reno. A igreja, os políticos, os empresários, os traficantes, cafetões, todos, todos.

Ele teria que tirar Neide e Júnior da cidade. Mas era possível. *Talvez mais do que possível. Talvez seja o motivo para tudo isso, para você ter ficado preso a este lugar, para a morte da Su, para tudo ter acontecido como aconteceu.* A racionalidade dele não o permitia assumir aquilo a alguém. Mas ele sabia que, em algum lugar mais íntimo, a ideia o fascinava.

Dafne falou: — Sabe, eu sempre pensei que eu fosse... ruim. Uma pessoa mais próxima do inferno do que do paraíso.

— O que você pode ter feito para achar...

— Reno, você não sabe o suficiente sobre mim. Mas tudo bem. A verdade é que talvez a cidade precise de alguém ruim para fazer alguma coisa.

E ele também não era parte da podridão de Jepiri? Trocando socos por reais no ringue do Garaneta?

Dafne olhava para ele como se quisesse dizer algo. Quando ela falou, pareceu a ele que só dizia metade do que sabia.

— A Mari não é feliz. Eu só acho importante que saiba disso. Ela não ama aquele homem.

Reno não queria falar sobre Mariana. Ainda doía demais.

— Então...

Ela mordeu o lábio, mostrou incerteza pela primeira vez. Depois firmou a voz.

— É. Nós vamos atrás deles. Eu e você, talvez com ajuda de um dos advogados e investigadores particulares mais barras-pesadas que conheço... com alguns aliados que podemos conseguir durante a jornada. Mas vamos atrás de cada um daqueles putos.

O celular dele vibrou. A tela dizia *Neide*.

— Alô.

— *Reno...*

Ela cochichava. Ele prendeu a respiração.

— Oi, tá tudo bem?

— *Primo, socorro. Estou na chácara do Valério. Aquele cara tá aqui, o delegado. Tá rolando uma gritaria aqui. Falaram seu nome. Acho que alguém vai machucar alguém, eu tô morrendo de medo, acho que eles vão matar alguém.*

— Se esconde. Corre para o mato. Já estou indo.

Dafne olhava para ele com os olhos arregalados.

— Que foi?

Reno sentiu uma onda leve de náusea. Era o medo, forte como um soco, se instalando dentro dele.

— Preciso do seu carro. Minha prima tá em perigo.

— Merda, vai atrás dela, eu me viro.

— Não abre a porta para absolutamente ninguém, nem a polícia, tá ouvindo? Se tranca aqui, apaga as luzes, me espera voltar!

Ele teve tempo de vê-la assentindo antes de descer as escadas correndo.

PAULO

Não era típico de Cacau não atender, nem quando estava furiosa. Ele leu pela terceira vez a última mensagem que havia mandado para ela, à tarde: "Tive algumas surpresas boas. O casal Pascolato decidiu fechar hoje porque vão viajar amanhã, então ficaram no escritório para assinar os papéis. Vamos comemorar essa comissão? Estou levando comida."

Era bem possível que ela tivesse dormido. Mas por tantas horas? Estava tão cansada assim? Ele estacionou o carro na garagem, trancou o portão e pegou as sacolas de comida, sorrindo como sempre ao ver o capacho da porta da frente: "Campainha quebrada, grite *plim* bem alto".

Quando ele esticou a mão esquerda para a maçaneta, notou a porta aberta. Em retrospectiva, Paulo se recordaria daquele momento como o último em que ele foi feliz. Ele também se recordaria de que não houve sequer um segundo de confusão. Ele soube, naquele exato instante, que nunca mais falaria com Cacau.

A sacola de comida foi ao chão, mas ele não escutou o som das garrafas estilhaçando. Acendeu a luz da sala. As próximas imagens vieram até ele como se as visse através de um olho mágico. Primeiro os pés dela, no chão, tortos. Depois o resto, o corpo tombado contra o sofá, a bacia que ela usava para o escalda-pés revirada, as bolinhas de gude espalhadas pelo piso numa poça d'água. A roupa intacta. Os olhos esbugalhados, a pele num tom de fígado, os lábios arroxeados. O pescoço arranhado.

Paulo tombou para trás.

MARIANA

Mariana estava na floresta e parara de chover. Sabia que aquilo não era a vida real porque as plantas eram diferentes, com cores vivas demais. Suellen estava lá, querendo falar. Suellen ainda era bonita, jovem e sorridente e estava usando roupas brancas. Mas não era possível, porque Suellen estava morta. Era uma visita. Suellen chamava com as mãos. Mariana caminhou até ela, sem sentir o solo, os galhos, as folhas sob seus pés. Era como se caminhasse em nuvens.

— *Você me perdoa, Su?*

— *Tem tanta coisa que você ainda não entende, Mari.*

— *Mas você me perdoa?*

— *Abre os olhos e olha onde você está. Ele tem planos para vocês duas, esperou décadas por esse momento. Mas não o odeie. Ele é como eu. A cabeça dele foi devorada por cães.*

Mariana abriu os olhos.

Sentiu de imediato as roupas geladas contra o corpo e esperou a escuridão tomar forma, compreendendo que estava no banco traseiro de um carro de tamanho popular. Seus ombros, braços e mãos doíam. Ela havia sido amarrada com os braços atrás das costas com um material rígido e forte, como plástico de organizar fios. Reconheceu o cheiro de sachê caseiro de magnólia e, ao aproximar o rosto do estofado, compreendeu que estava em seu próprio carro.

Não era Gustavo. Gustavo iria confrontá-la, bater nela, berrar com ela. Talvez até enforcá-la e se livrar do corpo. Mas ele não a colocaria amarrada dentro de um carro, não era assim que ele resolvia as coisas. Isso só deixava uma alternativa. O assassino de Suellen.

Ela conseguiu mexer as pernas e quadris para erguer-se e, ao olhar pelos vidros molhados de chuva, viu a vegetação que conhecia bem. A ligeira inclinação do carro complementou seu raciocínio e ela soube que estava na Coplerhouse.

Dafne também estava em perigo.

NEIDE

Neide não os ouvia e não conseguia enxergar muita coisa.

Estava sentada na terra molhada, encostada numa árvore, os joelhos próximos ao queixo, e rezava, em silêncio, para que não fosse encontrada. Sabia que baixara sua guarda, que com o tempo se acostumara a ser invisível, vendo e ouvindo um pouco de tudo, participando silenciosamente da transmissão dos boatos, ameaças e doenças venéreas em Jepiri. Ela nunca dedurara ninguém e por isso baixou a guarda, achando que aqueles homens a viam como cúmplice.

Olhou para o celular, uma linha fina e vermelha no fundo do ícone de bateria avisando que estava acabando. Fitou o 2% com desespero e pensou em ligar para Júnior. Pensou em dizer apenas "eu te amo". Queria poder mandar aquela mensagem em áudio para ele, para ele poder ouvir todas as vezes que sentisse saudades dela. As mãos suavam e por mais que ela esticasse os músculos do rosto e arregalasse os olhos, a mata era densa demais, escura demais.

Então Neide entrelaçou os dedos com as unhas longas, ovais, pintadas com esmalte roxo. Tocou a testa nos nós dos dedos e começou a prece mais intensa, mais verdadeira de sua vida. Pediu perdão por ser uma filha ruim, pediu perdão pela profissão, pediu para que seus pecados fossem perdoados. Sentiu orgulho de ter criado Júnior com amor, de ter lhe dado educação. Arrependeu-se dos tapas que dera nele, embora ainda achasse que haviam sido necessários.

Ouviu sons na noite, algo além dos grilos e da chuva. Galhos sendo partidos, folhas raspando contra folhas.

Em meio às lágrimas, ela fechou os olhos com força e apertou as mãos naquele gesto. *Cuide do meu menino, coloque pessoas boas em seu caminho, lhe dê oportunidades de trabalho honesto. E comigo só peço que seja rápido. Eu já sofri demais. Eu já sofri demais.*

Os passos estavam tão próximos que ela parou de respirar.

Silêncio.

Uma mão fechou nos seus cabelos.

O grito estridente de Neide ecoou na mata.

DAFNE

O celular vibrou na mesa de cabeceira. Era Rogério.

Dafne deu boas-vindas à interrupção. Precisava respirar.

— Oi.

— *Não estou aguentando de saudades.*

Ela jogou as pernas para fora da cama e se levantou. Vestira a camisola branca com esperanças de seduzir Reno mais uma vez, mas quanto mais lia e tentava compreender os números da Copler, menos conseguia pensar nele.

— Eu também. Como estão as coisas?

— *Cheguei só agora, tava no parto da* hippie. *Deu tudo certo. Aquelas coisas, a mulher não queria nem que eu encostasse nela, levou uma mulher para fazer massagem nas costas, recusou anestesia e ficou berrando no expulsivo. Mas tudo bem com ela e o bebê nasceu* ótimo. *A Rute deixou um estrogonofe aqui na geladeira. Vou jantar agora, tomar uma cervejinha.*

Dafne olhou pela janela do quarto, para o quintal. Tudo escuro, nenhum movimento.

— Sei que prometi voltar hoje e que você está chateado, mas as coisas estão meio complicadas aqui. Acho que o Alan anda aprontando na gráfica. Se estiver acontecendo tudo o que eu acho, pode dar cadeia para muita gente aqui.

— *Dafne, esquece essa gráfica. Deixa alguém cuidar disso pra você. Volta pra mim, vai.*

— Me dá mais dois dias.

— *Eu vou para o congresso. Não quero ir sozinho.*

— Vai ter que ir, não posso voltar agora. Escuta, é a empresa do meu pai. Eu cresci nos corredores de lá. Não posso entregá-la para um canalha usar como centro de operações para facções criminosas, que é exatamente o que está acontecendo.

— *Você está exagerando.*

— Te vejo em alguns dias. Te amo. Tchau.

Desligou sabendo que ele ficaria furioso. Jogou o celular na cama.

A campainha tocou.

Desde que abrira a porta para Reno na noite anterior, percebeu o quanto aquela campainha a lembrava de sua infância. Quantas vezes correra para abrir aquela porta para Cacau, Mariana e Suellen?

Desceu as escadas, apoiou as mãos na madeira e aproximou o rosto do olho mágico.

Davi.

Ela destrancou e abriu a porta, notando o quanto ele envelhecera, o quanto seus olhos lembravam os da irmã. Estava ali para conversar sobre ela, é claro, e talvez até para desculpar-se pelo velório fechado. Mas ele parecia surpreso por ela forçar um sorriso para ele e fazer um gesto para que ele entrasse.

— Oi, Dafne.

— Oi, me desculpa a camisola, vou lá em cima colocar um roupão.

Davi tinha a mesma altura que ela e ainda usava as mesmas roupas de adolescente; calça cáqui, camisa polo, todo certinho. Cabelos castanhos, pele clara, olhos bondosos. Ela estava no meio da frase ensaiada de condolências, subindo os primeiros degraus da escadaria, quando parou. A descrição da mulher da floricultura.

— Sim, obrigado pelos seus sentimentos. — Ele falava devagar, divertido ao observá-la compreender. — Agora esquece essa modéstia falsa e volta aqui.

Dafne virou o corpo para ele.

— Não — ela falou numa respiração profunda. — Isso não se encaixa. Isso não faz sentido.

Então ela notou o braço atrás das costas. E viu no piso encerado a sombra de uma tesoura imensa, feita para cortar flores.

— Ela era sua irmã — foi a única coisa que saiu.

Ele assentiu. Estava tão calmo que Dafne achou estar sonhando.

— Eu também achava isso até descobrir o que vocês fizeram.

Dafne manteve os olhos nele, mas fez uma varredura mental pela casa. Não havia faca. O celular estava no quarto. Reno estava longe. Ela não tinha chances.

— Nós vamos para onde mataram aquele menino, Dafne. Você vai assumir a culpa pelo que fez e implorar perdão.

— Não, eu não acho que vou, Davi. Se você vai me retalhar com essa tesoura, eu prefiro morrer em casa como meu pai.

— Então vai deixar sua amiga passar por isso sozinha?

Dafne manteve o rosto endurecido, tentando não demonstrar emoção. Mas ele viu o pânico nos olhos dela. Ele se aproximou devagar, não o suficiente para que ela tentasse algo.

— Ela está no carro, não tem como fugir, eu usei a trava de segurança contra crianças. Está inconsciente e amarrada.

— Você enlouqueceu?

Ele balançou a cabeça e ela viu o brilho do fanatismo nos olhos dele.

— É impressionante como você ainda acha que *eu* sou o louco aqui. O mundo está do avesso, não é possível. Você ainda acha que é a mocinha e eu, o vilão.

— A Suellen nunca fez nada...

Então ele deu os dois passos que faltavam e fechou as mãos nos cabelos dela. Dafne cerrou os dentes e tentou aguentar a dor. O hálito de Davi no rosto dela era estranhamente doce, como caramelo.

— Se você ousar falar que ela não fez nada de ruim eu juro que te mato aqui e agora, sem chance de redenção. Você sabe o que ela fez. Sabe do bebê, sabe do menino e sabe do que ela fez com ele antes de vocês o enterrarem como lixo naquela floresta. Ela contou, Dafne. Ela mesma admitiu, para o nosso pastor, o que fez.

Dafne fechou os olhos. Sabia que agora realmente não tinha chances.

PARTE X.

Traição
1996

Dafne abriu a porta do escritório e sentou-se na cadeira de couro reservada para as pessoas que tinham acesso a Carlos Copler. Esperou o pai olhar para ela do outro lado da mesa de vidro. Ele levou três minutos.

— Fala, filha.

— Já fiz tudo o que você mandou. Resumo dos processos de produção, leis de descarte de materiais e todo aquele resumo sobre gramatura de papel. Estas são minhas férias, mereço um descanso.

— Eu quis que viajasse comigo, você preferiu ficar.

— Não vou visitar Portugal e Espanha com você e a Liliana.

— Sua mãe te mimou, Dafne. E eu deixei, então aceito a punição. — Ele suspirou. — Estou com um monte de problema aqui. Não posso te levar para casa agora.

— Tudo bem, dou uma volta por aí.

Ele não respondeu. Voltou para os papéis que lia com os óculos caríssimos de leitura. Ela deixou sala dele, descendo as escadas, cruzando o *lobby* e saindo do prédio.

Sentou na grama, apreciando o sol no rosto. Sentia saudades de Mariana, que estava em São Paulo com o pai, visitando os avós paternos. Sabia que Gilmar flertava com alguns imóveis lá e estava aproveitando as férias da filha para estudar algumas possibilidades. Era por isso que passara um ano reformando a casa dos Kannenberg, para vendê-la. Elis ficara para trás para cuidar da floricultura. Dafne também sentiu o pesar, naquela tarde ensolarada, da distância de Suellen e de Cacau. Até onde sabia, Cacau ainda estava namorando com Paulinho. Suellen provavelmente levou uma surra quando chegou em casa após a noite na casa de Mariana. Tinha saído escondida, sabendo muito bem que castigos sérios a aguardavam quando voltasse, mas não era uma situação em que tivera muita escolha. Aliás, pareceu a Dafne que a palavra "escolha", quando usada para mulheres, era uma forma de deboche.

Fiquei do lado de fora da casa dela por umas duas horas na sexta, dissera Mariana duas semanas antes, *e dei uma olhada nela quando abriu a porta para o cara do Correio. Acho que deu certo mesmo, porque não parecia grávida.*

Dafne deixou seus pensamentos livres, sabendo aonde iriam. O primeiro destino era sempre aquela noite. Mariana adormecera ao lado de Suellen na cama, e ela deitara no chão, usando as almofadas para deixar-se o mais confortável possível. Acordara no meio da noite com barulhos contidos. Mariana dava remédio para Suellen, que tinha uma febre alta e sentia calafrios, além das cólicas. A febre só baixou duas horas depois, quando já podiam ouvir os bem-te-vis próximos à janela. Suellen adormeceu profundamente, e Mariana pediu para que Dafne tomasse seu lugar na cama ao lado dela. *Não vou conseguir dormir*, ela desabafou, *vou lá para a sala*. Dafne sabia que Mariana estava segurando o choro e deixou que fosse em paz. Deitou ao lado de Suellen e adormeceu também.

Depois daquela noite, depois que Suellen voltou para casa caminhando devagar enquanto enchia um absorvente a cada duas horas, houve uma quietude estranha entre as meninas. Toda a comunicação cessou. Os únicos momentos de contato entre Dafne e Mariana aconteciam durante o intervalo das aulas, e mesmo assim eram silenciosos. Mostravam que se amavam com gestos simples: Mariana guardava um lugar na escadaria para Dafne sentar; Dafne comprava chocolate para amiga na cantina. Mariana emprestava o caderno de geografia; Dafne passava o resumo de história para a prova. Comiam juntas sem se falar, quebrando o silêncio com trocas de informação ocasionais.

— Ainda não falou com o Reno?

— Ele não quer falar comigo.

Ou:

— Briguei com a Liliana de novo. Ela vendeu um quadro que era da minha mãe.

— Filha da puta desgraçada.

Sabiam que voltaria ao normal um dia. Sabiam que as férias e o distanciamento físico fariam bem às duas. Às vezes, se encontravam no Santuário para compartilhar daquele mesmo silêncio. Olhavam para as árvores, sorviam o cheiro de mato, comiam salgadinhos e bebiam refrigerante. Deixavam bilhetes e flores uma para a outra. Quando sozinhas, choravam de saudades das outras três.

Ela ouviu passos. Uma sombra comprida manchou o gramado e quando percebeu quem era, seu coração disparou. Reno sentou ao seu lado.

— Oi, Dafne.

— Oi.

— Se importa se eu sentar aqui? Estou no meu intervalo.

Ela se deu conta de que Reno ainda estava trabalhando na gráfica. Era natural que trabalhasse nas férias. Todos esses dias em que ela estivera ali, entediada, conhecendo todas as áreas da empresa do pai, poderia tê-lo visto.

— Não, claro, senta.

— Nem sabia que você estava aqui.

— É. — Ela sorriu. — Meu pai vai viajar semana que vem e quer que eu aproveite esse tempo para conhecer as coisas.

Ele assentiu, olhando para a frente, também curtindo o sol. Usava *jeans* e uma camisa grossa com gola V azul-clara que todos os funcionários da produção usavam. Em letras brancas, no peito, o logotipo pontiagudo e as palavras Copler Indústria Gráfica.

— Tá gostando de trabalhar aqui?

Reno mexeu um pouco a cabeça, medindo sua resposta.

— Não posso reclamar. — Sorriu. — É um emprego.

— Pode reclamar para mim. Eu também não gosto.

— Não, até que eu gosto. Mas eu tenho que trabalhar, você tá de férias. Não deveria estar na floresta com as meninas?

Havia uma pontada de raiva ali? Ela achou que sim.

— Não estamos juntas. Quer dizer, falando assim parece um namoro. Quero dizer que estamos meio brigadas. Não eu e a Mari. Mas as outras.

— O que aconteceu? Soube que a Suellen e a Cacau saíram na porrada.

— Vai ficar chateado comigo se eu disser que não posso te contar o motivo?

— Não, já estou acostumado.

— A Mari não... — Dafne parou. Não soube o porquê.

— A Mari sumiu — ele falou baixo. Dafne olhou para o rosto dele. Os cabelos pretos reluziam ao sol, a pele dele já estava bem bronzeada do verão. Uma vez ela lera que o beijo nasceu na era Paleolítica, do hábito das mães mastigarem a comida e alimentarem seus bebês passando-a para a boca deles. Não sabia se acreditava nisso. Achava que poderia ser mais instintivo, porque tudo o que queria fazer era colar sua boca na de Reno. Ele continuou.

— Ela não quer me ver, mas também não tem coragem de explicar por que, eu não entendo. Nada aconteceu entre a gente. Nada de ruim. Um dia a gente estava bem, superbem... — Quando ele parou, Dafne quase ouviu as palavras que ele não disse. Que estavam loucos um pelo outro, que se encontravam no lago para transar, que não conseguiam parar de se beijar. Ela ouvira o suficiente de Mariana para preencher as lacunas da narrativa, para imaginar os dois numa cópula intensa e suada em meio às plantas. Os beijos ofegantes depois e as juras de amor. Era quase como se Dafne tivesse testemunhado tudo aquilo, escondida na mata. *Peeping tom*, teria dito Mariana.

— Ela tá em São Paulo — Dafne falou baixo. — A avó paterna dela mora lá. Volta no final das férias.

— Ela conversou com você sobre nós? Falou se está chateada comigo?

Eles observaram um caminhão entrar no complexo e contornar o campo gramado até o galpão.

— Não, não falou nada.

— Preciso ir. Só vim te dar um oi.

Ele se levantou. Ela sentiu o coração pesado. Não queria que ele fosse, mas não ousou se pronunciar. Não conseguiu se despedir, tampouco.

Reno ficava menor ao se distanciar dela. Contra a luz cada vez mais alaranjada do sol, que ameaçava afundar entre duas montanhas de um jeito quase erótico, ela olhava o movimento das costas dele, da nuca máscula, das coxas dentro do *jeans*.

Ela ficou sentada na grama até o sol se pôr. Ouviu o sinal indicando o final do turno regular. A gráfica não fechava. À noite, funcionava com menos gente, mas a produção nunca dormia. Naquele momento, Reno estaria parando o trabalho e iria para casa. Ela olhou por cima do ombro, para o prédio principal, e viu as luzes acesas no escritório do pai. Então se levantou e caminhou até o galpão de carga e descarga de material.

Pilhas e pilhas de papel, sujeira no chão, caixas de papelão que eram sobras desmontadas. Dois caminhões parados, prontos para receber material. Homens uniformizados tomando café de uma cafeteira de plástico. Todos olharam quando ela passou. Mas ela só fez contato visual com um, enquanto andava até a porta corta-fogo.

Empurrou e entrou naquele ambiente com cheiro mineral, frio, da escadaria. Uma luz acendeu, sem som, sem muito alarde. Ela subiu um lance de escadas e esperou, ouvindo a própria respiração.

Ele não vem, suspirou. É apaixonado por ela, sempre foi.

Ouviu a porta abrir e fechar. Sorriu. *Mas é homem.*

Ela ouviu os passos na escadaria. Então ele apareceu.

Dafne não ia esperar. Já esperara anos por ele. Desceu dois degraus e enfiou os dedos nos cabelos dele, olhando bem em seus olhos. Os de Reno pareciam tristes. Os dela, ela sabia, frios. Beijaram-se com vontade, com pressa. Dentes, línguas, gemidos. Reno abriu as palmas das mãos na bunda dela e apertou com força, separando as nádegas. Fez com que ela perdesse o fôlego por alguns minutos. Fodeu completamente o raciocínio dela, fazendo com que sentisse as primeiras ondas de um orgasmo que só viria muito tempo mais tarde, se não parassem. Então ela quebrou o beijo e arrancou a blusa, bagunçando os cabelos, e foi quando Reno se afastou.

— Dafne, não dá. Você é linda, mas ela… eu e ela, eu vou tentar até o final, entende? Eu preciso ter certeza. Não fica brava.

Ele não esperou que ela conseguisse formular alguma frase de persuasão, nem que pudesse vasculhar seus sentimentos atrás de uma palavra que fosse afirmar sua dignidade. Se tivesse esperado, teria visto Dafne implorar, pela primeira vez em sua vida. Reno não esperou. Murmurou um "desculpa" e saiu dali.

Mariana estava no lugar secreto deles, sentada no V entre dois galhos robustos de uma Paineira Rosa. Como um moleque, ela esticou os joelhos e pulou ao chão. Passou as mãos na bunda, limpando os *shorts*, e caminhou na direção dele.

— Oi.

Reno sentiu vontade de brigar. Estava com raiva dela por ter se mantido tão longe, por ter simplesmente deduzido que ele esperaria, como um idiota, até que ela voltasse, até que estivesse disposta a conversar.

— Oi.

— Fiquei com saudades. — Ela enfiou as mãos nos bolsos traseiros. — Pensei em te ligar, mas sei que da última vez que conversamos foi estranho, então achei melhor te dar um tempo.

Ele olhou para o lago.

— Eu não te entendo. Tava tudo bem. Aí do nada você ficou diferente.

— Eu não fiquei diferente, algumas coisas aconteceram. Eu precisava de um tempo.

— Eu não tenho saco para jogos, Mari. Eu te amo. Já falei isso mil vezes e não tenho vergonha nenhuma de falar isso. Mas, se vai ser assim, se nunca vou saber o que fiz de errado, então é melhor a gente...

Ela franziu a testa.

— Você não entendeu nada. Eu não sou assim. Não gosto de joguinhos também. Mas as coisas ficaram estranhas e eu queria ficar bem antes de ficarmos juntos. Só isso. Não queria descontar minha raiva em você. Então fiquei longe.

— Raiva do quê?

Ela desviou o olhar.

— Mari, vão ser sempre elas. Já dá para ver isso. Eu fico sempre em segundo lugar para você.

— Não tem nada a ver.

Reno apertou a mandíbula para não falar. Mas queria machucá-la, nem que fosse apenas para saber que ela se importava.

— Eu beijei a Dafne. Acho que ia além disso. Ela queria mais e eu também. E eu parei e fui embora por sua causa, mas sinceramente nem sei...

Mariana recuou um passo. Olhava para ele, assustada, estudando o rosto dele atrás de algum sinal de que estava mentindo. Naquele momento, ele entendeu que aquilo era muito mais grave para ela do que ele pensara.

— Você beijou a Dafne?

A voz grave que ele tanto amava. Reno entendeu que ele cruzara uma barreira sinistra naquele elo entre elas. Percebeu que beijar Dafne não era como cometer um deslize com uma colega de escola.

— Sei lá, você tinha sumido — ele falou.— Eu tava sozinho aqui, lá no trabalho temporário na empresa do pai dela... — Ele percebeu que começara a rechear o discurso com palavras para ganhar tempo. — E a gente conversou e rolou um beijo. E eu tô te contando isso para você perceber o quanto mexeu comigo quando se afastou.

Mariana olhava para ele com olhos secos, bem abertos, analíticos.

— Eu não conseguiria beijar outra pessoa por nada nesse mundo. Foi assim que eu tive certeza de que você era o amor da minha vida. Sim, eu sabia que era cedo demais para ter te encontrado, eu sei que somos novos, eu sei de tudo isso, mas mesmo assim...

Ela virou as costas e se distanciou dele com passos firmes, furiosos. Ele olhou os cabelos dela, que amava, que tinham cheiro de xampu de amêndoas. O vento balançava aquela cabeleira e fazia as folhas produzirem um chiado elétrico, suave, nas margens do Ajubá. Reno olhou para o futuro, se perguntando se lembraria daquele dia com indiferença ou arrependimento.

Elis bateu na porta do quarto. Como a filha não abriu, ela se permitiu entrar. Mariana chorava contra o travesseiro, o rosto vermelho e molhado. A mulher mais velha sentou-se na beirada da cama e acariciou os cabelos dela.

— Não sei o que foi. Na sua idade sempre existe um motivo para chorar — falou com doçura. — Quando crescer, você vai ver que nada disso era importante. Como posso ajudar, Mari? Minha mãe nunca esteve ao meu lado, nunca me levou a sério. Não quero ser como ela, mas também não sei o que precisa.

— Só quero fica sozinha, mãe.

— Então tá. Se quiser comer alguma coisa, me chama. Se quiser só chorar no ombro de alguém, me chama também.

Mariana assentiu, virando o corpo para o outro lado.

Elis tirou o envelope do bolso e o colocou na cama da filha.

— Deixaram para você na caixa. Não abri.

Quando saiu, Mariana esticou a mão para trás, tateando a colcha até encontrar o papel. Reconheceu a letra inclinada de Maria Cláudia. Seu nome estava escrito com uma caneta preta. Rasgou o envelope e tirou de dentro um pedaço de papel de caderno, rasgado às pressas.

Estarei no Santuário no sábado às 13h. Quero ver vocês, conversar. Nossa amizade é forte demais para que acabe desse jeito. Quero ser perdoada por vocês e estou disposta a perdoar também.

Cacau.

PARTE XI

O Peão

2017

RENO

Reno largou o Volvo a meio quilômetro da chácara. Sem perceber que afundava os pés na lama, caminhou em direção ao lugar onde lutara duas vezes por semana nos últimos três anos. Sabia que estava em modo lutador, com a raiva à flor da pele, mil vezes mais forte do que o medo. Sabia que machucaria quem tivesse tocado na sua prima. Aceitou a possibilidade de ir para a prisão por isso.

Ouvindo nada além da respiração e os próprios passos no barro, ele subiu o aclive que levava à entrada da propriedade. Dos portões, agora fechados, ele espiou a chácara pelas frestas das tábuas de madeira. A casa estava iluminada, mas nada além dela. Enxergou o caminho até o casarão principal, olhou a piscina vazia e seguiu o declive até o campo de futebol, onde os churrascos e as lutas aconteciam. Tudo apagado ali. Com tantas árvores, numa noite nublada, era impossível saber se capangas de Garaneta circundavam a propriedade.

Para onde Neide teria corrido? Além do campo de futebol, a mata era impenetrável, cruel demais, praticamente impossível para uma pessoa com pouca roupa, no escuro. Ela se machucaria nos arbustos e não conseguiria ir longe. Reno virou o rosto para o outro lado da estrada de terra. Não, ela não teria conseguido subir até lá sem ser vista.

Rezando para que ela tivesse colocado o celular no modo silencioso, ele fez a ligação.

Tocou duas vezes.

Então a linha abriu, mas ela não respondeu.

— Neide. Onde você está?

— *Oi, Reno. Calma. Estamos com sua prima.*

Ele fechou os olhos. Tentou respirar, tentou manter-se são.

— *Ela apanhou um pouco, mas está bem.* — Era Valério. — *Você precisa vir até a casa conversar com a gente.*

— Eu não sei o que está acontecendo aí e não me importo. Só vim buscar minha prima.

— *O que está acontecendo aqui tem tudo a ver com você, Reno. Eu sugiro que entre. Somos amigos. Quer falar com a Neide?*

— Quero.

Houve um pouco de atrito entre o telefone e algum objeto. Reno esfregou o suor da testa com a mão.

— *Oi, primo.*

Ela estava apavorada. Não chorava. Era mais forte do que ele desde os doze anos.

— Neide, eu tô indo te buscar. Por favor, aguenta firme.

— *Tudo bem.*

A voz de Valério saiu com mais excitação: — *Tá armado, Santiago?*

— Eu não ando armado, você sabe disso. Não toco numa arma há mais de dez anos. Só estou aqui para buscar minha prima.

— *Então entra pelo portão. O Bauru vai até aí abrir. É só ficar calmo que vai dar tudo certo para você e sua prima. Anda devagar, sem gracinha.*

— Tudo bem.

Ele desligou e enfiou o celular no bolso, sabendo que o homem de Valério o tiraria dele. Pensou em acionar a polícia, mas desconfiava que todos estavam no bolso de Garaneta e só sabia que o delegado fazia parte do conflito. Achou melhor não correr o risco de piorar as coisas.

A figura se movia, minúscula e sem pressa, subindo o caminho da casa até os portões. Ao se aproximar, Reno reconheceu Bauru, um rapaz de uns vinte e cinco que estivera a serviço de Valério há anos. Despreocupado, como um verdadeiro psicopata, arrastando os chinelos nas pernas magras, segurando um rádio na mão esquerda e uma pistola na direita. Não falou nada ao chegar ao portão. Puxou a corrente, enfiou o rádio na bermuda e usou uma chave pequena para abrir o cadeado. As correntes ficaram murchas, penduradas na madeira, e uma das portas se abriu para dentro, bamba.

Reno entrou e esperou Bauru fechar. Podia neutralizá-lo, supôs, mas não sem que o rapaz tentasse disparar a arma. *Não vai ajudar a Neide eu bancar o herói agora.*

O rapaz gesticulou para que ele fosse na frente. Reno começou a caminhada, sentindo um frio estranho nas costas, ciente de que uma arma estava sendo apontada para ele.

Ao pisar no alpendre, Bauru passou na frente de Reno e abriu a porta. Reno entrou, encontrando Valério na ostensiva sala de estar. Sentado numa poltrona, com outro rapaz apontando uma pistola para sua cabeça, estava Gustavo Caldas. Suava, todos os seus consideráveis músculos tensos, uma veia saltando no pescoço.

Reno viu mais um capanga nos cantos da sala. Tinha uma metralhadora pendurada no pescoço. Um rapaz magro, de origem pobre, com olhar vazio, indiferente.

— Só vim buscar minha prima. — Ele falou, tentando manter a voz calma.

— Senta aí, Santiago.

Ele sentou num sofá de costas para a parede. Pelo menos conseguia ver o que todos estavam fazendo. Valério tomou uma poltrona ao lado de Gustavo.

— Sabemos da carta. Sabemos que você já leu e que está nas mãos do seu amigo André Peralta.

— A carta pode ser rasgada, queimada, eu não me importo.

— Mas eu me importo. Muita gente na cidade se importa. Tem muito dinheiro em jogo aqui. Tem emprego pra caralho em jogo aqui. Você tem cara de burro, mas não é. Como a gente faz, agora?

— Eu vou embora daqui com minha prima e você nunca mais escuta falar da gente. A gente sai da cidade como sinal de boa-fé e nunca abre a boca.

— Sua prima já viu e ouviu demais.

Reno sentiu o coração afundar.

— Eu faço o que você quiser, Valério. O que precisa?

Garaneta sorriu um pouco, pensou.

— O delegado aqui também está sabendo demais. Ele é menos complacente do que você. Vingativo. — Ele olhou para Gustavo. — Então as coisas estão bem complicadas para ele. Vamos fazer o seguinte... —Levantou-se. — Vamos esperar um pouco. Aí a gente conversa sobre o que vai acontecer com vocês.

Ele chamou Bauru com o queixo e eles saíram da sala, descendo um corredor e indo para outro lugar. O outro capanga ficou de olho.

O que Valério estava esperando? Ordens, provavelmente. Reno forçou-se a pensar. Do que ele precisava? Deveria estar indo atrás da carta, atrás de Peralta, certamente haviam pedido para Gustavo chamá-lo e, esperto como era, o outro não atendera a ligação. Se Valério encontrasse a carta, provavelmente mataria todos eles. Simples queima de arquivo, essencial para a sujeira continuar funcionando. Mas não queria sujar as mãos. E estava esperando ordens de algum superior.

Reno e Gustavo viraram os rostos em direção à porta quando ouviram carros estacionando do lado de fora. Trocaram um olhar. Reno nunca havia visto medo nos olhos de Gustavo e aquilo o deixou ainda mais preocupado.

A porta abriu e um homem entrou, familiarizado com a casa. Reno reconheceu Alan Murtinho, o presidente da Copler. *Puta que pariu, a Dafne tinha razão.*

Ele olhou para os homens sentados com certa dose de preocupação. Reno percebeu que, naquele momento, ele era um problema que Alan e Garaneta tinham que resolver. Precisava encontrar uma forma de tirar Neide daquele lugar.

Alan não falou nada, mas caminhou até o corredor e desapareceu.Um instante depois, houve conversa no cômodo ao lado, exaltada, mas ininteligível.

Gustavo olhou para Reno.

— Cadê o André? Me fizeram ligar para ele, mas o celular tá desligado.

Reno percebeu que o rapaz armado no canto não se incomodava com conversa. Limpou a garganta.

— Não faço a mínima ideia.

Quando encontrarem a carta, vocês dois morrem.

Reno pensou em Davi e rezou para que ele não fosse um alvo daqueles caras, para que não fossem atrás dele, achando que, por ser irmão de Suellen, pudesse saber de algo sobre a corrupção da igreja.

Ouviram algumas palavras vazando do cômodo ao lado:

... exatamente como queríamos!

... é esperto... outro município...

... investigação e acabou!

E então silêncio. Haviam baixado a voz.

— Ele não tem ninguém.

Reno olhou para o rosto de Gustavo. Ele repetiu:

— O Peralta tem essa vantagem. Não tem família, namorada, filhos, nada. Não existe nada que possam usar contra ele, por isso estão desesperados. Se ele mandar uma cópia dessa carta para a delegacia de Mamarapá, acabou. Vão abrir um inquérito e o castelo de cartas que sustenta toda essa merda vai desmoronar. Estamos vivos só porque acham que podem barganhar de um jeito ou outro.

E Reno entendeu o pânico no rosto do desgraçado.

A Mari. Eles vão atrás de Mari e dos filhos dela.

Então os dois homens voltaram para a sala. Olhavam para Reno e Gustavo de uma forma diferente. Reno sentiu um frio no estômago quando percebeu que estavam mais calmos. Alan sério, Valério quase sorrindo.

— Venham, vamos resolver essa merda de um jeito que um de vocês não precise morrer. Seremos criativos. Levantem.

Foram empurrados até a porta. Reno sentia as armas apontadas para ele, e o pânico começou a dar seus primeiros sinais quando Garaneta abriu a porta e eles foram conduzidos para fora da casa. Contornaram, sob o céu nublado, a propriedade e Reno compreendeu que iam para o campo de futebol lá embaixo, ladeado por árvores, onde as rinhas das quintas e sextas aconteciam. Naquela noite, no entanto, não havia mais ninguém na chácara e as luzes não estavam acesas. Ouviam-se nada além dos passos na grama e as respirações dos seis homens que faziam parte daquela caminhada mórbida.

Quando Valério parou de andar, colocou uma mão sobre a cerca de madeira do ringue. Fez um gesto de cabeça para Reno, convidando-o a entrar, um sorriso no rosto.

— Conversando com meu sócio aqui eu me lembrei que ouvi, mais de uma vez, um boato sobre uma certa inimizade entre vocês dois. Parece que tem a ver com mulher. Quem vai me explicar essa história?

Alan cruzou os braços, tenso, os olhos inquietos. Um dos homens armados ria junto com Garaneta. Reno entendeu.

— O que foi, ninguém quer contar? — Valério olhou para Gustavo. — O Reno comeu aquela tua esposa gostosa, Caldas?

Gustavo foi rápido na sua tentativa descontrolada de ataque, mas enquanto Valério dava um passo para trás, rindo, Bauru cortou o ar num semicírculo com a arma e a enterrou na barriga dele. Gustavo dobrou e ficou mole, apoiando um joelho no barro, quase sem soltar um som. Um homem que já apanhara antes.

— Você é previsível pra caralho. — Havia desdém na voz de Valério. Reno já ouvira aquele tipo de discurso antes, quando ele falava dos homens que perdiam as lutas, quando falava de política, quando se referia a algumas mulheres da cidade. Nunca o havia assustado antes.

— Vou explicar como isso vai acontecer.

Ele trocou um olhar com Alan, e Reno se preparou para ouvir o que temia ouvir.

— Essa merda saiu de controle — foi como um desabafo de Valério. — Íamos segurar a bronca apagando só duas pessoas, conter o problema, estancar a sangria. A Suellen era problema do Emanuel. Aquela gorda ia foder com décadas de trabalho da igreja, ele sabia, e então desabafou para o Alan aqui um dia. E no dia, quem estava na nossa festa era um cara chamado Marcos, que trabalha no gabinete do prefeito, e adivinha só? Conhecia bem a Suellen dos tempos de colégio.

— Eles não precisam saber de nada disso — Alan interrompeu, a voz baixa. — Quanto menos souberem, melhor.

Valério virou o rosto para ele. Então olhou para os dois capangas, depois para Reno.

— Tem homem que tem colhão para roubar dinheiro e fazer negócio sujo, mas não para esse tipo de coisa. Aí eles me chamam para resolver os perrengues. Olha esse daí... — Mais uma vez olhou para Alan. — Não quer que vocês saibam que ele tá envolvido nesse lixo todo. Recebe prêmio, é o pai do ano, marido perfeito. Até puta ele recusa.

Alan estava desconfortável. Olhou para os próprios pés, soltou um suspiro. Garaneta continuou, talvez para irritá-lo. Gustavo se levantava, devagar, a mão na barriga.

— Então o Marcos começou a falar, sabe como bêbado fala, que a Suellen era amiga, muito amiga, da tal da herdeirazinha, a Dafne. Sabe que essa daí é uma pedra no rim do Alan desde... sei lá, quando?

— Só acaba logo com o teatro, Valério.

— Desde... sei lá. Ela tem mais da metade do negócio que, na cabeça dele, é dele e não vende nem fodendo. Enfim, toma um uísque aqui, toma outro ali, e na verdade nem sei de quem foi a ideia. De quem foi?

Alan suspirou mais uma vez, mas falou com a voz firme, olhando para Valério na pouca luz que as nuvens difundiam no campo.

— Foi o Emanuel.

— Ah, é. A balofa tinha aprontado muito quando garota. Todo tipo de merda que vocês podem imaginar. Tinha dado para metade da cidade, engravidado e tirado o filho, e se envolveu em alguma merda com um moleque no mato, não lembro agora. Confessou tudo pro pastor alguns anos atrás. Ele achava que, mesmo com todos os podres sobre ela, não ia conseguir calar a boca da baleia, então deu a ideia de contar tudo para o irmão dela. Ninguém, cara, ninguém ali naquela noite botava fé que isso ia dar certo. Mas o bom pastor falou que conhecia o irmão, louco de pedra, e sabia que o cara não ia perdoar. Odeia mulher, principalmente o tipo de piranha que a tal da Suellen era. E ainda apostou com o Alan, o quê? Mil reais, não foi?

— Quinhentos.

— Que a tal da Dafne ia aparecer no velório. — Garaneta fez um gesto, apertando a ponta do dedo indicador no dedão. — Tudo quase deu certo. A Suellen e a herdeira: acabou o problema, as duas iam sumir e morria aí. Mas aí tem essa merda dessa carta agora, e a ocorrência com a médica, e parece que aqui, agora, mais uma vez, eu vou ter que resolver essa merda.

Reno umedeceu os lábios, que estavam secos de medo.

— Ocorrência com a médica, o que é isso?

— O babaca do Davi perdeu o controle e saiu matando mais gente. Matou uma médica, tá cheio de viatura lá agora, o marido encontrou ela e pirou bonito. E aí o Davi foi atrás da tua mulher, Caldas, para apagar ela também. Despirocou o filho da puta. Pegou gosto pela coisa. Missionário de Deus e essas merdas. Tá cheio desses retardados por aí.

Reno viu seu próprio pânico refletido no rosto de Gustavo. Valério estava falando mais alguma coisa, mas ele não conseguia se concentrar. Mariana. Cacau. Não era possível que Davi tinha feito aquilo. Mas mesmo enquanto tentava recalcular os fatos, sabia que era verdade. De um jeito íntimo, sabia que era verdade. Lembrou-se de uma das frases preferidas de Mariana: *a verdade se estabelece.*

— Tá indo para lá tentar controlar aquele merda que quase colocou tudo a perder. Só que eu tenho que lidar com vocês dois. Então acabou o discurso e acabou o joguinho. Reno, presta atenção.

Reno olhou para Valério, que falou:

— Minha oferta é boa: tua prima sai viva dessa para continuar engolindo porra por trinta reais em outra cidade. O Emanuel vai segurar as pontas lá do outro lado e vai tentar livrar a esposa do Caldas, se ela cooperar e os moleques também. A Dafne já era, ela foi trazida para cá justamente para sumir do mapa e parar de interferir na gráfica. Na verdade, tudo isso aconteceu para pegarmos ela aqui no nosso território. Dava para encomendar a execução dela em São Paulo, mas aqui fica bem mais fácil, aqui a polícia é nossa. Bom, na pior das hipóteses, você cumpre alguns anos na prisão por homicídio culposo, mas sai. E quando sair, suas mulheres vão poder te compensar.

Valério parou por um segundo, depois continuou.

— A gente vai falar que foi uma luta clandestina, que os dois beberam e que queriam resolver esse mal-entendido de corno aqui. Eu mesmo pago teu advogado, Santiago.

Gustavo recebeu um tapa nas costas, de Bauru.

— Entra aê, seu delegado. Tu vai apanhar.

Ele se abaixou para passar entre as madeiras, entrando no ringue como um homem que tem a intenção de lutar. Reno pensou em argumentar, em dizer que não iria lutar com outro homem até a morte. Sabia que seria um desperdício de palavras.

Olhou para Gustavo, tentou se lembrar de todos os motivos pelos quais o detestava, mas só conseguia pensar em Mariana, em Dafne, em Neide. Suellen e Cacau ele não poderia salvar, mas agora havia uma possibilidade real de sair daquela chácara, mesmo que algemado.

A morte de um delegado de polícia seria investigada de um jeito bem diferente do assassinato de Suellen. Matar Gustavo era um risco que aqueles homens não estavam dispostos a tomar. Um tiro seria difícil explicar. Já uma briga com um homem com reputação de violento, como Reno, que tinha um histórico com a esposa dele, era algo mais fácil de vender para a Polícia Civil. Com a confissão do próprio Reno acerca de seus motivos, era possível que nem houvesse inquérito, ainda mais com as influências de Alan Murtinho, Emanuel e Valério. Ainda mais em Jepiri.

Reno entrou no ringue sabendo que seria a última vez. Haveria alívio se não estivesse ali com o propósito de matar outro ser humano. Gustavo o estudava com uma expressão de aceitação. Mas ele lutaria, Reno sabia. Um homem como ele lutaria.

Valério bateu palmas no ar, duas vezes.

— Anda logo. — E, gargalhando, esticou o braço, fechou a mão com o polegar para cima e lentamente o curvou para baixo, imitando um imperador romano no Coliseu.

Reno flexionou os dedos e os fechou em punhos. Ouviu os grilos no mato. Pensou nas tantas noites em que castigara outros homens em troca de um pouco de dinheiro. Pensou na mãe, que morreria de tristeza se soubesse que ele foi preso. Não tinha escolha. Abriu a boca para pedir a Valério que lhe mostrasse Neide, mas não queria que a prima testemunhasse o que ele estava prestes a fazer. Olhou para o punho. Então levou um soco e caiu no chão.

DAVI

A exaustão dos últimos dias fez com que Davi fechasse os olhos contra o sofá da casa de Dafne. Não dormiu, não se permitiria dormir antes de terminar o que começara. Pensou na graça de Deus. Pensou nas palavras de Emanuel, duas semanas antes. "Os guerreiros de Deus são humanos, Davi. Cuidado com a soberba, cuidado com a falta de humildade. Você é um guerreiro de Deus, nunca tenha dúvidas disso, mas ainda é humano, um homem. Depois de toda batalha, nos sentimos vulneráveis e com dúvidas e, às vezes, cansados demais para continuarmos. Nunca se esqueça da graça de Deus. Ela se manifesta em você em momentos como este, é a centelha de Deus dentro de você, é a fonte do seu amor e sua fé".

O pastor segurara suas mãos e olhara nos seus olhos. "Você tem muita certeza agora, mas, quando começar, vai ter seus momentos de dúvida. Vai ficar cansado. O que está prestes a fazer é um trabalho para poucos, filho. E tudo aconteceu de forma que eu, sinceramente, não tenho dúvidas de que Deus escolheu você para isso. Mas é sua irmã. Vai ser doloroso".

Davi havia chorado muito naquela tarde. Os pais fizeram a gentileza de sair de casa para que ele pudesse conversar com o pastor com privacidade, e ele foi grato. Não escondeu seus sentimentos de Emanuel, que enxergava como uma extensão de Deus, alguém que fora tocado por Seu amor para espalhar Sua palavra. "Depois de tudo o que ela confessou, depois de tudo o que ela teve coragem de te falar, senhor, o que sente por ela"?

Emanuel pensou um pouco antes de falar. "Eu sinto amor e compaixão, Davi. Por isso não sou a pessoa certa, por isso Deus não me escolheu como soldado. Todos nós temos o nosso propósito. A mim Ele deu o dom da palavra e do carisma. Eu poderia usá-lo da mesma forma que artistas e políticos fazem, para ganho próprio, corrupção e sujeira, mas escolhi usar meu dom para levar Sua palavra às famílias desta cidade, para trazer prosperidade e conforto aos seus lares. Cada um de nós luta como pode. O que você sente por ela? É uma assassina, mas é sua irmã".

Davi não soubera expressar seu ódio por Suellen. Queria saber usar melhor as palavras, porque elas não pareciam transmitir o quanto ele a odiava, o quanto sempre a odiara e que acabara de descobrir o motivo. Ele era testemunha do trabalho que os pais tiveram para educá-la, todos os sacrifícios que tinham feito, o quanto havia sido dolorido para eles submeterem Suellen a verdadeiras sessões de tortura para ensiná-la e, mesmo assim, precisarem conviver com a mancha dos seus pecados. Lembrou-se bem da tarde em que ela confessou aos prantos que deixara um homem abusar dela num estúdio de tatuagem. Davi nunca esqueceria o nojo dos pais. Lembrou-se do pai açoitando-a com um cinto, também em lágrimas, consciente de que precisava castigar o corpo dela para que sua alma fosse poupada. E, mesmo assim, Suellen havia sido capaz dos piores crimes que um ser humano pode cometer, num deboche à família que tanto a amara, que a sustentara.

"Eu a odeio, senhor, e sei que não é um sentimento de Deus, mas não consigo parar. Como perdoo uma mulher imunda que cometeu um pecado que é pior do que a guerra, pior do que a fome, pior do que qualquer coisa? Como posso esquecer que ela assassinou um inocente, um bebezinho que não teve culpa de nada, nunca? Não consigo. Minha boca enche de nojo por ela, me dá vontade de cuspir só de pensar no que ela fez. E aquela outra coisa... aquilo é ainda pior. Aquilo é a mais pura manifestação do demônio no corpo de uma mulher lasciva".

"Sua irmã cometeu crimes gravíssimos, Davi. Gravíssimos. Bárbaros, até. O que ela fez com aquele bebê é tão ruim quanto o que ela fez no mato, com as amigas dela, com aquele rapaz. Quando me contou, Suellen chorou".

"Não me importa se ela chorou! Você não vê que ela te contou tudo para parar de sentir culpa? Para que você, bondoso, caridoso e bom, a livrasse da culpa..."

"Davi, calma, respire. Olhe para mim. Sim, você tem razão, ela chorou para que eu a perdoasse, e eu perdoei. É por isso que confio em você para que tome a decisão certa. Talvez eu tenha apenas sonhado, talvez não tenha sido a palavra de Deus, mas eu precisava te contar, não só da confissão dela, que ela deu usando seu livre arbítrio, mas do sonho que eu tive. Eu via você, iluminado, banhado em Sua graça. Você era um jardineiro, Davi. E você executava a vontade de Deus na Terra".

Davi sentia que Emanuel hesitara quando ele expressou o que faria. Foi necessário tranquilizá-lo. "Escuta, Emanuel. O senhor tem sido muito bom para mim e para minha família há anos. Fique descansado. Eu entendo seu sonho, entendi a mensagem e sei que você não fica à vontade, mas não cabe mais a você. Elas agem por meio do demônio, sabemos disso. São fracas e se deixaram ser usadas para esses meios tão absurdos, tão fétidos, tão nefastos. Eu sei o que tenho que fazer".

Ele achara que Emanuel tentaria dissuadi-lo por mais um tempo, mas então o pastor colocara a mão sobre sua cabeça e dissera: "Então cumpra sua missão, meu filho".

Não sentiu remorso em momento algum. Não quando planejara o que faria, não quando escolheu a tesoura de jardinagem numa loja em Mamarapá, não quando mandou as flores. Não havia nada dentro de si além de ódio e da certeza de que estava agindo em glória, que estava cumprindo a vontade Dele, enviada por meio do sonho do pastor. Quando olhou para a irmã, só conseguia ver uma mulher sórdida, imunda, e teve nojo.

Tudo aconteceu depressa, com sons e cheiros amplificados, cada gesto mais agudo, cada pensamento mais nítido do que o normal, até que, no frenesi das apunhaladas, ele mergulhara num estado de transe. Davi lembrava-se de arrastá-la até o corredor e ter desistido pelo peso. Lembrou-se de ter montado nela e descido a faca até seu braço parecer feito de ar. Para terminar, ele tivera que reunir todas as suas forças. Ofegava, chorava e sentia o corpo entorpecido. Quase vomitou ao descobrir a nudez da própria irmã, mas pensava no bebê inocente que ela havia assassinado. Abriu a tesoura, ouvindo um som limpo de metal raspando contra metal. Cerrando os dentes, enfiou uma das lâminas naquela fenda fétida e fechou a tesoura com um retesar intenso dos músculos das mãos. O corpo ofereceu resistência, como um bloco de carne, e então cedeu. Ele saiu da casa com as armas que levara, coberto de sangue, e arrancara a camisa preta enquanto subia a rua. Queimou a blusa no quintal de casa, assim que chegou. Os pais não fizeram perguntas. Os pais pareciam saber e respiravam com alívio. Suellen sempre fora um fardo, uma vergonha.

Ele entendeu que, mesmo depois da intensidade do ataque, falhara com Suellen, porque o demônio havia chegado primeiro para poupá-la.

Cacau foi mais fácil. Cacau era menos pecadora do que as outras. Foi mais limpo e metódico com ela, sem a necessidade de punir o corpo com a tesoura. Quando ela parou de se debater, ele esperou para ter certeza de que estava no inferno. Orou e foi para casa cochilar um pouco, para se preparar para aquela noite.

Agora restavam duas, mas Davi não queria apenas matá-las. Ele precisava que elas enxergassem que ele estava certo e que *elas* eram as assassinas. Ele esperava que, ao levá-las à floresta onde tudo havia começado, elas confessassem seus pecados e pedissem perdão. Então ele estaria livre para acabar com aquilo de uma vez por todas. O ato supremo de redenção. Não mentiu para Reno: queria que ele soubesse de tudo. Queria que Reno deixasse de amar Mariana.

Mas ainda não podia. Recebera um recado de Emanuel pelo celular.

"Onde você está, filho?"

E ele respondera, ávido pelas palavras sábias do pastor:

"Na residência de Dafne Copler, prestes a completar minha missão."

E a resposta: *Pare o que está fazendo, vamos conversar primeiro. Já estou indo.*

Estava tão cansado, as árvores já balançavam seus galhos com os ventos que traziam mais chuva e a casa estava tão silenciosa, que ele fechou os olhos. Usou o éter em Dafne para que pudesse descansar. Ela estava desmaiada no sofá, onde ele podia olhá-la. Mariana ainda estava no carro.

Ela podia gritar, se quisesse, mas não adiantaria. Ninguém morava por perto. Ninguém a ouviria, não naquela chuva.

MARIANA

As gotas caíam com mais delicadeza agora, e Mariana ouvia algumas delas pinicando os vidros. Também ouvia sua respiração irregular, enquanto ela tentava, pela terceira vez, passar para o banco da frente. Nunca imaginara o quanto precisava dos braços livres para movimentar-se dentro de um carro.

Inflando os pulmões, já suada, ela tentou de novo, devagar. Dobrou o corpo para a frente, inclinando o rosto, e quando achou ter equilíbrio, ergueu-se entre os assentos da frente. Deslocou um pé descalço do piso e girou o corpo para que pudesse apoiá-lo no banco do passageiro.

Então uma luz a atingiu e ela fechou os olhos. Um carro! Mariana colocou o peso para a frente e desabou, dolorosamente, contra a direção. A buzina estridente soou como uma melodia divina. Ela riu, chorando, ao ver o carro desacelerar.

Achou estranho que estacionou de forma tão controlada.

Os faróis se apagaram e ela voltou a ficar perdida na escuridão.

Alguém tentou abrir a porta do carro algumas vezes, sem sucesso.

Um rosto grudou no vidro. Ela não soube quem era. Berrou: — Na casa! Ele está na casa, chame a polícia!

E a sombra do lado de fora desapareceu.

EMANUEL

Davi era chamado de "peão" por Garaneta, Alan e Anselmo, mas Emanuel via-o agora como um pião, rodando fora de controle, girando no próprio eixo. Estava ali para contê-lo.

Estava na cama, lendo um livro, quando recebeu o telefonema de Valério.

– *Deu merda. O delegado se envolveu na história. O Reno Santiago também, e ainda viu uma carta que aquela desgraçada deixou para trás. O investigador, Peralta, tá rondando por aí com ela. Seu doidinho tá onde?*

Emanuel pedira a Davi que não envolvesse as outras amigas de Suellen, que apenas Dafne merecia aquele tipo de execução, mas, desde o começo, teve um pressentimento de que ele não conseguiria se conter. Poderia pôr tudo a perder. Emanuel compreendeu que seu próprio erro foi achar que conseguiria conter Davi depois que ele libertasse seu ódio com o aval de Deus.

Dafne era rica e tinha um marido rico. Sua morte seria investigada. O plano desde o princípio foi usar Davi para as execuções, depois gravar sua confissão, coletar evidências físicas, tudo para assegurar uma convicção e desviar o foco das investigações para que a igreja, os negócios clandestinos de Garaneta, a gráfica e todas as conexões com a campanha e gestão de Anselmo continuassem fora do radar. Agora, Caldas, Peralta e Santiago estavam envolvidos e uma das formas de mantê-los sob controle era ter algo para barganhar. Davi estava prestes a ferrar com tudo aquilo. Mariana não podia morrer de jeito algum enquanto os outros estivessem com Caldas. E Dafne teria que morrer da forma certa para parecer um acidente, consequência das chuvas, talvez.

Ele abriu o portão baixo de madeira, segurando o guarda-chuva com a outra mão. Emanuel pensou no pouco que sabia sobre a família que construíra aquela mansão e a única empresa de valor em Jepiri, os Copler. Ouvira que Carlos Copler tinha gosto pelas melhores coisas da vida e era bastante flexível em seus parâmetros morais quando se tratava de infidelidade e formas ilícitas de ganhar dinheiro. Mas tinha excesso de confiança em si mesmo e deixou muitas pontas soltas, o que eventualmente o tornou o alvo perfeito para seus sócios.

Sobre a filha do empresário ele só sabia que era inteligente demais, para seu próprio bem, e controladora. O destino dela foi selado ao som de *Smooth Operator,* de Sade, na casa de Alan Murtinho. Emanuel se lembrava do homem pequeno molhando os lábios num copo de uísque e dizendo "Uma hora ela vai tirar férias nas Maldivas ou alguma merda assim e vai começar a ler os balanços com calma. Dafne é uma bomba-relógio e não quero mais perder o sono por causa dela. Só precisamos de uma boa isca para trazê-la aqui, uma que faça ela pensar que a ideia foi dela".

Ele tocou a campainha para que Davi se sentisse no controle da situação. Conversar com ele agora exigiria precisão cirúrgica para que ele continuasse achando que suas ordens eram de Deus.

Davi abriu e o abraçou. Emanuel escolheu um gesto teatral: deixou o guarda-chuvas de lado e abraçou o outro homem com uma fúria passional. Conhecendo os desejos de Davi melhor mesmo do que ele próprio, Emanuel engoliu seu nojo e deu-lhe um beijo demorado na face.

— Como você está, guerreiro?

Davi suava e suas pálpebras denunciavam seu sono.

— Confuso. Está quase terminado. Por que o senhor chamou, por que está aqui?

Emanuel olhou para a figura no sofá, adormecida. Uma mulher que correspondia às expectativas. Tinha os pulsos amarrados atrás das costas, deitada de lado em posição fetal. A camisola havia se deslocado de forma que Emanuel podia ver uma calcinha de renda branca. Ah, se tivesse mais tempo...

— Só está dormindo. — Davi sentou-se.

Emanuel tomou seu lugar de frente a ele.

— Eu tinha te pedido para não fazer isso, mas acabei de saber que o marido de Maria Cláudia Ribeiro chegou em casa e encontrou sua esposa morta. Está cheio de viaturas lá.

— Quando eu fiz o que fiz, eu entendi que não dava para parar.

Emanuel balançou a cabeça.

— Não, Davi, os homens não seguem as leis de Deus, já conversamos sobre isso. Eu e você sabemos o que está fazendo, mas eles não. A Dafne é uma mulher muito rica que precisa morrer do jeito certo para que você, ou outras pessoas, não sejam presas.

O sorriso de Davi era condescendente, quase misericordioso.

— Mas eu não me importo de ir para a prisão, seu Emanuel, já falamos...

— Me escuta.

Mas Davi tinha o rosto endurecido e ainda havia um universo inteiro de dor e raiva em seus olhos.

— Mas não acabou! Eu não entendo como você quer que eu pare agora, que eu simplesmente deixe que os crimes delas fiquem impunes... senhor... acredita mesmo que o trabalho que eu fiz é um trabalho divino?

— Acredito, Davi. Vou tomar conta das coisas agora.

— Mas você não pode, não passou pelo que passei. Não entende como foi fazer aquilo com elas, o sangue, a sensação de olhar para os olhos delas e entender que eu estava cometendo um pecado sem volta, uma atrocidade. E saber no meu coração que estava fazendo isso por um objetivo maior. Eu vou até o fim agora. Precisa acabar de verdade para que eu tenha paz. E não se preocupe, não vou me acovardar, aceito passar pelo inferno que será a prisão, para que possa me redimir da mancha do que fiz e ser arrebatado quando a hora chegar.

— Davi, conhece a parábola do homem que dá alimento para um monstro, achando que vai domá-lo e, por meio dele, intimidar seus inimigos? O que acontece quando o monstro cresce? Ele devora o homem. Você não é o monstro, você é um guerreiro de Deus, um servo dele. Você não vai me dominar porque entende que este é um tipo especial de missão justamente porque exige servidão. E *eu* digo quando basta. Você não é um monstro, você é um anjo.

Davi levantou-se, e Emanuel avaliou como se mexia, buscando as palavras certas, a estratégia, a narrativa adequada para dissuadi-lo.

— Davi, há algo que queria desabafar? Sobre você, sobre sentimentos conflitantes em relação a algum amigo?

Davi esfregou o rosto suado e deu alguns passos pela sala.

— Preciso terminar isso.

Ele alcançou numa mesinha a tesoura, enorme, incongruente. Aproximou-a tanto dos lábios que o pastor achou que fosse beijá-la. Emanuel imaginou-o lavando a tesoura na torneira, vendo a água sendo tingida pelo sangue da irmã. Imaginou Dona Glória, que aprovara a decisão do filho, mandando que fosse dormir, que ela terminaria de limpar tudo. Seu estômago pareceu mais oco, maior, gelado. O trabalho em Jepiri não era sempre fácil de digerir.

— Davi, eu retiro meu apoio. Vou levar as duas mulheres até um lugar e resolver isso...

— Quem? Quem mais está envolvido na nossa missão? Por que escolheu outra pessoa? Pensei que essa cruz fosse minha e só minha, que este trabalho fosse nosso!

Emanuel levantou as mãos.

— Filho, não é tão simples. Nada nesta cidade é simples. Precisei de ajuda quando estávamos montando a igreja aqui. Precisei de apoio de outros homens de Deus que tinham dinheiro e influência, e agora chegou a hora de pagá-los. Eles também têm contas a acertar com as mulheres.

— Política? Dinheiro? Troca de favores? Senhor, a Suellen uma vez tentou me dizer que não há pureza na igreja e eu dei um tapa na boca dela. Ela estava certa?

— Não vou tolerar que você questione...

Davi deu um passo até ele.

— "E, vendo Jesus que ele ficara muito triste, disse: quão dificilmente entrarão no reino de Deus os que têm riquezas! Porque é mais fácil entrar um camelo pelo fundo de uma agulha do que entrar um rico no reino de Deus!", Lucas, 18: 24, 25!

Emanuel suspirou. Os homens o matariam se isso saísse de controle. Eles precisavam de Mariana viva para controlarem Caldas. E Dafne pertencia a eles, não a Davi. Ele tinha que mudar o foco, fazer Davi perder a confiança. Dafne já começava a mover-se no sono leve e só Deus sabia quanto tempo tinham até Mariana conseguir sair daquele carro.

— A soberba, meu filho. Você não está conseguindo enxergar seus próprios pecados. Deus me mandou aqui para ouvir as *suas* confissões!

— Quais pecados? — O rosto de Davi estava avermelhado.

— Homossexualismo!

Davi afastou-se. Largou a tesoura no chão. Com o peito em espasmos, ele olhava para o chão, não para o pastor. Emanuel sentiu a vitória em seu íntimo e lutou para não sorrir. Deu um passo à frente.

— Eu pequei no passado, Davi, como te disse, quando aceitei a ajuda desses homens. Sua irmã e essas mulheres pecaram quando cometeram infanticídio. Mas você é culpado de homossexualismo e chegou sua vez de pedir perdão também. Então olha para mim, meu filho. É impossível mentir para Aquele que vê o coração de todos nós. Mostre sua coragem e conte a verdade. Você não quer sujar suas mãos com o sangue dessa mulher, Mariana, que você prendeu no carro. Você quer que ela sofra porque seu amigo a ama e nunca amou você.

Emanuel sentiu-se crescer quando Davi encolheu-se e, cobrindo o rosto, soluçou. Sim, matar o tinha corroído a alma. Esconder de todos o que havia feito estava acabando com sua estamina. Ele ia quebrar, eventualmente. Emanuel esperou o homem chorar um pouco para se acalmar.

O jeito delicado de Davi havia sido a maior preocupação de Dona Glória quando ela entrou para a igreja. Emanuel a assegurou que, perto de Deus, o filho nunca manifestaria a doença do homossexualismo. E deu certo. Emanuel sabia que o rapaz reprimira seus desejos por todos aqueles anos. Os Rocha eram muito gratos à igreja por aquilo.

— É só pedir perdão, filho. Ele perdoa.

Davi permanecia com o rosto coberto, o choro contido, ironicamente másculo. Os dedos arranhavam a testa. Emanuel não resistiu: — Se você e esse seu amigo… se houve fornicação… não é tarde.

Davi sussurrou alguma coisa. Emanuel aproximou-se.

— Levanta, Davi. Vamos terminar isso da maneira correta. Eu e você vamos até a chácara do seu Garaneta. Lá entregamos as duas mulheres. Você vai poder ir para casa, orar e descansar. Eu cuido para que o delegado nos ajude. Você não vai para a prisão. E eles fazem com a Dafne o que acharem melhor.

Davi continuou sussurrando.

— O que está dizendo, filho?

— Não sou viado — ele murmurou.

Emanuel conteve o deboche.

— Davi, a negação não levará ao perdão.

Mas Davi apertou os dentes.

— Eu não sou isso.

E se for, porra, o que eu tenho a ver com isso? Só preciso que você confesse o assassinato da doutora e pare de encher o saco. Emanuel sentiu o celular vibrar em seu bolso. Merda, Garaneta deveria estar furioso. Ele enfiou a mão no bolso da calça e olhou a tela.

Foi a última coisa que ele viu.

ANDRÉ

A mulher abriu a porta depressa, uma bondade de quem entende que quase ninguém gosta de se molhar. André Peralta esfregou os pés no capacho surrado e, com um "licença", entrou na humilde casa.

Rosângela fechou a porta e, com um sorriso, indicou um lugar no sofá onde ele poderia se sentar.

— Quando o senhor me encontrou lá na igreja e fez esse pedido, eu pensei "ah, finalmente lembraram de mim". — Ela se encaixou numa poltrona.

— Espero não estar interrompendo — ele falou, olhando em volta, preenchendo as lacunas sobre quem ela era. Percebeu que ela não trancara a porta da frente. Peralta duvidava que alguém adivinhasse onde ele estava, mas a arma estava carregada no coldre debaixo da jaqueta. Soube, quando Reno não atendeu o telefone, que já havia sido pego. Já sabia que estava sendo caçado. Sentiu cheiro de café recém-passado e esperou que a mulher não notasse que ele ainda tinha um pouco de sangue nos sapatos.

— Só estava assistindo à novela.

— Senhora Rosângela, preciso que seja bem sincera, porque vou te fazer algumas perguntas sobre Suellen e outras coisas, tudo bem?

Ela assentiu com graça e gentileza.

— Sim, é para isso que estou aqui. Achei estranho vocês demorarem tanto para me procurar.

Peralta desejou um cigarro.

— É a segunda vez que dá a entender que tem algo para contar.

Ela encolheu os ombros pequenos.

— Bem, eu era a única amiga de Suellen e estava lá naquela noite. Achei que iam querer falar comigo antes, mas sabe, seu Peralta, já me acostumei a ser ignorada.

— Ah, não se preocupe, ninguém ignorou a senhora não. Estávamos ocupados com partes mais complicadas da investigação. Coisa técnica.

Ele viu divertimento nos olhos dela. Peralta deixou sua preocupação de lado, interessado naquela mulher de repente.

— Pode me falar sobre Suellen?

— Posso sim. Agora eu posso. Ela morreu e seus segredos ainda estão bem vivos. Ela ia gostar que eu falasse, que não deixasse que tudo aquilo fosse enterrado com ela. Suellen merece um túmulo leve, limpo.

— Segredos?

Rosângela deu um suspiro delicado.

— Quem não os têm, Senhor Peralta?

— É verdade. Mas quais eram os de Suellen Rocha?

— Muitos. Suponho que o senhor queira saber o que no passado dela poderia ter alguma relação com esse assassinato.

Aquela Rosângela não batia com a mulher confusa e amedrontada que ele conhecera no quintal na noite do crime. Ela pareceu ouvir os pensamentos dele. Ela levantou-se, devagar, enquanto dizia: — Ah, é, moço, quando você me conheceu e quando o seu delegado tomou meu depoimento, eu estava cansada e triste, e realmente não conseguia conversar muito bem, sei disso. Mas tenho orado muito desde que Suellen se foi. Alguns dias me fizeram bem. Mais importante ainda: agora estou em paz. Meus momentos de raiva já passaram. Já xinguei Deus, não pense que não xinguei. Mas Ele já está acostumado comigo e sabe que não foi pessoal. Um cafezinho?

Ele fez que sim, observando-a. Ela continuou falando, da cozinha, enquanto Peralta separava as cortinas brancas da janela e olhava para a rua além da chuva, encontrando-a, por ora, vazia.

— Suellen adorava meu cafezinho, falava que ninguém fazia melhor. Tomava com quatro colheradas de açúcar. Ela nunca lutou contra seus quilinhos extras.

Peralta pensou em murmurar que eram mais do que uns quilinhos, mas guardou aquilo para si. Fechou as cortinas e se recostou no sofá. Ela voltou, carregando uma bandeja de acrílico.

— Ela era feliz do jeito que era.

Ele apertou cinco gotas de adoçante no café preto.

— Pra ser sincero, ninguém descreveu Suellen como feliz até agora. E as fotos mais recentes que temos dela mostram uma mulher com um semblante caído, eu diria até deprimida.

Ela sorriu com divertimento, sentando-se e esticando os lábios para beber.

— O senhor tem alguma foto dela no culto? Na igreja?

— Não, não tenho, não.

— Ah, por isso não viu a Suellen que eu conheço. Aqui, olha.

Peralta esperou a mulher abrir uma gaveta de uma cômoda, sem se levantar. Sentiu-se tentado a ligar o celular, mas estava com medo do alcance do poder de Garaneta e seus amigos, que podiam ter contatos na polícia que rastreassem o aparelho. Duvidava, mas era melhor não arriscar. Percebeu que a mulher oferecia algumas fotografias a ele com as unhas opacas. Ele as aceitou e olhou para elas por um tempo.

— Sim, parece muito feliz aqui.

Naquelas fotos, Suellen era outra mulher. O sorriso era com o rosto inteiro, com todos os gestos. Orava de olhos fechados, formava covinhas nas bochechas, o corpo parecia mais leve, mais maternal do que obeso.

— Então ela era feliz no culto.

— Era muito. O que muita gente não entende da Suellen é que ela aceitou Deus de uma forma que poucos conseguem. Suellen era a única lá dentro que não esperava nada em troca. Era a única que tentava conhecer a vontade de Deus, não pela pregação do Seu Emanuel, mas por meio de reflexão, de análise da Bíblia, de observar o mundo. Era uma mulher inteligente, entendia que a igreja não passava de uma empresa. Mas também acreditava que Deus era mais forte ali do que as intenções dos mortais. Ela sempre dizia que era como ir a um encontro com o homem mais bonito e poderoso do mundo e se apaixonar pelo garçom do restaurante. — Rosângela deu uma risadinha, mas Peralta não entendeu a comparação. — Ela dizia que Deus circulava pela igreja durante o culto, mas que quase ninguém o via ali, porque estavam interessados em alimentar seus egos. Ninguém ali enganava minha Suellen. Nossa, que saudade dela.

— A senhora sabe que ela trabalhava para a igreja?

— Claro, ela mantinha a contabilidade. Era um trabalho que começou a fazer como voluntária, mas que acabou virando sua profissão, remunerada mesmo, ganhando um salário fixo.

— Sim, nós checamos e vimos que ela ganhava um salário-mínimo, pago pela igreja. Na verdade, a minha pergunta é mais relacionada a algo que ela poderia ter dito à senhora sobre alguma irregularidade com as contas.

— A Suellen não queria que eu soubesse dessas coisas. Era a forma dela de me proteger. Mas eu sabia que deveria ter um pouco de roubo. É muita gente, é muito dinheiro que circula por ali. Nunca perguntei, porque como ela, eu entendo o que a igreja é. E não me importo porque encontro Deus ali de qualquer jeito.

— A senhora é uma mulher inteligente, articulada.

— E o senhor está surpreso que uma velha evangélica, numa cidade como esta, pode ser inteligente, seu Peralta? — Ela riu, mostrando dentes bons, que ele deduziu serem falsos. — Mas a verdade é que não sou muito esperta, não. Eu aprendi muita coisa com a Suellen, como ela falava das coisas, da vida. E eu leio muito, mas a verdade é que não sou inteligente. Só não sou como você deduziu que eu seria. Você não acha que uma pessoa que acredita em Deus e paga dízimo possa ser esperta, não é?

Ele sorriu. Gostou dela.

— *Mea culpa*, Dona Rosângela. — Ele encostou a mão no peito.

Ela riu, divertida. Bebeu mais café.

— Olha, a Suellen sofreu muito na vida. E um dia ela encontrou paz no Senhor. Ela se entregou a Ele e decidiu que, para parar de sentir culpa, ela deveria conversar com alguém. Isso foi antes de ela encontrar os números do dinheiro todos bagunçados. Ela ainda confiava no Emanuel, então confessou tudo para ele.

— Tudo o quê? — Ele sentiu uma leve taquicardia.

— A Suellen cometeu alguns pecados. Graves, feios. Alguns diriam imperdoáveis. Era muito jovem, foi violentada de um jeito tão triste, num momento tão feliz para ela. Não foi forte o suficiente para aguentar aquilo, e as únicas pessoas que existiam para apoiá-la eram tão jovens e perdidas quanto ela. Suellen estava gestante por causa daquela violência, se desesperou e matou a criança ainda no ventre.

Peralta tentou encaixar aquilo numa narrativa que conduzisse ao crime.

— Mas é só isso?

— Ah, para você talvez não seja muita coisa, mas ela sofreu muito com aquele ato. Foi uma segunda violência na alma dela. E ela tinha que ficar ouvindo, toda hora na igreja, que não havia pecado maior. Todas as vezes que o seu Emanuel falava sobre aborto, Suellen chorava. Não assim, na frente de todo mundo, para não dar bandeira, mas depois. E além disso, tinha o que aconteceu depois do aborto, na floresta. Aquilo foi tão horrível que o aborto nem chega a parecer uma ofensa tão grande.

— ... O que aconteceu, dona Rosângela?

— Ela matou um rapaz.

Peralta sentiu o braço mole e precisou colocar a xícara sobre a bandeja para que ela não caísse.

— A senhora se importa se eu fumar?

— Meu filho fuma, minha nora também. Não tem problema, desde que abra um pouco a janela lá de cima.

Ele se levantou e empurrou a janela para fora, acendendo um cigarro às pressas.

— Por favor, continue.

— Não era um rapaz legal, mas isso não importa. Suellen não falou muito dele para mim, nem da morte dele. Mas falou que ele entrou no meio de uma tempestade. Que ela e as outras meninas, as amigas dela, estavam todas em um momento de muito ódio e que ele estava no lugar errado, na hora errada. Suellen dizia que a culpa era dela. E na única vez em que falou sobre aquilo comigo, disse que ela e a amiga, Cacau, tinham feito algo pior do que matá-lo. Mas ela nunca me falou o quê.

— Esse rapaz, foi ele que estuprou Suellen?

— Não. Aquele moço saiu impune pelo que fez, como a maioria dos homens, lamento dizer.

— Deixa eu ver se entendi. Suellen cometeu um assassinato quando era mais nova e contou isso ao pastor Emanuel, da igreja de vocês.

— Sim, foi isso.

— E o que ele disse? Mandou ela procurar a polícia?

Rosângela balançou a cabeça. Entrelaçou os dedos das mãos na barriga.

— Não. Só mandou que orasse muito, que pedisse perdão, que conversasse com Deus. Isso ela já fazia.

— Por que acha que ele não recomendou que ela confessasse?

— Sabe, seu Peralta, já pensei muito nisso. Suellen ficou desapontada, a princípio, mas depois enxergou aquilo como um perdão de Deus, como se Ele a liberasse de carregar aquela culpa, porque ela não aguentava mais viver com aquilo. Suellen se puniu de muitas formas, nunca namorou, nunca se permitiu se apaixonar. Viveu uma vida de autopenitência e castidade, seu único prazer era comer e ver filmes. E caridade. Ela fez muita caridade e trabalho voluntário com crianças. Eu sempre achei estranha a postura de Emanuel. Hoje eu penso que ele guarda essas informações sobre seus fiéis. As pessoas na igreja procuram o pastor para desabafar, para um ombro amigo, ou mesmo para ouvir sermões porque sabem que pecaram. Ele sempre está disposto a ouvi-las. Mas, cada vez mais, acho que ele gosta de ter poder sobre elas. Eu não sou boba. Não conto nada das besteiras que já fiz. Meu dialogo é com Deus. Só Ele escuta minhas confissões e só Ele pode me perdoar.

Peralta deu um trago profundo. Rosângela olhava para ele com aqueles olhos um pouco leitosos e amarelados de gente velha.

— O que a senhora me diria se eu dissesse que acho que o pastor Emanuel pode estar envolvido no homicídio de Suellen?

Ela encolheu os ombros mais uma vez.

— Eu diria que poderia ter dito isso ao senhor se tivesse me procurado antes.

— E você acha que ele fez isso sozinho?

— Não, ele não sujaria as mãos. Ele usou uma pessoa que sempre odiou Suellen, pelos motivos que muitos homens odeiam as mulheres.

— Quem, dona Rosângela?

— O irmão dela, seu Peralta.

Peralta afundou na poltrona.

— Não consigo acreditar nisso, me parece forçado.

— Eu estava lá. Eu vi a morte de Suellen.

Ele levantou as mãos.

— Peraí, peraí... você viu a morte dela? Você viu o assassinato e viu que foi o Davi Rocha?

Rosângela balançou a cabeça.

— Você não entendeu. Eu disse que o pastor usou Davi porque o intuito já estava dentro daquele rapaz há muito tempo, ele só precisava de um empurrãozinho. O pastor Emanuel deu esse empurrãozinho, e o Davi entrou na casa de Suellen naquela noite para fazer aquilo; sim, para tirar a vida da própria irmã. Sabe, a vida tem um jeito estranho de colocar as pessoas no lugar delas, de preencher lacunas de maldade com pessoas dispostas ou desequilibradas o suficiente para praticá-la. Mas tem o outro lado das coisas.

— Que outro lado?

— Suellen já não aguentava mais. Ela convivia com um segredo tão obscuro que não teve coragem de confessá-lo nem a mim. Alguma coisa maléfica, alguma coisa bem horrível aconteceu naquela mata naquela tarde e a Suellen não queria mais conviver com aquilo. A igreja sedava ela, ela dizia que Deus era como morfina, mas uma hora o efeito passava e ela não conseguia mais conviver com a culpa. Mais ou menos perto do Natal, o pastor procurou a Suellen depois do culto e, de um jeito cheio de firulas, deu a entender que se ela não se afastasse da contabilidade da igreja, que se ela ousasse conversar sobre aquilo com alguém, ele contaria tudo o que sabia sobre ela às autoridades. E não só sobre ela, mas sobre as outras moças também, aquelas que sabiam de tudo, tinham participado de tudo e nunca contado nada a ninguém. Então ela veio até mim e pediu um favor simples, que eu não tive coragem de lhe negar. Ela disse que iria fazer algo que quis desde que tinha dezesseis anos, mas que agora chegara a hora. Que não podia deixar seus segredos destruírem as vidas de suas amigas.

Ela suspirou. Pareceu cansada, mas continuou.

— O senhor brincava com mamonas quando era pequeno? Guerrinha de mamona, lembra disso?

— Lembro, sim. Faço parte da geração que brincava na rua.

— Suellen disse que aprendeu a gostar de plantas quando era mais nova por causa de uma amiga dela que era apaixonada por flores. E ela aprendeu uma coisa com essa amiga, que mamonas contêm um dos venenos mais mortais de todo o mundo: ricina. Ela pegou as mamonas, as abriu e raspou a ricina em grande quantidade, porque queria morrer rápido. Eu não podia ajudar, não faz parte do acordo que tenho com Deus. Mas ela só queria que eu segurasse sua mão. Isso eu fiz, seu Peralta. Levou um tempo.

— Não, senhora Rosângela, isso não é possível. O legista teria sabido se ela já estivesse morta quando os ferimentos foram feitos, o sangue já teria coagulado.

— Você não deixou eu terminar. Eu fiquei lá por horas, ouvindo ela falar, ouvindo ela cantar uma música que eu não conheço, que ela dizia que cantava com as amigas. Algo tipo "flores de plástico que não morrem", não sei. E ela morreu. Eu vi. Ela teve convulsões, caiu no chão e eu não pude ajudar. Agarrou minha mão com força, respirou de um jeito estranho e depois morreu, de olhos abertos. Eu vi. E foi bem naquele momento que ele entrou na casa, que estava aberta porque Suellen não havia trancado a porta. Eu entrei em pânico. Corri e me escondi na cozinha. Esperei, orando. Ouvi os gritos abafados dele. Ele dizia "não, sua desgraçada, não". E ficava berrando aquilo. Ele depois começou a resfolegar, acho que estava tentando arrastar o corpo dela, não sei por quê. E então eu ouvi o ataque. Nunca vou me esquecer que ouvi o ataque, o quanto ele chorava e berrava palavrões horríveis para ela. Ouvi tudo. O som que não me sai da mente é o do pisão, o som de quando ele pisou na cabeça dela. Foi como aqueles meninos enchem de ar uma sacola de salgadinho e batem com a palma do outro lado para explodi-lo, só que como se acontecesse debaixo d'água. Chorei muito, orei muito. E quando ele se foi, eu sabia que precisava chamar a polícia.

— Mas por que não contou para mim, naquele dia, naquele quintal, que tinha sido ele?

— Você iria simplesmente acreditar em mim? Que eu estava na casa o tempo todo? Além do mais, ele difamou o corpo de Suellen, mas não a matou. Suellen cometeu suicídio.

— E os exames não detectaram o veneno porque o legista não sabia que deveria procurar por ele. O sangue ainda estava praticamente quente quando ele a atacou. Aconteceu quase na mesma hora.

— Eu estava em choque e tinha medo que fossem me culpar pela morte dela. Isso não seria bom para mim, nem para meu neto. Quem cuidaria dele enquanto os pais trabalham se eu fosse presa? Eu não sabia como agir. O que o senhor vai falar para eles, o que vão fazer comigo?

Peralta acendeu outro cigarro.

— Absolutamente nada, dona Rosângela. — Obrigado pelo café.

Ela caminhou com ele até a porta e a abriu.

— O que o senhor vai fazer agora, seu Peralta?

— Ajudar um amigo, senhora Rosângela, como você fez com Suellen.

DAFNE

Ela acordou num carro em movimento.

As pálpebras tinham o peso de pedras. O ronco do motor era de um carro popular. Ela se esforçou para enxergar. Através dos cílios claros pôde ver a silhueta de uma pessoa no interior escuro de um carro. Quando a visão focou, reconheceu Mariana.

Os ombros de Dafne doíam, assim como seus braços e pulsos. Mariana olhava para ela com terror nos olhos, numa posição estranha. Dafne levantou a cabeça, sentindo uma pressão gelada na têmpora. Compreendeu o que acontecia.

Davi dirigia o carro, as mãos sujas de sangue seco. Havia parado de chover. Mariana, assim como ela, tinha os braços amarrados nas costas, fazendo com que se sentasse de lado, virada para ela. Alguém a tinha machucado, um filete de sangue secando perto do olho. Usava um pijama que alguém compraria num catálogo da Avon, colado ao corpo.

— Vai me levar para a quadrilha?

Ele balançou a cabeça.

— Não estou envolvido com a sujeira desta cidade. Você é tão criminosa quanto eles e vai encarar o que fez. Que caiam todos.

Dafne olhou para o lado.

— Mari, seus filhos?

Mariana tomou fôlego, o rosto imundo.

— Estão seguros.

— Vocês falam como se *eu* fosse machucar crianças. — Cada palavra saía arranhada, com cólera. — Logo vocês. Sabe o que é mais curioso sobre as pessoas? Todas elas, cada soldado debaixo da terra, cada sacerdote, rei, carrasco, guerreiro, mulher, homem e criança que já morreu, assim como os vivos: todos têm certeza de que são os bonzinhos. Neste momento, você está convicta de que *eu* sou o malvado. Ignorou fatos, distorceu a realidade do que vivenciou apenas para se convencer de que *você* é boazinha, de que está do lado certo.

Dafne ouviu um riso curto sair do seu nariz. Ela encarou o perfil dele, tão plácido enquanto dirigia.

— Fui ao consultório do meu marido uma vez e fiquei ouvindo as conversas das gestantes com as recepcionistas. Todas elas, que pagaram dezenas de milhares de reais por fertilizações ou tratamentos com hormônios, alisando as barrigas e dizendo "graças a Deus. Deus está no comando. Entreguei meu bebê nas mãos de Deus. Fomos abençoados por Deus com esse bebê". — Ela riu. — É claro que Deus, em toda a sua onisciência e onipotência, ia escolher dar saúde para o bebê daquela mulher e não... sei lá, para o bebê de outra mulher que vai nascer com hidrocefalia ou alguma merda assim. Deus vai te dar um bom emprego e um puta carrão em vez de comida para uma criança no meio da seca que pesa cinco quilos aos nove anos. Deus vai dar àquela mulher um enxoval lindo e um nenezinho rosado em vez de mandar a polícia para a casa onde uma bebê de dois meses está sendo penetrada pelo namorado da mãe, porque *ela* é especial. Porque *ela* merece. Porque *ela* vai para o paraíso. Não é isso que vocês vendem na igreja? Você e seu amigo Emanuel? Que aquelas pessoas são especiais e escolhidas por Deus e todas as outras vão arder nas chamas do inferno? Existe melhor alimento para o ego do que ser escolhido por Deus? "Deus me deu esse carro" na verdade significa "papai gosta mais de mim do que de você". Para acreditar numa merda de Deus desses, só sendo exatamente isso: uma criança mimada ou um narcisista patológico.

Davi virou o rosto por um segundo, e ela viu que estava morto por dentro.

— Está perto do fim, Dafne. Eu não usaria o restante do meu tempo blasfemando se fosse você. Eu garanto que esta é a hora de pensar no que fez e pedir perdão. Logo chegamos ao nosso destino.

— Não adianta. Guarda suas forças. — Mariana murmurou. Ela encarou Dafne e falou: — *Nechego na zerkalo penyat, kol' rozha kriva.*

Dafne sorriu. Queria odiar Mariana, mas sentira falta dos seus provérbios. E aquela era uma clássica entre as flores, a única expressão em russo que Mariana ensinara para elas. "Não culpe o espelho por você ser feio". As pessoas só enxergam o que querem. Não conseguiriam dialogar com Davi. A ingenuidade dele havia sido manipulada até que virasse loucura.

Mas ela precisava falar.

— Como você é idiota. Eles usaram você como se fosse uma arma. Isso não tem nada a ver com nossos pecados. Isso tem a ver com sua irmã descobrindo que a igreja faz parte de uma quadrilha. E eles te usaram direitinho, seu merda.

Ela viu Mariana fechar os olhos, apavorada.

— Daf...

— Você acha que Deus vai te dar uma medalha, Davi? Eu fui à igreja da Suellen hoje. Você sempre teve o olhar de louco, de alguém sedento por castigar as pessoas. Você sempre odiou a Su. Alguém mexeu com sua cabeça e eu tenho certeza que foi aquele pastor. A Su sabia que a igreja estava metida com um monte de sujeira, com tráfico, com desaparecimento de crianças, com lavagem de dinheiro... a morte dela foi encomendada e você foi o otário que topou sujar as mãos.

O carro freou com um som histérico e os corpos das duas mulheres foram arremessados contra os bancos da frente. Sem poder se proteger com os braços, as duas bateram o rosto.

O coração de Dafne disparou quando ela percebeu o que ele estava fazendo. Na estrada de terra, imersos no breu, Davi saiu do carro, deixando sua porta aberta. Contornou o veículo com uma marcha de ódio. Ela ouviu o sussurro de Mariana bem no momento em que ele abriu a porta ao lado de Dafne: — Por favor não provoca.

Mas era tarde. Ela se encolheu quando Davi começou a socá-la, aos berros: — Cala a porra da sua boca, cadela imunda! Cala a boca!

Dafne sentiu Mariana tentando chutar Davi para afastá-lo. Os socos a atingiram de forma que ela não conseguia respirar. Um no braço, queimando, outro no peito que fez ela berrar. Um no rim, outro na coxa. O punho dele era feito de chumbo. Ela sentiu-se chorar de dor. Ele se afastou e soltou um berro no ar, um berro que fez as duas mulheres se encolherem.

Percebendo que sua cabeça estava no colo de Mariana, Dafne levantou as pernas para tentar chutá-lo caso ele avançasse contra ela mais uma vez. Ouvia as batidas do seu coração contra o próprio ouvido. Mas ele bateu a porta com violência selvagem e caminhou na frente do carro, falando sozinho, um espectro ocasional nas luzes do farol.

Dafne sentiu o beijo de Mariana na sua testa. Ouviu seu cochicho: — Por favor, se controla. Ainda temos um pouco de tempo. Ele só vai matar a gente quando chegarmos lá.

Dafne não respondeu. Entendeu que estava lidando com alguém que já perdera a capacidade de raciocinar. Um homem cujo solo de ódio era tão fértil que os outros o haviam regado para ser capaz de matar e mutilar o corpo da criança que crescera no mesmo útero que ele.

Davi voltou para o carro e elas sentiram a tração dos pneus contra a terra mais uma vez. Conheciam bem aquele trecho e sabiam que estavam perto do seu destino final, onde, há mais de vinte anos, enterraram Vítor Pedro Gimenes.

PARTE XII

O Pior dos Crimes
1996

O santuário havia sido destruído.

Quando andava, Mariana sentia nas solas das sandálias os cacos de cerâmica dos vasos quebrados. Viu as flores, tantas delas que, juntas, ela e Suellen tinham plantado naqueles vasos. O *cooler* havia desaparecido. O tapetinho de boas-vindas que Cacau comprara para celebrar o primeiro aniversário do Santuário estava imundo de fezes. A tenda de acampamento caríssima que Dafne roubara das coisas do pai estava em farrapos. Parecia que algum animal selvagem havia rasgado o tecido com os dentes, mas não havia animais grandes o suficiente naquela mata para fazer aquilo. Em volta da clareira, via-se páginas rasgadas dos livros e revistas que as meninas haviam deixado ali, assim como cacos do espelho de Suellen. As outras coisas, a lanterna, as xícaras, maquiagem e esmaltes, cobertores e almofadas, haviam desaparecido. O ursinho panda de pelúcia que as meninas chamavam de Bob, o Segurança, e vestiam com óculos escuros, bandana e uma estrela de xerife de plástico era agora tufos de preenchimento acrílico e tecido que imitava pelo.

Não conseguiu imaginar Cacau fazendo aquilo, nem Suellen. O ódio do autor daquele gesto ainda pairava sobre a clareira. Emanava dos objetos quebrados.

Ela se sentou e puxou da terra entre suas pernas um estilhaço negro. Ele estava sujo do solo escuro e refletiu o sol em contraste com o desenho nas folhas das árvores. Era um pedaço da lente de plástico dos óculos escuros de Bob. Quando olhou para cima, viu Dafne.

Ela olhava para o acampamento, boquiaberta. Daquele jeito tão perigoso, minimalista e discreto, as roupas sempre em tons claros, as bijuterias minúsculas escolhidas com paciência e dedicação.

— O que...

— Não sei. Acabei de chegar e ver isso.

Mariana esperou ela caminhar e digerir o estrago e a mensagem que ele passava. A raiva que sentia por Dafne era contida, estática, sem picos. Era uma raiva conformada, e Mariana não a compreendia, porque sempre fora a mais emocional de todas elas, sempre foi a que sentia tudo demais.

— Aquele merda. Aquele merda que jogou as pedras na gente naquele dia, desgraçado.

Mariana se lembrou. Tentou desenhar o rosto dele de memória, mas não conseguia se recordar dos detalhes. Lembrava que ele era todo claro, como Dafne, com a pele cheia de espinhas e sardas, e o cabelo cor de palha. Era alto e feio e tinha um olhar de encrenqueiro.

Apenas para irritá-la, Mariana falou: — E daí? Não precisamos mais desse lugar. Seu pai tem grana para comprar outra barraca. Isso não muda nada.

— Ficou louca?

Mariana olhou para o plástico duro e pontiagudo nas mãos. Enterrou-o no solo para que, num momento de ódio cego, não ferisse a outra.

— Como foi o beijo, Dafne?

Silêncio. Então os passos suaves de Dafne esmagando folhas.

— Ele contou?

— É, ele contou.

Ouviram a voz de Suellen.

— O que vocês fizeram?

Ela mudara demais em tão pouco tempo. Ainda descolorida, pálida, com a pele opaca e olhos caídos. Nunca ousaram acreditar que ela viria. Devia ter engordado uns vinte quilos nos últimos meses. Estava quase irreconhecível.

Mariana se levantou.

— Não fomos nós. Su, como você está?

Ela balançou a cabeça. Usava um vestido largo, cafona, que mostrava pan-turrilhas inchadas. Usava uma sandália de tiras de couro cru que a Suellen de antes teria abominado. As unhas dos pés não tinham esmalte.

— Não sei. Como é possível... — Ela olhava para a tenda. — Como alguém pode ter feito isso?

— Suellen. — Dafne falou como se quisesse acordá-la de um transe. — Como estão as coisas na sua casa? O que aconteceu depois daquela noite? Eles brigaram com você?

Suellen não parecia ouvir, ou não se importava em responder. Ela passou direto pelas duas, braços gorduchos pendurados, um pouco afastados do corpo pelo volume dos seios. Parou a um metro das ruínas do santuário e ficou ali, imóvel.

Dafne e Mariana trocaram um olhar.

Suellen ainda estava muda daquele jeito quando Maria Cláudia apareceu. Ela parecia mais madura de alguma forma, mais distante das três, como se fosse cinco anos mais velha.

— Não sabia se vocês viriam — começou, tímida.

Suellen virou o rosto e o corpo acompanhou, num movimento de semicírculo. As duas se encararam sem palavras. Cacau percorreu o acampamento com o olhar. Depois perscrutou os rostos das três em busca de respostas. Mariana a ofereceu, porque queria a proximidade com Cacau. Sentia falta dela.

— Já estava assim quando chegamos. Achamos que foi um cara que veio aqui uma vez.

Suellen se aproximou alguns passos.

— Você chamou todo mundo, Maria Cláudia. Então começa a falar.

Cacau umedeceu os lábios e se sentou no tronco famoso que todas costumavam chamar de José do Pau. Era Suellen que dava tapinhas naquele pedaço de árvore e dizia "vem sentar no Pau comigo, Mari". Era também o tipo de piada altamente improvável que ela voltasse a fazer. Mariana percebeu, naquele instante, o quanto de Suellen Max havia matado.

— Eu acho que ainda dá. — Cacau falou, com ombros caídos. — Para nós quatro. Eu quero que dê. Eu quero que a gente comece tudo de novo, enterrando as mágoas, pedindo desculpas. Sempre prometemos que faríamos isso se um dia brigássemos.

Suellen deu um sorriso meio torto.

— Estávamos falando de uma briga besta, Maria Cláudia. De uma divergência de opiniões, de talvez uma gostar do namorado da outra, de alguma coisa idiota assim.

As três olharam para Mariana, que começara a dar uma risada amarga.

Dafne foi a primeira a desviar o olhar.

Suellen continuou.

— Você me perdoaria se a situação fosse inversa?

Cacau juntou as mãos perto da boca. — Eu não sei. Você sabe que eu nunca imaginei que aquilo poderia acontecer. Eu nem consigo pensar naquilo, Su. Mas até quando você vai me culpar?

— A culpa é sua! — Suellen berrou.

— Por que não elas? — Cacau apontou para Mariana e Dafne. — Nenhuma de nós estava lá, eu errei, mas não errei sozinha.

— Porque elas seguraram minha mão durante o aborto. — Suellen pronunciou cada palavra como uma martelada.

Mariana andou até Cacau e colocou a mão no ombro dela. Observou-a enquanto ela fazia sentido daquelas palavras. Viu a culpa refletida nos olhos escuros dela enquanto olhava para Suellen.

— Ela não tinha escolha. — Mariana conhecia bem as crenças católicas da família de Maria Cláudia. Sabia que ela não iria encarar aquilo docilmente.

Cacau pulou do tronco.

— Vocês ajudaram?

Dafne respondeu: — O que você teria feito?

— Meu Deus! — Cacau levou a mão à boca. — Não acredito que fizeram isso como se não fosse nada de mais!

— Como tem coragem de falar que foi assim? — Dafne gritou. — Você não estava lá e não viu o que a gente viu! Não seja tão filha da puta a ponto de achar que foi simples, fácil, rápido, indolor!

Cacau tinha os lábios bem abertos, olhando para elas com o brilho de incredulidade.

— Meu Deus, eu não acredito que fizeram isso como uma quadrilha, como um bando de...

— Pensa bem no que você vai falar — Dafne interrompeu.

Cacau olhou para Mariana.

— E você concorda com isso? Você teve parte nisso?

Mariana balançou a cabeça.

— Fiz o que precisava fazer.

Mais nenhuma palavra foi dita.

Dafne ficou ali, em pé, olhando para Cacau. Parecia a dona daquelas ruinas, à prova de balas naquele momento. Maria Cláudia olhava para aquele lugar como se estivesse se despedindo dele.

E é assim que acaba? – Mariana pensou em perguntar. Tinha medo que fizessem as pazes, porque ela ainda não estava pronta para perdoar Dafne.

Foi Suellen quem começou a chorar.

Dafne soltou um suspiro audível, exausto.

— Eu sei que é errado dizer isso. Mas a beleza deste lugar era exatamente que podíamos falar tudo o que pensávamos e era o único... — ao dizer a última palavra, a voz dela falhou. — Era o único lugar onde eu podia ser eu. Então vou falar, porque esse pensamento tá acabando comigo. Eu queria que ele morresse. O Max. Eu ainda quero que ele morra. Pronto.

Mariana olhou para Suellen. Ela soluçava.

— O que está acabando comigo é que eu nunca me senti impotente aqui — Dafne continuou. — Não aqui. Em casa, sim. Na escola, sim. Em cada caminhada ouvindo os comentários nojentos de todo homem me falando, ali, sem me conhecer, na frente de todo mundo, o que quer fazer comigo, sim. Na merda do enterro da minha mãe, com os olhares de pena de todo mundo, sim, mas nunca aqui. E foi isso que ele fez. Olha esse lugar. — Ela apertou os olhos e quando os abriu, estavam molhados. — Olha a gente. Olha o quanto ele mostrou que nós somos pequenas perto dele. O que podemos fazer?

— Já fizemos, Dafne. — Mariana falou baixo, com medo da confissão. — Nós cometemos um crime. Nós incendiamos...

— E daí? — Ela berrou. — O que isso faz? Isso não muda nada! Isso não muda o fato de que, neste exato momento, ele pode estar se enfiando em outra menina!

Ouviram risadas. Passos. E, de trás de um chichá, um movimento.

O coração de Mariana disparou, e enquanto as outras ainda tentavam entender que havia alguém ali, ela correu. Correra atrás dele uma vez, mas naquele momento estava preparada.

A figura disparou de trás da árvore, soltando uma risada de empolgação. Parecia estar se divertindo com a fuga. Mas, naquele dia, ele tropeçou numa sapopema e caiu feio contra o solo forrado de folhas. Mariana caiu em cima, os dentes apertados, o rosto vermelho.

— Seu merda! — O grito saiu agudo, quase irreconhecível para ela. Desceu o braço com ódio na cara dele, fazendo com que ele levantasse as mãos para se proteger. — Te mato, seu filho da puta! Fala! Foi você!

Entre as mãos erguidas próximas ao rosto dele, Mariana viu a boca abrir, os dentes encrustados com um aparelho ortodôntico sujo.

— Baguncei essa porra toda aí! — Ele dava risada, a voz limpa, feroz. — Piranha feia! Suas barangas do caralho! Vou contar pra todo mundo que a gorda...

A frase foi cortada com outro soco de Mariana. Pegou errado, torto no queixo dele, e não machucou o suficiente para que ele se intimidasse.

Então Suellen estava em cima de Mariana rápido demais para que a outra entendesse o que estava acontecendo. Mariana caiu para o lado, empurrada, e bateu com a boca numa folha empoeirada. Ouviu berros enquanto tentava se sentar. Girou o braço em direção ao rosto para olhar para seu próprio cotovelo, que, no impacto contra a terra e as raízes, ficara ralado. Sangue vivo misturado à borra de terra vermelha. Os berros de Suellen e Cacau a fizeram desviar o olhar do machucado. Quando ela viu o que estavam fazendo, sentiu uma onda de desespero.

Suellen estava montada no rapaz. O rosto avermelhado, a boca aberta, berrando com ele enquanto Cacau fazia o mesmo. Num gesto tão incomum para ela, Cacau enfiara um joelho na terra e, com os braços finos, segurava os pulsos do menino contra o chão. Ele olhava para cima, vendo-a de cabeça para baixo, e cuspia insultos que Mariana conseguiu distinguir aos pedaços. Palavras como "neguinha" e "vagabunda".

Dafne ainda estava em pé, parecendo pairar sobre a briga.

Mariana começou a se levantar, sentindo os joelhos arderem e percebendo que se machucara em outros lugares, quando foi distraída por um movimento que não entendeu.

Suellen mexia em algo nele, algo na calça dele. Cacau o segurava no lugar, gritando o quanto o odiava. O coração de Mariana martelou e seu rosto inteiro pareceu inflar de medo quando ela percebeu que Suellen estava abrindo as calças *jeans* do menino.

— É só isso! — A voz dela saiu esganiçada, quase sem fôlego para sustentar suas palavras. — É só isso que importa para vocês!

O rosto de Dafne desenhava desprezo por ele enquanto olhava aquilo. Não parecia ter percebido o que Suellen estava fazendo. Mariana não encontrava palavras.

Suellen mexeu em algo em sua virilha enquanto berrava: — Então toma! Toma! — E foi no exato momento em que Mariana conseguiu se levantar que, num gesto longo, Suellen se acoplou ao rapaz.

Ele tinha os olhos arregalados, olhando para ela com um terror ingênuo e puríssimo. Cacau parou de gritar. Suellen empurrava os quadris para a frente e para trás, aproximando o rosto dela do dele: — É isso que você quer? Toma, seu merda, toma! É legal, né? Ser forçado? É gostoso?

— Sai de mim! — Uma veia saltava no rosto avermelhado dele. — Sua gorda! Sai de mim, porra!

Cacau riu. Mariana sentiu vontade de empurrá-la, afastá-la daquilo, porque rir era a última coisa que ela esperava que Cacau fizesse. Então a palavra que definia o que estava acontecendo ali se formou em sua mente. E Mariana recuou alguns passos, sentindo-se uma covarde.

— Coitadinho dele! — Cacau gargalhou. — Tá sofrendo? Tem tanto nojo assim da gente? Tanto nojo da gorda e da negra?

Ele esperneava, tentando se soltar, esfregando os calcanhares dos tênis na terra, criando dois vales. Mariana olhou para Dafne, que parecia estar se dando conta do quê estava acontecendo, que tudo estava fugindo ao controle dela.

Foi ela quem colocou uma mão no ombro de Suellen: — Você tá pirando, sai dele, pelo amor de Deus!

E Suellen, ofegante, parou de se mexer.

Ele cortou o silêncio com mais um urro: — Saaaaiiii!

E Mariana, incapaz de tolerar aquilo, agarrou os braços de Suellen e a forçou para trás. Com passos incertos, sem saber como manejar seu novo peso, Suellen se levantou e se afastou do rapaz, amparada por Mariana. Cacau também se afastou dele.

Ele virou para o lado, a expressão de vergonha, tentando enfiar para dentro dos *jeans* um pênis flácido e avermelhado. Quando Cacau cuspiu na cara dele, Mariana soltou um suspiro trêmulo. E elas entenderam, naquela suspensão de sons e palavras, o que tinham feito.

Ele choramingava.

— Vocês vão se foder na minha mão, suas putas. Suas desgraçadas.

Elas se afastaram quando ele levantou, fechando a calça, esfregando o antebraço no nariz. O cabelo estava sujo de terra, espetado como as penas de uma galinha esfolada.

— Essa cidade inteira vai saber o que vocês aprontaram! — Ele tinha a boca meio torta, como uma vítima de derrame. Apontou para Suellen. — E você é a mais fodida de todas. Vou te enterrar, vagabunda!

E então os joelhos dele dobraram e ele caiu com a cara nas folhas. Quase não fez som. Os cabelos cor de palha estavam empapados de sangue fresco. Elas olharam para cima e viram Dafne ali, uma pedra obscenamente grande cravada na mão de dedos finos e delicados. A mancha de sangue na pedra fez Mariana se inclinar para frente com ânsia e cuspir na grama entre os pés.

Cacau esticou todos os dedos das mãos.

— Meu Deus.

Dafne largou a pedra, que fez o mesmo barulho preguiçoso que ele fizera ao cair.

Mariana forçou os pés até ele. O corpo inteiro a comandava sair correndo dali, mas ela não deu ouvidos. Colocou dois dedos no pescoço dele. Fechou os olhos, tocando a pele dele quente, para que sentisse um pulsar suave na veia. Não sentiu. Mexeu os dedos, tentando colocá-los onde achava que deveria. Não sentiu nada.

— Eu não sei fazer isso direito — sussurrou. — Cacau, você sabe melhor...

Mas Cacau balançou a cabeça.

— Não, não, não...

Mariana empurrou o corpo e ele rolou para cima, o rosto caindo para o lado como se não houvesse nada ali para segurá-lo.

— Não foi com tanta força — Dafne falou, a voz cheia de ar. — Eu juro. Eu só queria que ele calasse a boca porque eu não aguentava mais aquilo. Eu só queria pensar. — Ela colocou as mãos na cabeça. — Eu só queria...

— Cala a boca! — Mariana berrou. — Deixa eu pensar!

Cacau tampou a boca com as mãos e deu alguns passos para se afastar do rapaz. Suellen tinha os olhos fixos no corpo, mas havia uma serenidade desconcertante na expressão dela. Dafne dava os primeiros sinais de que finalmente perderia o controle. Então Mariana se levantou e, como as outras, distanciou-se daquela pessoa no chão.

Em algum lugar, um pássaro piou. Parecia um som vindo de outro mundo. O sol pareceu sorrir além das copas das árvores. Uma gota de suor acariciou a testa de Suellen antes de pingar e ser absorvida pelo solo.

Olhavam para Dafne, esperando liderança. Era ela quem tomava controle. Sua palavra raramente era contestada. Mas Mariana procurava segurança nos olhos de Dafne e não a encontrava.

O peito dele não mexia, não inflava e desinflava com respiração. Ele parecia um pedaço de carne esquecida ali.

As palavras que saíram da boca da garota foram: — Os bichos. Se deixarmos ele aqui, os bichos vão comê-lo.

Os lábios de Cacau tremeram.

— O quê?

E Mariana continuou falando, olhando para o peito dele como se aguardasse movimento: — Não rápido. Mas ninguém vem para cá. Com o tempo, os bichos vão consumir tudo isso. Só vai restar roupa e osso.

— Mas ele não... — Cacau gesticulava excessivamente. — Não é possível. Foi só uma pedrada, não é possível, ele não...

— Ele morreu — falou Dafne.

— Não... — Cacau abraçou o próprio corpo. — Eu só estava com raiva, a gente só... — Olhou para Suellen. — O que ele fez comigo no mercado, você lembra? Eu só queria...

— Todo mundo aqui odeia esse merda — Mariana falou, devagar. — Mas isso é definitivo, gente. Isso é assassinato. Ele deve ter pais, eles vão procurar por ele.

Uma das pessoas mais insignificantes da vida delas acabara de selar seus destinos. Era isso que as quatro pensavam ao fitá-lo.

— A gente tem que sair daqui.

Dafne olhou para Cacau.

— Não. Tudo espalhado por aqui tem impressão digital nossa. — Ela não olhou para Suellen. Depois para cima. — Vai escurecer daqui a duas horas.

Cacau foi a primeira a assentir.

— O solo é mole, dá para cavar.

— Vocês só podem estar brincando — Mariana falou, alto. — Não são gângsteres! Não podemos fazer isso, alguém vai procurar esse moleque, ele tem pai e mãe! Su... o que você fez...

Dafne cortou Mariana.

— Não importa agora. A Cacau tem razão. Precisamos cavar. Me ajuda.

Ela se ajoelhou e começou a revirar a terra com as mãos em garras.

Cacau esticou o braço longo e magro e pegou alguns dos maiores cacos do chão, entregando um para Dafne e depois usando o dela para ajudar a cavar. Mariana ficou parada ali, olhando o corpo. *Dois segundos*, ela pensou, *dois segundos antes daquela pedra bater no crânio dele minha vida era uma. Agora é outra.*

Ainda dava tempo de fugir e contar. Dava tempo de correr dali e ir até a delegacia e contar e se afastar daquilo tudo. Chegou a virar as costas, depois voltou o corpo mais uma vez para Dafne e Cacau cavando.

Suellen havia se sentado, abraçava o próprio corpo, os olhos arregalados. Mariana agachou perto dela.

— Su... o que está acontecendo contigo? Você tem noção do que acabou de fazer?

Não esperava palavras dela. Havia se transformado numa bola, encolhida e imóvel. O olhar estava vazio. Naquele momento, Mariana teve a impressão de que Suellen havia saído do próprio corpo, deixando-o ali enquanto se refugiava em algum outro lugar. Era agora como roupa, apenas.

Mariana ouvia as meninas cavando, sem palavras. Pensou em Reno. Em correr até ele e abraçá-lo, e chorar em seu peito, e confessar tudo, e pedir desculpas, e fugir, e ser feliz com ele. Imaginou os dois num carro, num dia ensolarado, de mãos dadas. Talvez um menino e uma menina no banco de trás. Era uma ilusão doce, mas era uma traição. Havia elas, elas precisavam estar em primeiro lugar, mesmo se aquele lugar tivesse cheiro de morte. Então Mariana caminhou até as outras e as ajudou a cavar.

Em silêncio, seis mãos remexiam a terra cor de tijolo, desprendiam raízes, abriam um buraco cada vez mais fundo, cada vez mais largo. As respirações saíam aflitas, altas, mas nenhuma falou. *Não vamos conseguir*, era o pensamento que compartilhavam em silêncio. A terra era dura demais para que cavassem com as mãos uma cova funda o suficiente para aquele garoto.

Então Dafne começou a falar.

— Tá tudo bem. — Parou de cavar, os braços sujos até os cotovelos. — Eu assumo a culpa. Fui eu, não é justo que vocês paguem pelo meu erro. Meu pai vai contratar um bom advogado. Vou conseguir uma pena leve. Vou tentar explicar o que ele fez e que estávamos... fora de controle. Tudo bem, parem, parem!

Cacau e Mariana pararam de cavar, mãos levantadas.

Dafne moveu os olhos para Suellen, que ainda não havia se mexido.

— Só que eu vou contar tudo. Vou contar do Max. Se eu tiver que ir para a cadeia, não é justo que esse filho da puta fique solto. Eu vou, mas levo ele comigo.

A mata inteira respondeu, como se as folhas estivessem sendo sacudidas. Quando as meninas olharam para cima, a chuva desabou sobre elas. Ficaram paradas, a água encharcando suas roupas, unindo fios de cabelo em tufos pontudos.

Quando ouviram um gemido, todas as cabeças moveram para o menino deitado. Dafne suspirou, a boca aberta desenhando sua incredulidade. Ele estava se mexendo. A água o acordara.

PARTE XIII

Parte Final. Ossos
2017

RENO

Reno se afastou de Gustavo. Sua respiração saía tremida e sua garganta ardia. Ele precisou fechar os olhos e flexionar os dedos sangrentos. No sereno, ouviu os gemidos guturais do outro, contrastando com o silêncio complacente de Valério, Alan e os dois homens armados.

Os joelhos já estavam fracos. Sentia um leve tremor nas coxas e um vazio no estômago. Virou-se para encarar Gustavo, ajoelhado, mãos tentando mantê-lo erguido, enfiadas na lama. A chuva voltara a cair, mas não conseguia lavar todo o sangue da cara dele.

— Termina, Reno.

Não consigo. Ele inspirou ar, passou a mão no rosto para tirar um pouco da água dele, e percebeu que chorava. *Concentre-se* – enviou um comando para os músculos –, *esse é o homem que tem Mariana de um jeito que você deveria ter.* E o argumento era fraco. Entre um soco e outro, entre fincar o punho na barriga de Gustavo e senti-lo perder resistência e cair, Reno aprendeu que não era um assassino. Tinha o que era preciso para machucar um homem, mas não para tirar-lhe a vida. Mesmo que o homem fosse o marido dela.

Apanhara o suficiente naquela noite para não duvidar de que encontrara um oponente à altura. Não sentia toda a dor agora, ela viria mais tarde. No camburão, na cela, durante seu depoimento, sua confissão. Ainda sentiria dor na primeira conversa com seu advogado de defesa, mas os hematomas já teriam sumido quando finalmente visse o interior de um tribunal. E quantos anos já teria passado preso antes que isso acontecesse?

Gustavo estava levantando. Reno fechou os olhos de exaustão. *Cai, porra, morre logo, para de levantar, eu não aguento mais bater em você.* Ele abriu os olhos e Gustavo já estava em cima dele.

Reno sentiu o ar sendo puxado de seus pulmões. O chão sumiu debaixo dos seus pés e ele desabou na lama. A maciez dela, a temperatura baixa, o cheiro de terra, aquilo tudo o convidava para um descanso, para a escuridão abençoada de um sono sem sonhos. A próxima coisa que sentiu foi um estalo no pescoço e a cara passando por um ralador de queijo.

A água começou a entrar nas narinas e ele precisou virar o rosto para não se afogar na chuva. Abriu a boca e puxou ar. Tinha que levantar. O rosto ardia. Gustavo havia encontrado forças para chutar sua cara. Ao abrir os olhos, Reno viu as costas enormes dele. Gustavo se apoiava nas madeiras do ringue, meio morto.

Reno contraiu os músculos do abdome e ergueu as costas, sentindo tudo queimar. Gustavo sabia que mesmo se Reno não tivesse coragem de terminar, os capangas de Garaneta o matariam a socos e pontapés. Então, ao se levantar, Reno só tinha uma pergunta em mente: como se mata um homem que sabe que vai morrer de qualquer jeito? Como se luta com quem não tem nada a perder?

A próxima voz que ouviu foi de Bauru: — Tem que ter peninha não, porra, mata logo esse filho da puta, Reno.

Valério soltou uma risada leve.

— Quer incentivo, Reno? Ô Caldas, não é verdade que você volta e meia manda aquela sua mulher para o hospital? Sabia que o pai do Reno também dava uns sopapos na mãe dele quando enchia a cara? Né?

Sim, em outra época, tinha bebido uma ou duas cervejas com Valério e contado um pouco de sua vida. O cara foi, por alguns segundos, a única figura paterna de Reno. Não se perdoaria por ter falado da mãe para um homem daqueles, mas estava feito. Um pedaço tão íntimo de sua vida, oferecido na podridão daquele momento, para aqueles homens. E não podia ser verdade. Mariana nunca toleraria um homem sequer levantando a voz para ela, quanto mais batendo nela.

Mas Garaneta continuou. Reno já ficara em pé e tomava fôlego para o próximo *round*.

Valério continuou: — Confessa, seu merda. Enche aquela gostosa de porrada para amaciar aquela carne ou não?

Gustavo rolou o corpo para o lado, apoiado contra a cerca. Reno viu o estrago no rosto dele, o nariz inchado, amassado, e o sangue que a água não conseguia lavar entrando na boca, pingando da sobrancelha. O homem inflava o peito ao respirar. Olhava apenas para Reno. Estava se entregando.

— É, lutador, eu encho a Mariana de porrada quando ela pede.

Reno fechou os punhos.

— Ela nunca...

— Ela aceita, sim. E se aceita é porque no fundo gosta. Duas costelas em 2007. Um dente em 2010. Dois dedos em 2013. E duas semanas depois, ela já estava molhada pra mim.

Gustavo não levantou os braços quando Reno foi para cima dele.

Reno descarregou uma série de socos antes de perder a visão periférica. A primeira coisa que desapareceu foi a noção do que estava ao seu redor. A segunda foram os sons de gargalhadas dos outros homens. Depois, a própria consciência de que naquele lugar havia algo além do rosto de Gustavo Caldas e dos seus punhos. Cada músculo de Reno foi injetado com fogo. Seus dentes estavam travados. Seus olhos mal enxergavam o outro homem através da chuva e das lágrimas. Algo cedia debaixo dos nós dos seus dedos. Algo quebrava como ovos, algo que era duro começou a ficar macio. Então as pernas de Reno viraram gelatina e a escuridão veio.

Nela, o mundo era um mar de veludo preto. A chuva batendo no rosto não era mais tão fria. Reno engoliu saliva e percebeu que não estava completamente inconsciente. Não conseguia encontrar força para abrir os olhos. Um homem inteligente tentaria se levantar, mas ele só pensava naquelas palavras, na possibilidade de ter odiado Mariana por todos aqueles anos enquanto ela apanhava de um homem que tinha o dobro de seu tamanho e seis vezes sua força.

Pessoas falavam perto dele.

— *Devagar, porra, devagar. No chão, no chão.*

De quem era aquela voz?

Sentiu um toque quente no peito, depois outro no rosto. Reconheceu o perfume.

— Reno, por favor... — Ela chorava. — Por favor, acorda.

Era Neide. Outro homem falava, um pouco mais longe.

— *Isso, no chão. Agora pra trás, vocês dois.*

Ele forçou as pálpebras para cima. Tentou abrir os olhos na chuva que caía neles.

— Neide... você tá bem?

Ela o ajudou a se levantar, e Reno reuniu forças que ele nem sabia que tinha. Sentado na lama, olhou para cima e viu Peralta. A chuva fina batia nos ombros dele e respingava no ar. Seu braço longo e fino estava esticado, uma pistola apontada para os dois rapazes. Reno percebeu que Garaneta e Alan tinham os braços afastados dos corpos, num gesto de rendição. Algo estava faltando ali. As armas. Bauru e o outro rapaz estavam sem suas armas. Peralta não olhou para Reno, mas levantou o tom de voz para alcançá-lo dentro do ringue.

— Tá vivo, parceiro?

Ele esticou a mão e conseguiu agarrar a madeira da cerca. Neide levantou-se, sem tirar as mãos dele, tentando, em vão, erguê-lo. Ele conseguiu sozinho.

Sentiu-se vivo. O corpo parecia ter sido desmontado e montado de novo, tudo ardia, mas ele estava vivo o suficiente para ver que Gustavo não levantava.

— Estou aqui.

— Ótimo. — Peralta falou numa voz cheia de instabilidade, cheia de medo. — Tu vai sair daí e levar sua prima para o meu carro, faz isso? Consegue andar até lá?

— Consigo.

— Então pega aí. — Sem tirar os homens de vista, Peralta enfiou a mão no bolso e jogou as chaves no ar. Neide as pegou e fechou o punho nelas. Reno percebeu um filete de sangue seco ligando a narina dela à boca. A chuva fizera um vestido curto de poliéster colar nas coxas dela. Mexia-se bem, mas estava assustada. — Vai pra lá agora.

Reno sentiu apreensão em se afastar deles e sabia que tinha algo a ver com a voz de Peralta. Ele andou do melhor jeito que pôde, cambaleando, sentindo as mãos de Neide nos braços dele, tentando envolver sua cintura. Ela choramingava baixo. Quando ele ouviu o primeiro tiro, tampou a boca dela. Não olhou para trás. Sentindo músculos repuxarem debaixo de sua pele, e a dor morna no abdome começar a subir para seu peito, ele abriu a porta de passageiros e empurrou Neide para dentro. Foi no exato momento em que fechou a porta que ouviu o segundo tiro. Pelo vidro molhado, viu Neide de olhos fechados dentro do carro, tampando as orelhas com as duas mãos. Ele se apoiou no capô. A distância, viu os corpos dos capangas no chão. Peralta conversava com os outros dois. Uma negociação. Reno ainda corria risco.

Mariana e Dafne. Preciso de um carro.

Outro estalo. E mais um.

"Entrei para a polícia para matar gente como ele e sair impune. Equilibrar o jogo".

Com o coração disparado, Reno esperou. Procurou algum sentimento de tristeza, mas só encontrava ódio pelos mortos naquela fazenda. Peralta caminhava até o carro com a arma na mão, o rosto sem expressão, o olhar sem arrependimento, de um homem que sabe e aceita que se não tivesse matado, iria morrer, mais cedo ou mais tarde.

— Consegue dirigir?

Reno não sabia.

— Consegue levar a Neide para o hospital? Pede para a Maria Cláudia cuidar dela por mim.

— A Maria Cláudia morreu, Reno.

Ele apertou a mandíbula para segurar seu ódio. Será que ela queria tanto que fosse mentira que havia se forçado a esquecer?

— Leva a Neide. Preciso encontrar a Mariana e a Dafne.

Reno precisava ter certeza, nem que fosse para resolver aquilo dentro dele nos anos que viriam, se sobrevivesse.

— O Caldas?

— Morto. Vou contar uma boa história. Você está seguro.

Reno segurou o ombro dele.

— Você salvou minha vida.

— Vai, Santiago.

O Volvo de Dafne estava longe demais da chácara. Reno caminhou até uma BMW que deduziu ser de Alan Murtinho e abriu a porta. As chaves estavam no contato. Torceu para que não fosse a única manifestação de sorte que teria naquela noite. O abdome contraiu e ele se convenceu de que a dor não era tão intensa. Entrou no carro e o ligou. Manobrou e viu Peralta saindo da propriedade com Neide, deixando os portões escancarados. Pensou em fragmentos de informações: a chuva apagando as marcas dos pneus, se a arma de Peralta era registrada, o que ele contaria aos outros policiais. Não podia pensar em nada daquilo.

Mari. Dafne. Corra.

MARIANA

Ela sabia que a maior parte da sua vida acontecera debaixo do sol. A maioria das suas lembranças, desde criança, era de palavras ditas e coisas feitas e sensações sentidas dentro de alguma casa, ou sob o sol. As lembranças preferidas eram de dias ensolarados, picolés, chinelos nos pés, suor nas costas. Natal e *Réveillon* com os filhos na pequena pousada em Ilhabela, que Gustavo fazia questão de reservar todos os anos. Ficar de biquíni em cima de uma toalha nas margens do rio Ajubá e ouvir suas amigas espirrando água.

Enquanto andava, os galhos machucando seus pés, uma folha molhada grudada no calcanhar, ela teve a impressão de que o sol só existia na sua memória. Não sabia quanto tempo conseguiria continuar caminhando no escuro, enquanto Davi as seguia. A luz da lanterna jogava um feixe esbranquiçado nas árvores, num círculo amorfo. Elas ouviam o chiado da chuva que afinara, os galhos partindo sob os pés de Davi e os murmúrios dele enquanto orava.

Mariana sabia que caminhava para sua morte. Cada passo dolorido revirava o medo no seu abdome, que reverberava dentro dela, enviando minúsculos espasmos até seus dedos. Precisava falar com Dafne antes que fosse tarde demais.

— Foi a culpa que matou a Su. Ela não aguentou e contou tudo para o pastor.

Mas Dafne não respondeu.

Mariana sussurrou: — Vamos morrer aqui.

Depois de alguns segundos, Dafne respondeu: — Vamos, Mari.

— Só quero que seja rápido — Mariana sussurrou para que Davi, quase dois metros atrás, não ouvisse. — Não quero que seja como foi com ela.

— Cala a boca, Mariana. Eu não consigo aceitar que esses merdas vão ganhar, que enterrando a gente vão enterrar todo o mal que fizeram. Eu não consigo acreditar que vão continuar comandando essa cidade, encobrindo tudo o que fazem aqui com crianças, tudo o que roubam...

— Mas nós merecemos, Dafne.

— Mariana, olha para mim. Cala essa porra dessa boca. Nossa, agora entendi por que foi tão bom ficar longe de você todos esses anos, é essa conversa ridícula de culpa!

— Não quero fazer isso. Conversar sobre o passado, remoer toda aquela merda que aconteceu. Não quero falar dele.

— Mas eu quero e você não tem muita escolha.

Ela finalmente virou o rosto para Dafne. A luz histérica da lanterna de Davi, direcionada ao solo, era suficiente para que Mariana notasse que, embora mais magra e com algumas marcas de expressão, Dafne ainda era bela, de um jeito que lembrava realeza.

Dafne falou baixo: — Sinto muito por Reno. Essa é a verdade. Foi uma merda acordar ao lado dele e perceber a decepção quando não viu você. Então aqui vai, porque não vou ser enterrada com isso: eu sinto muito por Reno.

Mariana desviou o olhar. Reconheceu a dor; uma versão mais cruel da que sentiu aos dezesseis perto do lago Ajubá, quando ele confessou o beijo. Mesmo numa noite tão definitiva, tão brutalmente real, ela sentia aquela dor.

— Me deixa morrer em paz. Me deixa morrer pensando em como meus filhos vão crescer sem mim, me deixa rezar para que minha mãe seja boa para Heloísa, para que meu pai seja um bom exemplo para o Theo, e que eles não sofram tanto com o que vai acontecer aqui hoje.

— Eu disse isso para falar que ele ainda te ama. Eu nem sei como é possível. Vocês só tiveram alguns meses juntos, vinte anos atrás, e mesmo assim ele ainda te ama. Trepar com ele foi amargo, Mari. Nós dois só pensávamos em você.

Mariana sentiu as lágrimas subirem. Então soltou uma risada irritada.

— Eu nem consigo odiar você. Estou tão morta há tanto tempo que nem raiva mais eu consigo ter. Estou exausta. Meu Deus, estou exausta.

Dafne arriscou um olhar para trás, andando ligeiramente curvada como estava, para equilibrar-se com os braços amarrados atrás das costas. As duas ouviam Davi murmurar para si mesmo.

Dafne continuou.

— O que deu em você para voltar para cá? Para largar tudo nos Estados Unidos e ficar nessa cidade, com esse homem que está na cara que você não suporta, e desperdiçar tudo o que você era vivendo dentro de casa? Tudo isso por culpa, Mari? Você se destruiu por culpa?

Ela balançou a cabeça.

— Você nunca vai entender.

— Não, não vou. Só consigo ter raiva de você por ser tão burra.

— O Reno me encontrou quando eu estava grávida do Theo. Ele me deu um olhar, só um olhar, nem precisou falar nada. Eu entendi que sempre só seria a vadia que partiu o coração dele.

Mariana tentou mexer os ombros para aliviar a dor. As mãos já formigavam, e ela balançou os dedos para tentar fazer o sangue circular.

— Visitei aquela clareira muitas vezes nesses últimos anos. Eu meio que me acostumei com aquela cova, com ele lá embaixo da terra. Ele ouviu minhas confissões, meus pedidos de desculpas e detalhes sobre meus filhos e meu casamento. O mais triste, acho, é que, com a ausência de vocês, o Vítor virou meu melhor amigo.

O som de televisão estática da chuva foi interrompido por um trovão rolando no céu. Mariana colocou a cabeça para cima, de olhos fechados, para que o cabelo grudasse longe do rosto dela.

— Sabe o que é estranho? — Dafne falou mais alto. — Não me arrependo de ter vindo. Odeio esta merda de cidade, mas pertenço a esta merda de cidade. Entendo por que meu pai, mesmo com toda aquela grana, nunca quis sair.

— *Homecoming.*

Ela sorriu.

— É.

— Você é feliz, Daf?

Dafne sacudiu o rosto para se livrar da água.

— Não. Eu era feliz aqui, com vocês, mesmo com tudo aquilo. Eu era feliz antes da Suellen e do Max. Quando a gente passava a tarde inteira no sol, na piscina. O quanto ríamos e sonhávamos com o futuro e tudo prometia aventura e felicidade. Era como se o mundo fosse nosso, a gente e a ilusão idiota de que seríamos poupadas de tudo o que acontece de ruim com as outras pessoas. É muito parecido com a fé que eles embalam e vendem na igreja da Suellen. Eu entendo agora por que ela ia até lá. Era o novo santuário dela.

Mariana sentiu o gosto de suas lágrimas misturado ao gosto da água de chuva.

— Eu nunca fui feliz adulta como eu era com vocês. A ausência de vocês na minha vida foi tão forte que ela ofuscou meus poucos momentos de felicidade. Na maternidade, eu olhava para meus filhos, com esse tipo estranho de alegria e orgulho que vem com todo o sangue e líquido amniótico e ocitocina, e eu só pensava em vocês três entrando no quarto com flores, presentes e sorrisos. Você teria sido a madrinha do Theo. Teria mimado ele de um jeito que eu nunca pude. A Suellen e a Cacau teriam brigado para serem as madrinhas da Helô e eu não sei quem escolheria. Nada teve graça sem vocês.

Dafne chorava também.

— Sabe o que me deixa puta, Mari? Que só um homem destruiu a gente. Que nos deixamos ficar tão fracas a ponto de deixar que ele fizesse aquilo. Foi um... foi um dominó de tragédias, que ele começou. Eu acho que realmente sou uma pessoa ruim, porque acho que deveríamos ter queimado ele e não aquele estúdio. Ele matou a Suellen muito antes desse merda.

— Tudo matou a Suellen, Dafne. Ele, a semente odiosa que ele plantou nela, a família dela, as expectativas do mundo em cima dela, o ódio que Davi sempre teve dela pela pessoa alegre e maravilhosa que ela foi, os homens que precisavam enterrá-la para enterrar a verdade suja dessa cidade e manter a morte, tortura e o abuso porque é lucrativo. Essas pessoas que se alimentam da escuridão de ignorância desses coitados. Eles mataram Suellen. Mas eu...

— Fala. Já estamos quase na clareira.

— Eu a amo. Mas o que ela fez naquela tarde no santuário, Dafne. Aquilo foi, sim, imperdoável. Aquilo não...

Dafne fechou os olhos, como se estivesse cansada.

— Até as pessoas que amamos fazem coisas imperdoáveis, Mari. O que matou a Su foi saber que ele, além de destruí-la, a infectou com um tipo de ódio que acabou transbordando. Ela sabia no que tinha se transformado. Por isso ela nunca mais sorriu.

— Dafne.

Ela virou o rosto para Mariana.

— Essa é minha forma de rezar. Acho que nosso amor sempre foi nossa religião. Nós quatro.

E com a água pingando do seu rosto, Dafne sorriu.

Em algum lugar no seu íntimo, Mariana se sentia feliz por estar voltando ao Santuário. Era melhor que Dafne estivesse com ela. Era bom que chovia, como na tarde em que enterraram Vítor.

Mariana só soube que o nome do rapaz era Vítor quando leu as notícias sobre o desaparecimento dele, três dias depois de sua morte. Vítor Pedro Gimenez. Não tinha mãe. O pai procurava por ele. O menino arranjava encrencas com os vizinhos e torturava gatinhos. Tinha um irmão com paralisia infantil. Ele tinha dezessete anos.

Ela pensou no momento em que ele acordou, com a cabeça sangrando, compreendendo o que estava acontecendo. A expressão, ao ver que cavavam uma cova para ele, ficara estampada na cabeça de Mariana por tanto tempo que, posteriormente, ela o via nas folhas do caderno, no prato na mesa, nos azulejos no banho. Aquela expressão de choque, fúria e indignação.

Enquanto caminhava, limpando a água do rosto para que pudesse respirar melhor, ela reviveu aquela tarde que evitara relembrar durante a maior parte da vida. Foi Suellen que tomou a responsabilidade daquela tarde para si. Tinham ido longe demais, todas sabiam. Foi Suellen que caiu sobre ele com a mandíbula cerrada. Ela que atacou numa sucessão de investidas brutas, com um caco de espelho na mão. Suellen não fez nenhum som enquanto rasgava a pele do pescoço dele. A cada movimento, Mariana tinha um vislumbre grotesco das mãos vermelhas da amiga. Cacau ficou paralisada de medo, como se enxergasse seu futuro inteiro fazendo uma curva brusca a partir dali.

Depois que o enterraram, Suellen sussurrou: — Não sei por que fiz aquilo... *aquilo* com ele. Só estava com raiva. Queria que ele se sentisse tão sujo quanto eu. — E então ela olhara para os braços respingados de sangue. E começou a soluçar.

Mariana não estava esperando a clareira quando esta se abriu para elas, talvez por estar tão imersa em suas lembranças que perdera a noção dos seus passos. O corpo pulou para a frente com um empurrão de Davi.

— Andem. Até a cova dele. Eu quero que vejam os ossos. Eu quero que peçam perdão pelo que fizeram.

Dafne abraçava o próprio corpo, pálida, quase nua com a camisola branca grudada na pele. Mesmo assim, seus pés, que pareciam de um fantasma com a iluminação da lanterna de Davi, caminharam até o lugar onde a chuva as havia ajudado a enterrar o cadáver sangrento naquela água ocre.

Mariana já se imaginara num tribunal dando depoimento e na prisão, mas nunca cavando aquela terra de novo. Nunca tendo que ver os ossos soltos e embrulhados em tecidos, como a pele que resiste quando puxamos a coxa de um frango assado.

— Anda!

Dafne foi a primeira. Mariana começou logo depois.

A primeira coisa a cansar foram os braços, e logo os ombros. A água facilitava, mas também fazia a terra deslizar de volta para o buraco, e Mariana pensou nos deslizamentos que destruíam as casas dos moradores mais miseráveis de Jepiri. A passagem do tempo acontece de forma diferente quando há repetição de movimentos, ela pensou, ou acontece e sempre aconteceu diferente no Santuário. Quando parou para descansar, Davi chutou sua coxa.

— Vai!

Dafne cavava mais devagar, o rosto mais abatido, os olhos perdidos. Mariana não soube se era o frio ou eram as dores, mas sua apreensão ia crescendo à medida que seu lado da cova ficava cada vez mais fundo e cheio de água. Perguntou-se quem morreria primeiro e deduziu que seria ela. Davi parecia ter mais ódio dela. Perguntou-se se a encontrariam sem roupas e mutilada como Suellen e se chamariam Gustavo para reconhecer o corpo. Ele seria afastado do caso, ele iria até São Paulo buscar as crianças. Pelo menos ele iria até o fim do mundo para encontrar quem fizera aquilo com ela. Só Gustavo podia machucar Mariana, ela pertencia a ele. Era irônico que talvez fosse justamente a morte dela que ajudasse a fazer justiça por Suellen.

Em algum momento, ela engatinhou até o lado de Dafne, apenas parcialmente ciente do que fazia, para ajudá-la a cavar. Dafne ficou ali parecendo uma boneca. Entorpecida, com cara de boba, olhando a água da cova sacudir com a escavação, reluzente sob a luz da lanterna, lembrando leite achocolatado. Davi não mostrou reação. Estava sentado na terra, apoiando a mão da lanterna no joelho, cada vez mais pálido e parecido com Dafne.

Na outra mão, ele segurava um dos cabos da tesoura.

— Daf... — ela sussurrou.

Os dedos enfiavam na lama e puxavam mais da terra. Dafne não respondeu. Mariana tentou pensar no que poderia estar acontecendo com ela, porque não estava frio o suficiente para hipotermia, não em Jepiri. Poderia ser apenas exaustão, o resultado dos altos e baixos de adrenalina, a fome, a sede e o esforço físico da caminhada, que ela sabia que levava pelo menos quarenta minutos. Descalças e na chuva, elas deviam ter andado por mais de uma hora. Tentou mais uma vez, perdendo a vontade de cavar, sabendo que não conseguiria fazer aquilo sem Dafne.

— Por favor... — chorou. — Fala alguma coisa.

Dafne se mexeu. Devagar, inclinou o corpo para a cova e continuou puxando terra. Mariana percebeu que a hora chegara. Precisariam entrar. O buraco já tinha a profundidade de seus braços. Da primeira vez, tinham enterrado bem fundo. Haviam começado logo depois do almoço e terminado às seis da tarde. Há quanto tempo estavam ali?

As duas entraram, sentindo a água cobrir seus joelhos ao sentarem. Continuaram cavando, reconhecendo a parte mais difícil daquilo, a que exigia mais dos braços, que era jogar o barro para fora da cova.

Estavam completamente dentro dela quando a chuva parou. Davi sentara diretamente na beirada e olhava para baixo enquanto elas trabalhavam. Dafne olhou para cima, quando as pontas dos dedos de Mariana roçaram algo duro. Ela puxou os braços para cima, com aversão. Olhou para aquela água marrom que sacudia. Os ossos estavam ali, submersos.

Dafne ficou imóvel ao perceber. O corpo ainda tremia de frio, mas a vida voltara ao seu rosto. Mariana pensou no tempo que levaria para os ossos de Vítor se decomporem. Sabia pouco sobre ossos, mas conhecia a região e sabia que aquela floresta era úmida e que a maior parte dos ossos dele teria desaparecido depois de uma década na terra. Algumas partes poderiam continuar ali, em algum estado quebradiço e corroído, mas ela não acreditava naquilo.

— O que foi?

Olharam para Davi, que se levantava.

Mariana buscou a lembrança daquela tarde. Das três cobrindo o corpo de Vítor com lama. Então ela voltou a submergir as mãos na água e apalpou o barro gelado com os dedos. Ali estava. Liso, frio, do tamanho da palma de sua mão, incrivelmente afiado.

— Responde!

Dafne leu algo nos olhos escuros de Mariana, porque disse: — Ossos, acho que encontramos os ossos.

Debaixo da poça, Mariana sentiu os dedos de Dafne roçarem os seus. Sentiu o estilhaço do espelho de Suellen ser puxado com cuidado da sua mão. O coração disparou. Não haveria outro momento fora aquele. A única oportunidade delas.

Ela levantou, o corpo pingando água escura. Pela sua altura, percebeu que a cova devia ter um metro e vinte de profundidade.

Uma voz masculina cortou a noite, distante, vinda do meio do mato. — *Mariana! Dafne!*

Davi virou o rosto em direção ao chamado. Elas moveram-se ao mesmo tempo, esticando os braços e puxando-o para dentro do buraco. A luz da lanterna se apagou quando caiu na água com um som. No breu, Mariana sentiu a resistência de um corpo mais forte que o dela, grunhindo, tentando se livrar de seu aperto. Então o mesmo corpo ficou rígido e, na escuridão, Dafne soltou um gemido. Depois outro. O braço molhado de Davi escorregou das mãos de Mariana e ela sentiu um espirro de água no rosto.

Ouviu a voz de Dafne sair num sussurro: — Resiliência, filho da puta.

O silêncio pareceu tornar a noite ainda mais escura. Ofegando, sentindo o coração aos pulos, Mariana esperou. Queria sair daquele buraco, não podia compartilhar a água com aquele cadáver fresco.

A voz. Reno estava ali, procurando por elas. Há quanto tempo? Não conhecia a exata localização do Santuário. Há quanto tempo estava rondando aquela mata depois de ter encontrado o corpo de Emanuel na casa de Dafne?

— Não vai chamá-lo?

Ela procurou o ar, as mãos estendidas a sua frente, e as mãos de Dafne agarraram as suas.

— Acabou. Não deixei margens para dúvida dessa vez, Mari. Aprendi a lição. Ele morreu. Chama o Reno.

Mariana inspirou o ar com o cheiro pesado de solo fresco.

— Reno!

E esperou. Ouviu a resposta, ainda longe, mais desesperada.

— *Mari! Dafne!*

— Aqui! — Dafne berrou.

Mariana sentia a viscosidade do sangue nas mãos da amiga. Aquilo apenas fez com que apertasse com mais força.

Então a voz veio com um feixe de luz amarelada.

— *Mari!*

— Aqui! — Berraram juntas.

A luz ofuscou a visão de Mariana e ela se protegeu com a mão esquerda.

— Meu Deus. — A voz dele sobre elas. As mãos dele nas dela. Ela foi puxada com uma força que desconhecia, deslizando a barriga e coxas na lama. Sentiu que ele largou, apenas por alguns instantes, para puxar Dafne na cova. A luz apareceu entre os três, apontando para dentro do buraco. Podiam ver o rosto, peito e joelhos de Davi saindo da água suja, o sangue do pescoço se misturando a ela. Um galho havia colado na testa dele. Tinha os olhos fechados.

Mariana perdeu o fôlego com o aperto que ele deu. Sem resistência, colocou os braços em volta do corpo que conhecia bem, puxando para si o cheiro dele, sentindo as roupas tão molhadas quanto as dela.

— Eu não tive escolha — ele sussurrou. — Me perdoa, Mari, mas eu não tive escolha, eu juro.

Ela estava cansada demais para interrogá-lo. Fechou os olhos contra o peito dele e esperou.

— O Gustavo...

— O que aconteceu com ele não faz a mínima diferença para mim. Cala a boca, por favor.

Sentiu que ele virara o rosto para Dafne.

— Vai ser mais rápido se você ajudar a gente — ela falou, mostrando o cansaço na voz arrastada. — Vamos aproveitar enquanto a terra está molhada. Como sabia...?

— Onde mais estariam? Acham que eu nunca soube deste lugar?

Mariana se desvencilhou do abraço e deu alguns passos.

— Então por que nunca veio aqui antes?

— Porque era de vocês, Mari. Eu nunca fui bem-vindo e aprendi a lidar com isso.

Mariana abaixou-se, sentindo que Reno tentava acompanhar seus movimentos com a lanterna. Pegou a tesoura e a atirou dentro da cova. Ela caiu no peito de Davi sem emitir som.

Dafne falou: — Há mais de vinte anos, fizemos um pacto bem nesse lugar, de nunca contar a ninguém o que havia acontecido aqui. A Suellen quebrou esse pacto, acho que a culpa foi demais para ela. Já a perdoei por isso.

Reno olhou para ela.

— Isso acaba aqui, Dafne. Somos todos assassinos. Nunca vou abrir a boca.

— Então foi você que acabou com o Gustavo — Mariana falou, sem olhar para ele.

— Fui eu. Por vocês. Pela minha prima.

Ela balançou a cabeça.

— Não me importo.

Dafne abaixou-se e empurrou barro para dentro da cova. Enquanto se movimentava, a lama caía e espirrava água, aos poucos cobrindo o corpo de Davi. Reno abaixou-se, enfiando os joelhos na lama, e começou a fazer o mesmo.

Por último, Mariana começou a cobrir o irmão de Suellen com terra molhada.

Foi um trabalho silencioso. Mãos e braços exaustos, machucados, deslizando pilhas de terra para o buraco da floresta. Respirações que quase conversavam entre si. Em um determinado momento, não viam mais Davi.

— O que acontece agora? — Foi Mariana que perguntou.

Ele forçou cada palavra contra seu cansaço, contra a aura de ultrarrealidade do momento.

— As viaturas estão vindo de Mamarapá. O Paulinho encontrou o corpo da Cacau na casa deles hoje. — Ele parou, imaginando o impacto das palavras nelas. Aquilo pareceu dar mais motivação para o trabalho, e as duas jogaram mais terra na cova.

Reno continuou.

— Todo mundo envolvido com isso está morto, o Emanuel, o Valério, o Alan, com exceção do Anselmo. Mas o Peralta está cuidando de tudo. Confio nele e nem sei por quê. Eu acho que finalmente entendi quem ele é e acho que vai ajudar a gente. Mas vamos ter que prestar depoimentos, contar boas histórias.

Dafne parou por um minuto.

— E agora eu fico, Mari. Eu toco a empresa do meu pai. Eu moro na Coplerhouse. Eu cuido disso daqui.

— Vai virar a Guardiã da Cripta? Como eu fui por tanto tempo?

— Vou. E aos poucos eu pego o prefeito. Acho que, com acesso a todos os documentos da Copler, eu consigo ter o suficiente contra ele. Talvez o Peralta possa me ajudar. — Ela limpou suor da testa com as costas da mão, deixando um rastro de barro na linha do cabelo. — Eu sou boa em consertar as coisas, lembra?

Mariana balançou a cabeça.

— Vai aguentar morar aqui? Deixar tudo o que tem em São Paulo e vir para cá? Cuidar da gráfica que sempre odiou?

— Não, eu odiava meu pai, mas tudo mudou. Não sei se o Rogério vem. Provavelmente não. — Ela continuou empurrando terra para dentro da cova. — Não sei se isso me deixa triste ou aliviada.

— As crianças, Mari?

Ela deu um sorriso tímido, mas que lhe pareceu muito real. Ele soube que estavam bem.

Quando ele deu um suspiro, Mariana reconheceu algo dentro dela que ela achava que tivesse perdido. Teve consciência de que estava no Santuário mais uma vez, com Dafne. Com Reno. Ela deixou o corpo agir e colou a testa na dele. Reno deixou escapar outro suspiro tremido e colocou a mão na cabeça dela.

— É um trabalho sujo este.

— Talvez seja quem somos agora.

As palavras fizeram sentido para Reno.

EPÍLOGO

Era um boteco de estrada. Mesas de alumínio, bambas, de marcas de cerveja, tão quentes do sol que Dafne tinha a impressão que se tocasse nelas, sua pele ficaria grudada à superfície. Uma placa pintada à mão dizia com letras tortas:

RESTAURANTE SELF-SERVICE

R$ 16 O QUILO

Ela não conseguia decidir o que mais surpreendia. O *"self-service"* escrito corretamente ou o fato de que não era um restaurante por quilo, e sim um bar.

Ela tirou os óculos escuros e os colocou sobre a mesa. Na bolsa Kate Spade, encontrou um tubinho de hidratante com filtro solar, que ela aplicou generosamente no rosto e nas mãos.

Ele voltou com as duas cervejas geladas.

— Eu sei que você só tolera Heineken, e olha só...

Dafne esforçou-se para olhar a latinha verde com desdém, mas por dentro estava sedenta pelo amargor do seu conteúdo.

— Lavou a lata pelo menos?

André Peralta riu, equilibrando um cigarro entre os dentes.

— Viva perigosamente, chefe.

Dafne abriu a lata e chupou um gole. Não era a mais sofisticada, mas realmente era a única cerveja de que ela gostava.

— Não conta do vizinho, tá?

Ele bateu cinzas na terra e acomodou-se na cadeira bamba.

— Ela o queria morto tanto quanto eu.

— Mas a Mari e o Reno não são como nós. É por isso que ficamos na cidade, e eles não. Eles não têm estômago para isso.

André lembrou-se de como aconteceu na noite do dia 14. Precisava encontrar a Dona Rosângela e tinha meia hora para matar. Numa noite como aquelas, dois meses atrás, ele não tinha certeza se voltaria a ver a luz do dia. Aproveitou e fez uma visita ao vizinho de Mariana e o enforcou com o cadarço de seus próprios tênis. Deixou que Mariana libertasse o cachorro, era algo que lhe daria alegria.

Ouviram o ronco da moto. Reno esperou Mariana sair antes de patinar para trás e estacioná-la. Mariana usava uma jaqueta de couro caramelo, que tirou assim que entregou o capacete para Reno.

Sorrindo, cabelos cacheados pulando com seus movimentos, ela subiu as escadinhas tortas de cimento e abraçou Dafne. Peralta notou a intensidade daquele abraço. A nova dona de Jepiri tinha um coração, apesar de tudo.

Ele levantou-se para cumprimentar Reno. Gostava do lutador, mas preferia ele longe da cidade mesmo. Consertar a bagunça da noite de 14 de janeiro havia exigido mais do que mentiras. Dafne e Peralta cuidaram de tudo, forjando as alianças certas, molhando algumas mãos, falsificando documentos e contando muitas verdades no processo. Inquéritos foram arquivados, algumas pessoas se mudaram para outras cidades. Reno e Mariana sumiram, como combinado, logo após o dolorido enterro de Maria Cláudia Ribeiro. Dafne já falava em abrir uma clínica na cidade em homenagem a Cacau e com o nome dela.

Dafne cumprimentou Reno com um abraço também.

Os olhos claros dela cintilaram no sol quando ele levantou seu queixo.

— Tá tudo bem?

E ela preparou-se para nunca mais vê-lo.

— Não existe "tudo bem", Reno. Mas está bom o suficiente para continuarmos.

Peralta arriscou um olhar para Mariana. Ela estava em paz. Ele pensou em dizer que, em todos os anos em que a seguira pela cidade às ordens de Gustavo, também queria protegê-la, que nunca foi realmente fiel ao delegado. André Peralta não servia a homem algum. E por isso ele não se surpreendia com a nova amizade entre ele e Dafne, forjada pela cumplicidade do crime, das sessões de carteado que ocupavam madrugadas inteiras e confissões na rede da Coplerhouse. Ela era arisca demais para convidá-lo para dormir com ela, e Peralta já não tinha muito interesse em sexo desde que descobrira seu câncer. Ele suspeitava que as conversas entre os dois eram melhores do que o rala e rola seria.

Quando eles se sentaram, Dafne falou primeiro.

— Então vai ser Ilhabela mesmo?

Por baixo da mesa, Reno e Mariana entrelaçaram os dedos.

— É. A casa é pequena, mas é perto do mar.

— As crianças estão empolgadas?

Mariana voltou os olhos para André.

— Sim, ainda se recuperando. Um dia, sei lá. Um dia talvez a gente conte para eles, mas eu acho que alguns segredos deveriam permanecer enterrados.

Dafne bebeu mais um gole da cerveja.

— Vá viver sua segunda chance, Mari. Poucos de nós a conseguem. Entre todos os foras da lei, vocês são os que mais merecem.

Mariana olhou para ela com um sorriso contido, mas real. Ainda sentia nos ossos a tormenta dos interrogatórios, do luto por Cacau, das conversas com os pais e os filhos para dar uma versão simplificada e mais fácil de digerir da morte de Gustavo. Mas Mariana havia enterrado a culpa junto com Davi naquela noite, com menos ódio dele quando se lembrava do sonho em que Suellen dissera "*Mas não o odeie. Ele é como eu. A cabeça dele foi devorada por cães*".

Não, Mariana não o odiava mais. Compreendeu o que Davi sentia por Reno e como ele poderia ter sido feliz se as pessoas ao seu redor tivessem nutrido sua capacidade de amar e não odiar.

Foram interrompidos por uma voz grave: — Oi, pessoal.

E todos se levantaram enquanto Paulo subia as escadas. Estava mais magro. Sempre fora um homem bonito, mas costumava ser mais atlético. A camisa polo amarela contrastava com a pele negra e denunciava a perda assustadora de massa muscular.

Ele cumprimentou a todos com abraços. Não pareceu exagero. Haviam tido momentos intensos de amizade e conversas entre quatro paredes nos últimos meses. Então ele se sentou. Mariana colocou a mão na dele.

— Tá aguentando bem?

Ele tirou os óculos escuros e os colocou na mesa.

— Estou aguentando, Mari. Agora que tudo acabou, todo o inquérito, os depoimentos, essa coisa toda... a casa tá bem vazia.

Paulo havia contado para eles que Cacau confessara o crime da floresta a ele poucos dias antes de morrer. Ele tinha perguntas, às quais Mariana e Dafne responderam com sinceridade absoluta. Dafne havia sido bem direta ao perguntar a ele se toparia ajudá-los, e ele não hesitou por um minuto antes de responder: "Sou de vocês para o que precisarem. Eu só tenho um objetivo agora, que é ajudar a colocar cada desgraçado envolvido, direta ou indiretamente, com a morte da Cacau numa prisão ou numa cova".

Dafne sorrira. Era Paulo que a estava ajudando a montar o projeto da clínica em nome de Maria Cláudia.

Mariana olhou para cima e viu Peralta a estudá-la. Quando Dafne e Paulo entraram no boteco para buscar as porções de calabresa e frango a passarinho, o velho investigador inclinou-se para ela e disse, naquela voz rouca: —Quando a liberdade é criminalizada, apenas os criminosos serão livres.

E ela sorriu, esperando que ele estivesse certo.

AGRADECIMENTOS

Agradeço a Karine Ribeiro, Valquíria Vlad, Larissa Padovan, Kris Monneska, Ana Paula Laux e Tito Prates pelos seus insights, betagem, leitura sensível e força emocional durante a parte per aspera da produção deste livro. Minha gratidão eterna vai a Juliana Daglio, Adriana Chaves, Jorge Alexandre Moreira, Adriano Vendimiatti, Lia Cavaliera, Victor Miranda, Everaldo Rodrigues e Mhorgana Alessandra por terem sido as amizades que me sustentaram em 2019. Ricardo Cestari, pela parceria divertidíssima. Larissa Brasil, Cesar Bravo, Giselle Ortmann, Lucas Dallas, Patrícia Pires, Oscar Nestarez, João Michels e Marina Ávila por serem ótimos amigos quando tudo o que eu precisava era de ótimos amigos. Um agradecimento especial a todos os blogueiros literários que fazem o trabalho mais importante de todos; o de formar leitores. Há uma pequena homenagem a vocês neste livro.

Ao pessoal da AVEC, em especial Artur Vecchi, Ligia Colares e Vítor Coelho, obrigada. Sem vocês, este exemplar não existiria.

Leandro, Cauê, Morgana e Eduardo: obrigada por estar do meu lado, sempre. Vocês são minha alma.

AVEC
EDITORA